LUMINAIRE

光启

守望思想　逐光启航

Owen
Lattimore

MY
CARAVAN
DAYS

从塞北到
西域

重走沙漠古道

[美] 欧文·拉铁摩尔 著

王敬 译

Owen Lattimore
拉铁摩尔
著作集
Collection of works

上海人民出版社　光启书局
LUMINAIRE BOOKS

1926 年，欧文·拉铁摩尔在归化

本书插图由拉铁摩尔及其同行者在旅行中拍摄，底片藏于哈佛大学皮博迪考古学与民族志博物馆。本书 1929 年版和 1995 年版收录的插图有所出入。此中译本的插图个别来自 1929 年版（有标记），其余皆由哈佛大学皮博迪考古学与民族志博物馆提供。

献给伍德海

我的商队时光归功于他

目录

出版说明

　　《从塞北到西域：重走沙漠古道》《下天山：亚洲腹地之旅》是美国历史学家、地理学家欧文·拉铁摩尔1926—1927年的游记姊妹篇，记录了他以骆驼商队的形式，从位于塞北的归化（今呼和浩特）出发，穿越戈壁沙漠，到达历史上的"西域"（今新疆），与妻子会合后，再由北往南跨越天山，在亚洲腹地游历的过程。

　　"西域"是丝绸之路上历史悠久的中转站。明清以来，中国内地与塞北、西北的陆路贸易日渐繁荣，各族商人开辟贸易通道，在沿途开展贸易活动，客观上促进了内地与边地的经济文化交流，具有巩固中国边陲的重要意义。然而，自鸦片战争以来，中国被迫开放通商口岸，陆上贸易受到冲击，以骆驼为主要运输工具的古老贸易方式逐渐退出历史舞台；与列强的不平等条约，从清末到民国的政局动荡、地方割据、军阀混战，这些都造成了中国边疆的领土危机。

　　在此背景之下，拉铁摩尔生动直观地呈现了当时边地的历史现场。他重走商队路线，描述了商队的历史渊源、组织方式、人员构成、贸易习惯等，生动刻画了驼夫等商队成员群体，记录了商队贸易的艰苦条件，包括战乱对贸易的冲击、沿途官员的设卡盘剥等。他行经蒙古、新疆等地，笔下可见从内地前往边地从政、经商、参军、务农的汉族人，生活在当地、具有各自习俗的蒙古族、回族、维吾尔族、哈萨克族、藏族、满族、柯尔克孜族、锡伯族等多个少数民族，客观反映了边地多民族聚居共处的悠久历史。因此，这两本书不仅是关于内陆商路的田野调查，而且是 20 世纪上半叶中国塞北与西北风貌的生动纪实，为了解当时的自然景观、历史地理、风土人文等提供了一手资料。

拉铁摩尔还在旅行的间隙提及明清以来中国政府开发边地的历史，如设立行政机构、派驻官吏和驻军，以及鼓励民间的通商迁徙，反映出中国内地与边地形成了紧密的联系。他描述了当时较复杂的地缘政治，提到了近代以来沙俄等列强对中国的侵犯，间接地写到了各族民众受到剥削和压迫的情景。他在书中写到的一些边地冲突和危机，提醒着我们谨记以史为鉴。从他的记录中也可以感受到，我国作为统一的多民族国家的历史，是在漫长的过程和复杂的历史局势中，由各民族共同参与和书写的，经历了近代一系列危机的考验。

与近代大多数外国探险者不同，拉铁摩尔是以个人身份在中国旅行的，没有政治、商业或其他追求利益的动机，主要是为了追慕古代丝绸之路与亚洲历史时光。他在中国长大，熟悉中国民情，能说一口流利的中文，能够比较客观地描述旅程中的人和事。他热衷于与沿途的底层民众交流，包括驼夫、马夫、旅店老板、低级军官、士兵、富商、小贩等，留下不少较珍贵的口述史料。这使得他这两本书仿若一份历史档案，记录了行将消失的历史画面。

　　由于当时的拉铁摩尔尚未开始正式的学术研究，他对沿途见闻的记录感性色彩较浓，有不少传说和轶事的部分。他参考的资料主要是西方的著述，他的认知不免受到西方的影响。他对清朝与蒙古的关系、清朝民国时期西北各民族的关系，以及土尔扈特东归、外蒙古独立等历史事件的讲述，存在偏颇和不严谨之处。他对中国作为统一的多民族国家的历史、对中国各族群之间的关系的认识都还比较粗浅，他对中国西北局势的判断也有失误，他有时候不免仍以旁观者、西方人的立场来看待问题（他在后来的 1975 年版序中也承认了自己的一些误判）。尤其要指出的是，拉铁摩尔的这段旅行，对他后来的学术研究产生了奠基作用，从两本书中能够看到他后来的学术思想的一些线索。拉铁摩尔的"内亚史观""征服史观"有其缺陷，虽然他的探讨多限于学术范围，他本人亦对中国持友好态度，但其学术思想的缺陷，不免在后来的西方学术界被一定程度上放大，可能对一些不当观点的形成有所影响。我们亦希望这两本早年游记的出版，能够为学术界和广大读者更加客观全面地认知拉铁摩尔及其学术思想提供参考。

　　《从塞北到西域》初版于 1928 年，1929 年重版；《下天山》初版于 1930 年，后分别于 20 世纪 70 年代和 90 年代再版。两本书的中文版分别以 1929 年版和 1930 年版为底本，并收入了欧文·拉铁摩尔的 1975 年版序和戴维·拉铁摩尔在 1995 年撰写的导读。《从塞北到西域》由王敬翻译，《下天山》由王跃翻译。丛书主编、中央民族大学袁剑教授审订了全稿，并撰写了丛书总序。北京大学唐晓峰教授、北京大学罗新教授对书稿进行了审读。相关专家审读了全稿，提出了总体性的修改意见；对于其中一些具体问题，上海辞书出版社原宗教文化编辑室主任、副编审陆海龙，《大辞海》宗教卷伊斯兰教学科撰稿人之一虎希柏等专家提供了指导意见。在此一并致以诚挚的谢意。

　　我们参照《辞海》《民族词典》《宗教词典》《中国回族大词典》《伊斯兰教常识答问》，以及国家政府网站等权威材料，对书中提到的一些史实和专有名词作出了辨析和注释。为尽可能保持本书原貌和风味，我们仅对局部不宜的内容作一定处理。请读者注意鉴别。两本书可能还存在错漏之处，敬请读者指正。

一个"20世纪人"眼中的
中国与世界

——"拉铁摩尔著作集"代序

　　中国离不开世界，世界也离不开中国。作为一个东方文明古国和大国，中国不管是在古代、近代还是当代，都扮演着关键的角色，也必将对未来有更大的贡献。过去的20世纪，风云变幻，两次世界大战改变了我们理解本国与外部世界的方式，而与之相关的地缘政治变动则决定性地塑造了东亚乃至整个世界的秩序结构。时至今日，这一秩序结构依然影响着我们的自我认知、周边意识与世界感觉。

　　历史往往惊人地相似。正如马可·波罗的经历与记述在某种程度上影响了域外对古代中国尤其是元朝的认识一样，20世纪来华的一批后来被称为"中国通"的西方人，则在某种程度上影响着域外国家社会与民众对华的系统理解与认知，其中包括对于一战、二战乃至冷战的理解，当然也会涉及关于中国革命、抗日战争、东亚秩序以及大国竞争的重要议题。时光流逝，这批人大多已经逝去，但二战后的世界秩序结构依然在东亚留存，这些议题依然富有历史性与启发性的意义，能够使我们在自主性地认识与周边、域外关系的同时，去了解一些曾经有过的分析与讨论，从而为我们提供可供参照和比较的 20 世纪体验与概括。

欧文·拉铁摩尔（Owen Lattimore，1900—1989）就是其中的一位。从生命历程来看，他是个彻底的"20 世纪人"，作为一位著名的"中国通"，他在中国度过了青少年时代，将中国视为"第二故乡"，并在中国近现代政治史上扮演过重要角色。在青年时代成为第一个走遍中国内地各区域的美国佬之后，他实现了那批"20世纪人"最具魅力的目标：在理解中国社会的同时，也了解中国的政治。紧随斯诺之后，他参加的"美亚"小组一行在 1937 年 6 月访问红色圣地——延安，虽然只有短短几天，但对他的影响却是终身的。这次访问，不仅让他得以理解中国共产党人，同时也获得了革命左翼关于"解放"与"同情"的知识启蒙，更为自己打上了"亲华"与"知华"的烙印，当然，这也使他本人后来在 50 年代成为美国国内麦卡锡主义的主要攻击对象，无依无靠之下被迫远走英伦。而他在 40 年代受时任美国总统罗斯福的推荐，担任蒋介石的私人顾问，则成为那个时代独特性的一个标志，他也在对中国抗战的理解与支持中，认识到了未来中国蕴含的力量，中国的事务也要由中国人来掌握。随着中美关系转暖，1972 年，受周恩来总理邀请，拉铁摩尔得以在古稀之年踏上新中国的土地。那个在他青少年时代曾经残破不堪的"第二故乡"，如今正在世界舞台上独自掌握着自己的命运。毫无疑问，这是中国人的中国。

张骞式的体验，或者用现在时髦的词汇来说——田野调查（fieldwork），塑造了拉铁摩尔本人学术表达背后的迷人之处。在回忆文章中,拉铁摩尔记述了他了解中国的"接地气"方式。在多次出差之旅中,他都放弃了那些之前洋人传统的老爷做派,在没有翻译、仆人或补给的情况下,轻装前行。他一般都会乘火车抵达最近的地方,然后或许会换乘骡车,前往他所服务的商行寻找要做生意的中国伙伴——一家建有院墙的老式商行,里面既有仓库又有商铺;掌柜、职员和学徒全都在这里工作、吃饭和睡觉。掌柜起初会因为他要求在房间里共事并参与日常事务而感到慌乱;过了一段时间后,他们会发现,这个办法挺不错,还方便办事。在吃饭的闲暇当口,在晚上,或者在等待官员视察的百无聊赖之际,大家都会海阔天空地侃大山,从政治到经济,无所不包。每次出差之后,他都会收获一大帮子朋友。在如今这个旅行方式日益多样化的时代,我们每个人理解周边与外部世界的方式也变得越来越个人化,但有一点可以肯定的是,在我们对作为整体的中国与世界的理解之外,去更深入地认识中国的基层社会与生活世界,认识中国广袤的边疆地区,将使我们的知识图景更为完整。

"在骆驼商队和铁路货车之间堆放着货物。那里只有两步或者四步的距离,却弥合了两千年的鸿沟,在商队来回进入将大汉王朝和罗马帝国两相分隔的古典时代以及蒸汽时代之间,摧毁了过去,开启了未来。"这种突然的感觉,开启了拉铁摩尔理解和认识中国的生命之旅。如今,在我们看来,开启未来的旅程,不必再以摧毁过去为前提,未来与过去可以兼容。司马迁有言,通古今之变,成一家之言。在上海人民出版社、光启书局的大力支持下,"拉铁摩尔著作集"终于应运而生,这契合我们当下思考中国与世界之关系的时代呼声,同时又呈现了拉铁摩尔生命历程中丰富而多彩的文本世界,诉说了这位"20世纪人"的青年、中年和老年故事,其中既有豪情万丈，也有苦闷彷徨，更有历经冷暖后的冷峻叙说，贯穿了这个世纪独有的政治与思想变局，构成了由小及大的 20 世纪中国与世界场景。

我们都是时代的人，都会经历自己所在世纪的跌宕起伏。阅读这些 20 世纪的故事，我们也将获得对过去与未来的感觉，进而理解我们在哪儿、我们是谁。

袁　剑

1995 年版导读

　　19 世纪的美国不是英国和法国那样的殖民大国，不过和这些国家一样，美国也有不少家族在世界各地追求事业和财富。我的父亲欧文·拉铁摩尔就来自这样的家庭。在我祖父那一辈的五个兄弟姐妹中，只有一位在美国度过了她的一生。

　　我的曾祖父叫亚历山大·威廉姆森·拉铁摩尔，是印第安纳州边疆地带一位牧师的儿子。他娶了玛丽·托德·林肯①的表妹，并参与创办美国卫生委员会，该委员会在美国内战中创建了铁路医院。据我父亲所说，亚历山大在读了达尔文的书后，于中年时放弃信教。他的孩子中，大一些的出生在 19 世纪 60 年代，他们被培养成了基督徒；小一些的则出生于 70 年代，都是不可知论者。

　　诸多孩子中，年纪最大者当属玛丽，她师从亚历山大·格雷厄姆·贝尔，学习如何教育聋哑人；她成为一名长老会的传教士，之后于苏州开办了中国第一所聋哑人学校，并在那里度过一生。她的

---

① 玛丽·托德·林肯（Mary Todd Lincoln）是美国第十六任总统林肯的夫人。——译者注

弟弟约翰是家中长子，迷恋一切军事方面的事物，但是此时的亚历山大已经失去了对战争和上帝的信仰，拒绝动用他的政治关系让这个年轻人进入西点军校。郁郁不得志的约翰在铁道邮政车上当职员，他从邮件中盗取钱财，然后挥霍一空。按照当时的惯例，约翰作为良家子弟，被允许参军而不是进监狱来赎罪，前提是他的家庭必须赔偿盗窃造成的损失。约翰的军旅生涯是在菲律宾度过的——当时他是一名士官——但他在华盛顿特区的家庭现在已经破产，无力让老戴维·拉铁摩尔（我的祖父）和小亚历山大·拉铁摩尔这两个早熟的小儿子接受大学教育。

戴维和亚力克（小亚历山大的昵称）同属于一个由年轻人组成的圈子，他们互相交流各种语言和其他课程，其中一些人是大使馆的公使。两人自学希腊语和拉丁语，而且都学得很好，凭借这种非正式的教育，戴维成了一名公立中学的教师。两兄弟——内敛、保守的戴维和浮夸、不可捉摸的亚力克——都是诗人兼诗歌翻译者，而且都毁掉了他们所有的诗作。

戴维娶了同为教师的同事玛格丽特·巴恩斯，她的父亲"和一个西班牙舞蹈演员私奔"，之后成了一个"香蕉共和国"的美国领事。①欧文·拉铁摩尔是他们的第二个孩子，也是第一个儿子，他于 1900 年 7 月 29 日出生在华盛顿特区。后来他自称是五百年来第一个与自己父亲出生在同一个地方的拉铁摩尔家族成员。

欧文出生在义和团运动期间，当时北京使馆区被包围。抵制洋人的义和团战败后，清政府开始建立近代官办学堂，为留学生出国

---

① 香蕉共和国，是对一个经济体系属单一经济（通常是经济作物如香蕉、可可、咖啡等）、拥有不民主或不稳定政府的国家，特别是对那些贪污泛滥和被强大外国势力介入的国家的贬称，通常指中美洲和加勒比海的小国。——译者注

深造做准备。这类新兴的世俗机构开始与基督教教会学校竞争，虽然传教士讨厌世俗机构，但血浓于水，身为教会老师的玛丽帮助她那信奉不可知论的弟弟戴维在一所新开的中国世俗学堂谋得了一份现代语言（英语、法语和德语）教师的职位（后来她为亚力克也做了同样的事，尽管后者已经从一个不可知论者变成比虔诚的拉铁摩尔族人那种新教徒更古怪的人———一个罗马天主教徒）。

1901 年，戴维和玛格丽特带着他们的孩子凯瑟琳和欧文抵达上海。在接下来的 20 年里，他先后参与了三所中国大学的创建，分别是上海的南洋公学、保定的直隶高等学堂和天津的北洋大学（后来改名为天津大学）。[①]父亲最早的童年记忆是关于上海的，他在四岁的时候，看到了这座城市的第一辆汽车，他跑出去踢了踢它的轮胎。但他记忆最多的地方是保定，那时家中又有了三个孩子。他们都是在家里接受教育，主要是学习法语和拉丁语。当他们从家里进入学校的教室时，被劝诫不要说中文。我的祖父母希望他们能有机会去美国生活，不希望他们"入乡随俗"。

小女儿伊莎贝尔和埃莉诺善于画画和写故事。两人后来成了艺术家。埃莉诺（埃莉诺·弗朗西斯·拉铁摩尔）是儿童读物的作者兼插图画家，其中一些作品，如《小梨记》，已经出版了几十年。[②]小儿子里奇蒙成为一位诗人，他翻译了荷马和品达的希腊文诗歌，以及许多悲剧和《新约》。与欧文不同的是，他在家里待了很长时

---

① 此后，戴维在达特茅斯学院教了 20 年中国历史。他是拉铁摩尔家族中第一个没有博士学位的全职教授，而我（与他同名）则是直系亲属中的第三个。

② 有几幅插图取材于家族成员，虽然人物名字改了，但画得很像；在其中一部《杰瑞和普撒》（*Jerry and the Pusa*，New York，1932）中，主人公实际上是身在保定的男孩欧文。为了把她和我母亲区分开来，埃莉诺·弗朗西斯又被称为"小埃莉诺"。她为我母亲的《西域依偎》(*Turkestan Reunion*) 画的插图被出版商用于该书。

间，从父亲和叔叔那里学习了希腊语和拉丁语。他是罗德奖学金获得者，而且我认为他是首个从牛津大学毕业并获得人文文学双第一的美国人。像他的父亲一样，他内敛而幽默，一生都在布林茅尔学院教书，拒绝了一些规模庞大且条件优越的大学授予的教授职位。

作为非华人和非传教士，这些拉铁摩尔家族成员是双重孤立的。埃莉诺·弗朗西斯在回忆录手稿中写道："幸好我们有五个人，因为有时我们除了彼此之外再无玩伴。"[①] 我的祖父母禁止使用"可爱"这样的时髦词，所以孩子们用"snoof"代指"可爱"。事实上，他们发展出了一种私人语言。古板而自以为是的人是"mish"，最糟糕者叫"pi-mish"，即虔诚的传教士。

1912 年，玛格丽特带着五个孩子去瑞士洛桑接受了两年正规的学校教育。欧文上的是一所普通的公立中学，而不是为有钱的外国人开设的寄宿学校。第一次世界大战开始时，一家人在英国。其他人都回到了中国，但大家认为中国没有适合欧文的学校，去美国的旅程也由于 U 型潜艇的存在而危险重重。在英国时，他们遇到了亚力克叔叔，亚力克在英国悠然自在。有一段时间，他曾是牛津大学一所学生公寓的共同所有人。现在他在英国圣比斯公学给欧文谋得一席之地，那可能是最小、最偏僻、最廉价的古老而尊贵的公学了。

圣比斯公学位于欧文深爱的湖区，他在学校里可谓如鱼得水。虽然他因早年训练不足而在数学方面遇到了困难，但是学校允许他放弃那门课，让他自学德语。后来，他在书中自嘲在学校的表

---

① 埃莉诺·弗朗西斯·拉铁摩尔·安德鲁斯（Eleanor Frances Lattimore Andrews）：《我在中国（中间去了欧洲，后来又是中国）的一些童年回忆》(*Some Recollections of My Childhood in China*；*European Interlude*；*China Again*)，打印稿第 2 页。

现，但他由于在考试和"组织工作"上成绩优异，仍然获得了许多奖励书籍和奖状，这些奖品都留了下来。事实上，他当时是最优秀的奖学金获得者，但由于他担任的是橄榄球队预备队而非正式队的队长，因此没能当上学校的学生领袖。在圣比斯公学这所地方学校里，欧文还保持着对中世纪精神和威廉姆·莫里斯的工会社会主义的研究兴趣。他阅读切斯特顿和贝洛克的作品，并接受了一位天主教神父的简短教导，后者是附近爱尔兰劳工的神父。神父的昏庸和好色打消了欧文的研究热情，但欧文过于自负，在写给身处中国的无宗教信仰的父亲的信中没有承认这一点（后来欧文对蒙古和新疆的天主教传教士表达了赞赏之意并与之交好）。

欧文在英格兰北部当过两个暑期的农场工人，其间一直在艰苦跋涉和搭帐篷。如果战争再持续一年，他就要成为英国战壕里的一名中尉了。他通过了牛津大学的入学考试，但并没有获得他想要的全额奖学金。当时人们对勤工俭学闻所未闻，而他父亲的工资则以难以流通的中国货币支付。在那个年代，获得全额奖学金是非常罕见的，纵使如托尔金[①]这样优秀又坚持不懈的学生，在获得他们所需要的资助之前，都可能要从事卑微的工作，并且要考两次（或更多次）试。然而，欧文与其说是一个为了自己的利益而专注于书本知识的学者，不如说是一个实干家和充满好奇心的人。他常常打趣地引用他母亲的话："里奇蒙是个真正的学者，欧文学语言只是因为他很想听懂别人在说什么。"

欧文19岁时，一战结束了，他坐船回到了中国。他在一家名

[①] 约翰·罗纳德·瑞尔·托尔金（John Ronald Reuel Tolkien），英国作家、诗人、语言学家，曾任牛津大学教授，以创作经典严肃奇幻作品《霍比特人》《魔戒》《精灵宝钻》而闻名于世。——译者注

叫"安利洋行"（Arnhold and Co., Ltd）的英国进出口公司（原属奥匈帝国和丹麦）工作了七年，地点主要在天津，其间他休假一年，为《京津时报》做报道。1921年，欧文的父母带着他的弟弟妹妹回到了美国。欧文接手看护他的叔叔亚力克，亚力克在武汉的武昌大学待了几年之后，加入了哥哥戴维的队伍，在北洋大学教授现代语言。

亚力克叔叔显然是天津宴请活动中的座上宾，他在外国社区是一个受欢迎的人物。安利洋行的天津主管马塞尔·沃尔弗斯留下的一份关于亚力克的回忆录记载："他肯定是光临过天津港的最古怪的奇人。"[①]欧文经常在凌晨把醉醺醺的亚力克从他喜欢的一家青楼里捞出来。有一次，他在凌晨醉醺醺地拜访了沃尔弗斯夫妇，遇见了沃尔弗斯夫人，她是美国驻北京公使馆外事主管的女儿。当时，英属伊朗籍犹太商人沙逊家族正在收购安利洋行。"嘘，亲爱的亚力克，"沃尔弗斯太太说，"马塞尔正在和沙逊先生说话。""沙逊！"亚力克很大声地回答，"那是一种乐器，还是说只是一阵大风？"

欧文最喜欢的娱乐活动是在海河上赛艇，然后去天津赛艇俱乐部吃鞑靼牛排，喝黑天鹅绒酒。1923年，他在洪氏挑战杯的四人划艇赛中获胜。除了橄榄球和赛马等传统活动外，他还和自己养的甘肃灰犬兰塔和莉莉丝一起驯鹰和猎兔。他保留着在寄宿学校养成的唯美主义习惯。从《从塞北到西域：重走沙漠古道》的插图中可以看出，他戴着一副单片眼镜。在戈壁沙漠，由于大风天气，他带了一盒备用眼镜，里面装了200枚备用镜片。在1975年重新发行的《下天山：亚洲腹地之旅》一书的序言中，欧文不安地回顾了他

---

① 马塞尔·沃尔弗斯（Marcel Wolfers）：《亚历山大·拉铁摩尔的天津岁月（1918—1927年）》（*Alexander Lattimore, Tientsin, China, 1918—1927*），1953年，打印稿第1页。

自认为书中存在的"自大之处"（第一版是在 45 年前出版的），他
说："我其实是一个不太自信的年轻人，当时我结婚不久，试图给
妻子留下深刻的印象。"① 或许用羽毛笔、猎鹰和单片眼镜也是为了
给亚力克叔叔留下好印象？

1927 年，亚力克在天津中风。一对在北洋大学任职的热心夫
妇利用休假把他带回美国，但他在回家的途中死在了地中海，葬于
热那亚。

年轻的欧文不仅通过用羽毛笔这一喜好对通商口岸（像天津
这样的口岸不少，这里的外国飞地可以借助所谓的不平等条约享有
从中国强取的特权）的庸俗风气作出回应，而且似乎与之背道而
驰。通商口岸的外国商人很少学习汉语，他们只会用几句洋泾浜语
来指挥他们的仆人，但欧文不仅熟稔通用的汉语，而且还学得相当
地道，甚至还能掌握充足的书面汉字去阅读报纸和商业信函（几年
后，他也能阅读用古汉语书写的历史文献了）。因此，在与中国商
人和官员打交道时，他不再依赖中国口译员，这些口译员会在中国
的地位对等者和一个"蛮族"雇主之间的忠诚问题上左右为难，这
是可以理解的。

在为安利洋行工作时，欧文多次为获得"艰苦"的细节主动要
求前往内陆地区——例如，与一个军阀打交道，后者正在为"搜刮
油水"而拦截一艘运输花生的运河驳船。执行这类任务的西方商人
通常会带上一名厨师、一名买办（中国本土的杂务人员）、一张行
军床和一些露营炊具。旅馆里的房间会被打扫干净，用烟熏消毒，
以便尊贵的先生入住，正如欧文所写的那样："不可思议的事出现

① 欧文·拉铁摩尔：《下天山：亚洲腹地之旅》(*High Tartary*, New York: Kodansha America, 1994)，第 xxxv 页。

了，这类外国人就好像根本不在中国，而是在一个私人空间里完成
此番小小的商务旅行。"①

欧文的方法不同。他常常一个人坐着骡车到达目的地，安顿在
与安利洋行打交道的当地商号的院子里，把自己的床褥铺在加热的
炕上，与经理、职员还有在商号宿舍吃住的学徒一同坐在上面。他
在那一边打麻将一边喝茶，除了倾听外不会发问，他会收集当地的
小道消息，为第二天的成功谈判做准备（在后来的职业生涯中，欧
文鄙视那些带着调查问卷走进丛林的社会学家，他若想发掘出什么
是值得了解的，便会坐在营火旁倾听）。对于欧文后来的低成本、
颇具本土风格的亚洲腹地之旅来说，这些处理事务的内陆旅行是一
种宝贵的学徒之旅。其中一段旅程还直接引发了后来的那些旅行。

安利洋行在呼和浩特（旧名归化）有一处存放羊毛和棉花的
"堆栈"或仓库，骆驼商队从新疆将这些商品运送到此处，自蒙古
高原下行至向东延伸到北京的铁路线。1925 年 2 月，欧文乘坐一
列货运火车前往呼和浩特，去催促羊毛运输，这些羊毛的运输因为
军阀征用机车作战而被延误。在呼和浩特，他的思想经历了一次转
变。这些已经从西域穿越亚洲腹地的商队骆驼——穿越了一千多英
里几乎不知名的草原和沙漠——列队行进于车站，然后跪坐在尘土
飞扬、积雪覆盖的调车场的火车之间卸货。在一个颇具历史感的时
刻，代表旧秩序的商队与代表新秩序的铁路在物理上相互啮合。欧
文意识到这一刻不会持续太久：

---

① 欧文·拉铁摩尔：《边疆历史研究文集（1928—1958）》(*Studies in Frontier History*:
Collected Papers, 1928—1958, London: Oxford University Press; Paris and The Hague:
Mouton and Co., 1962)，导言第 12 页。

驼队和货运火车之间堆着货物：二者相隔两步或四步的距离，跨越了两千年的鸿沟，彼时，商队在汉帝国和罗马帝国之间的无名路线上来回穿梭，此时，蒸汽时代正在摧毁过去，开启未来。①

有了这次经历，欧文下定决心要趁还来得及，"跟着商队一直走到路线终点，看看还有什么事物可看"。②其余的内容，即他如何辞去工作、结婚、返回边疆、决心到达新疆及其周边——都在《从塞北到西域：重走沙漠古道》《下天山：亚洲腹地之旅》和《西域依偎》三本书中有所叙述。

他（和妻子）最早的著作中描述的旅行是一次蜜月旅行，他们从北京出发穿过亚洲腹地，然后通过喀喇昆仑的五大山口到达印度，这些山口海拔都超过16000英尺。由于时局影响，包括内战和革命，以及可用的交通工具比较简陋，我的父母没有在旅程的第一阶段一起旅行，这对一场蜜月旅行来说是相当古怪的。母亲反而独自一人在西伯利亚艰苦地迂回了一圈，整个冒险旅程耗费了一年半的时间。

我可以简短谈一下旅行后发生了什么。为了让人们知道他们的旅行，拉铁摩尔夫妇从印度航行到意大利，在罗马定居了一年（1927—1928），那里被认为是欧洲物价最便宜的首都。两人几乎没钱了，他们在西班牙大台阶脚下的房屋顶层（现在那里是济慈—雪莱纪念馆）租了房间。埃莉诺后来说，他们靠"意大利面和黄油"

---

① 《边疆历史研究文集（1928—1958）》，第14页。
② 《边疆历史研究文集（1928—1958）》，第15页。

充饥。欧文则完成了《从塞北到西域》。他们经由巴黎抵达英国，其间埃莉诺在巴黎得了急性阑尾炎，欧文因牙龈脓肿而严重感染。这些疾病若是提前一年在新疆发作，后果不堪设想，每念及此，就令人后怕。[①]

到英国时，我的父母已经身无分文了，在这种情况下，他们联系上了《鲜为人知的蒙古》(*Unknown Mongolia*)的作者、博物学家道格拉斯·卡拉瑟斯（Douglas Carruthers），他在《从塞北到西域》中被多次提及。卡拉瑟斯对他们在没有任何官方培训或支持的情况下取得的成就非常感兴趣，他安排欧文向皇家地理学会（最终授予欧文金奖）和皇家中亚学会发表演讲。这种场合需要穿晚礼服，而欧文和埃莉诺既没有，也买不起。幸运的是，他们还有一些来自中国新疆且无法在印度流通的硬币和纸币。20 世纪 20 年代的新疆处于狡猾省长杨增新[②]的治下，杨增新（拉铁摩尔的游记中从未直接提到他的名字，他在 1928 年被刺杀）十分严格地将新疆与周边世界隔离，以至于大英博物馆的货币学展区中居然没有该省四种货币的样本。他们购买了我父母带来的货币，此举为我父母购买晚礼服提供了资金。

随后的经历可谓一帆风顺。《从塞北到西域》的初版是由一家英国出版商出版的（1928）。在美国，社会科学研究委员会极富想象力地认为这本书可抵得上一个博士学位，并奖励我父亲在哈佛大

[①] 在巴黎，最糟糕的是埃莉诺在纳伊的一家美国医院里被禁足躺了两个星期，不是因为生病，而是为了手术后不留下疤痕。她接受了一位专门为合唱团女孩做无痕阑尾切除术的外科医生的救治，按他的专业标准，病人在躯体活动可能产生疤痕期间是不能被解禁的。

[②] 杨增新（1875—1928），云南蒙自人，清光绪进士，1908 年任新疆阿克苏兵备道，民国成立后任新疆都督兼民政长，1914 年改称新疆将军、巡按使，袁世凯死后，长期任新疆省省长。1928 年任新疆省政府主席，不久后被刺杀。——译者注

学攻读一年人类学"博士后"学位。他们得到更多资助,用于在中国和亚洲腹地进行进一步的游历和学习,其中一笔来自哈佛大学燕京学社,另两笔来自古根海姆基金会。我就在这段时间的1931年出生于北平。欧文学习了蒙古语,这是一种与汉语毫无关联的语言,在随后的几年里,他和一个蒙古同伴阿拉什(Arash)以蒙古式的方式旅行,走遍了内蒙古的大部分地区。1926年,他曾和中国的商队一起在那里游历。他的《蒙古游记》叙述了这些进一步的冒险,在自己的众多著作中,他最喜欢《蒙古游记》。①

正如人们过去所知的那样,欧文·拉铁摩尔并没有接受过"大学教育",他基本上是靠自学达到了高中以上的水平。他第一次在这个世界上留下自己的印记不是因为学术成就,而是因为他不畏艰险的旅程,以及他写的两本书《从塞北到西域》及其续作《下天山》。他的游记里充满了对地理、历史和风土人情的观察。理论和宏大的远景令他着迷。然而他总是通过观察来检验理论,这是他在十几岁时阅读赫胥黎的著作时学到的。从本质上讲,他始终是一个经验主义者,这就是他对马克思主义不感兴趣的原因所在。颇具讽刺意味的是,在 20 世纪 50 年代的美国反共风潮中,参议员麦卡锡试图抹黑欧文,称他为"美国的头号苏联间谍"。在那次大规模政治迫害中,我的父亲极力为自己辩护,并言辞激烈地指责参议员和做伪证的证人,美国国会委员会可能在此前或此后从未听说过这样的伪证。美国参议员很少被人在公开场合当面指责为"卑鄙无耻的说谎者",就像我父亲指责麦卡锡那样。最后,欧文成功证明了自己是无辜的,但付出了很大的代价,其间他的内心无法平静,尤其

---

① 欧文·拉铁摩尔:《蒙古游记》(*Mongol Journeys*, New York: Doubleday, Doran, 1941; New York: AMS Press, 1975)。

是在时间上：浪费了五年半的黄金年华。①

在 1975 年再版的《从塞北到西域》序言中，我父亲认为他的第一卷写得有些轻蔑。他对自认为是居高临下地看待"当地人"的部分感到不满，为书中的书呆子气感到遗憾，修正了一些错误，并且总结认为必须把《从塞北到西域》"当作初学者的作品来宽容地阅读"。② 也许他对年轻时的自己的评价太苛刻了。我想就这本书（以及这次旅行）的优点提出几点看法。

我母亲在这次旅途中的经历使她成为首位记录从北平经由喀喇昆仑山脉抵达印度的陆路旅行的女性。特别是，作为一个女人，她在仲冬乘坐马拉雪橇，在比北极还冷的环境里，在政治和社会环境极不稳定，她都无从知晓自己的丈夫是生是死的情形下，只身穿过属于哈萨克斯坦部落领地的大草原，这是最了不起的事。

而我父亲随着商队从呼和浩特到新疆的旅程也很精彩。中国内地和蒙古的商队已经在这条沙漠之路或绕路上来来往往了好几年，并搭载了一些白俄流亡者，但这条路线本身没有被记录下来，尽管有少数探险者曾纵向穿过此路。首先，这条路线的东段是一条古老的商路，它从中世纪天德军地区的"青城"呼和浩特，一直延伸到中世纪西夏的"黑城"喀喇浩特，后者城址位于额济纳河附近。再往西走便迈入绕路，它穿过黑戈壁这一蒙古地区最荒凉的地带（包括连四旱和连三旱），对于商旅而言这段路线充满了极端困难，尤其是在冬天，商旅只将此路作为一根绝望之际的救命稻草加以采用，因为途经外蒙古领土的大路已经中断了。

---

① 我已经在 Kodansha Globe 出版《西域依偎》所附的个人传记中简短地写了我母亲的生平，夏伟（Orville Schell）在介绍《下天山：亚洲腹地之旅》时，为我父亲的生平作了一个很好的总结，尤其介绍了他与参议员麦卡锡之间的纠葛。

② 欧文·拉铁摩尔：《从塞北到西域：重走沙漠古道》，1995 年，第 xvii 页。

虽然斯文·赫定探险队的成员在第二年所走的路线大致与欧文的路线相同，[①]但这并不是一条本来就能被更早或更晚探查出来的路线。通用的地图显示的是汽车道路，这条道路无疑是出于军事目的开辟的，它是沿着沙漠之路的西部和较荒凉的那一半行进的，但没有沿着沙漠之路的东部穿行。

那时候，我的父母没有通常意义上的探险家资格证书，在博物学、古生物学、考古学或地图学方面都没有。他们可能没有资格成为由机构支持的正式探险队的成员。他们旅行的开销只是同时期机动化探险队中一名装备精良的初级成员开支预算的五分之一，例如蒙古恐龙蛋化石的著名发现者、美国自然历史博物馆的罗伊·查普曼·安德鲁斯（安得思）。父母所拥有的是母亲和家仆摩西（Mose）的判断力与组织能力、父亲对汉语的熟稔精通、父亲的历史知识以及对中国传统商人行事方式的知晓。[②]由于贫穷，他们和这个国家的人民打成一片，这一点要远远赛过科学探险队的成员；在摩西的帮助下，凭借我父亲在语言和文化上的敏锐，他们能够抓住这个机会。他们带着骆驼、马和牦牛旅行——这种20世纪20年代的廉价"本土"旅行方式——如今都是无法复制的，除非是向高档游猎顾客提供的昂贵噱头。

随我父亲行进的骆驼有九头，它们的主人兼驼夫均没有在《从塞北到西域》中留下姓名，只是简单地作为"可恶的骆驼客"被提及。他是在最后一刻爽约的最初立约者的替补者，曾经是土匪的

[①] 指斯文·赫定领导的中国瑞典合作西北科学考察团，是在当时中国官方支持下的科考活动。——译者注
[②] 欧文和埃莉诺忠实而又不可或缺的同伴李宝舒（音译，即摩西——译者）于1927年回到了内地，又为他们服务了11年，尽管主要是在中国。美国的移民法案不允许李宝舒永久居留美国。1945年到1949年期间他一直受到我父母的帮助。

"跑腿者"或线人。因为这个人不了解沙漠之路，他和我父亲不得不跟随由熟路之人带领的正规商队。

这让"可恶的骆驼客"因祸得福。虽然欧文后来才接受了民族志方面的专业培训，但他已经熟悉了商务旅行的处事方式，这使他能够在《从塞北到西域》中记述有关内容，此书可与记载有商队组织、经济、规约、习俗和信仰的一流民族志媲美。这方面的知识，以及他与商队头人和东家之间的友谊，使他能够反制那名"可恶的骆驼客"。

欧文如何做到这一点的，是贯穿《从塞北到西域》的主要剧情。这名危险的骆驼客显然害怕针对他自己及自身特权的图谋，威胁报复自己所臆想的策划者，为人十分自负（例如，拒绝治疗他那痛苦眼病的药物），对待弱者尤其恶毒（例如欧文路上遇到的流浪青年和老人），他的表现与精神病医生对偏执型人格的描述非常吻合。令我父亲特别自豪的是，他成功地制服了此人，且不是靠自己身为一个外国人的地位，而是完全依照商队的习惯法和规矩，并得到了商队商人的同情和帮助。其中一个成果是，他们救了一名流浪青年的命，此人在《从塞北到西域》中被称为镇番娃娃。欧文的报复也许过于无情。这个"可恶的骆驼客"虽然没有受到身体上的伤害，但是失去了他的工资和"脸面"或声誉。麦卡锡本可以从这本书中见识到欧文的厉害并引以为戒。

分头穿越蒙古高原和哈萨克大草原是我父母的蜜月之旅中最艰苦和危险的部分，而欧文进入新疆（《从塞北到西域》第十九章）或许是一项外交壮举。杨增新是仇外之人，在辛亥革命以前的帝制时期，他是一名通过科举考试的清朝官吏，自辛亥革命爆发以来，他一直统治着新疆，就好像此地是他从清朝继承而来的私产，他通过传统的制衡之术以及设立代理人的方式控制当地人民。他禁止印刷少数民族语言的报纸，并将电报站的钥匙掌控在自己手中，由他每天亲自开闭锁。杨增新通过一群来自云南的同乡管理新疆，其他中国人，更不用说外国人，都被尽可能地拒之门外，尽管后者与英属印度和苏联维持着关系。① 正如欧文在《从塞北到西域》一书中所述，他在进入新疆时一度被拦截，并被扣押了十天，直到他能安排一位名望较高的生意熟人在乌鲁木齐为他做个人担保。多年之后，他才得知自己在新疆的整整九个月里，省长杨增新的密探一直在跟踪并监视他。②

《从塞北到西域》中的路线如今主要位于中国内蒙古自治区。"沙漠之路"大部分路段经过的地方要么是无人居住的区域，要么人烟稀少，沿途全是蒙古人。③ 欧文和讲汉语的商队一起旅行，商队的东家是汉族人，驾驭商队的也大多是汉族人。当时他会说汉语，但还不会说蒙古语。然而他知道，商队的技术、组织结构、规矩和例行仪式全部是从蒙古人那里继承而来的，这不仅源于蒙古贸易商队的实践，也源于所有蒙古游牧民的季节性迁移。④

欧文的第一次探险之旅不仅激起了他对蒙古人的兴趣，也唤起了他对蒙古人的同情。当商队继续在开阔的旷野上按照需要放牧时，他知道往南十英里就是蒙古人的土地，汉族投机者或谋取私利的官员、"基督将军"冯玉祥的属下正在以每亩六银元的价格购买土地，再转卖给河南或河北的饥饿的汉族农民——奇怪的一点是，这些田土风雨无常，汉族农民很快就会耗尽地力。然而，当时内蒙

---

① 参见欧文·拉铁摩尔等人的《亚洲轴心：新疆和中俄两国的亚洲边疆》(*Pivot of Asia: Sinkiang and the Inner Asian Frontiers of China and Russia*, Boston: Little, Brown, 1950)，第52—65页。
② 该信息来自一名国民党官员，他在该省档案于1949年运往台湾之前，对它们进行了整理。
③ 值得注意的是，欧文旅行了1350多英里，却没有看到一处有人居住的村庄或城镇。
④ 即转场。——译者注

古九成人口是汉人。"我认为这是一场悲剧，"我父亲写道，"因为它没有给予汉人或蒙古人以公平的机会。"[1]

第一次世界大战使欧文很早便与家人天各一方，他从小就远离祖国，从出生到 28 岁，其间他从未去过美国，直到 37 岁才在美国定居，20 世纪 50 年代国会的荒唐行为又拖垮了他，母亲的过世更使他遭受重创，此后的 19 年他再未续弦，并在这段时间里表现出一种古怪的混合性格，既依赖别人，又有强烈的个人主义精神。在经历了 20 世纪 50 年代美国的反共浪潮，以及 1970 年我母亲的去世之后，欧文将他的感情转向了蒙古人民，尤其是蒙古人民共和国的人民，那是最易接近的蒙古区域。1969 年，他成为蒙古科学院的第一位外国院士，并且他未经排练就用蒙古语向他们发表演讲，因此受到了该机构的热烈欢迎，演讲的结尾是他用传统头韵体写的五行诗。[2]他的刚毅、他对舒适和定居生活的抵触以及他的傲慢（加上对那些谦恭之人的友好），使他更像一个蒙古人。

在晚年的一段时间里，欧文几乎每年都去蒙古旅行。1964 年，他和我一起乘吉普车在蒙古旅行了 2500 英里。蒙古人称他为拉巴什，意即拉铁摩尔大师，这是一个罕见的荣誉。按照蒙古风尚，他和我都是一位名叫迪鲁瓦·呼图克图（Dilowa Khutukhtu）的高级蒙古喇嘛[3]的私人弟子，尽管不是信仰上的那种门徒。欧文有很

---

[1] 欧文·拉铁摩尔著，矶野富士子编译：《中国回忆录：蒋介石与抗日战争》(*China Memoirs*: *Chiang Kai-shek and the War Against Japan*, Tokyo：University of Tokyo Press, 1990)，第 85 页。

[2] 参见罗伯特·P. 纽曼（Robert P. Newman）：《欧文·拉铁摩尔与美国何以"败走中国"》(*Owen Lattimore and the "Loss" of China*, Berkeley：University of California Press, 1992)，第 526—527 页。

[3] 参见欧文·拉铁摩尔简介，引自欧文·拉铁摩尔、矶野富士子编译：《迪鲁瓦·呼图克图：宗教和革命中一位蒙古活佛的回忆与自传》(*The Diluv Khutagt*：*Memoirs and Autobiography of a Mongol Buddhist Reincarnation in Religion and Revolution*)，《亚洲研究》(*Asiatische Forschungen*) 1982 年第 74 辑。

多蒙古朋友和学生，从 20 世纪 30 年代的阿拉什到鄂嫩（Urgunge Onon），鄂嫩在 20 世纪 70 年代是他在利兹大学的同事，另外还有一些身处蒙古人民共和国的年轻学者。

我记得哈佛大学的费正清公允地指出，要理解欧文的思想，就必须要意识到他本质上是一个蒙古民族主义者。在他的青年时代，当许多同辈人在学运或工运中变得激进时，他置身事外且独善其身。他说，是西班牙内战让他变得政治化了。有一段时间，他被斯大林清洗运动的性质所蒙蔽，后来，在 1944 年的一次出使活动中，他对西伯利亚的波将金式古拉格劳改营信以为真。他以为苏联是无辜的，因为他恰如其分地将苏联视为外蒙古的保护国。

如果说是由于这个不寻常的原因，他倾向于苏联，那么他在蒙古的经历也使他背离了马克思主义以及 19 世纪和 20 世纪初的其他决定性理论。我父亲最关心的是以千年为单位的社会长期发展。可那些为连续的社会阶段制定了僵化体系的理论，又无法解释不同的，却同时存在的社会类型，其中任何一种都可能经历了和进化期一样的倒退时期。欧文在接触马克思主义之前就已经知道了这一点。如此一来，他在接触马克思主义之前就对它早有防备。然而，由于他不是马克思主义者，所以不会像前马克思主义者那样对自己之前的信仰有背叛感。他仍然能够与马克思主义者友好对话，有时还会认为他们的想法似乎有用，并加以援引。

当欧文撰写《从塞北到西域》之时，他已经知道亚洲腹地社会在发展的同时经历着倒退，和当时的其他人一样，他接受了耶鲁大学教授埃尔斯沃斯·亨廷顿（Ellsworth Huntington）在《亚洲的脉搏》（*The Pulse of Asia*，Boston：Houghton Mifflin Company，1907）及其后期著作中对此提出的解释。亨廷顿认为，几个世纪以来的气候变化，尤其是降雨量的变化，可以为社会的盛衰变迁提供解释。20 世纪 30 年代，阿诺德·汤因比采纳了亨廷顿的理论，为记录这一理论，汤因比在《历史研究》第三卷中进行了一次非凡的尝试。欧文和汤因比不同，他不是一个纸上谈兵的学者，而是已经在野外进行了实地观察，这使他摒弃了亨廷顿的理论。

我父亲在《中国的亚洲内陆边疆》（1940 年出版）一书中总结了自己的观点。这本论著的内容庞大而复杂，其中一个中心思想便是，中国的农业社会和草原上的游牧社会，不是从连续进化的阶段当中幸存下来的，而是从一个时间更早、专业化程度更低的单一社会模式中同时发展出来的专业化社会，这种社会实行的是狩猎、游牧和原始农业相互混合的生产模式；此外，专业化社会需要依托狩猎、游牧和农业相互共生的关系来维系，而且不同分工主导的社会在继续相互影响（因此游牧帝国的崛起响应了中华帝国的统一）。

自《中国的亚洲内陆边疆》首次出版以来的 55 年里，关于中国及亚洲腹地的历史学和考古学研究取得了很大的进展，但《中国的亚洲内陆边疆》一书的观点得到了很好的保留。例如，它们已经被应用到对非洲农牧交错带的研究当中。[1] 从反面来看，另外一位学者也写了一本书，试图用全新的综合性研究成果取代《中国的亚洲内陆边疆》。对此，有评论者在 1991 年的一期《亚洲研究期刊》中总结道："对于学生和非专业人员（甚至是专业人员）而言，欧

---

[1] 参见詹姆斯·科顿（James Cotton）：《亚洲边疆的民族主义：欧文·拉铁摩尔与美国的政策辩论》（*Asian Frontier Nationalism*: *Owen Lattimore and the American Policy Debate*, Atlantic Highlands, 1989），第 51 页。

文·拉铁摩尔的成果……还没有被取代。"①

　　虽然20世纪60年代的蒙古人称我父亲为拉巴什，但20世纪30年代的蒙古人给他起了另一个称呼——甘查尔·席勒台（Ganchar Siltei），意思是"孤独的镜片"，或者单片眼镜。欧文有时解释说，这是因为他在草原上骑马时戴着单片眼镜，蒙古人可以通过这种单片眼镜反射的阳光轻易地在远处辨认出他。我的女儿玛莉亚曾经在1981年和欧文游历中国和蒙古，在欧文去世大约一年后，她写了一首名为"甘查尔·席勒台"的诗：

> 人们今天向太空发射了一架望远镜，
> 就像人们在祈祷时说的那样，
> 为的是看向远方，了解星空的过往。
> 我知道，在这片崭新的古老苍穹中，
> 有颗遥远的无名星星在某处绽放光芒，
> 星光闪烁如单片眼镜，
> 镜片像署名般，一直被爷爷戴在脸上，
> 在他和古老商队相处的年轻时光。

戴维·拉铁摩尔

1995年3月

---

① 邓如萍（Ruth W. Dunnell）：《〈危险的边疆：游牧帝国和中国〉书评》（"Review of The Perilous Frontier: Nomadic Empires and China"，该书作者是托马斯·J.巴菲尔德——译者），《亚洲研究期刊》（*Journal of Asian Studies*）第1季第50期，1991年2月，第127页。

1975 年版序

从 1918 年第一次世界大战终结到 1929 年华尔街大危机爆发期间，我进行了这次旅行，并写完了这本书，当时的世界到处都是喜好冒险的年轻人，他们试图找到各种机会进入那些能让他们与战争隔绝的国家。他们前往亚洲的次数要远多于前往非洲和拉丁美洲的次数，用后来一代年轻人的话来说，这是因为亚洲是"正在活跃的地方"。日本已经跃升为一支新的帝国力量，而中国与印度的民族主义情绪正日益高涨。

在这些年轻的游荡者中，有很大一部分是美国人，这仅仅是因为美国在战争中变得富裕，而欧洲国家则变得贫穷。美国出版商比任何其他国家的出版商都更有财力出版新的、不知名作家的作品，而公众则愿意购买任何一位旅行者的作品。这些旅行者几乎踏遍了亚洲各地，他们自称"追随马可·波罗的脚步"。在这些情况下，旅行者在他（也常常是她）穿行时，实际上并不了解那些所遇见的民众的历史、习俗与语言，并将收集信息的工作换成了"冒险"，把旅行中的无能变成了"吃苦耐劳"。

在我的旅程开始之前的数年时间里，我阅读了所能获取的关于蒙古和新疆的所有作品，并一路上随身携带诸如裕尔（Yule）的《马可·波罗之书》（*The Book of Ser Marco Polo*）、道格拉斯·卡拉瑟斯的《鲜为人知的蒙古》、斯坦因爵士的《沙漠契丹废址记》（*Ruins of Desert Cathay*）等经典作品，这便是我与前段所述的时代特性格格不入的地方。我也努力使自己的汉语口语不那么像我的第一个老师那种绅士腔，他是一位抽鸦片的前朝满族官吏，已经没落尘世了，与之相比，我更喜欢工人、农民，尤其是从事商队贸易的商人的语言。但我那时还没有见过商队的人。

这门语言训练课程有它的好处，它使我在旅行中学到更多的东西。然而，它也有助于解释这本书的一些缺陷。《从塞北到西域》太过书卷气了。它反映了一个年轻人努力地——有时是过于紧张地努力，显示他知晓多少，他如何彻底掌握了他的问题，他如何深入地渗透到那些人的生活中，似乎没有他的帮助，读者将永远无法理解那些人的本质。

至于"深入地渗透到那些人的生活中"，在 45 年后的今天，当我读到其中的一些章节时，还是会有一种纡尊降贵的感觉，而这曾经是"本土民众当中的白人"的时尚谦逊态度。我尤其后悔的是，对我忠实的伙伴摩西表现出了某些主人的态度，因为他们遵从一些糟糕的旧传统，这些旧传统往往将对那些"忠诚的本地仆人"的赞美，看成一种确立权威的间接方式。还有一些章节表明，尽管我喜好内陆地区探险，但我还是无法摆脱社会上的势利态度，并深为厌恶 20 世纪 20 年代中国沿海商贸港口的外国人在政治上的麻木不仁。

这本书的另一个不足之处，也是我无可辩驳的弱点，那就是在当时，我还不了解蒙古人，因此错过了很多值得学习的东西。我也没有从中国的驼队商人那里获得关于蒙古人的真实信息，因为这些驼队人员就像水手，他们到远方去旅行，却从没有学习当地的语言，除了在喝酒或寻欢作乐时使用的几句话之外。我很少有机会能像理解汉族人的话那样，理解蒙古人所说的话的意思，因为这些蒙古语和汉语在发音上非常不同，因此一个蒙古语词汇转化成汉语词汇，或者说一个汉语词汇被蒙古人借用的话，常常会拼错。

也正因为如此，当时我以为"胡里冒儿"（hu-la-mao'rh）这个词来自山西或绥远的行话，实际上它指的是"混杂"的商队——意思是这支商队中的骆驼和货物是混在一起的，却按照协议前往一个共同的终点。我将其描绘成"闲逛"（jerrycummumumble），因为它看起来像是表达诸如"稀里糊涂"之类的词汇，或多或少带着"听天由命"以及"马马虎虎"的感觉。实际上，这只不过是蒙古语"kholimag"（意为混杂）的音译。我相信，这类商队都更像源自蒙古，而非中原，或者我们应该说源于边疆。这种组织的原则就像俄国的互助组织（artel'）——这是一种个人之间为有限目的、用有限时间组织起来的联盟。

当这种音节式的"kholimag"被写成汉字的时候，它们就形成了一种没有自身意义的词汇。这种汉语词汇只有其语音学的意义。然而，这些行话词汇还有另一种类型，音节再加上语音学意义，构成了另一种词汇，这种词汇具有一种意义，然而这种意义是误导性的。一个例子（不在本书里，而在我随后所写的《下天山：亚洲腹地之旅》一书中）是"羊羔子"（yang-kao-tze）。当用汉字写下来的时候，它的意思是"羔羊"，但是真正的意思是"娼妓"。它是蒙古语中"yangan"（旧式拼写为 yanggan）的一种讹用。这个词的尾音拖得有点长，我想这个词汇事实上或许是一个源自中亚突厥诸语言的蒙古语借词。

被商队人员使用的另一个关于"娼妓"的词汇是"姑姑子"（K'ou-k'ou-tze）[在这里，"子"（-tze）表示的是"小"的意思]。这一词汇来自蒙古语的"Khuukhen"（"女孩""姑娘"），并泛指"女朋友""同居女性"。在那些贵族以及富户之下的蒙古人当中，在革命时代之前的岁月里，这个词汇常常只是指"妻子"。

当然，那里也有相反的例子。1860年至1861年，有位名为僧格林沁的蒙古亲王，听命于其封建领主——清朝皇帝，与从天津登陆并进占北京、焚毁著名的圆明园的英法联军决一死战。僧格林沁，就像众多其他人名一样，来自蒙古地区，有着藏传佛教信仰（就像一些"基督徒"的名字实际上来自希伯来人一样）。这个名字的后半部分"林沁"在藏语中的意思是"财富"（因为我不懂藏语，所以无法确定它是否可能是一个来自印度语言的藏语借词）。名字的前半部分"僧格"，无疑来自北印度地区的印欧语系。它的意思是"狮子"，而且就像"辛格"（Singh）一样，是锡克人名字中一个标准的组成部分。汉语将这个名字拼写成"僧格林沁"。在英国军队这里，他们所对抗的这位勇敢亲王的名字，就变成了一个有意思的变体——"山姆·科林森"（Sam Collinson）。

这种变化的词汇中有些是非常有意思的。马鬃（踪）山（参见第十五章"黑喇嘛城堡"）在本书第245页①上被解释为"像马蹄印一样的山"。这是商队人员告诉我的得名原因。直到多年之后，我才知道这一名称真正的起源与意义。它来自蒙古语的"Metsin

---

① 原书页码，中译本边码，下同。——译者注

Uhl"（旧式拼写为 Bechin Uhl），意思是"猿人山"。关于这个名字
的意义，可翻阅第 185 页和第 186 页提到的"多毛野人"和各种各
样的熊。这些来自阿尔泰山脉的蒙古故事，讲的是一种被蒙古人称
为"阿尔马斯"（almas）的不像人也不像熊的生物。换句话说，这
是神话中的西藏雪人传说的衍生，可以说是殖民地理。

在第十五章我也讲了假喇嘛（False Lama）[1] 的故事。我这么叫
他是因为商队的人把他的名字念成"假"（chia）。在将近半个世纪
后再次阅读这个故事时，我惊讶又高兴地发现，它证明了历史真相
可以以一种非常接近民间传说的口述史形式保存下来。这个名字中
的"chia"实际上是蒙古语（或者说是藏语）中的"ja"，是丹毕坚
赞（Dambijantsan）一名的缩写，这在蒙古地区很常见。

假喇嘛或丹毕坚赞是来自伏尔加河流域的卡尔梅克人（卡尔穆
克，确切来说是卡尔梅格）。如果我当时懂俄语，我就能知道杰出的
俄罗斯学者和旅行家波兹德涅夫在 1893 年的旅行中听说过他 ［参
见阿·马·波兹德涅夫（E.M.Pozdneev）：《蒙古与蒙古人》第 1
卷（*Mongoliya i Mongoli*，Vol I，St. Petersburg），1893 年；英译本
（*Mongolia and the Mongols*，Bloomington，Indiana，1971）中作者
名字又转录为"Pozdneyev"］。与波兹德涅夫存在私交的商人学者布
尔杜科夫（A.V. Burdukov）对他了解颇深 ［其著作为 *V Staroi i Novoi
Mongolii*，Moscow，1969，英译作"在旧蒙古与新蒙古"（*In the Old*

---

[1] 即正文中的黑喇嘛，本名丹毕坚赞，也称丹宾坚赞、丹毕加参、丹宾。出生在漠西蒙古杜
尔伯特部，1910 年进入新疆，1911—1912 年率军袭击驻科布多的中国军队，并大肆屠戮汉
人及回民，1914 年，黑喇嘛的暴行被写成报告送往沙俄政府，俄国政府随即将黑喇嘛送进
监狱，1917 年，黑喇嘛获释。1919 年，黑喇嘛在外蒙古与中国军队作战。1921 年，同流
亡到外蒙古的白俄军队合作，同年，在外蒙古的政治斗争失败后逃至马鬃山一带。1924 年，
外蒙古与苏联组成一支远征军，越界终结了黑喇嘛势力。——译者注

and New Mongolia），此书包含大量有价值的笔记，并附有兹拉特金的评论］。根据布尔杜科夫的说法，当时自称丹毕坚赞的人不止一个，其中一个据说来自当时外蒙古的东部，并在内蒙古东部的多伦淖尔（Delonnor 或 Doloon nur）的佛教中心研习。多伦淖尔深受中原的影响，很多喇嘛都说汉语。

很明显，商队版本的故事认为他真的是个俄国人，或者是一个俄罗斯化的布里亚特人，与他是卡尔梅克人这一事实相呼应，也就是说，他不是蒙古地区的"普通"蒙古人，另外，还有说法称他是"来自东北的汉人，曾在蒙古为大盛魁王公商号牧马"，这呼应了布尔杜科夫的"另类"版本，即"他来自蒙古东部，但在西部生活了多年，能像蒙古西部的人一样说话"。在赫尔曼·康斯滕（Hermann Consten）的《蒙古人的牧场》（*Weideplatze der Mongolen*，Berlin，1919-1920）一书中可以找到关于他的耸人听闻的描述和惊人的照片，这些都是基于在蒙古旅行所得，当时丹毕坚赞正在科布多发展其势力。

除此之外，还有一个依据是阿拉什给我讲的故事。阿拉什是我20世纪30年代在内蒙古进行"蒙古之旅"的旅伴。阿拉什自己就是来自阿尔泰的雅克沁人，他有一个兄弟（我没见过他）曾经是丹毕坚赞的追随者。我拥有的另一则原始资料是已故的迪鲁瓦·呼图克图的自传。我妻子去世时还没有完成对这些材料的编辑工作。我的研究伙伴矶野富士子将完成这项工作，并且由我进行编辑，但这项工作存在困难。迪鲁瓦是在相当长的一段时间里断断续续地口述他的自传的，我负责直译或意译，我的儿子负责写下这个英文版本。由于采用这种方法，有一些重复的地方必须相互校对，也有一些空白需要通过笔记或注释来填补。

这些参考文献无法穷尽所有原始材料，但是至少有一部必须要提，即奥布鲁切夫（V. A. Obruchev）的《在中亚的荒原上》（*V Debryakh Tsentral'noi Azii*，Moscow，1956），该书的英文版（很可惜是缩编版）于 1961 年出版于伦敦（*Kukushkin, A Geographer's Tales*）。奥布鲁切夫是一位伟大的地质探险家，在关于蒙古人和中亚人不同旅行模式的细节描述和知识方面罕有其匹。令人遗憾的是，这些细节在英文缩编版中被大量省略了。他晚年为后辈写了几部小说式的冒险故事，这就是其中之一。书中有两个年轻的主人公，一个是俄罗斯人，他母亲是阿尔泰突厥人，另一个是蒙古人。很明显，他笔下俄罗斯主角的原型是布尔杜科夫（上面提到过，布尔杜科夫一定是他的一个信息来源）。这本书讲了一个冒险家的故事，他置身沙漠，保护和剥削商队贸易，并以一种不正当的方式与中国诸省的统治者进行交易。这个生动的故事以小说的形式呈现，大体上与隶属于"假喇嘛"及其马鬃山据点的商贩的描述一致。

虽然过去的研究很多，但许多新的工作正在进行。我的研究伙伴矶野富士子不久将发表一篇关于 1921 年蒙古革命游击队的文章，其中包括对南扎德（Nanzade，即南兹德巴特尔）个人叙述的完整翻译，南扎德领导的游击队推翻了丹毕坚赞。当代杰出的蒙古历史学家纳察道尔吉院士［Sh. Natsagdorj，他为蒙古伟大的革命战士、政治家苏赫巴托尔撰写了传记，我和同事鄂嫩翻译了该传记并将其收入《蒙古的民族主义和革命》（*Nationalism and Revolution in Mongolia*，Leiden，1955）］正在写一本关于丹毕坚赞的专著。他的优势在于可以查阅未公布的国家档案。他可能还会根据自己的历史研究写一部惊悚电影的剧本。

我那时的中文知识并不像有时自以为的那么好。我在第 147 页提到周家长子，在第 148 页，我说他被称为"六子"，那是他的乳名。但"六子"的字面意思是排行第六的儿子，这对长子来言显得很荒谬。不过要注意的是，他是个吸鸦片的烟鬼。直到后来我才理解了这个绰号的含义。"六子"也可以意味着"和六有关的特征或讯息"。在手语中，如果中间的几根手指向内弯曲，就像一个人握紧拳头，只伸出大拇指和小拇指，那就是"六"的手势。如果在做"六"的手势时，拇指和小指尽量向两侧伸出，就成了"鸦片烟斗""大烟鬼"的手势。

另一个例子是我在第 163 页提及的博格达雪峰（Bogda Ola，现代蒙古文拼写为 Bogd Uul），这座"神圣之山"被称为"面包山"（Bread Mountain）、"馍馍山"或"馒头山"，因为它是一个信号，表明商队正在接近"能够饱餐精细的白面包"的地方。这里混淆了两种解释。有人告诉我，"馒头山"就是"面包山"的意思。但馍馍是一种圆形的、柔软的小馒头，是女性乳房或乳头的俚语称法。因此"馍馍山"就相当于落基山脉中的大提顿山（the Grand Tetons）。

我对政治的理解还很肤浅。一个例子就是，我没有公正对待那位有趣的人物——冯玉祥将军（多年之后我认识了他）。在 20 世纪 20 年代的军阀割据时期，他被他的对手切断了进入海港的通道，而通过这些海港可以从国外买到武器。在内陆地区，他必须节省弹药，无法像对手那样任意使用武力，必须更多地依靠公众的支持。因此，与其他军阀相比，他征收的税更公平，他还严禁属下的军队肆意抢掠，并支持那些在其他地方被大公司，尤其是与享有特权的外国公司相关的"买办"贸易所排挤的小商人。事实上，他是后来共产党人（从他离开的地方崛起）所称的资产阶级民主主义者，而在美国人看来，或许是一个民粹主义者。

最后，我对历史的认识由于嵌入了民间传说和民俗，因此还不够成熟。我本应该更多地去了解 17 世纪末到 18 世纪初，在清朝康熙皇帝征服蒙古并进入新疆地区的过程中，商队贸易与一般贸易之间的关系。当商队成员提及"汉人和蒙古人间的关系自康熙时确立至今"时（第 157 页），他们所说的这些话与史实很相符。蒙古学者的近期研究已经表明，由中国军队控制的供给商队也参与了私人贸易。保持军需物资流动的必要性使得容忍甚至保护这些私人活动成为一种政治行为——当然，部分原因是饱受战争蹂躏的蒙古急需各种商品。汉人贸易和高利贷模式的起源，以及保护它们的特权，在外蒙古一直维系到 1921 年蒙古革命爆发（在内蒙古则持续到 1949 年中国共产党取得胜利）。

在正文第 71—72 页，关于中国著名商号大盛魁的信使或传信犬的叙述也有基于历史的佐证。近年来，在阿尔泰山和蒙古人民共和国西部，我发现人们对这些狗记忆犹新。此外，我的一个蒙古朋友达赉，他就是阿尔泰人，已经在元朝的汉文史料中发现，远到东北都有这种由国家维系的传信犬服务。

总而言之，从这几页的补充和更正中可以看出，这次旅行的"野外工作"成果是有一定价值的，但必须把这本书当作初学者的作品来宽容地阅读。

欧文·拉铁摩尔

利兹大学中文系

1972 年

1929 年版序

　　我将这本书命名为《从塞北到西域：重走沙漠古道》，是因为旅途中所走过的路可以说绝大部分都是那些穿越蒙古，或者从蒙古通往西域的所有商队路线上的沙漠地带。它在商队中的独特名称是"绕路"（Jao Lu 或 Winding Road），即"蜿蜒之路"；但是，与其他地方相比，无论是在草地，还是在"明地"（放垦地带）的边缘，这条沙漠之路都一直引人注目。我在通往西域的沙漠之路上，度过了四个月的时光，这是我从北京到印度的陆路之旅的第一篇章。我在 1926 年独自完成了蒙古之旅，到了来年初，我的妻子在西伯利亚边界附近的塔城（Chuguchak）与我会合，我们一起穿越了中国西域，并越过喀喇昆仑山前往列城、克什米尔和印度。

　　在第一章中，我对蒙古商队贸易的历史和现状进行了充分的概述，为叙述提供了必要的背景。另一方面，我已经尽量在故事中不对古代商贸路线及其对如今使用的商队路线产生的影响进行过多专门的讨论，同时除了对中国和俄国之间那些遥远和鲜为人知的经济和政治变迁作粗略评述之外，也不会再涉及更多的内容。

　　由于这次所涉各地区的人名拼写依然是一个尚未得到权威性解决的难点，因此我认为有理由选择自己的标准。在突厥语名称的拼写方面，我遵循了皇家地理学会名称委员会的建议。然而，对于汉语名称，我已经背离了如今已被广泛接受的中国邮政式拼音。邮政式拼音体系表面上具有现成的一致性优势，尽管很便捷，但它不是基于连贯的单一转写方法。因此，我采用了韦氏转写法，可在名称的音节划分上，我有自己的判断。有几个例子可以说明我的关注点：

　　兰州（Lan Chou，"兰"是这座城市的名称，是正确的发音，而"州"则是古代王朝体系下的一种行政级别）

　　归化（Kuei-hua，这两个用连字符号串起来的单字，构成了这座城市的名称，它的行政级别常常在人们使用口语时被遗漏）①

　　古城子（Ku Ch'eng-tze，古是"古代"的意思，"城子"则指"城市"，自然就成为一个双音节名称）②

　　我试图在一定程度上将其合理化的是，这些汉语地名，尤其是在遥远的内陆地区，主要为两种理应得到更多关注的人带来好处：一种是了解当地语言知识的旅行者，正如我所知道的，他们常常顾名思义，从名称含义上得到线索，进而获得帮助；而另一种则是更加不甚仔细的人，他们喜欢通过名称线索帮助自己查字典找到那

---

① 归化是呼和浩特的旧称，此处应指呼和浩特老城。呼和浩特源自蒙古语，意为"青色的城"，明建归化城，清建绥远城，置归化、绥远二厅，1912年改厅为县，1913年二县合并为归绥县，1914年改归绥县。1928年绥远建省，以归绥城城区设归绥市，为省会。1952年起为内蒙古自治区首府，1954年改今名。——译者注
② 又名古城，在今新疆奇台县。——译者注

些地名。我还自然而然地保留了几个名词／地名，这些都已经有很完善的英文版本了。强行将"Tientsin"（天津）转回原本的"T'ien-ching"，就像是使"Wien"（维也纳的德文拼写）回到"Vienna"一样，没有什么意义。至于那些我所经手的名词／地名，我在本书索引当中已经用其他的拼写作了补充，对于"Lan Chou"（兰州），我写成"Lanchow"，对于"Kuei-hua"（归化），我写成"Kueihuating"（归化厅）或"Kueihuacheng"（归化城），并将"Ku Ch'eng-tze"（古城子）写成"Kuchengtze"或"Guchen"（古城）。对于这些地名之外的汉语名，我也使用韦氏拼写，但是有那么一两次，我没有将这些词汇从一种方言形式转换为更为典雅的北京"官话"。

还有一些蒙古语名字与词汇，大部分我都不得不按照语音拼写出来了，但愿我听到的发音是正确的。对于这些名称和词汇，我没办法故作精确或者具有权威性。我在正文中可能提到过，在处理蒙古语词汇时，我将表示黑色的词汇拼写为 Khara，例如 Khara-khoto（喀喇浩特），即黑城或黑水城。但是，更古典的 Kharashahr（喀喇沙尔）[1] 的意思也是黑色的城市，我将其替换为 QaraShahr，为的是遵循皇家地理学会的体系，因为这里的 Qara 并不是蒙古语，而是突厥语。在此，我希望近期出版的关于蒙古地区的一幅官方地图，能够为转写提供一种权威方法。

总而言之，对于这两种拼写形式，我们必须特别加以关注。我所确信的是，在指称巴里坤湖和巴里坤山脉的时候，最好写成分开的 Bar Köl，而 Barköl 则最好用来指称城镇，完全省略该城镇的官方汉语名称"镇西"，其口语名称 Pa-li-k'un（巴里坤）不过是

---

① 即今新疆焉耆。——译者注

Barköl 的讹变。

我的"权威",即我对之前旅行者的参考,我已经在脚注中作了明确的说明,而不是将它们一股脑儿放到本书最后的书目里面。我之所以这样做,是为了使自己避免走向两个极端,这两个极端是我在阅读现代旅行作品时注意到的,但这些作品中只有少数几本是真正的好书。一种极端是将所有的东西都读过,包括那些毫无用处和毫不相关的东西。另一种极端则是一种倾向,很遗憾,我自己的同胞中存在着一种明显的倾向,那就是忽略所有的参考文献,从而造成了很恶劣的假象,即一个人一直在完全未被探索和未被测绘的地带旅行。因此,在每一处我受惠于某本书的地方,我都会指出我所受何惠。对那些对蒙古地理感兴趣的人们,我会尽可能清楚地说明,哪些地方是迄今为止尚未探索过的。我应该补充一点的是,由于没有科兹洛夫(Kozloff)作品的英文版,我能利用的只有《地理》(*La Géographie*)杂志对他探险之旅(我也到过他的那些区域)的概述。

如今,在中国腹地进行旅行不是件容易的事情,即便是我自己的旅行,虽然孤身一人且小心谨慎,但如果没有许多人的帮助和善意,这次旅行也不可能成功。对他们当中的一些人来说,这本书的出现将表明他们的帮助没有白费,这也体现了我对他们的感激之情。但是,我还必须特别表达对《京津时报》时任编辑伍德海先生(H. G. W. Woodhead)的敬意,感谢他最初的鼓励与支持;还要感谢潘绮禄先生(Pan Tsilu)在西域的友谊,并提供舒适的办公室;也要感谢我的前雇主们——天津安利洋行各位收货人的帮助,他们为我提供了前往其内地贸易代表处的介绍信。我还要感谢位于罗马的地理学会、位于巴黎的地理学会以及英国皇家地理学会,它们慷慨允准我在回来后使用相应的书籍与地图。

第一章　通向亚洲腹地之路

如今已经很少有人了解，从中原通往蒙古之路的发轫以及自内
地进入新疆的商道起源，然而在道路开辟之初，人们就用产于中原
的手工业产品和丝绸交换兽皮、金砂和玉石。这种贸易的发轫被战
争和征服所掩盖，军事行动在这一区域也会沿着同一路线开展，这
些路线既历史悠久，又是人员往来的必经之路。每当中亚的游牧民
族足够强悍，他们就会大肆侵扰中原王朝的北部和西部边疆，占领
广袤的疆土，建立自己的国家和王朝。相反，当中原人实力占据上
风时，也会兵锋西指，并与西域进行贸易，他们不仅翻越喀喇昆仑
山和帕米尔高原，同印度北部地区建立联系，甚至还打通了一条穿
越西域的道路，这条路的尽头更加漫长且超乎想象。道路沿线国家
的商人获得珍贵而巧夺天工的丝绸后，将它们运至地中海，以博得
希腊人和罗马人的青睐。

在这些沟通中西的线路之中，最为我们熟悉的经典线路被称
为"官道"（Imperial Highway），它至今仍在被使用。这条路线从
今天的京汉铁路之间出发（铁路连通着长江流域和北京）后抵达西
安——中国伟大的古都，然后穿越陕西、甘肃一直到达安西，^① 即古
代玉门关的附近，这座关隘在鼎盛期是中原人涉足西域的起点。从
安西开始，因不同时期的条件变化和中原王朝势力范围的盈缩，进

---

① 安西，即今甘肃瓜州。——译者注

入中亚的诸条道路也会有所区别。沿着其中的一条或者数条路线，中原王朝的军队可以一直将据点设立到帕米尔高原和撒马尔罕，中原的佛教徒可以去印度北部取经，一些西方探险家，诸如马可·波罗、鄂本笃也会往来穿梭于其中。

其他一些鲜为人知的道路也存在了很长时间，它们将北京及其所在的中国北方、蒙古地区和中欧之间主要分布于中亚的交通线连接起来。这些道路最初是游牧民族的入侵者在探寻，然后被较小的侯国和政权、边远地区的汗国和周边王国的商人们沿用。在成吉思汗及其继承者，以及清朝的统治下，上述交通线的重要性得到重视，这些英明之主的军队和使节一直沿着此路往来于王朝的核心地带和边疆前哨之间，和平时期，沿途还会密布商队及露营地。

一路上尽管会有骑马的信使匆匆来往，但最常见的还是牵着骆驼的商队，因此这些通往蒙古的道路自始至终都扮演着商路的角色。官道是马车路，也是供定居族群的商队和军队往来的走廊，但这条商路却一直被游牧民族和渐染游牧民族风气的汉人所占用，沿途很少能见到马车，纵使由骆驼牵引的车辆也难得一见。

途经内外蒙古的道路主要是以下几条：

（1）从张家口（Kalgan）到库伦（Urga），[①] 向北到达西伯利亚边缘的恰克图（Kiakhta）；

（2）从库伦到蒙古西部的乌里雅苏台（Uliassutai）和科布多（Kobdo）；

（3）从归化到乌里雅苏台和科布多；

（4）从归化到古城子，一直往前走到达乌鲁木齐或哈密

---

① 库伦，即今乌兰巴托。——译者注

（Hami），并与准噶尔和新疆其他地区的交通线联通；

（5）从归化经包头进入黄河流域，并一直到达甘肃——这条路可供马车行驶，与官道的西段相连接；

（6）从归化经内蒙古到哈密或古城子。

最模糊也最鲜为人知的商道，是我在 1926 年前往新疆旅行时穿越蒙古走过的漫漫长路，这可能是近些年才被商队重新启用的古道，因为其他道路被频发于中亚和东亚的战乱阻断。该线路也是为数不多的几条不受政局变动影响的古道之一，它深藏大漠之中，水源缺乏足以使作战部队望而却步，巨大的沙山也会阻断马车和现代化交通工具的前进。虽然现代人可以沿着铁路和公路旅行，但在这条名副其实的"绕路"面前，现代人束手无策。这一古老的沙漠之路从沿用直到光荣地湮没，都被荒漠拱卫。

我旅行的初衷不是科研，遑论所谓"传教"或"远征"，我来这更像是一个沉迷梦境的老者或欣赏异域风情的青年，但这在某种意义上也确实源于政治和经济层面、对历史复杂的统一性以及被发掘的浩如烟海的资料的感受。一切都始于我的一个夙愿，即以传统商队的方式完成这一旅程，因为我发现这些商队具有历久弥新、日渐丰富的内涵：这也是我们生活当中的诸多资源或源泉之一。

从中世纪到敌国再度入侵，我们对这段时期内的中亚知之甚少，原因在于东西方之间开始海上交流后，敢于穿越险峻山岭和沙漠腹地的传教士、朝圣者、使节和探险家越来越少。马可·波罗自华归国时是先走海路抵达印度，在马可·波罗之后，受好奇心的驱使，海路航线的开辟开始给闭塞的中国带来影响。只要中国的英明之君和征服者与西方保持着哪怕最为遥远的联系，并且在与友好异族的交流中保持利益和风险的平衡，那么随着迁徙和部落战争的结束，外来部落的族群以及游牧民族征服者就不再被视为潜在的盟友或入侵者。少数商业冒险家乘船从海上来到中国，中国君臣和子民怀疑他们并非受大国派遣而来，而是海盗之流，这些外来者自身也慑服于中国的强盛，不敢图谋不轨。他们自身若极力想在某几个海港定居，通常不会采取军事手段逼迫中国的君臣，而是使用外交手段或阿谀奉承，直到被傲慢的对待逼到绝境时才会诉诸武力。他们在沿海采取的小规模入侵行动仍被定义为海盗侵扰而非战争，纵使尚有少数人参与利润可观的贸易，然而此时中西之间的隔阂在实质上更甚于陆上丝路较为繁荣的时期。若从思想层面解释这一历史现象，其原因在于乘船经商者对一个国家的生活和风俗的影响远小于骑骆驼、跟从骡队甚至骑驴前来的造访者。

　　长时期内，这段海上丝路备受青睐，而传统的陆路被遗忘，只有少数中国商人仍利用此路，他们经年累月并世代相传，带着传统的商品在这一漫长的古道上跋涉。直到俄罗斯采取长达60年的"扩张政策"，才重新唤起了人们对这些中亚古国的兴趣，它们仍将远东和欧洲分隔，苏俄成立后，在其"东进政策"中再次启用类似政策，又一次吸引了世界对中亚的关注。

　　经济利益与政治利益息息相关。中世纪末期，陆路贸易开始受到海上贸易竞争的影响，但最终却从中受益，并迎来意料之外的复兴，究其原因，中国港口的洋商与此有着直接的关联。在1900年之前的几十年里，陆路贸易可能处于最低点。随着清朝从太平军起义以及其他地区起义中恢复元气，义和团被镇压之后，中外贸易得到保障和恢复，并开始带来更多影响。贸易不再局限于茶叶、丝绸之类更为珍贵的货物，而是因原材料的需求繁荣起来。羊毛、兽皮、山羊皮和皮草交易发展迅猛，以至于中国边疆的东北和蒙古部分地区供不应求。内地需求越来越大，商队为了更多盈利，从遥远的外蒙古、新疆和青藏高原牧场运来牧产品。当苏俄"东进政策"的压力向中亚和中国东部地区袭来时，商业竞争反倒伴随着中央权威的衰退和中国政局的恶化而日渐加剧，商队忙得不可开交，大有以往明清影响世界经济时的架势。

羊毛交易是一件神秘的事或者说是细致活。货物被商队运送至火车站，再沿铁路来到天津和最终入海的海河。中间商们在铁路货栈和外国公司之间奔波，他们只要抓起一把羊毛掂量掂量，就能告诉你一百磅羊毛里掺杂了多少沙土，误差只在几盎司之内。甚至有美国、英国、日本的商人只要反复掂量，并抽出一撮羊毛闻它的味道，就能指出这些羊毛是来自青海肥沃牧场的"西宁货"还是冒牌，后者是从质地较差的甘肃羊毛中挑拣出来的。

这些活计与我关联甚微，所以我对此知之甚少。那些行家不喜欢远足，对他们来说，开车去高尔夫俱乐部才是休息日的旅程安排。如果我效法他们，就压根不会踏上商队的道路。或许是命中注定，有一次我由于会说中文而被派往内陆去购买羊毛。随行的是一个名叫潘绮禄①的中国青年，我所在的公司曾联络他，当时他正准备回乌鲁木齐探亲。他的父亲正是斯坦因爵士书中所提及的"潘大人"，②数月后这位潘大人去世，他是一个博学的地方官，强烈的兴趣使他在学术探索中颇有所获。潘大人既是保守的学者和士绅，又是恪尽职守的地方大员，在整个新疆声望颇高，被当地人称为"潘善人"。他的儿子潘绮禄大约30岁，也小有名气。潘绮禄曾沿着官

8

---

① 若按罗马拼音应读作"P'an Chi-lou"，中国人在姓名的英文拼写上和我们一样较为随意。
② 即潘震（1851—1926），曾在阿克苏道台任上帮助斯坦因获取大量中国文物，民国初年先后任新疆布政使、新疆财政厅长等职。——译者注

道从新疆到甘肃，先后途经哈密、安西、兰州，然后经过甘肃、陕西，最终取道蒙古境内的大西路，穿越西伯利亚（这是他第三次进入西伯利亚）到达北京。潘绮禄在内地长大，并从传教士那里学会了法语、英语和俄语，通过在北京的深造提高了自身的英语水平，他回到新疆以后，立刻被提升为高级官员，和他的友情是我这次旅行成功的决定性因素。

据我所知，南口镇是从蒙古到北京的"南大门"，从南口镇出发到张家口，一直能到由归化、丰镇、包头组成的绥远省，该省脱胎于河北、山西等省的边界地区，以及蒙古的一些边缘地区，这些地区主要分布着汉人定居者，并被整合到中国最新的铁路网。此时出发的确不是好时机，因时值2月，气温最低，加之春节因素，生意冷清。但是此时政治动乱的前兆已有所呈现，由于部队调动，铁路受阻，大量的羊毛堆积在火车站，它们是由来自各地的商队运到归化的，并积压于此。这些羊毛大部分都是外国公司购买的（包括我任职的公司），这些公司很担心不能按照合同规定的时间运送货物到港口再送往美国。我此行的任务是设法为公司找到运输羊毛的车辆。

9　　我认为归化是荒蛮苦寒之地，仅此而已。我认为此行不会发现一个全新的世界，而是要面对一处非常古老的地带，这个地方有着它自己的法则、传统习俗和生活了数个世纪之久的人群。火车晚点了好几个小时，我们既冷又僵地下了车，正好碰上一辆车，上面盖着一个弯曲的兜帽，我们管它叫"北京马车"。不过，那是一辆用松鼠皮、豹皮和丝绸做衬里的骡车，由一匹戴着黄铜马具的山西大骡子拉着——京师官员一度以这种骡子为傲。

我到归化后便一直和当地人打交道，这些人所讲的方言对我来说很陌生，以至于最初几天我都无法听懂。他们带我去拜访商队的首领和铁路运输的代理人，商人和代理人的办公室里摆放着雕花的木制品，衣着光鲜的职员为衣着粗糙的人递送茶水，这些人披着色彩暗淡的羊皮，身上沾有冬天跑商路时留下的泥垢。然后他们把我带到站场，那里的羊毛已经堆积数月之久，随着商队的到来，羊毛每天都在增加。城外挤满了数十甚至数百头骆驼，它们是去年从新疆来的，现在它们趴在调车线旁，在轰鸣的机车后面隔着几码朝机车发出尖叫。商队的人汗流浃背地在严寒中工作，他们中的一些人甚至光着膀子，上上下下来回忙碌，拔出紧固销，任由沉重的吐鲁番棉包和焉耆羊毛滚落地面，他们拉着结了冰的绳结，解开绑着货物的绳索，这些货物在古城子——商队经过的最大城市——就被捆好装箱挂在驼背上。

　　辞别中国友人后，我独自坐火车行驶大约 90 英里来到包头，包头的意思是行李（运输）的尽头，即货物被送到的地方。铁路在此与黄河的北部相接，黄河在绕过鄂尔多斯沙漠后，又流入中原地区。这条铁路的修建进展面临两个考验：一个是架一座半英里长的桥过黄河，每年汛期时，土质松软地势较低的两岸土地都会崩塌和移位；第二个困难更难克服，即铺设铁轨穿过漫漫黄沙。

　　从兰州一路顺着黄河走水路下来，会看到满载羊毛和兽皮的筏子和小船，这些货物来自青海和甘肃。而从包头出发逆流而上是不大可行的，因为河水湍急无法行舟，所以要走陆路进入内蒙古的鄂尔多斯和阿拉善盟，并搭乘马车或者骑骆驼到宁夏和甘肃兰州。我在包头待了几天，这是一个被夯土墙包围的小城，城内有两条繁忙的街道，它们是繁荣的商业区，地上遍布被冻住的污水，街边不时会有吵闹的儿童、为争夺垃圾狂吠的野狗，以及四处游荡、躁动不安的黑猪。我下榻的旅馆也为许多商人、银行家和中间商提供了住所。在这里会再度遇见许多侃侃而谈的旅客，他们谈论的一直是羊毛和骆驼的价格、商队运输费和马车佣金、从包头到偏远亚洲腹地的数十天经历以及劫道的土匪和拦路的官兵。有时他们也会谈及能让人发家的商业冒险、这条沙漠之路上的商机和风险或者商队在风暴中的损失，沿线人们的经商和生活方式完全不同于我坐火车时所看到的异域风情，但这些旅客却并没有意识到这种差异。

之前的数月，匪徒一直在猛攻包头的城墙。因此城门总会在黄昏关闭，切断城内和城外车站之间的联系。不过，事情开始出现一点转机，有几个人——正如他们自己所说——因缺钱而无法在城外车站过夜。由于担心大门开得晚，或者害怕治安手续耽搁时间，所以我昨晚在城外调车场睡了一觉。我和其中一个货运工头住在土坯房里，与他的工友们一起吃猪肉和卷心菜，并借着一盏油灯从他们那里打听到更多边疆的情形，我从谈话中收获颇丰。人们入睡很早，而我在蒙古犬被解开拴绳看家护院之前，走出那间低矮而气味呛人的屋子透了透气。在黑暗中穿过一捆捆羊毛和棉花仰望星空，星星显得又大又亮。我产生了一种在中国内地其他地方也曾产生过的感觉——渴望摆脱海港办公室的拘束，独自去一个遥远的地方，探访一些原始而又古老的地域。

我想体验过去那种陌生而真实的生活方式，这种生活方式并不落后，因此我坦然接受这一状态。这一次旅行动机的强烈程度远超上述那种"渴望"。我曾与来自边远地区的人接触，所见所闻使我对这一地区兴趣益然并致力于采风和发掘更有价值的东西。

1925年初，在回到天津几天后，我一时冲动向老板递交了辞呈。事后我感到有点沮丧，并开始寻找实现探险愿望的途径。我手头拮据，但是一位在天津某英文报社当编辑的老友为我提供了力所能及的资助，^①即使我的经费只有人均"探险"经费的五分之一，计划仍得以继续实行。可计划仍旧耽搁了数月，因为我在北京和原公司的合同期尚未结束。在这段时间里，我阅读了所有能找到的书籍，这些书均涉及北京和印度之间的广阔地区。我从美国的萨维奇公司（Savage Company）订购了一支步枪——购买进度迟缓，需要得到中国当局的许多批准。之后，我又花费数月才在北洋政府外交部获批一本新的护照，此外还从陆军部获准携带武器弹药。

美国公使馆也没有对我的请求表现过多的热情和支持，这些申请呈送后，他们仅仅略感惊讶。我也没有获得任何团体或博物馆的支持，我想他们虽然会利用美国游客作一些积极的宣传，但不愿意给人一种官方支持的印象。所以一旦我遭遇不测，档案管理员会承担重任，输入"欧文·拉铁摩尔，失踪"，而在"事先告知"（I told you so）这一可悲的外交博弈中，这些团体或博物馆为中国政府提供帮助的可能性也会很小。任何国家的驻外官员都懂得，帮助一位广受宣传的名人走上成功之路与在没有任何把握的前提下帮助一位无足轻重的冒险家贸然闯入险境二者孰轻孰重，美国人也深谙此道。

在这段时间里，我的朋友潘绮禄经西伯利亚前往他位于新疆的家。他告诉我，如果我能成功地通过蒙古到达新疆便一定会款待我，但他再次提醒我，这段旅程遇到的困难要比以往任何时候都多。所有了解中国内地或蒙古的人都受到了同样的警告，但那些最熟悉情况的人都觉得，只要保持安静、机智和耐心，一定能安然无

---

① 即前文提到的伍德海。——译者注

恙地到达目的地。对我来说，主要的不利因素是外国人被严禁进入外蒙古，当地情形充满不确定性。由于 5 月 30 日在上海爆发的事件，[①]整个内地持续弥漫着排外情绪，然而新疆是唯一没有爆发排外风潮的省份。至于外国政府，由于消息不畅、办事不力、内部党争以及对举足轻重的各方势力缺乏了解，只能紧张地看着排外风潮愈演愈烈，对此无能为力。

1926 年 3 月我才动身出发。我的步枪——或者说至少是它的弹药——几天前才到。原来的步枪在运输途中被盗，但我非常幸运地买到了一把型号、口径一样的二手枪。我乘夜班火车离开北京，就在当天下午，一群示威者遭到北洋政府警察的枪击，警察杀害了一些学生和少数旁观者，其中有一些是女学生。枪击发生在距我们寓所不到几百码的地方。整个城市弥漫着一种紧张不安的气氛。城门很早就关闭了，我们很难到达位于城外的车站。

佣人们惊恐万分，他们当中唯有摩西比较冷静："必须以正确的方式看待此事，"他说，"这是吉兆。成大事者的进步总会伴随着惊世骇俗的公共事件和各种灾难。"摩西前几个月被我派给了天津的一个朋友，后来随我来到北京并一直逗留。他一眼就认出了厨子中的一位老相识，这个厨子曾为一位在辛亥革命后前往天津避难的满族王公工作。厨子虽然来自乡下，身份卑微，但是能够说一口流利的北京话，他轻视并想超越摩西，因为他认为摩西不仅没有靠"佣金"变得富有，还一心要跟着一个疯狂的主人到那些荒蛮的地方去。摩西因此对他进行了报复，他自诬为那个厨子欺骗他满族主人的同谋，然后编造一些骇人听闻的旧事，花很长时间讲给其他佣

_____

① 即五卅运动。——译者注

人听。

我从我父亲那里"继承"了摩西。他年轻时候是个拳民。后来他去南非成为一名劳工，在那里他学了一口流利的英语。他的英语现在已经不再流利了，因为他已经在讲汉语的外国人中间服务了很多年，但他能迅速听懂英语。回到中国后，摩西为一个外国人做了多年的佣人，后来又当了一阵铁路餐厅服务员和酒吧服务生，之后便成为我父亲的"大管家"。父亲离开中国后，他来到我家继续负责家务。他在我身边服侍数年，既当厨师又当管家，虽然他能干、真诚、诚实，但我认为他不适合去蒙古旅行。他成家已经数年，有个年幼的儿子要受教育，此外，他已经发福，这对于一个 40 岁的男人兼老佣人来说，当属情理之中。我认为他不会打理营地和处理旅行之事，因为他没有经验，所以当我做计划时就曾告诉摩西，我会力所能及给他一份大礼，并且已经安排他到一个比跟随我更好的岗位。听到自己不能跟随远行，摩西十分失落和沮丧。实际上，他不想被丢下。他说："人人皆知我照顾你父母多年，他们都对我的为人和办事能力赞誉有加，如果你认为我不适合跟随你到任何地方，这对我而言是很丢人的。如果令尊回到中国问我：'摩西，我的儿子在哪？'我又将何言以对？" 14

我向他说明了旅途中可预见的伤病和危险，"这都没关系，"他说，"连我自己都无所畏惧，何必要你替我担心呢？所谓危险几乎都是说说罢了，如果真有人听信这些，也就没人敢去走西口了（走西口意味着穿过长城西边的关口），但是人人都知道口外有很多天津人已经发家致富。除此之外，若时局不利于洋人前往边疆，反倒更需要我这样的人来帮助，因为我会熟练的中文并沿途照顾你。此时正需要我来为你的安全提供保障。"

　　经过一番深思熟虑，我带上了他。在摩西离开天津之前，他的朋友们邀请他参加了一系列晚宴，饭局伊始，这些朋友恳请他另作打算，但他从未表现出退意。尽管当年同样照料洋人的中国佣人得到了更优厚的待遇，但他从未要求额外的报酬。没有旅行者能像我一样受到比这更好的服务了。他从未生病，也从未要求我们缩短行程或者给他减负。有一回，我和妻子在蒙古边缘遭遇了可怕的困难。由于马夫犯了烟瘾，我们不得不在烈日下徒步整整 30 英里。摩西身体不是很硬朗，他已经累得走不动了，在最后两三英里的路程中，他每走一百码就得躺下来休息。当我们到达一个村庄后，我们派人去接他，但是摩西自己走完了全程，他问的第一句话是我的夫人是否安好。次日清晨他说："看来此番旅程我还得学习驾车。"他的脚因此瘸了数日，可一旦他有机会"练习驾车"，他总能以最好的状态赶路。

　　我们离开北京的当晚，他发挥了自己的作用。时值中国内战前夕，火车站混乱不堪。三等车厢里坐满了一等车厢的乘客，持有三等票的人和没有票的士兵则挤满了一等车厢。我有几箱又小又重的食品，但被告知不能随身携带。我正要通过交涉和贿赂请求通融，摩西在我背后捅了捅，我随即退了出去。他让我在火车上找个座位，并说他会把箱子送来。

　　事情最终办妥。摩西从车站办公室的职员当中认出了一个亲戚，他曾经为这个亲戚谋过一份差事。他虽然不记得亲戚的名字，但设法在不泄密的前提下通过交涉说服了那个职员，毕竟他们关系密切，最后我们没有行贿就把所有的箱子都带上了火车。然后他持着三等车厢的票找了个二等车厢的座位，还叫火车工作人员提供了免费食品。

　　在摩西兑现自己承诺的期间，我绝望地穿行于车厢之间。大多数车厢光线昏暗，因为没有人付钱让灯继续亮着。在黑暗中，我撞上了一个火车服务生，当他发现我能说中文时，立刻把我拉进一节车厢，然后将我推进双卧铺隔间并锁上了门。门外贴有"已预订""必须保留""已依规预订"和"正式保留"的告示，这是列车员亲手做的。他可能经历过不止一场内战。他深谙中国有一种潜规则，如果遵循它，不需要火车票即可上车，其中起关键作用的是"面子"和私人谈判。作为一项私人"投资"，他适时将那节车厢隔离，因为他知道火车的控制权将更多地落在车上的军人而非铁路职工的手中。

　　内战一触即发，而且它在国内的影响范围可能无法确定，对我来说，最重要的是尽快启程。根据我们的计划，未来要独自穿越蒙古，这是整个冒险过程中最困难，当然也是最危险的部分。当我到达乌鲁木齐时，我可以通过那里的无线电台（中国政府在新疆省建立的两个无线电台之一）发回消息，我的妻子会沿着西伯利亚铁路和汽车公路来与我会合，与我一起游历中国新疆。

　　妻子风尘仆仆来到归化给我送行。对她来说，回北京已经很困难了。由于部队调动，列车运营可能会中断好几天。同时我们也在归化为不合理的延误而烦恼数日。我的骆驼是在得到良好保证的前提下事先租的。起初，它们的主人请求宽限几天交付，我出于信任，不假思索就同意了。然而后来，他继续闪烁其词地拖延，使得我们的处境变得更加困难，最终我们迫使他妥协并确定了交付日期。我会在早上出发，我妻子则于当天下午乘火车回北京。

　　旅程必须秘密开始。警察接到严令，不准对我放行，名义上是因为我要经过的地区匪患猖獗，比以往任何时候都要危险。真正的

16

原因更有可能是控制该省的"基督军"正以汽车运输的方式,从苏联假道蒙古接收军火。军队指挥官冯玉祥仍然借助基督教树立他的公众形象,并且很清楚自己借外国使团发挥的舆论价值。他对他的苏联支持者有过承诺,因此对他而言,关于这项承诺的明确消息若被沿海的外媒大肆刊载,将会产生不利影响。

17　　于是,我们安排摩西牵着骆驼经过一道漫长的隘口,从隘口通向口外,要走一整天的路程。当他们先走后,我就会装作闲逛出城,绕过警察和军队的警戒,走到回民墓地旁边的一个僻静之处,然后乘坐一辆带兜帽的马车悄然离去。通过这种方式,我可以小心翼翼地穿过隘口,若有必要,我可以向把守隘口的警察说明我是在当地做生意,且已得到守城岗哨的信任和许可。我会在一片开阔地和我的旅行队汇合,几次强行军后,我可以在护照检查员无法到达的地方稍事休整。

　　黎明时分,骆驼到达了我们住的小屋。在熹微的晨光和绵绵细雨中,它们被迅速装上货物。骆驼挨个儿摇摇晃晃地站起来,侧身走出大门,由一个满面笑容扎着辫子的伙计带领,骆驼主人委托他担任我的旅行车夫。摩西在归化的时候,已经学会了七个蒙古单词(然而全错了),并能胸有成竹地准备任何事务,他拿起一个蓝釉茶壶跟随他们动身。摩西的肩膀流露出一种姿态,似乎在说:"好啦,好啦,好啦!这是一支旅行队而已!"我站在空旷的夯土墙院落里,觉得旅行似乎并非易事。我突然有种肝肠寸断的感觉,觉得和妻子告别是一件可怕的事,机敏的警察早就给过我许多中肯的告诫。

　　过了不久我便出发,尽管假装下定决心,道德感还是使我感到内疚。尽管我的行为像个间谍,每回警察也很早就注意到我这个外国人,但我还是能在不被盘问的情况下离开小城,并躲开骑兵哨通过一连串关口。当我走到墓地爬上马车时，我并不是很欣慰，毕竟许多漫长的旅程是从墓地开始的。

归化有两座回民公墓。[①]一个葬有贤者，另一个葬有堕落者，后者的名声已经被罪行玷污。我从贤者的安息之所出发，但这不是好兆头。我们还没走两英里，车夫就停了下来，把他的头伸进犬舍般狭小的车厢，面带不祥的笑容说："你的驼队正在往回赶。"

18

摩西骑的是驼队当中最高的骆驼。他坐在铺盖上，脖子僵硬地向前探——因为他是骑骆驼的新手，从边上往下看并不容易——告诉我他在山口受到阻拦。一份电令刚刚到达那里的哨所，所有的骆驼都将被征用充军。

事态显然越发严重。天还没亮，就看见几百头骆驼被人押送着从山上牵来。我既担心又沮丧，只好回到马车上，再次掉头回城。如果中国局势处于这样一个不得不冒险破坏商队贸易（该省的繁荣很大程度上依赖于商队贸易）的时刻，那么地方当局很可能会从搅扰外国人中渔利。

事实也正是如此。摩西和骆驼一起进了衙门，我不能轻易跟随他们进去，因为我意识到了我的出行方式是非法的。在衙门里他像流浪者的首领那样花言巧语并虚张声势，称这些骆驼只是在进行短期的贸易活动，然而不论怎么说都毫无意义。由于骆驼不是外国人的财产，而是从中国人那里租来的，因此必须被征用参加战争。第二天早上它们就被带走了。

就在同一天，我们得知去北京的铁路线亦被切断。甚至此前一

---

① 土葬是回族丧葬仪式的特点之一，有其历史渊源，如全国多地有"清真先贤古墓""拱北"等遗存。为尊重少数民族风俗习惯，全国很多城市都划出土地用作"回民公墓"或"民族墓地"。——译者注

直维持的断断续续的交通运输也停止了。冯玉祥的军队不仅占领了整条铁路，还占据了北京。现在他们已经离开北京，在南口镇夺取了一个铁路必经的据点，战斗已经打响。我雇骆驼的钱打了水漂，骆驼也没了。我没法前往蒙古，妻子也无法返回北京。

绥远城门（清朝在归化城旁边修筑了新城绥远）

归化清真寺（几乎完全融合了中国寺庙的建筑风格）

归化庙会上的曲艺表演者

第二章　塞北边缘

时值 1926 年 3 月底，大约距我心血来潮产生旅行的想法一年又一个月，我又回到了归化，这次是和我的妻子一块儿回来。我们最初希望这只是临时检查，但当我的骆驼被征收，又逢铁路被切断时，事实证明这更像是为期五个多月的拘留。虽然我们能在蒙古北部边境地带的村庄旅行一段时间，但我们大部分时间都待在归化城里，这座城是贸易重镇，对我们来说，这是一个人群聚居且容易令人习惯的地方，也可以说是我们的家。

归化位于一处宽阔的谷地或低地中，北面是构成蒙古高原南部山地的大青山山脉，[①] 南面是山西的外缘山脉。这片谷地地势开阔，水源充足，一直是高原游牧民族的天然粮食种植区和供应区。我们对它信史出现前的起源知之甚少，直到人们对此处划分游牧部落和定居农民的天然边界进行了充分的考古调查，了解才逐渐加深。至少有一段历史必须作为它发展的前奏：在成吉思汗崛起、走向战争和征服之路前，蒙古内部有许多正在转型和斗争的小政权。现代蒙古人血统多样并来自不同的祖先就是证明。

对 13 世纪以来的历史，我们形成了更明确的认知。在马可·波罗的游记和大都或者汗八里总主教孟高维诺（John of Monte Corvino）的信件中，提到了当时在天德城（Tenduc）信仰景教

---

① 也被早期的旅行家称为阴山（Yn-shan or In-shan）。

的汪古部，这个部落是蒙古帝国的附庸，后来迁入如今的中国境内。[①]汪古部及其统治家族与祭司王约翰的王国传说存在关联。中国的编年史书未曾记载这片区域经历过景教政权的统治，目前也没有现存的关于景教活动的证据，但这种情况可能存在过，当归化附近的古城遗址被发掘后，我们会得到更多景教在远东地区活动的信息。众所周知，这一地区就地理位置而言是早期文明的发源地，并有若干古城遗址，然而目前古遗址的修复和发掘工作尚未开展。我目睹过一堵向北绵延的城墙遗迹，我猜它是天德城的边界，但我将在适当的地方论及这一点。

　　大约在 1573 年，也就是明万历时期，如今的归化城开始在一座军事哨所的旧址上发展起来。清朝入关后，归化与其说是清朝的军事前哨，不如说更像是蒙古人眼中的贸易中心，他们如今仍称其为"青城"，蒙古语念作"库库和屯"（Kuku-khoto）。它是一座圣城，是蒙古人朝圣时节的诸多集会地之一。不论距离多远，中原商人总是设法参与这样的庆典，他们设立的集市在部落战争时期很可能受到某种"休战盟约"的保护。规模最大的集市必然在库伦和归化这样的地方，它们坐落在天然的贸易要道上，因此这些集市势必会扩展成定居的贸易聚落。

　　那时归化不只是一处被边远部落造访的伟大圣地，还是蒙古土默特部的腹地。在被清朝征服之前的动荡时期，土默特人正在遭受一个蒙古征服者[②]的威胁，他试图恢复蒙古帝国昔日的统一和权势，并向遥远的俄罗斯沙皇寻求支持和庇护。由于从中获益甚少，土默

21

---

① 马可·波罗：《马可·波罗之书》（*The Book of Ser Marco Polo*），裕尔译注，考狄（Cordier）补注。
② 当指噶尔丹。——译者注

特人转而投靠清朝，成为最早效忠清朝的蒙古人。他们虽然得到了嘉奖，但报酬仍旧少得可怜。清朝统治者意识到归化的地位和价值十分重要，不愿意它被强大的部落占据。因此清朝一旦掌握控制权，就以土默特曾与沙俄有过协议为借口，剥夺了土默特首领的世袭特权，瓦解了他们的部落组织，并把他们重新依照满族军事组织编为各"旗"，使他们直接受到兵役和纪律的约束。这一系列措施导致土默特人失去了曾经属于他们的全部主权。这是清朝故意采取的政策，这点可以从一种在中国国内流传已久的说法中得到印证，即土默特人"一直受到满族人的追捕，直到他们销声匿迹"。如今在谷地和大青山脚下还生活着少量土默特人，而他们最富饶的土地早已落入来自内地的定居者手中。然而土默特人仍然保留着部落对归化大部分土地的所有权，其首领一直依靠这种领地所有权维持生计。

清朝统治的到来随着一则关于康熙帝的传说载入史册，康熙是清军入关后的第二任皇帝和清朝领土的巩固者，他是一位英明的皇帝，他知道如何利用引人注目的个人魅力来淡化君主专制的残酷。传说当康熙在一次巡游中来到归化时，他请求会见当地的宗教领袖活佛，活佛是这个贸易重镇的核心人物，蒙古人认为他是人世间无所不能的神。当代表政权的康熙皇帝会见象征教权的活佛时，甚至毕恭毕敬。活佛没有遵循外交礼仪回礼或者温文尔雅地回应，而是面无表情地注视着康熙，仿佛位于他面前的是一个卑贱的蒙古王子。这使康熙的一些侍卫大为光火，因为满族人受汉族人影响，认为皇帝具有神性，所以他们摆出了一副强迫活佛拜倒在康熙面前的架势。在场的喇嘛们被这种冒犯圣人的举止吓坏了，急忙上前保护活佛。据说混乱中康熙从一个喇嘛那里抢过一件僧袍，把自己裹在里面逃离。他的侍卫长白将军发现皇帝消失，认为皇帝已经受到伤害，因此他刺死了活佛，然后伏剑自尽，为自己的失职赎罪。

为了感念白将军的忠诚，皇帝将其神化，并把他的神像放在了长城外的一座神庙里，现在它仍然矗立于庙中。据说，蒙古人认为活佛的转世，即活佛后继者自此不敢再回到归化，而是远居蒙古草原深处。一旦活佛回来，那么从白将军（据说他的尸体至今不朽）的神像中散发出来的凶煞之气肯定会使活佛有性命之虞。

这个传说的最后一部分有些含糊不清。活佛仍与归化有关，他被册封为呼图克图（Khutukhtu），①呼图克图在蒙古的上层僧侣等级中位居第二，这些僧侣当中有三分之一曾经作为政治人质身处京师。事实上，我认为这位活佛是第一等，因为库伦的活佛化身当时已经完成转世，不可能存在第二个转世化身。这位活佛在归化有一座召庙，但他本人却住在崇山峻岭之外的另一座召庙里：或许他是另一位活佛而非传说中的那位活佛的转世，但他也有可能就是那位被杀活佛的转世，他的召庙离城市很远，这就解释了为什么不信佛的汉人断定他不敢回来。②

一百多年前，清朝在归化附近建立了绥远新城，③派遣军队驻扎，旨在对汉人的商队贸易和蒙古人的易货贸易进行监督和征税。

---

① 这类"神圣化身"有不同的层级，库伦和归化的呼图克图的地位低于拉萨和扎什伦布寺的活佛，高于低等级的蒙古活佛。（呼图克图是蒙古语音译，意为"有寿的人"，清朝中央政府授予藏族和蒙古族聚居区藏传佛教大活佛的封号。——译者注）

② 拉铁摩尔关于康熙与活佛的叙述，读者作为传说故事阅读则可，而关于活佛本身，他的讲述并未切中要点。活佛是藏传佛教中依转世制度而取得地位的高级僧侣的俗称，其中地位最高的是达赖和班禅，其次为法王，即清朝中央政府给予呼图克图封号的转世者，再次为一般的活佛。转世是藏传佛教为解决首领的继承而设立的一种制度，凡活佛死后，寺院上层通过占卜、降神等仪式，寻觅在活佛圆寂的同时出生的婴童，从中选定"灵童"作为其转世。——译者注

③ 清乾隆四年（1739年）于归化城东北建成绥远城，设绥远城厅，为绥远将军驻所，又称"新城""满城""驻防八旗城"。归化为呼和浩特老城，绥远为新城。——译者注

从那时起，在清朝牢固的统治和法令下，归化变得繁荣昌盛。张家口仍然是内地与库伦乃至西伯利亚之间的贸易枢纽，大量骆驼装载着茶叶从张家口出发，这些通过陆路运输的茶叶备受俄国商人的青睐。然而，归化同张家口一样也成为黄河下游地区与边地之间贸易的枢纽，并带动了蒙古西部以及新疆地区的商业发展。因为骆队的运输成本要低于拥挤的内地公路，商人和官员的旅途虽然不那么舒服，但是会比走公路更快。归化最大的几家商号都发家于清朝掌控此地的初期，它们的合伙人曾经是蒙古领主，这些商号似乎以有偿的方式掌控了整片地区，其账簿堪称打开诸多贵族"财政机密"的钥匙。归化之所以繁荣，原因在于它控扼黄河干线以及几条商路，归化一带遍布肥沃的牧场和富饶的农田，为骆驼和商队成员提供了廉价的食物。

铁路在后来的几年里一直延伸到归化，然后继续向西90英里到达黄河岸边的包头，促进了包头的繁荣。在那之前，虽然归化因足够的贸易量而经济发达，但这种贸易主要是区域贸易和内陆贸易。铁路可以像商队一样快地把货物运出去，归化的商人感到国外的需求在其中起了很大的作用。作为对出口贸易的回应，进口商品被从海边运来，归化商人转而将这些货物运至内地，甚至穿过了黄河等诸多外流河的源头地区。

当清朝在西方文明冲击下分崩离析时，变革随着历史车轮滚滚而来，西方文明不仅势不可挡，而且与它所针对的与世隔绝和近乎停滞的政体截然不同。新一代掌权者开始利用新的权威来实现个人野心，中国也陷入了内战的循环。西北省份被冯玉祥占领，他麾下是纪律严明的"基督军"。这位"基督将军"丝毫不贪恋新占领区的利益。尽管他拥有权势，但是由于他的政治立场，这种权势受到

动摇。为了除掉他，其他军阀组成的军政府将他调到西北地区，他 24
们认为西北很偏远，这足以削弱他的影响力。然而冯玉祥对实践和
效果有着独到见解，将其他军阀所不屑的西北地区变成了自己的大
本营。这位"基督将军"对基督教的拥护已使一些异见者哑口无
言，令其他人感到困惑，他还将教会变成了自己中意的宣传机构。
此外，冯玉祥还采取了更为积极的举措，他通过协商与学生阶层和
中国复兴论的倡导者结成同盟，变成他们的支持者和名义领袖，并
使自己成为一个政党的核心人物，毕竟在中国，仅仅靠基督教是永
远做不到这一点的。最后，由于无法从海路获得武器，他与苏联签
订协议并借此扭转颓势，以对抗那些切断他军火来源的政敌。通过
这种方式，他巩固了与革命派的联盟，还通过蒙古从陆路获得军火
支援。这使他得以在筑起防御工事后，从崇山峻岭中率兵一涌而出
占领北京，进而在一段时间内经由天津打通海路交通。冯玉祥取得
的非凡战果激起了反对派的抵抗，原本势如散沙的他们组成了一支
顽强的联军，冯玉祥被迫撤离北京。联军沿着他攻打北京的路线向
燕山郊区推进，内战就这样爆发，使得我们的行程受阻。①

　　战争从春天一直打到秋天，当我们来到归化时，大片裸露的褐
色土地表明冬天已经过去，但是无论在田野还是枝头，都没有看到
预示春天到来的绿意。山上的积雪正在融化，空气很潮湿，潮湿的
寒风不停地穿过山谷和高地，吹拂着旷野。

　　春天来了，白天我和妻子像越狱在逃的囚犯般漫步于归化和绥

---

① 冯玉祥 1921 年率部入陕，发展壮大其兵力。1924 年发动北京政变，改组其部为国民军，
电邀孙中山北上，后为直奉联军所败。1925 年任西北边防督办，其部改称"中华民国西北
边防军"，简称西北军。1925 年底至 1926 年初，冯玉祥在直奉等联军进攻下被迫下野，后
赴苏联考察。拉铁摩尔所述的内战即源于以上历史背景。——译者注

远城内外，晚上北归大雁的鸣叫声萦绕耳畔。道路两旁的杨柳枝头
开始出现星星点点的绿色，在短暂而又酷热的夏天，它们浓密的树
叶时而蒙尘，时而在大雨冲刷中不断摇动。随着茁壮成长的小麦和
燕麦覆盖了先前深褐色的田地，单调荒凉的冬日景象发生了神奇的
变化，旷野被闪闪发光的蓝色和紫色渲染，群山如众神城墙般耸立
于北方的"禁区"，俯瞰着喧嚣的尘世——

　　　　人类的哀怨也不足以破坏他们神圣永恒的宁静。

　　8月初，新旧两城之间的路边分布有很多小种植园，园内盛开
着熠熠生辉的罂粟花，遍布淡雅的白色、华丽的粉红色和紫色，洋
溢着浓烈的花香，与中式庭院的后院中弥漫的酸臭味截然不同，身
处花丛中仿佛可以逍遥无忧地度过一生。

　　归化有个小的洋人社区，社区成员都对我们很好。起初是瑞典
使团，我们在那里待了一段时间，最后我也是在那里离开妻子踏上
旅程。然后是天主教传教会，它创办了自己的医院，内有两名业余
的比利时医生和他们的家人。索德邦兄弟是帮助我们最多的两个瑞
典年轻人，他们生长于塞北边疆，熟知当地和中国西北地区截然不
同的生活方式。兄弟俩和一个苏格兰青年受雇于一家经营蒙古绵羊
的英国公司，三人曾经负责运输数千只羊，但均被冯玉祥的"基督
军"以违反条约为名没收，他们沟通无果，以至于公司相继派来一
名苏格兰人和一名爱尔兰人进行交涉。社区中最后和我们打过交道
的是个名叫亨宁·哈士纶的丹麦人，他从张家口过来为我们提供帮
助，此人在蒙古游历了大约五年，能说一口流利的蒙古语，熟悉牧
民、军人甚至僧侣的生活方式和状态。最后是他帮助我妻子回到了

北京。

然而，大部分时间我们都是独处。我们计划离开归化后先在山
沟里露营，穿过山地后扎营于蒙古高原——这段经历会因关于沿途
强盗的警告而扣人心弦。我们通过观察习俗了解这新旧两城，在此 26
过程中我们对城中各种各样的细微之美熟稔于心，它们此前从未被
过客所注意，但城中也遍布变革的痕迹。以前满族骑兵会意气风发
地架着鹰，牵着猎犬，从守备森严的城市里骑马出来，现在他们失
了势，这一帝制时期的娱乐活动也被无情地湮灭和遗忘。甚至他们
那精美的弓也在小地摊以一银元左右的价位被贱卖，①这种弓由能
工巧匠用竹子和牛角制作，用兽皮作弓袋，由丝绸捆扎，买者或是
想要举行婚礼射箭仪式的汉人，或是蒙古人，后者会将其作为战利
品供奉给深居古庙的神灵。声调优美的北京官话作为清朝统治的印
记，仍能在有着灰黄色城墙的新城内随处可闻，说一口流利北京官
话的人会具有一种独特的魅力，与乡村和老城中的农民、商人等底
层市民平淡无奇的牢骚相比，说北京官话具有一种奇特的优越感。

除了北门，老城的所有城墙都出于采光、通风和交通的需要而
被拆除。然而，当我们第一次去那里的时候，我们看到街道和市场
上依旧熙熙攘攘，未曾受到现代化改造、冯玉祥军队和新政权的影
响。买卖双方都采用他们特有的行规进行交易。就在这个春天，商
队整装待发，与此同时，商队的东家正在与中间商签订最终协议，
商人们为旅途作着最后的准备，驼夫也在购买小饰品和其他零碎物
件，打算在到达古城子后于当地集市借此小赚一笔，这一传统由来

---

① 关于本书出现的货币单位，"银元"译自"dollar"，即大洋；后文出现的"银两"译
自"tael cent"。根据拉铁摩尔在原书第144页的注释，一银元约值两先令，等于七钱银
子。——译者注

已久。他们采购了艳丽的新疆印花棉布、汉人的天津布鞋、汉人女孩和婴儿戴的那种点缀有饰物和假珍珠的粉红漂亮帽子，以及供商队成员抽的香烟。除此之外还有一点值得注意：这类贸易活动已经持续数代，未曾改变，也未见记载。

27   只要归化还是商队和货运列车之间的货物交接点，这种传统的生活方式就会一直延续。如今，虽然商队运送到蒙古和新疆的货物有所变化，但其运输方式却一直被沿用，仿佛从未有西方人深入涉足亚洲腹地对此产生影响。然而商队还是受到了现代化的冲击，这种冲击产生得较晚但不可避免，在半个世纪的时间里，中国人从国外学来了铁路技术，并计划修筑一条经过宁夏和兰州的铁路线，受此影响，商队的生意范围将大幅缩水到阿拉善沙漠地带和草原牧场。在归化的集市里逛街是件新奇之事，今天尚可感受到远道而来的商队所带来的热闹劲，也可预知次日生活的重担会使他们与前几天相比判若两人。驼夫把他的行李收拾好后蹒跚着离开归化——仿佛期待着能在半小时内走到家，因为营地的商队带着骆驼在山后的牧场上等候他多时，直到货物被补齐装满，驼夫才匆匆赶来；商队开拔后，他继续埋头前行，直到抵达西部地区；对于那些被他召集来的人而言，离家远行、风餐露宿或许是与世隔绝、避开战乱和戒严令的可选方式，他们会进入一片神秘遥远的土地，对于这片地区，他们只熟悉其中的交通要道。

       这就是我们对归化的最初印象。当骆驼被军队征用、铁路被封锁时，商队贸易也销声匿迹。我们没有从"内地"得到任何消息——换言之，是从长城内部那个像以前的汗八里一样遥远的北京传来的消息——因为电报被切断了，信件也只能零零星星地辗转多地寄来，到手时已经过期数月。集市冷冷清清，只有几个乡下人，城市周边不见一头骆驼。每当商人们被迫重新贷款时都会陷入新的恐慌之中。伤员不断从东南方转移过来，新兵是从农村征来的年轻人，他们才学会唱军歌和喊行军口号——那种归化特有的拍子—— 28
"一、二、三、四！一、二、三！"

我竭尽所能寻找新的交通工具。在为蒙古之行租用骆驼时，困难往往产生在签订合同后。因为租金必须以某种特有的方式结算，所以贸易中介在交易中不可或缺。中介往往比书面合同更加重要和常见。他主要负责对双方在签订书面或口头协议后可能出现的争议进行协调。作为一名仲裁员，中介与双方都有业务往来，他尽量维护双方利益，解决问题并化解矛盾。合同纠纷的当事人宁愿通过中介达成协议，也不愿去衙门告状，因为判官有可能觊觎原被告双方的财产，而不在乎他们的诉求是否公正。中国的衙门如同一个可怕的剧场，其中断案的是演员，而打官司的如同观众。戏剧的表演方式很有趣，观众也是参演者，演员虽然要将观众花钱想听的台词念出来，却乐此不疲。此外，在演出结束时，观众们不管满意与否，除了交付入场费之外，还要支付"出场费"。

我签了一份书面合同，由贸易中介作为担保人和中间人签字，然后他从一个骆驼主人那里依照每头骆驼20两银子的价格收取了佣金。据我所知，中介和骆驼主人在商议价格时虽然想方设法互相算计，可一旦达成协议，就会尽力去严格公正地履行义务。对骆驼主人来说，订约就意味着他应该不计代价地把货物安全地运到目的地。超过约定的运输期限通常不用承担赔偿责任，毕竟安全交付货物是该行业不成文的最高规则。

同样不幸的不只是我。按照惯例，我预先付钱给骆驼主人，他用这些钱新买了几头骆驼租给了我。这也是一种常见的交易方式。 29

然而，当骆驼被征用时，这位骆驼主人只能自认倒霉。我起初和他打交道是因为他不是来自归化，而是遥远的巴里坤城，所以我认为他会因返乡而心情愉悦。现在他的骆驼被掳去，失去了生计来源，也没有什么财产可以抵押，因此也无力偿还我的钱。他还养了大约70头骆驼，但这些骆驼在战乱爆发前几周就被罚没了。他说自己的资产都源自商队中的运输费，而且已经投资在骆驼或货物上。我十分确信，生逢乱世，在手头没有保证金的情况下，他无法通过赊账来筹集资金。

于是债务就落在中介的肩上，他应当用现金或骆驼进行补偿。中介说找不到骆驼，几千头骆驼被一纸军令征用而去，这把骆驼主人吓坏了，未及发现的骆驼都被赶到安全之所藏了起来，无法入城。大部分的商队都在春天离城而去，所以只有少数未被征用的健壮骆驼。要入城的商队驻扎在山后，改用手推车把货物运进城。尽管他们有骆驼，但是这些骆驼已经长途跋涉整整一个冬天，不可能贸然再度出发。至于赔偿金，他也直说无钱可赔。

后来我听说一小部分内地游客得到了更周到的服务。与他们打交道的骆驼主人和中介发现了一些四散的骆驼，把它们聚集在山后，即使蒙受经济损失也要如约用货运马车送游客离开。我的中介不会做这种事，他知道我不会公开行动，因为我向当局申诉只会减轻他们的负担，而我会被再度禁足。此时除了等待，别无他法。所有失去骆驼的骆驼主人都不时地得到消息：骆驼已经驮着补给到张家口去了，之后它们没有被放还，而是被闲置在军队后面，在肥沃的庄稼地里吃得又肥又壮。中介和其他人一样，只能盼着骆驼被放还，但希望渺茫。

8月初，我听说草原边上的百灵庙聚集了许多商队，商人们在那里用货运马车把货物运出来，然后向西进发。这些货物大部分是在早春订的，但没有发出去，不是因为骆驼被征用，就是因为它们的身体条件不适合运货，骆驼在脱毛的季节必须要被放出去吃草。新的合同未再签订。1月和2月开始派送的所有货物都是去年通过铁路运来的。数月来没有一列货车进入归化，但是商队却络绎不绝地从西部赶来。当骆驼结束整个夏天的放牧、骆驼主人寻找外部货运订单时，运价开始下跌。几乎所有骆驼主人为了运货都愿意接受任何价位，因为他们开始担心战争，冯玉祥的军队败退得更快，主人们认为最好让骆驼避开败军可能撤退的道路。我到归化来的时候，运费是每担44两（五镑多），有时还多些。等我离城的时候，18两都已经算是个好价钱了。

如果不赶快离城，我们以后的计划就要全部泡汤了。冯玉祥军队会撤退回来，届时所有的交通工具都会被征走，山区和偏远地区到处都是像强盗一样危险的散兵游勇和难民。面对新的压力，中介想出一种不甚令人满意的解决办法，我要再借给订约的骆驼主人100银元，他也会再借给骆驼主人一些，然后骆驼主人会新买一批骆驼使我顺利离城。新起草的合同授予我对骆驼的留置权，以确保我能得到赔偿。

和上回一样，我要坐马车出城。依照秘密制定的方案，所有的行李都要装在四头老骆驼身上，老骆驼对军队毫无吸引力。在它们的带领下，我到达100多英里外的骆驼停驻点，然后进行下一段旅程。计划能否顺利实行完全靠运气。冯玉祥的军队已经开始溃散，每天都有小股逃兵持械离开归化。再过一两天，大部队就会乘火车从前线撤回来，逃兵的浪潮会把我们淹没。

这一次，在经历了更磨人的延误和一次未遂的出城之后，我终于在 1926 年 8 月 20 日闷热的午后出发了。警察们紧张不安，日夜担心兵营里会发生兵变以至于无暇管我。我和妻子一起走了一小段路，然后相互道别，我回头看了看她，她正站在河岸边的一棵榆树下，旁边是一条塌陷的土路，此时不知怎的，我比上回出发时更没有信心。我们预想数月后会团聚——谁也没想到会是第二年——在亚洲腹地的某个地方。我让她在我远行期间待在归化这座远离领事和炮舰的内陆城市，即使几天后，那里将挤满战败的士兵并被洗劫一空，但是她待在使团中会比待在我还未涉足的土匪地带里安全得多，后者由于几个月来未有军队插足管理，变得比以往任何时候都更加混乱。纵使如此，这一办法还是显得有点大胆。

夜幕即将降临，天开始下雨。我忧心忡忡地进入马车。不过，虽然开始时有点慌乱，但这次一切有了转机。从归化到北山口只有四五英里。当地的税务站是我们的必经之地，那里可能会有官员盘问我们一些问题。但是，在兵荒马乱的日子里，这些官员要么不敢夜里冒险出门，要么就是因为讨厌下雨而躲在家里。我们往山里走了一小段路，停下来过夜。

沿着山口中的山谷分布有许多客栈，客栈院子很宽敞，整个商队都可以在里面住宿。时局安定期间，商队可一路前行到归化。尽管城墙被拆毁，警察仍然明令禁止夜里出入归化，于是商队在旅程的最后一晚停驻在山谷里，第二天早晨太阳升起时进城。

我们入住了一家最小的旅馆，是马车旅馆，不是商队旅馆。我的车停靠在一棵高大的老山楂树下，骆驼们跪坐在树下休息，透过树叶洒下的月光，依稀可见它们的身影。乌云散去，夜晚凉爽清新，散发着湿土的气味（与泥土的气味截然不同），还有山林的气息，山林一直延伸到低矮客栈的屋檐。屋子本身是用新泥砖砌成的，里面随处可见溅有朱漆斑点的木架构，墙边排列着一个个结实的红色大箱子，这些都是山中农户最看重的。

至于百姓则心情压抑、满心焦急。前两天这个偏僻村庄中的食物和钱财已被洗劫一空。第三次抢掠发生在当天下午，也就是我来之前的几个小时，一群流窜的逃兵抢劫了他们，现在逃兵已经进山，可能还没走远。他们没有钱了，只剩下几张纸币，他们担心这些纸币很快就会一文不值。

人们慌张地进出，一个孩子不时地从里屋跑出来盯着外国人看。两个女人正在做饭——将一小块扁平的燕麦面团卷成圆筒状放在蒸笼里蒸。这里的人一整年都在吃这种食物。一个老神婆蹲在角落里抽着一根长长的烟斗，公然吐着痰，私下里则神神道道。山村里的妇女来往于各家，比城市里的妇女出行更加自由，甚至能聚在一起聊天。

我也感到不安，走到门口望着院子。人们总有一种不祥的预感，但这种预感只存在于心里——尽管村民们十分可怜，而且的确有使他们感到恐慌的事物。与这种紧张的氛围形成鲜明对比的是，他们简单的日常生活似乎与一种可以觉察到的沉闷格格不入，这使我烦躁不安。站在门口，我似乎能感觉到，而非看到或听到骆驼在反刍食物，骡子跺着脚，小黑猪低声叫着，狗也悄无声息地从月光下躲到阴影里。附近的院子里传来说话声和灯光，路上则没有任何动静。头上的山楂枝叶不时窸窣作响。

过了一会儿，我感觉好了一点。我走回屋子，吃了点馒头，边抽烟边喝茶，屋里空气沉闷，夹杂着汗腥味、干牛粪味和土烟味，木质躺椅（可用于睡觉）上的席子和毛毯使我昏昏欲睡。然后我打开自己的睡袋，穿好衣服躺在上面。我半睡半醒地打着盹——当一个人平静下来的时候，这种状态令人愉快，当一个人的神经绷紧的时候，这种状态又很压抑——我听见周围有人在窃窃私语。一个汉人农民从喉咙里发出耳语，音色像一把缺了几颗齿的锯子。我被他们当作提前离开库伦帮助冯玉祥部队的苏联军官。这虽然令我不快，但不值得争辩，因为否认只会增强他们的怀疑。这是多么唐突的一次远游啊！把妻子留在归化那样一个动荡的地方，自己带着几头傻傻的骆驼，只身前往危机四伏的蒙古，可能会被当作间谍、雇佣兵或那种更常见诸报端而非旅途的猎奇者，这些我难道都没有担心过吗？

摩西也听见了这番对话，一条妙计在他脑海里油然而生。

第三章 百灵庙

　　我们平安进入山口，走在向北穿越大青山、连接归化和草原地带的路上。山谷朝向归化的开口叫坝口，或者叫山口。从这条路往上走，头十三四英里没有什么陡坡，然后路面陡然攀升，从另一边下降，进入一个向西拐的山谷，又转到另一个山谷，穿过它会更接近塞北，因为走这条道路会更快捷地翻过大青山到达武川。从归化到武川，全长 30 英里，中间的制高点叫作蜈蚣坝。"坝"在天津方言里的意思是蹒跚而行、步履艰难，或者像裹着小脚的女人那样走路。在西北方言中，它指翻山越岭或者穿越沙地，作名词讲时，它的意思是垭口。

　　整个蒙古高原在当地被称为"边地"，从归化到"边地"最好走的路是蜈蚣坝，但以前此路是非常难走的土道。一两年前，几辆马车在大雪中被困在垭口，队伍中有一个人被冻死，这事之后人们炸开一条坡度更小的新路。这条新路可能是出于汽车运输的需要而修的，它可以供汽车行驶，而且毫无疑问，届时出于贸易目的将会有新的运输方式来弥补铁路运输的不足。

　　从平原到开阔的蒙古高原还有许多其他的通道，但它们都要经过较窄的峡谷，峡谷路况太差以至于无法通行马车甚至骆驼。这就制约了大规模的走私活动，但是像鸦片这样高价的小商品却很容易被马夫或者驼夫夹带进入归化。与商队随行的人通常会到西边花钱购买便宜的鸦片，这种行为在他们冬天回来的时候尤其常见，因为天热时鸦片的气味很容易散发。在回归化的路上，常常会有一个人被安排在后面，在离城不远的地方从容不迫地牵来瘸腿和体力透支的骆驼。一些骆驼身上还留有破损的驮鞍，用稻草填塞的衬垫里可以很轻易地藏匿大量的鸦片。驼夫把鸦片从人迹罕至的隘口拉下来，然后转由这些伤病骆驼带入归化，仿佛他不是沿商队大西路而来，而是从不远的一个村子来，这很明显有逃税的嫌疑。

　　从归化"逃"出来，我们还得越过一处垭口，并面临一道难关。在蜿蜒坝的另一边，有个由归化当局管理的哨卡，负责检查马车和骆驼的运输，并对每批货物征收小额附加税。即使是到当地旅行，所有旅行者和商队都必须有许可证，上面写明人和动物的数量、货物的种类和目的地。当队伍中有人发现专门提供通关文件的掮客在耍卑劣的花招时，我们已经快要面临安检。掮客对摩西说，所有通关文件都在驼夫手里，然而他又跟驼夫讲他已经把通关文件给了我们。事实上，他不敢向警察申请任何证件，因为他害怕被诟骂。

　　就是在这里，摩西采取了昨晚旅馆里受那几个人的私语启发产生的策略。我在马车里睡着了，整个通关流程都由他自己非常果断地执行。摩西没有带证件并面临着哨卡的核查，在这种紧张的时刻，举止异常的旅客肯定会受到严密的盘问，他只能勇往直前。摩西跟那个驼夫攀谈了一番，驼夫也像他的同伙那样有走私者的天赋，可以领会别人的暗示，而不至于让别人冲着自己大吼。驼夫带着驼队匆匆往前走，直到领先众人几百码，接受检查时满腹委屈地说他和骆驼被官府征用了，然而没有任何文件来证明他承担的那些徭役，他声称自己带着骆驼在各个衙门间来回奔波装载货物，知道详情的人会在驼队后面赶来，但这个人与他交集不多且沉默寡言。

他没有等到许可就继续往前走，哨卡的人面对这种情形，即使有疑心也只能草草放行。

我的马车一直在后面闲逛，好让驼队先离开。当我的马车向哨卡驶来的时候，官兵们礼貌而谨慎地向摩西询问马车中人员的情况。按照惯例，如果中国内地的征税者都比较客气，那么这种情况下对他举止粗鲁不仅是安全，而且是最好的方式。他们恃强凌弱，且所从事的职业是肮脏的，有心机者会觊觎寡妇的财产，打孤儿的主意。如果他们变得谦恭，意味着他们不确定状况，担心惹麻烦。摩西明确指出他无权替马车里面的人传话，如果官兵们有什么公事，最好问问马车里面的尉官（尉是一个尊贵的称呼），不过尉官已经睡着。摩西声称自己不会为了小事动辄叫醒主人，除非哨卡官兵想为自己的无礼承担后果。听到这里，其中一个官兵小心翼翼地通过我马车前的门帘缝隙往里偷看。他看到外国靴子和我这个外国人的腿，然后放下帘子。外国人可能身负各种要务，他虽然知道冯玉祥军队严防外国人，但如果这位外国人的行为背后有衙门的支持，那么最好还是明哲保身不去穷究，毕竟哨卡官兵也知道冯玉祥军队中还有一些特别古怪的外国人。当他还在犹豫的时候，摩西用肘轻轻地推了一下车夫，暗示说："詹姆斯，继续走吧。""詹姆斯"随即继续驾车前行。

后来我在下车走动的间隙才得知这一切。摩西对我说这话时，得意地傻笑着，而那个驼夫也摇着头微笑。摩西说："这就是不把话说透的好处！"驼夫最喜闻乐见的也是索要过路费的官员被自己整得"劳而无获"，纵使他们会猝不及防出现在通关大道上。

正午时分，我们碰上了几辆笨重的牛车，它们缓慢行进，沿途道路原本是小溪的河床，因而遍布鹅卵石和细沙，十分难走。牛车的出现表明农户或牧户在举家迁徙，迁徙途中，他们对国内少见的政治动荡和兵燹表现出怪异的冷漠。虽然沿途的每个人都很紧张和害怕，但他们还是在极其平静的氛围中蹒跚前行。他们跑得及时，谁会把他们的牛车抢走呢？牛不能当马来骑，而且在有羊可吃的前提下谁还杀牛作食物呢？

这些汉人很可能是从归化来的，要在蒙古腹地开垦更广袤更便宜的土地。所有能用绳子拴着或捆着的东西都被绑在车的外面。其他的物件都在里面相互撞击，砰砰作响。妇女们骑马，是因为山西的妇女固执地坚持缠足，同时还得站着劳作一天。她们可以在房子和田地里一瘸一拐地蹒跚行走，但无法持续赶一天的路。男人选择步行。孩子们抓着彼此的头发打闹，或者坐在土中号哭。他们疲惫不堪，十分狼狈。至于婴儿，要想避免他们被撞死，唯一的办法就是让母亲把他们抱在胸前，紧紧地贴着，在炎热的山中，他们充满生气地转动着眼睛。

不久牛车停了下来。人们把牛拴在柱子上，或任由其卧倒在路边。这些人搭起几块垫子和毛毡来遮阴，躺在路边抽鸦片。妇女们在一边等候，孩子们不是吵闹就是睡觉。我们很快就在周遭唯一一家干净的小客栈驻足——这是一家新客栈，然而骆驼则被放在闷热的山坡上啃食几丛粗糙的草。我们想提前一天到百灵庙，也就是说，我们没有白天赶路晚上休息，而是边走边歇，如此日复一日，无暇顾及天色早晚。假如这家客栈是由一个土匪的兄弟开的，我将在后面的旅途中撞见那个土匪。我沿途结识的两个人也在歇脚之余边喝茶边抽大烟。我们于傍晚时分出发，夕阳的余晖照射在山头，山谷开始微风吹拂，山中开始凉爽起来。随着我们继续前行，夜幕降临，明月高照，山势变缓，山谷开始向起伏不平的高原延展开来。随后我们在距武川不到一英里的地方找了一家旅店驻足。

当我在炕上睡觉时才意识到这是家老店。店内蚊虫滋生，它们虽然对光线很恐惧，然而实际上，尽管我们整晚都在给油灯续油，这些蚊虫还是叮咬我们，在它们眼里，我们如同搁浅的鲸鱼般可以随意宰割。

我们凌晨出发。这一带因战乱影响最为动荡，逃兵大肆蹂躏、抢劫和杀戮。武川城房屋的烟囱在熹微的晨光中零星可见，成排分布。正如它的蒙古语名称可可以力更（Kuku-irghen）或英文名 Blue Cloth 所示，这个城镇是作为贸易点发展起来的，其蒙古语名如今仍然和汉语名并用。自从蒙古人将其周围一带的土地租给汉人用作农耕，它逐步发展为县治，正式名称为武川县。^① 这使得它有条件筑城，并面临着所有新城都必须应对的问题。中国人喜欢身处城墙护佑之内，他们赋予城门以威严，但城墙只是有助于防御零星盗匪，在成规模的战争中则形同虚设，而且筑城要花很多钱。武川县的人们谨遵筑城之法，他们建造了一扇城门，大门朝南正对着宏伟的建筑，依照传统礼制，这是高级官员们进城的通道，城墙同样是依照章法修筑。

武川县原来叫"可镇"（这是最贴切的名称，自然也是最常用的名字；"可"是蒙古语"Kuku-irghen"长文音译的第一个字母，"镇"是一个等级比县治稍低的行政级别），该城守卫着大青山垭口的另一端，与归化仅通过一根电话线保持联系。当时我们谁也不想通过电话和官府打交道。一方面，虽然穿越山谷必须要穿靴子，可以说靴子是走出山谷的"通行证"，但是，如果在电话中接受质询，光凭靴子很难奏效。我们很想通过武川县，这是我们进入新疆前的

39

---

① 县名，今属呼和浩特市，县人民政府驻可可以力更镇。清置武川厅，1912 年改县。原属山西省，1928—1954 年曾属绥远省，1954 年划入内蒙古自治区。——译者注

最后一道关卡，此地的行政管理很严格，在这里必须有正式手续，一旦我们被抓住，我们很容易被移交给归化当局。另一方面，尽管审查官员声称自己有政府赋予的权力，但他们和我们实际上都仰仗显而易见的武力等条件。不难预料我们和这类官吏之间的博弈会时有胜负。

幸运的是，武川县的官员都比较保守，对于他们而言，此时不宜出城巡查。我们只要避开他们的势力范围行路即可。该地区的水源是一条小溪，在溪边，我们发现露营地里有一队向前行进的拉货马车。他们正在卸载商队的货物，然而不敢再往前走，他们已经派人去前方侦察。回来的人提醒我们注意那些路上有强盗或逃兵出没的地方，之后我们就继续往前走。眼下我们身处野外，红日初升，刺眼的阳光照射着大片耕地，炙烤着草地，但举目四望并无一人，因为人们不是散居在他们的农场，而是像在内地一样聚居于乡村。骆驼从左右侧身啃食庄稼，骡子则沿红土地上深深的车辙拉着车。在日光照射和天空映衬下，远方的山丘泛着蓝色、红色和紫色光芒。驼夫牵着骆驼快速前行，车夫专注地抽着鞭子赶车。他们互相说："眼下如果我们能一路平安到达百灵地（Larkland），[①] 那么我们确实很走运。"

40　　我们还得走不到 100 英里的路才能到骆驼牧场边缘的百灵庙。归化周边蒙古人的土地不断被征收，然后分配给汉族移居者，因此，除了氛围活跃和地域广阔，归化几乎没有保留任何蒙古特色。中国北方的大平原风格是如此一致以至于没有界限，连距离感也被磨平了。从这些平原地带走到蒙古高原，人们惊奇之余会对远处的

---

① 字面意义为百灵鸟之地，二份子村俗称，即今内蒙古武川县二份子乡一带。——译者注

美景难以忘怀，因为山脉增添了风景的纵深，使人切身体验到一种辽远苍茫的感觉。时值盛夏，空气干燥，放眼四周的原野，稀疏的庄稼在晨风的吹拂下摇曳着，一想到再过几天我就可以随着商队进入视野中那广袤、多彩、多山的高原，我就不禁兴奋得像个孩子。山的另一边是一片陌生的地带，这可能是我人生中唯一一次有机会在那里旅行，并能够像过去的人们一样生活几十天。

中午时分，我们又在一个小村子里歇脚。等到下午稍稍凉快一些，我们又上路了，直到夜幕降临，我们才又在召河驻足。[①] 这片旷野土匪横行。在这里很容易劫道，而且虽然地形起伏足以为人提供掩护，但也适合骑马快速前进。村庄里食物充足，其中一些消息灵通的村民会带来商队的音讯。如果骑兵追击土匪，后者可以逃到大青山，骑兵怕进山后陷入埋伏，往往知难而退。事实上，许多土匪本身就是山里的村民。匪帮的成员平时都是些衣衫褴褛的农民，他们依靠多石难垦的田地以及放牧羊群勉强糊口。在官府剿匪期间，他们会把武器藏在屋顶、土墙或炕洞里。

为了保护商队免受土匪侵扰，1917 年，归化商会成立了一个名为"保商团"的组织。他们找了一位富有的蒙古人作为首领，并任命另一位曾经当过土匪的蒙古人作为二把手和实际指挥者。事实证明，后者是一位称职的首领和坚定的战士。保镖们吃苦耐劳，他们有些是汉人，大多数是蒙古人。许多人在以前是土匪，如果他们没有被雇来当保镖的话，可能会一直以劫道为生。他们每月的工资只有几块银元，而且必须自己备马。他们中的一些人会通过为商队中的友人走私鸦片到归化来赚外快，因为税务官不敢阻拦穿制服的

41

---

① 即今内蒙古包头市希拉穆仁镇。——译者注

蜈蚣坝的石堆界标（人们在显眼的高地上修筑一座散包或石堆界标，说："从这到下一处散包之间是我们和你们的界线。"）

召河的蒙古包（位于一处土匪出没的旷野）

归化商会的保商团（所有成员都是男性，如果他们没活干，便会落草为寇）

召河的地方官

召河地方官的妻子

召河：轿子上的活佛（这座召庙住有活佛）

召河：僧侣仪仗和驱鬼舞者（这座召庙除了供养圣人之外还掌握着难以置信的财富——至少是在普遍信仰方面）

召河庙会上的汉人

人，所以这种方式十分稳妥。保商团的另一些人会在当了几个月保镖后，骑马加入游荡在边地的流寇团伙和马匪。

为了维系保商团，商会对每批货物征收小额税款，对每名被护送的旅客征收较高额的税款。情形不是特别危险时，会有一到两名士兵陪同商队，但如果匪患猖獗，则会派出一支部队护送商队。保商团共有约 400 人，在归化设有营房，在召河拥有一个土堡，首领和二把手也住在那里，在百灵庙则有一个较小的城堡。自从这支保商团武装成立以来，沿途被护送的商队几乎没有遇到什么麻烦。进出包头的商队也有类似的武装守卫。

当商队进入草原时，土匪销声匿迹。大群的土匪不可能在农村以外找到足够的食物，而小规模的侵扰则会遭到蒙古人的强烈反抗。然而在我赶路期间，保商团武装没有护送我，因为更大的威胁来自逃兵，有时他们会有几百人，其中大多数人在寻路逃往甘肃。对于保商团来说，逃兵实在是太多了，而且从某种意义上说，他们是同袍，保商团成员对他们持同情态度。此外，这支武装的两位蒙古族首领都非常担心希拉穆仁召①的安危，召河的蒙古语名字希拉穆仁就得名于这座召庙，他们宁愿把村庄抛弃给逃兵，也要把自己的人集结起来保卫庙宇。希拉穆仁召里居住着活佛，他们是归化宗教集团的领袖人物。召庙在旧址上新建，并且相对于城里的召庙，活佛更喜欢待在希拉穆仁召，因此至少在信仰层面，它享有比肩圣人的崇高待遇。

名义上的大西路经过那个城堡和希拉穆仁召，在汉人还没有深入蒙古腹地发展之前，通往库伦的道路在这里分作数支。事实上，

---

① 希拉穆仁召，席力图召下属寺院，活佛的避暑行宫。——译者注

大西路并不存在，只有一条常用于行军的路线，行车时可以选同方向的诸多道路中的任何一条，这些道过去都是从乡村运粮食到归化或草原的必经之路。我们从城堡沿河而上走了几英里，并在那里的一个商旅小屋中歇脚，次日一早我们又上路了。我们是在行车主路上遇到劫匪，还是在乡野小道上遇到劫匪，这都取决于运气。这回我们没有在中午时分歇脚，而是一路前进，穿过分布有蒙古包的蒙古族聚居区，临近傍晚时分，我们才到达岔岔村歇脚，这是汉人最偏远的一处聚居地。可以说这是一片已经突破内地开拓极限的小农耕区，它像小岛一样镶嵌在蒙古族聚居区。汉人依靠人口优势占用牧场，几年时间内，村庄得以发展，其周边的土地也被占用殆尽，蒙古人宁愿搬走，也不愿被孤立在汉人聚居区中。

　　岔岔村是道路汇合点，距离百灵庙大约40英里。这个村庄的北边是一处鲜有人知的边墙遗址，遗址由低矮的沟渠和城墙废墟组成，被泥土埋压且荒草丛生，大致呈东西走向无限延伸。这想必就是普尔热瓦尔斯基（Prjevalsky）在1871年的旅行报道中提及的边墙，这道边墙显然位于更远的东方。当地人都确信这片遗址要么是自然形成的，要么是被废弃的灌溉工程。我认为这可能是一个古老的防御工事，但他们对此嗤之以鼻。在他们看来，把这片遗址想作边墙似乎是夸夸其谈。然而从走向来看，遗址与这个国家的边缘十分吻合，它绝非灌溉工程。它只与一些占据归化平原的王朝有关——因为它很难保卫北方的开阔地——统治者建造它是为了进一步扩大领土，或者说更有可能是为了防止游牧部落进入大青山并沿着峡谷侵扰黄河河谷的定居点。

　　我认为那道城墙是马可·波罗所指的"天德军"的北界或外城。裕尔和之后的考狄确认了归化和汪古部天德城各自的控制范

43

围。[①]马可·波罗和孟高维诺（13 世纪末在大都）笔下所描述的显然是同一个景教徒封国，他们都把它与传说中的祭司王约翰所统之国联系在一起。裕尔为普尔热瓦尔斯基的英文版著作[②]写了一篇序言和书评，但他和考狄都没有提及这堵古老的城墙——这道墙是现有最佳的考古证据。考狄通过辨析名称上的混淆，引用了巴拉第（Archimandrite Palladius）[③]的说法来证明马可·波罗和孟高维诺可能曾为祭司王约翰的后裔天德城王子效力。祭司王约翰在中亚的原型之一叫昂汗（Aung Khan）。昂汗在汉语中又作王汗（Wang Khan），王汗在读法上很容易和王库（Wang Ku）混淆，而汪古（Ongot）在中文里也自然读作"王库"。汪古显然是发源于东北的通古斯部落，"汪古部掌管着这些部落"，也就是说，它在归化以北。"阴山的汪古部守卫金朝治下的中国北疆，看护部落的牛群。金朝从西夏的边界一直到东北修筑了壁垒或新边墙，以此作为抵御沙漠部落侵扰的屏障，与此同时，他们把阴山地区的主要防务托付给汪古部。"

44

我看到的那道城墙遗址应该就是他们提到的边墙。金是 12 世纪统治中国北方的鞑靼或通古斯王朝。"从西夏边境起始"的边墙一定是从黄河上游的某个地方开始的，因为西夏国都位于宁夏。阴山是指大青山。汪古部皈依景教，他们的封地很可能就是后来的

---

① 《马可·波罗之书》。

② 普尔热瓦尔斯基：《蒙古、西夏和藏北无人区》(*Mongolia, the Tangut Country and the Solitudes of Northern Thibet*, translated by E.Delmar Morgan, London, 1876)。

③ 巴拉第（1817—1878），俄罗斯东正教会在华传教士，曾任第 13 届和第 15 届俄罗斯正教驻北京传道团领班修士大司祭。1849 年率第 13 届驻北京传道团来华，多次向沙俄政府提供中国在太平天国革命爆发以后的政治、经济、军事情报。1856—1858 年参与签订中俄《瑷珲条约》。1864 年率第 15 届驻北京传道团赴华，任期中曾到中国东北和蒙古地区实地考察并进行地形测绘与情报搜集，在汉学、佛学上都有一定造诣。——译者注

"天德军"。更重要的是，这可能表明汪古部在这样的多族群聚居地通过部落的交融，最终演变成土默特蒙古人。

谈及这个消失的景教徒封地时，有必要引用如下内容，这段话是尼·艾利亚斯（Ney Elias）[①] 对裕尔的回复，裕尔将此形容为"奇特而诱人的交流"，尽管有足够的史料表明艾利亚斯是一位有成就的旅行家，但他的大部分作品都没有出版。

> 在归化城（天德城）曾有一个老者告诉我说，他既不是汉人，也不是蒙古人，更不是回族人，他的住址离城北还有一小段距离，这块地是皇帝御赐给他的祖先的，现在这里还居住着几个同源的家族。接着他又讲他的家族和皇族之间的渊源，不过我不知道具体是怎么回事。他说他本应该是一个王子，或者曾经是一个王子。后来其他人进来，他的话被打断，然后走开了。……我们交流的时间不到十分钟，除非机缘巧合，否则是很难通过这种方式获得有趣的信息的。……我突然想到，他也许是天德城领主乔治的后裔，因为我手头有你注释的《马可·波罗之书》，并且我一直在尽力地打听他反映出的问题。……我在归化被严密监视，我的仆人经常告诫我不要问太多问题。

汪古部的一些后裔成为蒙古可汗的女婿，尼·艾利亚斯遇见的老人可能是将他的血统追溯到了汪古部，并声称与皇帝有亲缘关 45

---

① 尼·艾利亚斯（1844—1897），又译内伊·爱莲斯，英国探险家、地理学家、外交家，以游历亚洲而闻名，曾在喀喇昆仑山、兴都库什山、帕米尔高原和新疆地区广泛旅行。——译者注

系。但这段对话是在清末记录的，之前数百年，满族与蒙古帝国没有任何联系。在我看来，这位老者如果不是满族人，而是一个保留从其他部落传下来的家族传统的土默特人，那么无论他是满族人还是蒙古人，他的家族都可能在某个时候为皇族生了一个女儿，从而与皇族产生联系。

上述所有观点若无考古证据证明，都只是猜想。我之所以在此引用尼·艾利亚斯的主张，是由于他最后一句描述的经历引起了我的共鸣。

经过那道古城墙，前面就没有庄稼了。我们走了大约 20 英里，牵着四头驮行李的骆驼的驼夫成了大麻烦。他烟瘾很大，正是因为他在某天夜里专注于吸烟而不是那些吃草的骆驼，骆驼才一度走丢了，因为此事那天早晨我们耽搁了行程。现在，他突然倔强地表示不会再继续往前走了。他吸光了鸦片，精疲力竭，痛苦不堪。这迫使我们必须露宿荒野。如果我们这样做了，就会像后来听说的那样，我们会被逃兵追上。我们的这名驼夫在一个小池塘边找到了另外两个掉队的驼夫，他们身上恰好有露营的火种和鸦片。他乞求他们给他鸦片，但他们什么也不给。紧接着，一场又大又冷的阵雨向我们袭来，我们必须向前行进。阴雨天对有烟瘾的人而言就是活受罪，衣服湿透，全身冰凉，在他们眼里一定是一种折磨。那个驼夫的身心本来已经快要垮掉了，现在却坚持要走下去。百灵庙是距离最近的鸦片市场，他必须吸食鸦片，否则会生不如死。在烟瘾的驱使下，他继续前进，完成了 40 英里的"急行军"。这也促使我们花了四天多的时间日夜兼程到达离归化 110—120 英里的百灵庙，而且一路上都在躲闪。对于那四头疲惫不堪、不堪重负的骆驼来说，这是一次艰巨的任务。当它们伏在地上卸完行李时，几乎都站不起来了。再往前走一步就会超过它们的体力极限。它们的主人却对此视而不见，而是径直走向火堆烤着火吞云吐雾。

百灵庙的名字寓意着百灵鸟之庙，它的中文名是这么称呼，但是它的蒙古语名字我未曾耳闻。[①]它是内蒙古最大的藏传佛教寺院之一，其规格甚至超过了外蒙古的寺院。百灵庙里有大约 1500 名喇嘛，当我到那里时夏天的"禁足期"并未结束，但是大多数的喇嘛已经"休假"回家或懒散地四处游荡化缘，因为对于喇嘛而言路人的施舍是理所当然的。我没有进入庙里，因为摩西之前已经独自前去打探情况，回来后他说庙里所有的殿堂都被锁上了。他发现除了新来的年轻喇嘛在认真诵经，庙里几乎别无他人。摩西问他们在干什么，喇嘛们回答说，他们正在祈祷不让盗贼进入庙中。摩西带着汉人的优越感问他们，上次强盗们来这里时祈祷是否管用。旧的百灵庙很明显是在外蒙古局势动荡时被洗劫和烧毁的，现在所有的建筑都被重建。大火发生在辛亥革命之后不久，当时在沙俄的鼓动下，外蒙古意图独立。当时的中国政府最希望维持百灵庙在这些蒙古人心中的地位，因为他们担心外蒙古会侵扰内地，封锁贸易路线，也许还会吸引内蒙古其他地方的人跟随他们。据说重建百灵庙的钱是由中华民国首任总统袁世凯筹集的，这可以视为中央对内蒙古的一种恩惠。

"不管怎么样，"摩西带着一个见多识广的游客的口吻说，"百灵庙算是彻底完蛋了。"

百灵庙附近的地区被中国人称为百灵地，意为百灵鸟聚集之

---

① 蒙古名"巴吐哈拉嘎庙"，藏传佛教格鲁派（黄教）寺庙，内蒙古西部四大名庙之一。因其修建者为达尔罕贝勒，俗称贝勒庙。又因当地盛产百灵鸟，故名百灵庙。1913 年曾为哲布尊丹巴之军队焚毁，1924—1927 年由达尔罕王云端旺楚克重建。——译者注

所。这种蒙古云雀在起伏的原野上筑巢，那里有肥沃的草场，在中国北方很有名。百灵鸟在山东尤其受青睐，当地的养鸟者愿花高价购买它们。在初夏，当雏鸟即将长大但还不会飞的时候，汉人就会成群结队地来捕获它们。归化有个鸟市，相比其他市场，它每天很早就开门且生意火爆。在内蒙古通铁路之前，人们常常从山东一路步行前来捕鸟，或者到这个市场上去买鸟，回山东的时候尽可能多地装入两个篮子，用扁担挑着运走。这个行业和赌博有几分相似。首先，这些鸟必须喂养到能够区分性别。然后放生雌鸟，仔细挑选开始鸣唱的雄鸟。即使是来自这些著名的地方，这些百灵鸟的鸣唱水平也良莠不齐，有时当一只品相一般的百灵鸟靠近一只品相较好的老百灵鸟时，其就会通过效仿升值。一只未经品评的百灵鸟只值几分钱，但叫声天然好听的百灵鸟即使是在当地市场也能卖到二三十块大洋。

这里的蒙古人隶属于乌兰察布盟（Ulanchap），其中的部落来自不同家族。不得不说我对这些蒙古人知之甚少。在我到达阿拉善地区之前，我将一直行走在他们的领地之内。由于普尔热瓦尔斯基[①]和柔克义（Rockhill）[②]都没有对这些部落组织产生足够的重视，所以我得无偿使用已故的杰·宾斯蒂德（G. C. Binsteed）[③]的一篇文章，他的工作因在弗兰德斯（Flanders）的悲惨死亡而中止。除了自己的考察，宾斯蒂德的文章大都引用未经英文翻译的俄文资料，但是这些成果尚未以专著形式出版。

[①]　普尔热瓦尔斯基：《蒙古、西夏和藏北无人区》。
[②]　柔克义：《1891—1892 年蒙藏旅行记》(*Diary of a Journey through Mongolia and Tibet 1891—2*, Washington：Smithsonian Institute，1894)。
[③]　宾斯蒂德：《蒙古的部落和行政体系》("The Tribal and Administrative System of Mongolia")，载《远东评论》(*The Far Eastern Review*)，1913 年 7 月。

乌兰察布盟由四个旗组成，分别是：

四子部落，统辖一个旗。

茂明安部，统辖一个旗。

乌拉特部，统辖三个旗，分别是前、中、后三公旗。

喀尔喀右翼部，统辖一个旗。[①]

其中，四子部落的蒙古语名字表明其先人应该是漠西蒙古人。茂明安人可能是真正的内蒙古人，也可能与漠西蒙古的明安人（有时也叫茂明安人）有关系。乌拉特部三旗可能和卫拉特蒙古[②]一样，是一个部落联盟。如果知道这三个旗的具体名称，就能更容易猜想它们的族源，但我甚至无法准确判明哪一个是前旗，哪一个是中旗，哪一个是后旗。普尔热瓦尔斯基给出了三个具体称呼：西公旗（Barun-kung）、中公旗（Dundu-kung）和东公旗（Tsun-kung）。在这些名称中，"kung"一词似乎是汉语中"王公"的意思；此处就像蒙古人惯用的一样，指的是世袭的小王子或旗的首领。"Barun"和"Tsun"在蒙古语中表示西方和东方，而"Dundu"是中心的意思。柔克义便获得过南、西、中三个"王公"头衔。我听过东公（East Duke）、西公（West Duke）和东大公（Tung-ta-kung）这三个词，东大公显然是普尔热瓦尔斯基所指"Dundu-kung"的一种汉语称呼。令我吃惊的是，它们从东到西的排列顺序居然是东公旗、西公旗和中公旗。最后，我们抵达喀尔喀右翼部，这个名字表明这里的人们是从外蒙古腹地迁移过来的。

48

---

① 俗称达尔罕贝勒旗。——译者注

② 卫拉特，亦作厄鲁特、额鲁特，清时西部蒙古各部的总称。元称"斡亦剌""外剌"，明称"瓦剌"。清时分杜尔伯特、准噶尔、土尔扈特、和硕特等四部，土尔扈特西迁后，辉特列为四部之一。各部曾受准噶尔之乱影响，清平定准噶尔后，改编为盟旗。——译者注

这些部的名称虽然经常使用，但若不加以解释就无从知晓这些名称有什么内涵。这里我还是主要依据宾斯蒂德的文章。盟（蒙古语称 Chigulgan、Chugulgan 或 Chulgan）是由清朝施加于蒙古原有组织之上的行政单位。这是一种治理方略，目的是削弱部落，并将权力转移到中央官员手中，这些官员通常是汉人而非满人，他们接受任命处理盟的事务。喀尔喀部是外蒙古诸部的核心，清朝对他们的控制是最松的，喀尔喀只有四部，但是内蒙古的二十四部则被强行分成六个盟，其中乌兰察布是最西边的。

49　　在这种管辖体制下，我们也能得知蒙古原先的组织体系。关于"部"，宾斯蒂德引用巴拉诺夫上校（Colonel Baranoff）的话说："古蒙古语又名艾马克（Aimak），用以指王公的封地，由一片或多片领地组成，这些领地都是蒙古王室的遗产……艾马克中的各个领地通过血缘相联系，艾马克在历史上属于一个王公所有，这个王公是现今艾马克中各王公或者领主的祖先。随着时间的推移，艾马克分裂成几个独立的领地，但各领地之间仍保持联系，家族中地位最高的王公仍然被认为是艾马克的首领。"

汉语中喀尔喀蒙古的艾马克叫"部"（pu），内蒙古的艾马克则叫"部落"（pu-lo）。

艾马克中的每个旗（汉语念 ch'i，与满族的"旗"类似）都是一个宗族，或者说是扎萨克王公的世袭属地。"王公"一词在英语中一直被惯用于称呼某旗的扎萨克和某艾马克中的高级扎萨克，但或许前者更适合被称为"公爵"。有的王公从生下来那天开始就是领主，但他们在成年之前无法像高地亚洲的统领那样掌权。艾马克的一个准辖区是苏木（somon）。这与其说是一个地域单元，不如说是一个管辖幅度较大的部门，苏木是名义上的军事机构，但也负责处理通常的行政事务。一个苏木大约管理 150 名骑兵及其家属。

至于百灵庙附近的蒙古人，我不清楚他们归哪个旗或艾马克，但我猜想他们要么是四子旗人，要么是喀尔喀人。汉人只称他们为"百灵蒙古人"，称他们的首领为"百灵王公"，我认为这已经足够合适了。任何一个王公如果失去了"百灵王公"的头衔，即便他还一直保有其他某个王公的称号，对汉人而言他也没有了王公的架势。

从百灵庙向西进发的商队（整片地区在汉语中都被称作百灵地，即百灵鸟之地）

在百灵庙附近卸货的商队（与我们同行的是一队"胡里冒儿"——这个称呼或多或少有闲逛的意思）

第四章　商队牧场

　　百灵庙是蒙古地区非常重要的交通节点，所有道路都在此分作数条。北达库伦，东至张家口，西北到乌里雅苏台和科布多一带，而通往中国新疆的两条路起初会向西偏北一点。这条老路在清代开辟，其前半段分为大西路和小西路。[①] 两条路还未到百灵庙就分道扬镳了。大西路通向一条无名山脉的北面，山脉东面靠近百灵庙的部分被称作黑山（Black Mountains）。[②] 沿着这条路商队也可去往乌里雅苏台。小西路在山脉的南面。行进大约40段行程之后，两条路越过山脉的西端，在一个叫喀喇纽托（Kharaniuto）的蒙古贸易中心会合。之后是这条沙漠之路最荒凉的一段，这里只能通过打井获取水源，水源来自东阿尔泰的地下水，然后流向沙漠。这两条路会合之后向西自然延伸。它们只触及中央戈壁（Sandy Gobi）北缘，紧接着便分两段穿过黑戈壁（Black Gobi）。这条路不是很荒凉，一路上几乎都是蒙古人。他们不会翻越山梁，而是一直沿着分布有泉眼和井子的山脚前行。该路路况确实很好，以至于富裕一点

---

①　从归化到新疆的驼路有大西路与小西路之分。大西路从归化出发，经百灵庙一带，即入外蒙古边境的土谢图汗部密尔根王旗，辗转可至新疆乌鲁木齐与古城。大西路纯系驼路，全程7000余里，沿途共78站。在蒙古人协助下，该路多年保持畅通，但在1928年北洋政府倒台后，该路封闭。小西路又名甘边路，又叫小草地，在大西路封闭后成为主要的货运道路。它也取道百灵庙一带（参考沈世德口述、贾汉卿整理：《马桥驼运》，载邢野、王新民主编：《内蒙古十通·张蒙商通览》，内蒙古人民出版社，2008年）。

　　　　根据本书中拉铁摩尔的叙述，商队另外启用了一条"绕路"。这条貌似新开辟的路实际上在历史上已经存在。——译者注

②　我还听闻它有个蒙古语名叫宝音博格达（Boyeh Bogdo）。

的旅行者通常都坐骆驼车前行。

　　辛亥革命期间，在沙俄指使下，外蒙古在内政层面获得了名义 ₅₁
上的自治，同样，北洋政府对其外交也保持了名义上的干预权。[①]
外蒙古独立最初并没有破坏内地与蒙古的贸易，以及通过蒙古和新
疆进行的贸易往来。沙俄出于扩张政策而支持蒙古自治；然而在
1919 年，俄国因内战而有所衰弱，一位中国军阀试图乘机收复外
蒙古。[②] 他后来被白俄势力和外蒙古人联手打败。白军随即又被红
军驱散，这支反革命势力最终被征服，蒙古又回到了俄国的支配之
下，不过这回是苏俄。

　　苏俄的影响使中国边疆面临真正的变局。为了在经济上向苏俄
靠拢，外蒙古一笔勾销所有拖欠中国商人的债务（这笔债务数额非
常大，因为许多债多年来一直以高复利计算），并建立贸易壁垒，
采取歧视政策。这导致上文所述的大西路和小西路几近废弃。事实
上，仍有商队继续运送茶叶和布匹在外蒙古出售，因为这些东西在
蒙古是必需品——茶叶几乎是硬通货。然而，通往新疆的过境贸易
则很快遭到破坏。外蒙古政府有时会扣留过境货物，甚至在外蒙古
销售杂货也不可能。在外蒙古，杂货从来没有一个价值标准。除了
生活必需品外，蒙古人购买其他商品时随心所欲。如果一件东西不
合己意，他连一半价格都不愿意出；如果合乎己意，他就穷其所有

---

① 拉铁摩尔这段叙述涉及近代外蒙古复杂的历史演变。外蒙古原为中国领土的一部分。1911
　年沙俄策动外蒙古"独立"，1915 年，中、俄、蒙三方缔结《关于外蒙古自治之三国协
　定》，规定外蒙古仍是中国领土，中俄承认外蒙古自治。十月革命后，外蒙古放弃"自治"。
　1921 年，外蒙古在盘踞中俄边境的白俄唆使下，再次宣布"独立"，同年，蒙古军队在苏
　俄支持下击溃白俄，成立君主立宪政府。1924 年，《中苏解决悬案大纲协定》仍规定外蒙
　古为中国领土的一部分，同年，外蒙古宣布成立人民共和国。1945 年 8 月，国民政府与苏
　联签订《中苏友好同盟条约》，同意外蒙古根据公投结果独立。1946 年 1 月，国民政府承
　认外蒙古独立。——译者注
② 当指 1919 年徐树铮入蒙。——译者注

加以购买。以往汉人在这类贸易中的利润率可能高达百分之百，而正是这一点对蒙古人造成了灾难性的影响。当海关官员（实际上是得到官方授权阻碍贸易的执法者）欲望膨胀时，他们会肆无忌惮地进行勒索。如果他们认为一顶帽子要付十块银元的税，那么跟他们争辩说这帽子只值两块银元是没有用的；选择只有两个：交十块银元或者把帽子运回归化。这一贸易壁垒总是针对前往新疆的商队。

　　因此传统的贸易路线衰落，开辟一条通往新疆的新商路势在必行。新商路必须满足两个条件：一是尽可能避免被国内官员征收厘金或过境税；二是远离已经独立的蒙古部落，以免货物被没收。商队摸索出了满足条件的新路，并称其为"绕路"或"蜿蜒之路"。它在某种程度上是条穿越阿拉善的传统贸易路线，这段路介乎内蒙古东部地区与额济纳地区（Edsin Gol）的黑水城之间，黑水城废弃前归西夏统辖。之后绕路再从额济纳延伸，经黑戈壁和无人区到达阿吉博格达山（AjiBogdo）的南部余脉，而阿吉博格达山本身也是阿尔泰山脉向南的一段延伸。继续前行可以在一片偏僻的湿地看到连绵不断、白雪皑皑的天山。哈密和巴里坤等重镇均位于天山南部或横跨天山，而绕路则经过这些城市的北部，并在离古城子数段行程的地方与原来的大西路汇合。最终大西路、小西路和绕路一同汇聚在重镇古城子。

　　历史上，这条绕路在商队贸易中广为人知。的确，在研究蒙古地区的商路时，首先要记住的是，与其说某条商道是固定的一条线路，不如说是一段旅程的走向。商道存在变更和岔路，有时会受商人主观目的之影响；有时会受蒙古商队的影响，这些蒙古人自东向西钻了一连串水井，并沿着这些十分重要的井子行进，南下进入农耕区换取稻谷和面粉；在面临战乱或大移民时，这些道路的走向则会受家族或部落的影响。1887 年，荣赫鹏在其旅游指南中提到了路线中突出的一些路径，他是近代最早踏入蒙古的旅行者之一。该路径是主干道的一个分支，从回民起义经同光中兴，一直到 1920 年北洋政府失去对外蒙古的控制，主干道上商贾云集，贸易繁忙，这一时期也是商队贸易最后的一段黄金期。如今若再度上路，许多老蒙古人和汉人商队的老师傅可以找到一条通往所有贸易重镇的"新"路，走新路不会陷入缺水或缺乏牧草的险境。

　　然而，以下几样事实能够证明，经过阿拉善的绕路是一条非常古老的路线。一是沿途有不少关于商路的传说。可惜的是，商队成员对这些传说所知甚少，因为他们重新启用这条商路的时间还不够长。另一个更引人注目的例证是，这一人烟稀少的地带居然建有气势宏伟的召庙。任何人但凡了解亚洲腹地，都会大胆推测这些召庙保持着非常古老的圣地传统，并且建造于这片居住地被划分为不同区块之时。这是因为召庙多建造在人员往来最密集的地方，其不仅是游牧民族的宗教中心，也是各个沙漠绿洲中定居族群的宗教中心。非常细微的气候变化便足以扰乱那些牧民的生计。众所周知，历史上每逢周边文明的衰落期，亚洲腹地都会遭遇这种变故，而且有争议的是，大多数游牧民族发动迁徙战争的动机都是寻找新牧场。很多人都在集中研究干旱理论，或者更准确地讲是干燥期循环或气候波动[①] 对新疆地区和西域西部人口分布的影响，蒙古地区也是如此，在亚洲腹地，大部分水体都停留在内陆，而不是海洋。亚洲腹地的水体要么源自高山降水，要么源自山顶上的常年积雪。这些水流出不久就会渗入地下并摆脱地表径流的局限性，当地人也正

53

---

① 有关"干旱"的研究，可参见埃尔斯沃斯·亨廷顿的《亚洲的脉搏》等多部著作。

是通过挖井取地下水来维持生计的。

54 降雨量小幅度的减少或高山雪线的抬升都会对地下水源的供应产生立竿见影的影响，人类居住的区域也会因此变小。阿拉善大部分地区均可套用这一理论，原因在于，虽然从地图上乍看，阿拉善地区像黄河流域那样位于太平洋水汽的影响范围，但它实际上与额济纳盆地的关联更密切，源于甘肃南部山脉的积雪融化，汇集成河，流入蒙古，最后在额济纳盆地汇聚为内陆沼泽和湖泊。

额济纳的"死城"黑水城历史上人口众多，该遗址如今坐落在内蒙古最干燥的地区。黑水城一度城池壮观、人员辐辏，其重要地位一直持续到大迁徙之后，因为它在马可·波罗的时代还很繁荣，而黑水城所在的地区如今人迹罕至，该地区的商业价值随着近期人口压力的影响才被重新发掘。在这种历史背景下，只有一种发展途径：由于额济纳地区很难得到广泛开垦，因此若非依靠贸易，一座重镇不可能在这样的地缘位置上保存至今。进一步讲，产生贸易往来的大前提是附近有游牧部落活动。斯坦因爵士提到，历史上额济纳地区是从蒙古入侵中国西部的重要通道，成吉思汗在 1227 年沿着这条通道发动了自己对西夏的第一次征伐。[①] 我相信黑水城——或者是马可·波罗笔下的亦集乃（Etsina）——不仅仅是一个军事据点，建城目的不光是保护那条通道，还在于掌控东部内蒙古和库库和屯等富裕地区间的贸易通道；库库和屯又名青城，正是今天的归化。

我可以通过这条路进入遥远的西域地区。普尔热瓦尔斯基、荣

---

① 参见斯坦因：《亚洲腹地：历史上的地理因素》（"Innermost Asia: Its Geography as a Factor in History"），载《地理杂志》（*The Geographical Journal*），第 65 卷第 5 期，1925 年，第 377—403 页。

赫鹏和科兹洛夫均从不同角度发掘过黑水城，最近一位造访者是美国考古学家兰登·华尔纳（Langdon Warner），他于1923年到达黑水城。沿途有一些俄罗斯人，其中大多数是通过新疆，从古城子方向一路逃来避难的白军。我是第一个凭借兴趣走完路线全程的人，相比于他们，我更关注这段路的历史及其与亚洲内陆其他交通要道的关系，几个世纪以来，商人和战士们往来期间，这段历史久不可考却意义非凡，他们书写着自己的历史，并在欧亚大陆的时间长河中留下了难以磨灭的印记。

即使在和平时期，百灵庙也是商队的旅游胜地，是所有商道的枢纽，因为它地处一片物价低廉、安全便捷的牧区，没有这些前提，商队难以进行贸易。骆驼通常被一路牵到归化运送货物，而它们当天就得返回牧区，因为只要在城里喂养一天就意味着多花一笔钱，这是骆驼主不愿意看到的。这些人即使在往返的路上走了一年多，即使经过家门，也必须得带着驼队。

牧区大多在百灵庙以西，位于茂明安部。蒙古人按每头骆驼每月20两来收"水草钱"。除了归化当局要求每头骆驼每年缴纳价值1.6银元的税之外，这里没有其他的管束，没有监督，没有干涉。牧区的几条小河很偏远，河水在旱季少得可怜，实际上任意两三英尺深的井中几乎都能找到水。商队在井边扎营，通常是两三个人结伴驻扎。虽然没有地表水，但土壤的蓄水量足够供养这片肥沃的牧区。牧草饱含盐分，是骆驼的最爱，而且对羊来说也不太咸，这里的羊肉不是很肥，味道奇佳。处于大青山影响下的蒙古地区气候异常潮湿，因此冬天的严寒比沙漠中的寒冷更刺骨，更容易引起风湿和令人不适。

长途跋涉回来的骆驼总是疲惫不堪，只能在肥美的牧场休整两个月以上才可重新出发。它们只有在这段时间才能真正恢复健康。六七月份是骆驼的脱毛期。蒙古人和汉人通常认为，脱毛后的骆驼全身暴露在外，虚弱且不适合用于运输。这并不十分准确，人们不会把骆驼的毛都剃光从而造成商队东家的财产损失。然而骆驼很怕冷，尤其是在旅途结束时，它浑身很热，必须要小心照料。同样，夏季运输货物的骆驼，驼毛长势不是很好，因此不太适合在冬季行进，但生意好的时候，商队也会在夏季跑运输。

商队通常会在 2 月从归化启程，为的是赶在放牧期前到达西部地区，而放牧期正好结束于 8 月之前。放牧期后的骆驼则处于最佳状态，这使得 8 月份出发的商队足以在下一轮放牧期到来前往返一圈。驼队于冬天到达古城子，较弱的骆驼可以在冬牧期离队保持体力，而较强壮的骆驼经过几周谷物饲料的调养，会回到归化，它们中的大部分以携带的谷物作为饲料。然而更多商队会选择在 8 月份启程，旅程耗时三到八个月，然后等待放牧期到来，并于次年 8 月返回，因此归化的骆驼主人在一年半的时间内都无法清算盈亏。最好的选择是春天出发，在目的地放牧骆驼，然后同年秋天返程。

在夏季牧场，驼夫会挑选最温暖的洞穴和最茂盛的草地，每天给骆驼补充盐分和水分，而不像在旅途中那样限制水的摄入量。这让骆驼感觉更热，毛发脱落得更快。脱毛后的骆驼开始迅速长膘，它们的驼峰变得肥硕而结实，8 月天气开始转好，同时骆驼会长出一层又密又厚的新驼毛，随着冬天的来临，驼毛变得越来越密、越来越厚、越来越长。只有在这期间，骆驼才会自然恢复最佳状态，事实上，它们长得过于肥胖，以至于它们经常会在启程之前被拴起来饿上一周甚至更长时间，这是一种初步的"锻炼"。

这种两到三个月的喂养实际上会让骆驼撑过一年中剩余的时

间。蒙古人养的骆驼会轻松而散漫地干活，秋天草变干后也不着急吃草，它们每天虽然只吃两三个小时，但状态很好。12 月则是骆驼真正的发情期。天气越冷，公骆驼就变得越狂躁。此时它们非常危险，什么也不吃，急于四处游荡寻找配偶，不论人还是其他骆驼，只要打断它们寻欢，都很容易遭到攻击。只有老手才会在发情期小心翼翼地驾驭公骆驼，因为一旦被激怒，它很可能变得十分野蛮，用牙齿和蹄子攻击驼夫，把他踢翻，并跪在或踩在他身上。如果一头公骆驼袭击一个人，是很难被制止的，因为那种状态下的骆驼对痛苦和恐惧毫无知觉。因此，商队里很少使用公骆驼运货，否则一旦到了发情期，它们就被饥饿和重担拖垮。

骆驼的孕期有 13 个月，1 月份生崽。怀孕的母骆驼直到分娩之日都能干活。母骆驼若在生崽之后给幼崽哺乳，就会变得羸弱，这个过程大约会持续一年半。因此它每三年才生一次崽。

所谓"牧营"这一空闲期对人和骆驼来说都是最好的。人们被允许轮番回家，甚至营地中会雇用额外的人来帮助放牧，这些人通常只是白天放一次牧并值一回夜班，然后休假五到七天。在这段时间里，他们忙于靠编织驼毛打发时间。驼毛贸易完全是一种在外国商人的激励下发展起来的新兴贸易。荣赫鹏在 1887 年发现驼毛贸易的存在时，这种贸易才刚刚起步。当时，一担驼毛在天津大约值 5 两。现在一担 133 磅重的驼毛的价格高达 70 两。在外国消费需求出现之前，人们会任由驼毛被风被吹到沙漠中，有时它们在风中会卷成巨大的球。平均每头骆驼会脱落大约 6 磅驼毛，此外前腿膝盖以上的那一簇毛发和鬃毛也会脱落，重 1.5 磅或 2 磅，但是品质粗糙，价格较低廉。

驼毛纺织仍是一样新事物。商队的人自称纺驼毛是从被逐出新疆的白俄士兵那里学来的。这些白俄士兵中大约有数百人被派到海边，分作几个小组跟随不同的商队行进，驼夫很快学到了他们编织毛料和钩编袜子的方法。当然，驼毛都是属于骆驼主人的，然而事实上他损失了很多驼毛，因为驼毛已被驼夫当作自己的额外补贴用于织袜子，想用多少就用多少。他们从不直接偷驼毛到镇上去卖，可他们确实是在暗中利用驼毛做一些编织品，然后出售。我在归化看到驼夫编织或钩编的长围巾在富裕的汉人当中很流行。我们启程那阵许多骆驼尚未完全脱毛，看人们在旅途中编织驼毛是一件很奇妙的事。如果纱线用完了，他们会回到驼队的第一头骆驼前，从骆驼脖子上扯下一把驼毛，用手掌初步卷成一团毛线；然后在这段毛线雏形上绑个重物作为"纺锤"，扭转"纺锤"开始纺毛线，驼夫全程往线里掺入驼毛，直到他纺出足够的毛线来继续进行编织。

　　当商队停驻在营地时，东家通过他在归化的经纪人安排备货。当骆驼准备就绪后，商队要么进归化来取货，要么就用车把货物拉到百灵庙。在许多地方，汉人直接管理的地盘和蒙古人控制的地盘间的边界是模糊的，其中百灵庙一带被严格认为是蒙古人地盘，因此在某种意义上是一个避难所。汉人在当地向来小心行事，除非有紧急情况。蒙古人不断遭受剥削，然而也在这个过程中保有自己的尊严。在这一点上，内蒙古和外蒙古之间有着很深的共识，以至于在中国境内的蒙古部族一旦受到压迫，可能会揭竿而起投向外蒙古。因此，军队在春天征用骆驼时，内地的蒙古骆驼被征用并不予归还，但是一支去百灵庙寻找更多骆驼的巡逻队却被蒙古人击退，他们在当地人眼中毫无威信。政府也未试图对此采取高压手段，而是采用一种间接的方法。王公们被下令提供"保护贷款"，以避免在内战中受到侵扰。他们获准用现货抵充部分贷款，还有足够的时间转移负担给他们的属民。通过这种方式，北洋政府在维系盟友关系、为王公提供权威支持的同时也得到了自己想要的利益。至于王公，只要负担不直接落在他们身上，他们便不会有什么意见。内蒙古的王公反对任何独立运动，因为他们很清楚：外蒙古的王公自从与中国决裂转而受到苏俄的影响后，就几乎完全失去了自己的财富和权力。

按照政策，蒙古的地方首领在本土事务上享有很大的主导权，同时，中国中央政府维系着对他们的统治，除了商队和商人之外，汉人不可同蒙古人自由往来。如果允许汉人在蒙古自由定居，会产生族群和领地冲突。因此，尽管蒙古人一直被迫沿着农牧交错带出售土地并迁居他处，但他们仍对剩余的领地自觉保留着控制权。他们最注重的规矩之一就是不许汉人携带武器，更不用说射击了。几乎每个蒙古家庭都有旧式土枪。他们中的一些人装备更好，而且所有人都喜爱运动。百灵地牧场有数个山头，山中有许多健硕的野羊，蒙古人叫它们"羚羊"（ovisammon）或"盘羊"（argal）。由于某种与宗教或召庙没有明显关联的原因，在这里对它们是禁止狩猎的，即使是蒙古人也不行。据我所知，只有一个造访过这里的外国人未被阻止。在这里可以发现很多猎物。甚至在蒙古人能够猎杀盘羊的场所，他们也主要猎杀母羊和年轻的公羊，因为它们警惕性不高且较为肥硕。大个头的老公羊更容易被狼捕食，在冬天，狼群会把它们赶到深雪中使之寸步难行，从而更容易得手。

如不是骑马购买装备或者买醉，蒙古人很少来百灵庙附近。寺院旁边有一群"字号"，也就是商号，商人久居于这些中式宅院中。这些商号在自己的"会客室"里出售烈酒、布匹、靴子、马鞍、烟草、茶叶或者面粉。蒙古人在"会客室"中砖砌的卧榻上就坐，他们喝茶、抽烟，手边同时放个刺绣烟袋并且侃侃而谈。商号也有自己的小商队，有时会有几个商队在更远的宿营地之间轮番运送货物。用白银交易并不罕见，可贸易中以物易物仍然占大头。蒙古人甚至比汉人更偏好囤积白银，汉人巧妙地利用了蒙古人的偏好，后者宁愿交付双倍货物或牲畜，也不愿用银两来折现交易。

商人们用他们的货物交换羊毛、牛、马、骆驼、绵羊和少量的兽皮和毛皮，在交易的每一个环节都有大量充满欺诈的恶性竞争。内地商人卖面粉用偏小的计量单位，买羊毛则用偏大的计量单位。蒙古人为了"回敬"这些内地商人，会在羊毛中掺杂沙土，有时在温水里放一些糖，然后把糖水浇在羊毛上，使得尘土黏附羊毛。而记账并收取利息的汉人总是最后的赢家。内地商人买的羊毛可能有一半是沙子，但是名义上的每斤羊毛实际上却足足有两斤重，而且他们用近乎平衡木的秤杆称重，把羊毛挂在一个环里，通过灵巧的操作获取额外的利润。交易量越小，额外获利的概率就越大，对于一个只有一张羊皮或几磅驼毛的蒙古人，给他们喝点烈酒就能在讨价还价上省一番工夫。可内地商人也喜欢在销售少量面粉时慷慨大方地把面粉不加掂量一碗一碗送出去。我曾听人指责汉人做生意目光短浅，其实在小笔生意上他们显得比犹太人还精明。

我在百灵庙期间去了一家商号。所有生意往来都已结束，商号却挤满了要在这段安稳期内同蒙古人做生意的人。无事可做的人们不停地前往商号，仿佛在寻找商机。逃兵虽然已经离开，但不是最近几天才走。没有人从南边来，也无人敢冒险到南方去，其他商人则往来于东西之间，还带来荒诞不经的传言。汉人在炕上依靠聊天、抽烟度日。他们中有少数人抽鸦片，但大都是抽旱烟——把绿色且满是灰尘的干烟草剁碎后，填入带烟锅的长管内。有一个人则是不知疲倦地用羊腿骨制成的烟斗吞云吐雾。他给它装了个烟嘴和空弹壳做的烟锅来吸水烟，这种烟和辛辣的旱烟相比，吸起来几乎是甜的。它是红色的，内有细小颗粒，但没有灰尘。抽水烟就必须在吸烟的同时把烛芯点燃放在烟斗里，抽完两口就必须吹灭烟渣，重新开始。

人们在红色油灯的灯光中彻夜玩麻将。和大多数啬啬的山西商人一样，他们玩得很慢，动作笨拙，犹豫中带着贪婪。然而，当适应了蒙古无忧无虑的生活时，即使是山西人也会受到一定影响。毕竟，就像他们当中的一个人在输掉牌局时说的那样，眼下正是忙里偷闲的好时机，他们都在用冯玉祥控制的省级银行发行的纸币玩麻将，这家银行随着冯玉祥军队的溃败而破产。

此处商号里还住着一位商队东家，他老家在西部，从哈密附近的沁城而来。他很富有，由于经商豪爽而被称作"沁城李"。他解释了我为何会在与乙方打交道时遇到诸多不顺。他在归化的一家妓院里爱上了一个女人。为了她和鸦片，他把除投资于骆驼之外的所有钱都花光了，并且还为了这个女人留在归化，在他本应出于个人利益逃离那个危险的城市的期间，他一直回避着我对新骆驼的需求。

一天晚上，汉人将聊天话题转到了穆斯林身上。有人说，穆斯林的圣城在新疆以西，比从北京向西到新疆之间的距离更远，而且城墙是用黄铜砌成的。孩提时代说过突厥语的沁城李从点鸦片的油灯上抬起头来。"没错，"他说，"我听那些缠头巾的人①说过，它叫鲁姆（Roum）。"这个名字遍及从整个中亚一直到君士坦丁堡

<hr />

① 应指维吾尔人。在清朝和民国初年，维吾尔族被称为"回部""缠头"等，多带有歧视意味。沁城李这句话即反映了当时的情景。后于20世纪30年代改为"维吾尔"，即"团结""联合""协助"之意，直至今日。——译者注

62

（今伊斯坦布尔）的地区，听到它时我感觉自己已经离中国的长城很远了。

沁城李一开始就跟我说，原先跟我订约的骆驼主人是不会露面的。确实如此。这时来了另一个人，自称已经有协议和我一同赶路。[①] 我必须像对待之前的订约人那样，尽快审查自己与这个新见面者之间的合同关系中是否有欺诈行为，因为这关乎我的旅途。

之前的订约人很有名，来自巴里坤一个家底殷实的家族。他们拥有约 70 头骆驼，这些骆驼于今年 2 月从归化启程并逃过了征收。该家族的少东家以及少量骆驼在归化，这个订约人租给我的就是这些骆驼。他想赶上商队的大部队，打算从行动缓慢的商队里挑出不太疲惫的骆驼来一段急行军。这样，他就能按照合同在短短 70 天的时间里带我穿越蒙古。后来当我让他再提供一些骆驼时，他借故假装在买骆驼。实际上他什么也没有做。他只是从我在百灵庙遇见的这个骆驼客手中租来了这些骆驼。

这个骆驼客有九头骆驼——比我合同上要求的多了两头。由于生意不景气，他很爽快地以九头骆驼 240 两的价格接受了转包合同，而非原先合同中的七头骆驼 350 两。骆驼客甚至还没有得到全部的钱，之前的订约人已经把我预付的 100 银元给了他，还有足够的绳子、驮鞍和装备来凑足费用的一半。至于另一半，他和我一样，打算通过巴里坤那家人的骆驼扣押权来实现。然而，为了贪便宜，之前的订约人在没有良心的经纪人的怂恿下，对骆驼客谎报了货物的重量。骆驼客并不否认他的九头骆驼足够驮所有的东西，但他争辩说，既然已经约好承担的重量，他就不应该以同样的价钱来

---

① 即序言中提到的"可恶的骆驼客"，此人并未给出姓名，为便于区分，下文用"骆驼客"特指此人，"驼夫"则泛指其他赶骆驼者。——译者注

驮更重的东西。当骆驼客在这一头受骗时，我在另一头也受骗了，因为那个订约人本来约好和我一起去并再提供个人手，这样，摩西和我就完全不用再忍受赶路和露营之苦。结果他爽约了。更糟的是，这个新来的骆驼客从未走过绕路，还得另外找人来引导他。

所以我们都被要了。之前的订约人欠我100银元，还欠骆驼客120两银子。他曾承诺与我们同行，当他到达西部的家时再给我们钱。他还对我们讲，他的骆驼代表着安全或一种担保，现在他对我们避而不见，似乎是想欺骗我们俩。虽然我和这个新来的人难以很好地达成一致的地方只有货物重量的差异，然而这个分歧变成了一个巨大的麻烦。如果这个骆驼客在旅途中表现良好，我愿意慷慨待之，但实际上他对自己的失误耿耿于怀，先是郁郁寡欢，后来近乎失控，最后变得异常野蛮以至于扬言要杀死我和摩西。

我们在百灵庙等候期间，谣言越传越凶。无人从归化出来。我们是最后到达此地的。第三天，一个外国人开着一辆汽车来了。他叫米勒（Millar），是受雇于一家英国绵羊公司的苏格兰年轻人。他比我早几天离开归化到这边出差。就在前一天，米勒还想派一个信使去归化。那人回来对他说，关口封锁了，严禁外人入城。然后，他驱车到百灵庙以摆脱麻烦。中午，米勒在一个小村庄里停驻，看见大约有40个人骑马到村庄的另一头。他们要么没看见他停在院子里的车，要么认为他不是他们的目标，但他们命令村民把自家所有的马匹、一些食物和钱财都交出来，然后带着两个男人走了，或许是要让那两人当向导。米勒重新出发时碰到了三四个逃兵。这些人并没有阻止他。逃兵们告诉他，他们正在一支大部队前面作侦察，该部队正试图撤离归化，刚刚洗劫了一个贸易点。

这迫使我和骆驼客不能继续等待，即使他不识路。的确，我们应该更快逃离。我们要通过小西路走到绕路。绕路的第一段很平坦，之后我们再和其他的商队结伴而行，关键在于远离内战的喧嚣和袭扰；即使是急行军，我们也不可能很快就走完全程，我们必须躲开军队。虽然骆驼作为宠物更讨人喜欢，在照片中也更具有装饰性，但当赶路变成生活中的头等大事时，汽车更能派上用场。不幸的是，我和这位苏格兰朋友要朝着不同的方向赶路。我是往西，但他是要回张家口，远行到东方，再折向南方。他储备了一些汽油，最后安全到达了那里，令人惊奇的是，他的旅途避开了撤退时的骚乱。三个多星期后，我妻子是第一个坐火车从归化到达张家口的人，同日，米勒开着破旧的汽车从蒙古闯了出来，把我在百灵庙写的信交给了她。

当我的父母听说车里的这位外国朋友是个苏格兰人时，他们一定会很欣慰。在家书中，没有什么比说身边或附近有苏格兰人更能使人安心的了。虽然人们对在蒙古旅行中面临的恐惧和孤独有各种各样的看法，最近的一些书籍助长了这些观念，但当有人回答说"哦，不，你时不时会看到一个苏格兰人"时，他们中除了爱尔兰人外都会放下心来。

令人惊讶的是，一旦决意逃离，剩下的事情就会变得非常简单。在百灵庙逗留期间，我们一直在激烈争吵。那个骆驼客临出发前还在试图让我卸载一部分货物。之后除了像各地货主那样骂骂咧咧之外，他别无选择，只好把骆驼牵过来让它们跪下，人们将货物抬起来搭了上去，接着骆驼站起来，咆哮的同时带着一副威胁要吐出绿色口水的架势。虽然母骆驼特别擅长用这种口水喷人，但所有的骆驼在刚从牧场上回来的时候都会随意吐口水，因为它们已经很久没有驮过货物了。骆驼的口水臭气熏天，令人难以忍受。因为在中国，即便身处泥泞的宁波污水渠街道，也没有一种臭气能和这一夹杂瘟疫和腐败的臭味相提并论。当被骆驼口水溅到时，唯一要做的就是等到污物风干，这样才能很容易刷掉。

　　我们傍晚离开，外面下着蒙蒙细雨，不久雨势稳定。队伍蹚过的小河——最近下过几场雨后约有 30 英尺宽——向北流去，向我们展示着这是真正的、远离海洋的蒙古。商队经过百灵庙后，走入一片地势起伏的牧场，牧场暮色朦胧，夜幕很快便要降临。我骑了一两个小时的骆驼，时时提防着旅途不适和疲倦，先前我已经听到关于这两种情形的警告。我坐在货物上面，货物两边是几包衣服。我的栖木在它们和驼峰之间形成的凹槽里，我把腿搭在它的脖子上。虽然乍一看离地面似乎很远，并且一想到没有类似刹车的方法可以迫使逃跑的骆驼停步就让我有点不安，但我没有过多担心。我在腹部缠了一圈非常漂亮的紫色腰带，以此作为预防岔气的束腹。然而当我们在雨点敲打的夜里持续赶路的时候，我既没觉得岔气，也不觉得疲倦。我若感受到骆驼行进的蹒跚和吃力，就下来走几英里。然后我继续爬上去，顺便学习骑骆驼。在路途中要骑上骆驼背时，让它跪着或趴着并不是最佳姿势，这对骆驼来说更累，同时会使整个队伍停下来，扰乱秩序。正确的方法是用绑在骆驼鼻子上的绳子把它的头拉下来，左膝搭在骆驼脑袋后面的脖子上，然后向上慢慢离开地面，右脚蹬到骆驼脖子弯曲的部位，然后左膝垫在下一个凹口，在它脖子的末端靠近重物的边缘，一阵猛拉和乱爬，就能骑上骆驼了。练习几次后，甚至不需要让骆驼停下来就能完成这一系列动作。

　　我还未能掌握在梦境、回忆和半睡半醒的迷宫中游荡，在漫长而又令人着迷的旅途中漫步的诀窍。人际往来的苦恼和对任满离职

66

的渴望，夹杂着远离房屋和汽车的惊险刺激，在我心中慢慢消逝。我能看到脚下的地面在模糊移动，还能听到骆驼蹄子踩在粗糙的沙土上发出的轻响。四周环绕着雨夜的低语和寂静。在远处的路边，不时会有蒙古犬朝路过的我们狂吠。有一回，隐约有一只狼的身影在我们前面徘徊了15码，领头的骆驼吓得直哼哼。草地的气味又湿又甜。与其说夜晚是一段时间的间隔，不如说它是一种超越性的永恒，它不以开始或结束来惊扰某个人。

67　　凌晨4点，历经十个小时的缓慢跋涉后，一群愤怒的狗盘踞在眼前，这表明我们已到达露营地并遇上了一支商队。守夜人走了过来，他认识我的人，喝退了狗。在去往新疆的首段完整行程的末尾，我们在几分钟内让骆驼趴下，卸载了货物并在夜色中支起帐篷，然后将毡布铺在湿草地上，展开各自的睡袋，并从守夜人火堆上的茶壶中倒了些热茶，喝完茶后随即进入梦乡。

第五章　动荡之地

当晚下了一夜的雨，次日我们把帐篷晒干，和先前在此扎好营
的商队成为了朋友。我们在这里几乎没有什么危险，因为我们位于
广袤而纯粹的蒙古地区，而大多数溃败的军队都在往南走，向甘肃
省界进发。这支商队是"胡里冒儿"，这个词的含义或多或少有点
像闲逛。"胡里冒儿"是归化商队中一类得到正式承认的群体。眼
前这支有 200 多头骆驼，分属于不同的主人，每人拥有的骆驼数量
大小不等，有 6 头、7 头、20 头等，有的主人自己牵着骆驼，有的
则是雇了驼夫。每个主人都为自己或自己的人手提供补给，并按比
例向商队头人支付生活费及其马匹、狗的养护费。头人有自己的帐
篷、水烟头等日用品以及驮运上述生活用具的骆驼。骆驼主们除了
付给头人 150 两往返古城子的差旅费外，还以每个商队成员 20 两
为准，向他支付租用粮食和骆驼的费用。这种"以一带多"式商
队的头人通常都是在旅途中最精明能干的人，他们通过多年打拼为
自己赚取声誉，最后攒够财物自立门户，但这种商队并非运送货物
的最佳选择。尽管这种商队头人的权威在大多数情况下和其他头人
一样绝对，但在道义上，他考虑的不是骆驼主人的利益，而是某类
苏俄客商的利益。如果某个人的 5 头骆驼都体力透支了，那么另
外 200 头左右的骆驼就必须等待，若有牧场就得给它们恢复体力的
机会。

在他们的狗群中，我注意到一条表现突出的猛犬，他们告诉

我那是条野狗。一条狗若经常从所属的商队中走散，要么是因为它在死骆驼旁待得太久以至于无法进食，要么是因为它的脚出了问题。如果它能在路过的下一个商队的狗群中坚持下去，它就会得到重用，否则就会饿死。眼前的这条狗虽然善于用牙齿往篮子里叼东西，但还没有和狗群打成一片。它只有两三岁，牙齿洁白锋利，站起来像圣伯纳犬那么高，毛色漆黑，前蹄是白色，胸前点缀着白色的斑点。它的眼睛乌黑，上有棕褐色斑点。当我用手喂这狗时，它立刻走到我的帐篷中，商队的人看到"我心疼它"，说我可以留下这条"圣伯纳犬"。就在那天晚上，它狠狠地袭击了一个到我帐篷来的人，那人抓起一个驼包的木板猛击它的前腿，伤口甚至露出了骨头，这一击足以令弱一点的狗断腿。

　　我以营地的名字给它起名苏吉。后来我才知道，"苏吉"在蒙古语中是"羊骨盆"或"羊胯骨"的意思，营地之所以叫苏吉井这个名，是因为井所在的那个小洼地的形状和羊骨盆很像。某种意义上，我的狗叫这名也很合适，因为它是被送给我的，羊骨盆是蒙古人给予他们的客人的荣誉。然而，途中所有商队的人都认为，用得狗之所的地名来给狗命名是非常滑稽的。一般人给狗起名，都是按习惯起，他们有自己流传已久的一份"狗名册"。虎子、狮子、黑牛、红牛和野种都是他们最喜欢的名字，而母狗通常用花来命名，就像给汉族女孩起名一样。我后来跟随的一个商队总是叫苏吉"愣头"。愣头用于形容人很固执，如果你告诉他一块铁烫手，他会立即触摸它，看看这块铁是否真的烫人；或者若被告知要安静地轻轻行走，他就会立即反其道而行之。他们这样称呼它，是因为它的行为有悖于狗的天职：狗在哪里接受喂养，就应该守卫哪里。而苏吉会从任何人那里尽情地享用它的食物，但是哪怕喂过它的人来到我的帐篷，它都会对这个人进行野蛮的攻击。

在商队成员中，商队巡逻犬开始守卫商队时的年龄更小，因为它们通常出生在营地。12月和1月出生的幼崽是最强壮的。当它们刚出生的时候，人们会在帐篷里给母狗留一个位置，但通常会将小狗们暴露在雪地中长达几个小时，以此淘汰那些虚弱的小狗。旅途中每个人都会用外套将一只小狗抱在怀里，在短暂的休息期间，人们把它从上衣里掏出来，让母狗给它哺乳。当它变得壮实点儿的时候，人们将它和自家的其他小狗装在骆驼驮的草料袋中挂着，当小狗能够四处奔跑时，就要从狗群的其他成员那里学习技能。

狗主要用于在夜里看守营地。商队中两个人负责在帐篷门口守夜，狗在帐篷后边，位于隐蔽处。它们总是在队伍前面奔跑巡逻。带领头一队骆驼的人是大厨，巡逻犬熟悉他的声音，因为他负责喂狗，当商队出发时，他把巡逻犬们召集在一起，轻快地长喊："来，来，来，来——！"当它们遇到从另一个方向出发的商队的狗时，双方虽然有时会互相打斗，但更常见的情况是，两群狗都各自拴在一起，谨慎而又怒气冲冲地擦肩而过。即使两队人马结伴而行，也要过很长一段时间才能在不受攻击的前提下互相进入对方的帐篷拜访，因为狗若不吃某个人的食物，它就很难接受这个人。虽然狗名义上属于商队东家，但因为它们帮助守夜人，所以守夜人们很珍惜它们，将它们视为己物。如果狗出了什么问题，那必定是人为造成的，是惹是生非以及从其他商队偷盗漂亮小狗的人引发的。

汉人常说："小地方的狗厉害，大地方的人厉害。"这是因为汉人农民的认知只局限于眼前的一亩三分地而非整个世界，在他们眼里也没有比村里的寺庙更文明的东西了。而村里的当铺和茶馆很容易被衙门的跑腿小卒、下级官员或任何一位气势汹汹大摇大摆的陌

71

生人惊扰和欺诈。他们的狗习惯了人迹稀少的环境，被用来看家护院，比主人还勇猛。这种生活习俗并不像在城中，城里人必须防备各种各样的流氓并学会避开苛捐杂税，而中国城市中的狗则成了流浪犬，没人想收养它们，它们被所有人踢来踢去，它们与人类打交道的首要事项是避免惹恼人类。

据说最好的商队巡逻犬来自蒙汉交界一带靠近张家口的小村庄，这种狗骨架很大，习惯了酷暑和严冬，生性凶猛。这些山区一直被小规模的盗匪活动所困扰，这里的狗因为是村民最好的防御武器，被精心照料和喂养，因而从一般的蒙古犬种族中脱颖而出。如果去过张家口的人能拥有一条从这些村子里偷来的狗，这将是一件十分值得炫耀的事，因为即使是最好的狗，也很少被交易。

不过，且不说其他竞争者，纵然如这些品相优良的猛犬，人们也认为它们不如大盛魁①的狗。因为在苏吉竭力加入上一个商队之前，大盛魁的马帮已经离开一两天，再加上它的身形、大小和脾气，我遇见的所有的商队成员都将它视为大盛魁的狗。如今，大盛魁在归化已经经营了200多年，它的历史与哈德逊湾公司的历史相当，它的狗有着独特的喂养方式。

大盛魁是家私人商号，仅仅负责运送货物。它有着自己的生意，在蒙古购买农产品，然后用自家骆驼把它们运回归化。该商号在所有重镇如库伦、乌里雅苏台和科布多都设有分号，控制着牧场农场并收购家畜和生鲜农产品，其经营范围十分广泛，以至于它能

---

① 创建于清朝康熙年间的著名商号，位于呼和浩特，与元盛德、天义德并称，盛极一时，其发展是内陆商贸兴衰历史的缩影。民国初年，因外国资本的排挤和与外蒙古贸易断绝等而日趋衰落，拉铁摩尔的这段叙述即反映了当时的状况。就在拉铁摩尔此行大约三年后的1929年，大盛魁倒闭。——译者注

够干预蒙古王公的事务，成为召庙的金主。其商队的头人都是从同72
行中精心挑选出来的，他们的骆驼、狗和马匹是商道上最好的，代
理人也是最精明的经商者且声望极高。只有当外蒙古越来越受到俄
国的影响时，大盛魁的地位弱势才凸显。蒙古人部族领地和王室收
入作为向大盛魁借贷的担保，许多富有的蒙古人均背负着大盛魁的
债务。外蒙古在俄国的唆使下背离中国之后，对汉族商人采取了反
对政策，这些债务和义务统统被一笔勾销。这一结果对中国人来说
是灾难性的，和所有曾经左右蒙古贸易的大公司一样，大盛魁如今
的资本相对于以往大幅减少。

　　蒙古还没有电报之前，大盛魁的狗被训练用来送信。每只狗都
有一个狗舍，虽然被商队带出跟随，可一旦被放走，它就会跑回自
己的窝。大盛魁通过这种方式和贸易市场保持联络，其他公司对此
力不能及。在从一个地区到另一个地区的贸易旅途中，商队会把写
有价格和物资信息的信件拴在狗项圈上送回来。狗会中途不断奔跑
很长距离，只有在喝水或吃死骆驼肉的间隙才停下来。当它回到大
本营的犬舍后，脖子上的消息就会被转送到归化的总部。为了维持
这项服务，大盛魁必须比其他商号养殖更多更强壮、更聪明的狗。
同时为了应付这笔额外的开销，大盛魁采用了一种在贸易史上堪称
独一无二的方法。他们在自己的账簿上保留了一个专门的"狗簿"，
从使用狗的交易的利润中抽取10%记入这个账户，这笔钱用于维
持和提升狗的种群数量与质量。即使电报的到来导致该服务废弃，
这一古老的品种仍被保留在大盛魁的商队里。

　　据说在交易季，大盛魁除了用狗更为频繁，还有固定的快马
送信服务。信使骑着精心训练的精瘦的马——因为若像蒙古人那样73
从马群里直接挑一匹大肚子且腹中无粮的矮种马，只能维持一段较

长的行程而已。每个人都有两匹马供往返使用，领头的马负责驮干
粮、粮草，必要时还驮水。信使会一直骑着马，当睡意横生时，会
在放马时睡几个小时。赶路的状态则是让马小跑。虽然汉人在舒适
度和观赏性上更喜欢以溜步法行走的马，这种偏好更甚于蒙古人、
哈萨克人和维吾尔人，[①] 但是在耐力和稳定性层面，信使普遍认可以
小跑姿态前进的马更具优势。

如今从归化出发的商队需要两个月左右的时间——按照汉人的
说法，只要不经过长时间的停顿——就能一步步地到达乌里雅苏台，
因此二者间的距离可能在 600—900 英里之间。我听闻大盛魁有个
信使在只有两匹马的情况下花了六天便走完全程。这种奇闻应归为
传言。在人们聊天的"闲暇时刻"，作为客人坐在帐篷火炉旁，回头
却在日记里说他们骗人固然不是很好，但毫无疑问，这只是一个传
言。我认为，在漫长的沙漠地带，人们很可能是像信使那样骑着马
行进。可一旦进入外蒙古的牧场，蒙古人就会用新换的马来迅速传
递这一信息。不管怎样，在长途旅行中处于最佳状态的蒙古矮种马
可以承担一些非凡的事务。如果我是他们以前的皇帝，我会召集英
国阿拉伯马协会在同等赛程内举行耐力测试，并让蒙古矮种马参加。

第二天下午，我们从苏吉井舒适的露营地出发。我们已经进入
茂明安部，途经划分它与百灵地蒙古的敖包。敖包是蒙古人划定界
址的方式，他们会挑个很明显的地方搭一座敖包或石堆，说："从
这里到下一个敖包要经过一些山丘，沿着这些山之间的山脊就能构

---

① 拉铁摩尔在原书中使用"turki"指称维吾尔族。如前文注释，在清朝和民国初年，维吾
尔族被称为"回部""缠头"等，多带有歧视意味，后于 20 世纪 30 年代改为"维吾尔"。
拉铁摩尔旅行时该称呼还未统一使用，为便于读者阅读，本书仍使用"维吾尔人"。——
译者注

成彼此间的边界。"① 蒙古人用分水岭而不是山谷来划分界线，原因 74
在于他们需要划定牧场的范围。

　　离我们新营地大约 12 英里处，有条流入小片湿地的小河，被
称为额力增格根（Erlidsen-gegen，格根是高级喇嘛的称呼）。尽管
最近的耕地在营地以南，距离营地大约 30 英里，但汉人还是像楔
子一样深入蒙古。我们扎营的地方早就被占用，一些定居者已经搬
进来，明年就要破土开垦了。此地大约在包头以北，是"山后"一
带的汉人占领区，该区域由一个叫固阳县的小城管辖，它与包头间
的隶属关系，同武川县与归化间的隶属关系相同。

　　那支好客的商队次日便和我们分道扬镳。我们逐步接近一个查
验骆驼税的站点，那支商队因为没有通行证而转向它的北面绕行。
我的骆驼则票据齐全，所以我们决定冒险直行。我们向西行进大约
15 英里，经过两片小湖泊，分别叫巴音淖尔（Bagan Nor）和伊克
淖尔（Ikki Nor），在前方低洼的丘陵地带驻足。又过了一天，一个
瘦小的老头在我们动身前加入了我们，他将自己骑的骆驼称作"臭
疖子"。骆驼一边长满了疮，另一边则伴随着饥饿和衰老而皮肤凹
陷。老头给我们讲，他从武川赶到这里花了三天，这段行程长达约
45 英里，还说他要找人结伴西行。他在古城子有将近 30 头骆驼，
骆驼被托付给他的一个外甥，然而外甥因为遇到麻烦，既没有回到
武川，也没有寄钱给他，所以他必须亲自再往西走。他虽然几年前
放弃经商，如今已经 51 岁，但从年轻时起他就从事商队贸易，一度
当过鸦片贩子。在鸦片名义上被法律禁止之后，他便收手不干了。
大烟是从新疆经由外蒙古路线运来的。货物必须在有担保的前提下

---

① 敖包，又称"鄂博"等。蒙古语音译，意为"堆子"。始见于清代，遍布内蒙古、青海、西
　藏等地。初为道路和境界的标志，后发展成民间祭祀山神、路神等的场所。至今依然有祭
　敖包等活动。——译者注

75　于 35 天内交货。这得通过与缓慢行进的重型商队的东家一同协商完成。每当运送者赶上一支商队时，他就会把他的两三头骆驼换成新骆驼，然后继续前行，赶路进程只取决于他对睡眠及饮食的需求。他每天在规定的时间内领取酬劳，有时会在第 29 天于归化结算。

我们去叫那个老头时，他停在我们的帐篷旁一边吃饭一边聊天。他滔滔不绝，直到我们动身才闭嘴，他帮我们装载货物，在队伍的末尾骑上了骆驼。他看着自己的骆驼说："是的，虽然它已经 14 岁了，也许是 15 岁，也许是 16 岁，也许更老，但是它应该能把我送到那儿去。至于说它是一副身形赢弱的'死骨头'，的确，它是死骨头，可它仍能到达目的地。"他身上带着几磅烤燕麦片，除了棉衣外，还穿着一件旧羊皮袄。他说自己的几块银元、一间小干粮铺和一件大衣都被人夺为己有了。摩西对此充满质疑。他说，这个人一定是在搭便车前往西部，并企图从商队那里蹭吃蹭喝。尽管如此，我们仍旧认为他会派上用场。"起初是狗，紧接着外人也加了进来，"摩西说，"我们继续走吧。"因为少了个人手，所以我们一直在自行装卸货物和拆卸营地，可驼队有足够的食物，让老头干活养活自己也是个不错的方案。

因为雨下得很大，我们不得不在三个小时后扎营，在山雾缭绕的昏暗环境下，我们离开了小道。我们刚搭好帐篷，就来了两个提着灯的人。我们把两人从苏吉的攻击下救出来后，他们声称是来检查我们的骆驼通行证，但既然我们不走了，他们就明天早上再来检查。

次日，纵使没有税务稽查官的一番争执，收拾潮湿的帐篷和毛毡已经够糟心的了。这是一场令人不快的争执。今天是 9 月 1 日，通行证上有明确说明，9 月 1 日是重新征收骆驼税的第一天。这项 1.6 银元的税收是在西北各省政府的授权下，由派驻不同地方的官员征收的。无论何时何地，只要你买了通行证，它的（征税）有效期会一直持续到次年 9 月 1 日。我们的骆驼客记得是在农历某天买了通行证，他认为这张通行证的一年有效期是从购买那天起算，因此我们陷入了麻烦。 76

如果我们和稽查官争论，可以争论一个星期，在摩西的带领下，我牵走了骆驼，留下骆驼客和稽查官争论阴历和阳历。当然，走了一英里左右，稽查官在几个武装警卫的陪同下追上我们，他们告诉我们必须交税，因为骆驼客没有钱。经过一番激烈的交谈，我按规定金额的一半买下全部通行证，然后我们继续赶路。当然，那个骆驼客腰间一直揣着钱，然而他不敢把钱拿出来，因为他担心自己会被逼迫交付全部钱款和额外的罚金。

我们本应获准缴纳一半税款，而那个老头便以他显然身无分文的事实依据蒙混过关，这种税收的变通本身就显示出税制的腐朽。这类税收是合法的，签发的通行证在有效期内得到官方认可，但是税收的征收权被外包给了竞标这种特权的包税人。他们在卖出约定数量的通行证后，会将此后征收的财物纳入私囊，因此一张通行证通常只需支付正常价额的一半便可买到。此外，出于本能，商队会在任何可能的情况下躲避检查人员，所以每个包税人都获准拥有武装巡逻队，在乡下搜寻应纳税的骆驼。这些巡逻队持有"官方"步枪，但受雇于包税人本人。私人武装对手无寸铁的人所做的事可谓令人发指。向这种包税人的上级申诉也是徒劳，因为其上级也要从税款中克扣一定比例。去更高一级的法院只会面临更多的"压榨"。对农民来说，"法"和"官"这两个词毫无疑问是恐怖的代名词。据说英国的司法遵循无罪推论，美国和法国则是有罪推论，但是在中国只能通过贿赂洗刷自己的罪名或者使他人被定罪判刑。即使是 77

一个具有真正改革意图的政府也不得不花两三代人的时间革除这一陋习，因为百姓对官员太过顺从，他们对民政的主见在数百年内都被类似的恶政无可救药地削弱。

长时间的争执拖延了我们的行程。天黑后不久，商队又迷失了方向，便只好择地宿营。夜里又下起了雨，由于在离开最后一个营地前没能抓住机会把衣服晾干，所以所有人都郁郁寡欢。这一带遍布低矮丘陵，名叫羊场子沟，即"羊站谷"。当羊群经过长时间赶路而状态很差以至于不适合带进城区市场时，从事牲畜贸易的商人们会把它们赶回来，将其放在这些水源充足、便于庇护的山谷里过冬。人们在春天剪去它们身上的羊毛（在蒙古这一片区域，春天剪下的羊毛品相最好，夏末剪下的羊毛品相最低），羊群被赶到包头或归化，其中一些被宰杀，另一些被运至北京和天津的市场。

天气湿冷，所有人都没睡好。然而，雨大约在午夜时分停了，当队伍里的汉人通过星星看到天快亮时，我们开始拆除营房。等到天亮到可以看清道路，骆驼也都装上货物时，我们就出发了。我对在黎明时做这些事总是怀着成年人固有的警觉。相比被人从床上拽起来去看难以预料的黎明，唯一更让人不快的是被人无理地从床上叫醒，为了审美而欣赏黎明。也许最美妙的黎明——我是指在城市里——是某个人在和意中人跳了一整夜舞回家后看到的。但眼前的黎明并不具有现代气息，它是属于孩子或野蛮人的。我已经习惯了全天随时露营，食用任何方便食用的东西，在我能躺下的任何地方睡觉。这才是正确的赶路方式，并且我喜欢那种黎明。比起临时搭建的帐篷中的那股湿冷气息，我更乐于接受阳光带来的清新寒意。我喜欢雨后泥土的气息，喜欢雨水冲刷过的山丘上那种近乎英式的精致色彩，喜欢山体两侧的灌木丛以及山上飘散的雾气。

夜里我们受困于一条浅溪。它的河床是一层柔软的流沙，我们很幸运没在黑暗中陷进去，而黎明时，我的小商队懒散地跨过这条浅溪——9 头看起来很疲倦的骆驼，它们在灰色、浅灰色、粉红色和淡蓝色夹杂的晨曦中缓缓前行，后面跟着老头那头怒目圆睁、外貌丑陋的骆驼。

雾气渐渐散去，天气晴朗时，我们看到有 5 个骑马的人向我们走来。我立即看出他们持有武器。在一个动荡的国家旅行时，一个人很快就能学会这样的本事，即早在看清对方所携带的行李之前就辨认出对方是否携带武器，这一点令人惊讶。我下意识想到："是土匪！"坐在骆驼上不适合射击，也容易成为活靶子。幸运的是，商队的人有一种神奇的感知能力，能分辨出哪些人是危险的，哪些人仅仅是可疑的。我的骆驼客很快声称，这些陌生人都是毒贩子，即鸦片贩子，是一类需要谨慎对待而非见而畏之的赶路者。当我们走到可以听见对方说话的距离之内时，双方都犹豫不决地停了下来。两名鸦片贩子下了马，取下步枪上了膛。我的步枪装在皮箱里，也填有子弹。尽管还是骑在骆驼上比较好，但我还是耸了耸肩，又把我羊皮大衣下面的左轮手枪拿了出来。我们抱着这样的心态，在慢慢靠近时互相礼貌地呼喊着。

这 5 个人都是撒拉人，[①] 皮肤黝黑，体格健壮，毛发浓密，属

---

① 普尔热瓦尔斯基在前文所引的论著中记录了一个蒙古传说，传说认为，曾经有个名叫耶格尔（Yegur，可能是今天的维吾尔人）的部落住在青海湖附近。他们后来被入侵的蒙古人赶了出去（这些蒙古人今天仍然居住在青海湖一带）。那些留在藏区边界的耶格尔人被蒙古人称为"黑"唐古特（"Black" Tangut），他们可能成为后来的果洛人（Golok）。据普尔热瓦尔斯基所言，还有一些人逃到了河州地区，在那里经过融合，成为撒拉族，撒拉族的宗教信仰不同于黑唐古特（Khara-Tangut），现在二者已完全不同。甘肃西部曾在不同时期活跃着说突厥语的部落。（此处注释中关于撒拉族形成的解释不甚明了。撒拉族由元代迁入青海的中亚撒马尔罕人与周围藏、回、汉、蒙古等族长期结合发展而成，语言属阿尔泰语系突厥语族，通用汉文，现分布于青海循化、化隆和甘肃临夏等地。——译者注）

于突厥血统，住在甘肃河州^①一带，讲着古老的突厥方言，不过他
79　们中的许多人也能讲汉语。他们中部分人穿着军服，都带着政府
配发的武器：一支骑兵卡宾枪、一支步兵步枪和几支毛瑟手枪，此
外还有两副野战望远镜。在冯玉祥军队到来之前，西北的掌权者是
马福祥，^②他的大部分骑兵都是河州回族。马福祥掌权期间，其麾
下士兵在上级的指挥下，定期从甘肃运来大量的鸦片进行贸易。他
们把鸦片沿着与内蒙古交界的小西路运入内蒙古，再载着一车车铜
元沿着从包头到宁夏的汽车公路返回甘肃。中国所有铁路所及的地
方都铜元泛滥，路之所及，铜元兑银元的汇率至少有 330：1。然
而甘肃没有铸币厂，而且被强盗切断了与设有铸币厂的周边省份的
联系，在甘肃的许多城镇，一块银元值一百铜元。这类鸦片贸易十
分猖獗，就连归化也受其影响。铁路将归化与天津铸币厂联系到一
块。为了稳定汇率，政府必须明令禁止铜币流入西部地区。然而，
忠诚的军人却不受这种禁运政策的制约，因此，唯一的受害者仍然
是贪婪的银行家和商人。

　　冯玉祥在占领西北地区期间，也吞并了马福祥的军队。在地方
财源与权宜平衡原则间取舍时，冯玉祥发现国库靠不住，所以不得
不摒弃一些原则。因此，"赋闲"的马家军"被允许继续从事鸦片
贸易"。西北地区的鸦片种植甚至助长了鸦片贸易的泛滥。征税员
被派到农村地区适合种植罂粟的土地上收税，对这些土地征收的税
太重以至于只能靠种植鸦片来承担。当地的鸦片尽管品质优良，但

---

① 今为甘肃省临夏回族自治州，河州为古称。——译者注
② 马福祥（1876—1932），甘肃河州人，回族。清光绪年间因镇压河湟一带农民起义而跻身宦
　途。1906 年任西宁镇总兵，1912 年被袁世凯政府任命为宁夏镇总兵，从此独占一隅。1921
　年任绥远都统。1927 年后历任国民党军事委员会委员、国民党政府委员、蒙藏委员会委员
　长等职。——译者注

供不应求，因此西方来的鸦片的价格并没有下降太多。 1926 年， 80
鸦片在甘肃以每三两一银元 ① 的价格出售，在归化则以每两 1.3 银
元的价格出售，其中包含了冯玉祥军征的税。

除了马鞍上的鸦片，这 5 个撒拉人还牵着两匹驮有货物的马，
因此他们一定带着价值数千银元的鸦片，这种毒品可以在任何地方
出售，携带轻便，容易隐藏。他们看起来像战士，这种装束在他们
生活中分量十足。贩运鸦片必须脾气鲁莽，杀伐果断。正如汉人所
说，他们中的大多数人比普通的强盗还强壮。鸦片贩子不仅结伴而
行，还得冒更大的风险，因为他们随身携带的货物中，每一件都能
让盗匪们大赚一笔。因此，当他们运送鸦片时，最怕招来麻烦，但
凡空手而归，这些人就会声名狼藉地准备接受惩罚。在从甘肃过来
的路上，贩运者通常会从宁夏进入蒙古，以避开在鄂尔多斯和黄河
地区出没的哥老会土匪。鸦片贩子骑术精湛，沿着阿拉善人迹罕至
的小径拼命而快速地行进，尽可能地远离沙丘以免被埋。他们从卖
粮食给蒙古人的汉商那里为马匹购买粮草，价位更多是取决于自己
的心情而非市场。

我们遇到的那些撒拉人正在为把鸦片运到归化而忧心忡忡。如
果敌军已经乘胜到达归化，他们可能会将鸦片没收——其目的不是
维护法律，而是使自身获利。他们急切地询问我们沿途所见的情
况，然后告诉我们要注意避开一支由 300 名士兵组成的分遣队，据
说后者正在为冯玉祥军的撤退征集骆驼运输物资。尽管他们知道我
有一把上好的步枪和 1000 发子弹，可能会忍不住将这么好的武器
借来把玩，可我们并未受到他们的人身威胁。汉人土匪喜欢在适 81

---

① 中国的一斤是十六两，相当于一又三分之一磅。名义上虽然如此，但各地的计重标准并不
统一。

当的时候悄无声息地出没。如果一个旅行者遇到了借钱借马的武装分子，那么这些人就是土匪。但是除非遭遇抵抗，他们通常不会放狠话或采取武力。那些毛发浓密的冒险者没有对我们采取这种"礼节"。当我们问完问题并回答了撒拉人的反问后，他们就地扎营，派其中的一个人先行侦察。我们继续前行，盘算避开下一个威胁的可能性。

第六章　绕　路

　　我们在远离鸦片贩子的视线后才扎营，等天黑再出发。我们经过了几间小屋，有个人从其中一间骑马出来，跟在我们后面与我们商讨决策。在那些日子里，边界地带的每一个人似乎都在打听风声、征求意见。骑马的是个老人，主要以向冬季商队出售干豆为营生——这是一种令人愉快的交易，能使一个人维持好几个月近乎闲散的状态，并带来丰厚的回报。

　　绕路非常荒凉，以至于在冬天，即使是骆驼也无法在赶路时生存下来，相比之前的大西路和小西路，它最麻烦的缺点在于严重损耗骆驼。商队运送的每100箱货物，都得搭配运送大约30箱干豌豆。在起点归化晒干的豌豆，或在终点古城子晒干的大麦，都是最便宜的饲料。多余的骆驼在一开始就装上这些口粮，当粮草吃完时，这些骆驼不用再装载粮草，这样整个商队的其他货物就能得以分摊，减轻平均的载重。对骆驼一年四季都要定量配给，而冬季对商队东家来说是成本最高的时候。他不仅要运送饲料，还要从沿途商贩那里买更多的饲料，这些商贩的开价很高，而且毫无怜悯之心。

　　正如我之前接触过的所有走远路的商人一样，这位老人也处于一种听天由命的恐惧之中，他害怕那些散兵组成的饥肠辘辘的团伙，他们可能随时会袭击他。生逢乱世，人民就会受苦。他告诉我们，我们在包头以北100英里左右稍稍偏西的方位，始于包头的主路与我们所走的这条路在此汇合。老人还告诉我们，我们离农垦区只有 10 英里，那片富饶的土地曾被蒙古人占据。定居者次年会搬进来。我认为羊站谷的那条小溪是普尔热瓦尔斯基所称的昆都仑河，普尔热瓦尔斯基驻扎于此，它位于中公旗的边界附近。这一带土壤肥沃，那条在内蒙古境内被视作河流的小溪使这片土地价值更高。因此，在农田、房屋和陌生生活方式的步步紧逼下，蒙古人不得不撤退，山上举办的比赛会因畏惧而销声匿迹，马、羊和白色的蒙古包也会消失不见，取而代之的是几个破败的村庄。我认为这是一场悲剧。

汉人垦殖蒙古早已不是什么新鲜事。在某些具有战略意义的地区，此举受到清朝皇帝的鼓励，例如，他们征服归化的土默特蒙古人，并在那里驻扎满族士兵、移居汉人商户和农民，以确保贸易和战争之需。当冯玉祥军队及好战的政客们占据西北地区时，一项新的激进政策开始实施，其目的部分是为了巩固对内蒙古毗邻地区的战略统治，毗邻区从张家口到甘肃一直延绵不绝，并因失去外蒙古而蒙受损失。然而，该政策更直接的目标是通过扩大应征税土地面积和提升应征税谷物产量，增加该省的收入。

我从农民那里得知，在冯玉祥的统治下，蒙古人的土地被以每亩①一银元的固定价位侵占。根据游牧社会的基本法则，蒙古不实行土地私有制，土地归部落所有。唯一的例外是分配给召庙用于维修寺院的土地，这些召庙的地位本身就与部落相等。照看召庙牛群的穷人或农奴被完全排除在部落体系之外，他们不属于任何部落名下，也不受部落权力或税收的约束。

① 平均一英亩抵六又十分之六亩，但中国的亩制并不统一。

当地居民不约而同地告诉我，这里的土地每亩值一银元，其中约有五分之四扣留在官员手里，这些钱经由他们得以流通，至于剩下的五分之一很可能落入蒙古部落的首领手中，因此整个部落分文未得便失去了土地。省当局随后重新评估和划分土地。肥沃低洼地被以每亩1.6银元的价格分配给垦殖者，而贫瘠的沙土地估价则只有前者的百分之二三十。在他们建立自己的村庄并开垦了这片处女地的一两年后，定居者便开始大量种植农作物，其中最主要的是一种叫作"玉麦"或"莜麦"的燕麦。用这种燕麦磨制出来的面粉是西北地区农民和劳工的全年主食，其地位是新鲜蔬菜无法取代的。大青山以南气候温和，甚至可以种植小麦、高粱和糜子，农民将这类更有价值的作物出口，他们自己则更喜欢吃便宜的莜麦。

关于当局在内蒙古实施的激进政策，已披露的依据中既没有提到财政，也没有提到战略——我认为这种战略只是用刺刀推行的财政措施。人们探讨的主要话题是如何减轻中国内陆省份的人口压力，如何在更多土地上给那些生活在饥荒阴影下的移民提供新的生路。正如我曾经所言，这个过程是受到切实激励的，因为这对与蒙古交涉的官员和省政府来说都有利可图，他们发现从定居的汉人身上收的税比从游牧的蒙古人身上收的税更多。尽管人们因读之易懂而将大量的注意力放在冯玉祥政府的政策公告上，但若用人得当、行之有效，该政策在冯玉祥军被赶出西北后仍会由继任者继续执行。对官员们来说，相比从蒙古传统的游牧文明中得到最肥的油水，推行最低程度的传统农耕文明并从中获利要容易得多，因为他们对蒙古人缺乏同情，也对蒙古人缺乏信任。

之所以称之为悲剧，是因为这些政策没有给汉人或蒙古人一个公平的机会。现在的蒙古作为一个民族，就算不会消亡，也会陷入

85

发展停滞的状态。然而，假若代之以开明政策，蒙古将在两代人之内走向复兴，成为一个自豪和自力更生的民族。眼下这个区域理当有越来越多的牧场，为文明的发展提供羊毛、肉类和兽皮。夹在俄罗斯和中国内地之间的蒙古是势单力薄的，作为一个民族，其人民手无寸铁，缺乏凝聚力。蒙古的政权体系在 250 多年的时间里被清朝狡猾地破坏了。与此同时，其社会组织因召庙在人为刺激下的过度膨胀而萎缩。如今，蒙古不仅正在经历毁灭，而且仍然处于内地的影响和权威之下，就此而言，蒙古人正在遭受无视。在这个由高山、沙漠和牧场构成的巨大屏障地带，蒙古人如果能被正确认识和扶持，这片独一无二、危机重重的族群交汇区就会变为俄罗斯人与中国人、欧洲人和亚洲人之间最好的政治防御和缓冲地带。

　　试图抱着紧缩财政的徒劳想法，通过在区域实行扩张经济政策来应对中国的经济混乱，也不是一项明智的政策。开垦蒙古地区的汉人，仍保持着旧有的生产生活方式，亦保留着一切自身固有的缺点，一旦人口增加，这些缺陷必然会导致传统经济衰退和民生危机。从欧洲人口拥挤的地区移民到美国、加拿大或澳大利亚的人发现，他们已经进入了由更高生活水平主导的新世界。汉人的生活水平并未因为移民而提升。虽然一个汉人不用像在内地省份那样辛勤劳作和忍饥挨饿，但他的家庭卫生状况仍旧很差，所患疾病同样五花八门，且其业余生活同样空虚。最关键的是，无论他存多少钱，都很难进行一项安全的投资。他的迁移并没有明显减轻旧家庭的人口压力。如果他从 20 岁开始经营新家庭，他在 60 岁时会发现自己仍面临窘境，即在一个子孙成群的超大家族里，所有人都不肯放弃他们从农田得到的收益，除了当个农民或者愚钝的劳工外，他们无法胜任任何类型的工作，就像在河南或直隶发生的那样，这种困扰在种类上和程度上都是一样的。①

　　小泉八云是一位富有好奇心和同情心的东方学学者，在上一代人或更早以前就提出，中国问题的根源在于人口过剩导致的低生活水平。他认为当时被大肆宣扬的"黄祸"绝不可能是军事上的，而可能是远东人口的规模庞大和低素质带来的经济风险，这种风险会给追求更高经济标准的西方拖后腿。中国人的下跪是出于对家族近乎迷信的崇拜，上至祖坟，下至婴儿，这种崇拜实际上都是通过草率的结婚生子付诸实践的。中国古典文明的经典哲学如果被这个国家最愚昧、最多的人口用最低级的术语来解释，那将变得十分糟糕。组建家庭、延续家族是中国农民心中的头等大事，他们根本无法理解这样一种观念：休耕，审慎结婚，通过为子孙创造更多机会来培养他们。中国政治经济中的这一旧习俗也许可以通过更健全的婚姻制度得到纠正，当然不能仅通过扩大农田和墓地规模来实现。②

　　当我若有所悟时，我挠了挠痒，因为穿着被雨水淋湿的皮裤骑在骆驼上让我有点不自然。我不知道自己对政治哲学的这番评论，在我面前这位可敬、可亲、愚钝而又节省了一半铜元的老粮商心中会引发何种感想。我估算，此时汉人正在以每年10英里的速度，沿着

---

① 从清朝到民国，由于内地人多地少、灾害战乱频仍、蒙古王公私招私垦，以及清末中央政府采取移民实边、全面放垦的政策等原因，大量内地百姓前往蒙古开垦，造成了社会、经济、生态、族群关系等多方面的复杂影响。由于政局动荡、当局者政策不公等原因，无论是蒙古牧民还是汉人移民，底层人民为求生存，都深受其难。拉铁摩尔的这部分叙述反映了当时的历史情形，不过也可以看出，他对蒙古牧民尤其抱有同情。——译者注
② 小泉八云是19世纪爱尔兰裔日本作家，有不少向西方介绍日本文化的著作。拉铁摩尔转述的其言论，对中国人带有明显的偏见，反映出"黄祸"思想的影响。"黄祸"是一种带有极端种族主义色彩的理论，将东亚描述为对西方世界的威胁，应予以批判。从这里亦可以看出，当时的拉铁摩尔仍受到西方思想的影响，对近代中国内地人口的增长、迁徙及传统习俗的认识有局限之处。——译者注

大青山后青红金紫四色交织的荒原的边界在蒙古地区步步推进。

87　　黄昏时分出发后，我们很快就出了山，在黑暗中，我们看到的似乎是一片异常平坦、无边无际的平原。露水像淋浴一样降了下来，夜晚散发着清爽的气息。以商队的速度缓慢前行非常累人，走了三四个小时后，每迈出沉重的一步似乎都会震动全身。尽管如此，出发时那种压抑的兴奋和缓慢的行进节奏却能使我平静下来，直至考虑到危险时，我才觉得上述体验是多么不可思议。有一天夜里，我们穿过一条又宽又浅的干河床时惊跑了一群马。它们尖叫着、喷着鼻息从我们面前横穿而过，狂奔而逃，不过，虽然它们只在几码之内便跑远，我却看不到它们。天上的星星又大又亮，可在平原上，黑暗似乎像一幅有形的帘子，牢牢罩着我们。

　　然后我们撞见几个小山丘，尽管大家都弯着腰，把地面分成四等分寻路，但商队还是完全迷路了。最后，我们让那些迟钝的骆驼跪下，卸了货等着月亮升起来。我铺开一条毛毡，蒙古长袍已被露水沾湿，可我还是将它裹在身上，并在昏昏沉沉中睡着了。摩西拽了拽我的肩膀把我弄醒。大多数骆驼都已装好行李站了起来，此时已是残月当空。商队在不远的地方找到了那条路，我感觉又冷又僵，笨重地走到骆驼旁边，骆驼在残月的微光下显得神秘可怖、硕大黢黑。当时是凌晨3点半，不出一个小时我就嗅到了黎明的气息。

　　我们遇到了很多羚羊。天还没亮，羚羊就醒来觅食了，我们听到它们在朝我们发出叫声——一种奇怪的嘎嘎声。破晓时分，到处都能看见羚羊，依稀可见它们在雾气中移动，可是等天亮到足以看清步枪射程之内的范围时，它们已经在300码开外了。我听说过羚羊成群结队地奔跑，却从未想象过它们在壮观的晨曦中狂奔的美景。它们有上千只或更多，四散奔逃或者成群结队地转圈凝视。为了看得更清楚，有的羚羊会跳得比自己个头还高。

我们早上 7 点半扎营。营地位于一片平坦的平原，平原从东部一直延伸到西部，其间毫无起伏，可能有 15 或 20 英里宽。南面是大青山的一段山脉，或者更确切地说是大青山的一段延伸，它被普尔热瓦尔斯基称为莫尼乌拉（Munni-ola）。[①] 在四五英里之外的北方，是由光秃秃的红土或碎石组成的小山，蒙古人称之为"哈台"（Khatei）。[②] 我们看到远处零星分布有蒙古包。当我们停下来的时候，数百头没有装载货物的骆驼从包头方向走来。它们避开了巡逻队，向安全的山区走去。这一带虽然土壤贫瘠多沙，但降水充足，盛产汉人所说的"沙葱"。沙葱带着一丝小葱味，并夹杂着迷人的蒜香。它尚未长出花苞时就被采摘。我们过去常常食用沙葱的管状茎或叶子，它们一束一束地紧贴地面长到五英寸左右。沙葱是我们唯一的"绿色蔬菜"，我们趁着它们被冻坏前将其做成各种各样的菜，其各色吃法中最美味的是用棕色羊脂块煎。所有的动物都会贪婪地啃食沙葱，在动物眼中沙葱比草更好吃，令人称奇的是，它们能让骆驼在一定范围内散发出大量刺鼻气味。

平原遍布矮种马，和内蒙古所有的矮种马一样，这里的马个头很小，但它们体型匀称，肩膀比东部更远的矮种马要小。这些马的毛色是赭色和棕色，而非灰白色。汉人不喜欢它们，因为它们很少能用标准的溜步法走路，且体重太轻，无法用来拉车。然而，如果精心从这些马中培育出体型稍大一点的品种，我认为新品种势必非常漂亮。事实上，总的来说，改善蒙古矮种马的体型和外表是很容易的，因为问题不在于血统，而在于它们的养殖方式。马奶不仅是

① 即今内蒙古乌拉特前旗境内的莫尼山一带。——译者注
② 在今内蒙古巴彦淖尔市乌拉特中旗哈台庙一带。——译者注

89　蒙古人最喜爱的饮料，还被制成奶酪供冬季食用，而所有马奶在夏季都要发酵制成马奶酒。因此，在小马驹能够自己觅食之前，供给它们喝的奶量就已经缩减了，以致它们两岁以前无法很好地适应严寒。马奶缺乏和严寒阻碍了它们的生长，它们的骨骼非但没有长得又长又匀称，反而变得又粗又厚。

此外，矮种马不像一般的马生长得那么快。它们要到六七岁时才能成年，甚至到 8 岁时，如果精心饲养和照料，它们有时也会再长一英寸。然而，蒙古人在它们两岁的时候就开始骑它们，他们更喜欢小马驹的轻快步伐。我想马肩的脆弱可能与此有关，因为蒙古人常把马鞍搭在马肩隆上，然后骑着马畅快前行，这在某种程度上对小马来说是非常困难的。马的繁殖是随机的，公马和母马都不受任何干预，这导致母马在 4 岁左右就交配，这也对品种产生了不良影响。矮种马在 3 岁时被骟。蒙古人认为 7 岁是矮种马的壮年，但这种马很顽强，以至于它们可以在 20 年甚至更长时间里从事艰苦劳作。

蒙古人与除阿拉伯人以外的所有游牧民族一样，不重视母马，也不重视种马，而更喜欢被阉割的马。[①] 他们的种马也受到了影响，因为汉人获准从马群中购买最壮最高的母马，这些母马被用来繁殖骡子。即使蒙古人有很多驴，可他们自己几乎从不养骡子。而在内地，一头大骡子通常要比一匹健硕的矮种马更值钱。无论是拉车推磨还是运货，骡子都能吃得更少，干活更勤，并经得住更粗放地使用。一头骡的最大载重量为 320 磅，而一头骆驼的载重量为 375—400 磅，前者只需要不到半天时间就能走完后者一天的行程。不

---

① 阿拉伯人对母马的重视有着商业因素，他们习惯于通过母马追溯血统谱系。由于没有像中亚游牧民族那样广阔、自由的牧场，他们不会让未驯服的马群不受控制地繁殖。每个阿拉伯家庭拥有少数几匹马，其中大多是母马，他们从中培育出纯种马用于交易。因此，他们能够决定每匹母马的配偶，并保持血统纯正。

过，在长途旅行中，它无法走得比骆驼更快，不能过于瘦弱，也难以忍受极寒，并且它必须每天喝水。 90

我和两个骑马拜访我们的蒙古年轻人聊了约一个小时。然后，我和他们当中的一人一同前去，试图在一匹领头马的掩护下跟踪羚羊（摩西为了防止我出意外，坚持让另一个人留在帐篷里作为人质）。这是蒙古人的绝招，可我早上看到的无数羊群却像被施魔法似的消失了。我们只看到一头带着幼崽的母鹿，但它不愿靠近马群。我用了大半个上午疲惫地追踪，然而根本没有掩护，甚至当马群在 10 点左右吃完草料歇息的时候，总会出现一些躁动不安的"哨兵"。下午同行的蒙古人告诉我，我早该知道这是徒劳的。我从他和他之后的其他人那了解到，按照蒙古人的思维方式，当羚羊和野驴成群结队出现时，向它们开枪是不对的。这些兽群中的某只成员可能附有圣人或佛陀的灵魂，其神圣性聚集了大量的同类。蒙古人不愿冒险射杀"有灵生物"，他们首先要花很多时间来驱散兽群，然后追逐两三只离群的、明显没有灵性的动物。

从这两个蒙古人口中，我们得知先前撒拉人警告里提及的 300 个士兵中，有一支大约 30 人的分遣队刚经过这条路，他们征集骆驼，好将其带回包头。后来他们中有 20 人赶着几百头骆驼回了包头。剩下的 10 个仍在我们前面，且已经动身。蒙古人把自己的骆驼赶进了山里，但这是徒劳的。军方草率地命令他们的头人提供一定数量的骆驼，否则后果自负。这些蒙古人认为能够保留部分财富便是最好的结果，并希望尽快摆脱可能面临的麻烦。这些蒙古人属于乌拉特部的西公旗，该部并不像茂明安部或百灵庙的蒙古人那样具有独立性。

因此，我们开始在日落之前作最后的努力去绕过士兵，把战争 91

的阴影远远甩在后面。我们要来一次急行军，避开被蒙古人和汉人
驼夫称作海流图庙的寺庙。在这平原上，在第四章提及的小西路或
大西路的南支中，有几条源自归化和包头的小道在此相接。小西路
沿着我们北边的山麓延伸，该路是一条不错的免费通道，其标志即
通过草地并嵌于地表的十几条轨迹，它是由无数的骆驼在几十年的
时间里踩出来的。骆驼客悲凉地说："这条道本该是我们到古城子
的最佳选择，我们也本不必沿着绕路绕行。蒙古人每天都以肉和奶
接待客人——那是一种逍遥的生活。前面的路很平坦，不用爬坡，
沿途有连片的牧场。这条路适合骆驼和人行走，但接下来你会看到
绕路。绕路沿途没有沙丘，只有石质的戈壁，荒无人烟，饮用水带
着苦味。"

我们认为在寺庙附近会有散兵游勇出没，但因为不确定他们
会出现在哪里，商队要离开主路，穿过北部山丘走几英里较难走的
道。之后经过寺庙时一旦发生险情，我们便会有时间躲进旁边的一
处山沟。首先，我们举行了一次预演，在预演中，每个人在偶遇散
兵时都要讲合乎情理的谎言。这取决于我们要利用散兵对基督教的
一知半解来做文章："我本来是个传教士，注定要皈依西方。摩西
是我在中国本土的传道者，他从不逃避任何紧急情况且很懂教义。
所有的骆驼都是由那个最虔诚的基督将军专门送给我的，他尚未撤
离归化。"

经过一番"强化"准备后，一切听天由命。就我自己而言，我
已经准备好把散兵们当作活死人吓唬，或者当作其他最能激起同情
92 的东西。我从早到晚一直在步行或骑马，试图猎只羚羊，所以除
了头天晚上在一头被露水沾湿的骆驼背后小睡片刻外，我已三天未
眠。起初，我试图在保持清醒和不跌落的前提下坐在骆驼负载的行

李上，然后我试着在步行时保持清醒并避免跌倒。最后，当我再次骑上骆驼时，我把脚搭在骆驼脖子上，头枕在骆驼尾部（很难头朝前睡在骆驼背上，因为这样是不可能保持平衡的），用绳子缠绕住胳膊，将自己托付给睡梦和好运。

我在凌晨 2 点醒来，听见凶猛的猎狗在沿着骆驼走过的道路前行。此时我们正经过寺庙附近的商栈。苏吉在这里玩得很开心。在商队的狗群中，即使是最凶狠的狗，在另一群狗的地盘上也会表现得极其温顺，这并不可耻，可苏吉则显得有些冒失，甚至在我们走过商栈之后还停下来继续狂吠，夹杂着低吼。驼铃被堵住了，如果我们附近有士兵，他们一定以为这不过是当地狗舍里的一场普通争吵。我们走了整整一夜，一直到黎明才扎营。

白天我们在低矮平缓的山丘间歇脚，山丘土质完全是黏土和沙子，显得光秃秃的。我听到了此地的几个名称，其中最常用的是盖瑟盖呼图。我本以为我们藏身隐蔽，连蒙古人都发现不了，但我们却在上午看到一支商队，其成员沮丧地蹲在半英里外的货堆里。他们只隐约听到关于归化出事的谣传，先前这支商队正从西边赶来，巡逻队从我们现在躲着的位置动身捉住了他们，带走了他们所有的骆驼。

使我惊愕的是，天色看起来像要下雨。中国人最讨厌下雨。如果商队行进的时候开始下雨，他们有时会坚持冒雨前行，希望雨会在他们进入营地之前停下来，但是若在营地的时候就有下雨的可能，那就只有上帝才能让他们动身。我的骆驼客不愿挪动，宁愿忍受干燥酷暑也不愿湿身前行。在头几天的旅途中，天空一直下着雨，他也毫无怨言地走着，这也许是因为他在听到我们收到的预警之后对天气逐渐变得麻木了，抑或他认为巡逻队不会立刻回到已经大有斩获的地方，而被他们扔下不管的商队一直坐在原地，这场景

93

肯定会使所有经过的人警觉。也许，甚至可以说，根据博弈规则，我们一直都是安全的。因为假若连一个随时会失去宝贵骆驼的汉人都不愿冒雨狂奔，又怎么会有官兵会冒雨去抓他呢？

当晚的确下了场雨，第二天早上6点我们才动身。几个小时后，我们又回到了主干道，在一片略带咸味且有白色化学沉积物的水池旁宿营。往南边看，远方有一座召庙，我们的人知道它叫"哈沙图庙"，"庙"在汉语中是寺庙的意思，据说"哈沙图"是蒙古语中常见的地名，意思是两座山之间的鞍部或山坳。从这里出发有东南走向通往包头，以及西南走向到阿拉善地区的商道，在驻扎地我听闻南边的山梁名叫乌兰冈干（Ulangangan）。①

当天下午，我们再度启程，足足走了25英里后开始扎营，但我们在露营地却烦躁了三天。商队成员不愿意在没有向导而且也没有商队经过的情况下在绕路上绕弯前行。营地的氛围不甚愉快。大风一直刮个不停，虽然池塘里有很多水，但池水有一股微弱但持续不断的尿味。蒙古人散居在我们附近，他们晚上来饮马，但他们不与外人交往。他们告诉我们，他们的羊行动迟缓，大多数都被赶到更远的地方去了，如果情况不妙，他们随时准备跟过去。唯一让我感到欣慰的是，有一支途经的商队在择机安全前往归化。他们帮我带了一封信件，信件会送到归化（他们拒绝收我的钱），然后寄给远在北京的我妻子。

我在闲暇时间读了裕尔所注的《马可·波罗之书》，并依据英国皇家地理学会的《旅行指南》（*The Hints to Travellers*）罗列自己这次旅途的疏漏之处。我买这本书的原因在于，它和一本

94

① 与哈沙图庙都位于今内蒙古巴彦淖尔市乌拉特中旗境内。——译者注

引人入胜的著作——高尔顿（Galton）的《旅行的艺术》（*Art of Travel*）——差不多，《旅行指南》广泛参考了沙敖（Shaw）的《高地鞑靼和叶尔羌》（*High Tartar and Yarkand*），[①] 书中似乎充满了"瑞士人罗宾逊一家"[②] 那样的求生诀窍。我原本以为《旅行指南》中的提示至少会告诉我如何通过手表指针找到北方，还会像一个小侦察员，或许还会像高尔顿那样告诉我如何制造火药和创造其他更重要的奇迹。然而我只从书中找到了"等压线地图"和"气象观测守则"。我还懊恼地发现我的相机不够规格，我的枪械口径是错的。尽管如此，可我必须给《旅行指南》列表中的一样装备打个高分——小口径的一号沙龙手枪（Saloon Pistol），[③] 它可用于射击蜥蜴。我之前从未想过会有这种装备。

另一方面，他们在"严谨旅行者"一节中所提供的一些消灭大多数生物的绝招只会让我暗笑，这些方法都是错误的。我的意思是，我背心的每个口袋里都有小药瓶和防虫物品，多余的枪和各式弹药由一号运送者运输，鱼竿和蝴蝶网由二号运送者运输。摩西作为一号运送者着实堪称有趣，但若要把这件事做得恰到好处，我应该效法那些采取现代旅行方式的苏丹们，他们有机械化运输工具、成群结队的军方支持者，以及像老式军棋推演（Kaiserliches-Königliches Kriegspiel）那样多的辅助人员和设备。当年只有具备

---

① 《高地鞑靼和叶尔羌》全称为《高地鞑靼、叶尔羌和喀什噶尔访问记》[*Visits to high Tartary, Yarkand, and Kashghar（formerly Chinese Tartary），and return journey over the Karakoram pass*]，作者是罗伯特·沙敖（R. B. Shaw），英国茶叶商人，曾多次深入英国征服的克什米尔拉达克地区从事探险活动。此书中文译本又名《一个英国"商人"的冒险：从克什米尔到叶尔羌》，王欣、韩翔译，2003年由新疆人民出版社出版。——译者注

② 《瑞士人罗宾逊一家》，强纳·大卫·怀斯（Johann David Wyss）著，最早出版于1812年至1813年间，故事受笛福《鲁滨逊漂流记》启发，讲述了一家瑞士人遇险沉船后在荒岛求生的故事。——译者注

③ 一种小型的轻型手枪或步枪，主要用于射击场。——译者注

毛古井的营地（这是一处重要的路段。我们位于绕路的起点）

商队在沙漠中的一口井给骆驼饮水，先用柳条筐盛水，然后倒进池子里（1929 年版插图）

这种实力的旅行者才敢闯入蒙古，可最远也不过张家口一带。我要通过反思摒弃一切自命不凡的想法，成为"资质完备的严谨旅行者"，重视队伍中的一号运送者、二号运送者、杂务人员以及所有后备人员。我唯一的遗憾是没能猎捕蜥蜴，可与之相比，我更喜欢我自己的"流浪旅行"，这次旅行有朴实的管家摩西做后盾，摩西非常希望和主人的儿子一起出去见见世面，"他就是这样一个不会退缩，会游泳，反应迟钝的人"。

在毫无意义的营地待了三天之后，我仍然心情沮丧。我们没有抓紧时机去古城子，不确定在这个最艰难的时刻是否会出现向导，我还渐渐发现我的骆驼客是个十足的无赖。然而，我们最终还是冒险开拔，这次赶路像魔法般消弭了我的沮丧。我走在商队前面寻找羚羊直至天黑。商队所处的这片地区有些小山丘，当太阳落山时，余晖透过我们前面老虎山的豁口持续照耀了半个小时。接着，我在地平线衬托下看见两只羚羊正在觅食。天色已经很暗，尽管无法用步枪瞄准它们，然而当羚羊听见远处传来驼铃的叮当声时，我还在试图粗瞄它们的轮廓。其中一只在橘黄色并泛有红光的晚霞下做了一个漂亮的蹬腿跳。然后，两只羚羊朝我这个方向斜跑过来，并魔法般地消失在山脚的暗处。

最终我在夜里借助着可以让人辨识物体的微光看到一条小径。不远处驻扎了一支商队，当我们避开了他们狂奔的狗后，那支商队的成员告诉我们必须向南走。又走了一两英里，我们来到了一处位于低矮荒丘之间的露营地，名叫毛古井。① 这是一次果断的"进军"。我们来到了绕路的起点。

---

① 当位于拜申图井一带，即今内蒙古巴彦淖尔市乌拉特前旗境内。——译者注

第七章　越过阿拉善边界

毛古井就像一扇通往沙漠的大门。我们处于一大片由黄沙积压而成的低矮荒丘当中，绕路与小西路间的夹角区域也被质地相同的黄沙填满。这片荒丘带逐渐向南延伸，形成一个山脊，在山脊上有一个50码宽、不到四分之一英里长的隘口，隘口位于两座如同堡垒般的小山之间，隘口中有一眼泉水。

我们正准备出发时，一个汉人兴奋地把我叫出了帐篷，问我的步枪是否能猎野羊。其中一座拱卫隘口的山岩对面，有五只公盘羊以梯队队形前进。它们一定是走了很远的路才来到这片取水地，因为它们经过的山丘对盘羊来说很低，而且没有草。盘羊的角并不大，但赋予它们一种傲慢而骁勇难驯的魅力，盘羊的走路姿势不像笨拙的绵羊，而是像鹿一样自由自在。它们不时停下来，平静地俯视着平坦旷野上忙碌的营地。这段距离远超过300码，所以我想最好不要冒险开枪，而是放它们在去水边的路上绕过那座小山丘。羊群中的最后一个成员停在一块突兀的岩石上回头观望是否有人尾随，其身形在天空的映衬下清晰可见。显然这还不够。野羊是最精明的猎物。它们一定设了岗哨，因为等了很长时间，当摸到能控扼水源的几块岩石前时，我听到一块石头从山上滚下来的微弱声音，然后我透过瞄准镜看见那五只公羊并不像看起来那样有勇无谋，它们正快速地跑进荒山。

我们在这里加入了一支从包头来的商队，这支商队使我们确信路上终究会遇到同伴，我们一出发就跟在他们后面。穿过狭窄的山谷，我们发现远处有一大片向南延伸的开阔带，右前方有一些从毛古井的群山中延伸出来的小山丘。这里有一个巨大的石堆界标，它是由许多小石堆从南到北一字排列而成。此界标名叫乌兰冈干敖包，它大致标志着乌兰冈干山梁的尽头，这道山梁曾几度位于我们的南边，敖包表明我们已经穿越了山梁的西端。我听说，蒙古的许多重要敖包，包括乌兰冈干敖包都具有一种禁忌，即不能正对着敖包上厕所（钦定版《圣经》用了一个更为隐晦的暗语"cover his feet"形容上厕所），[①]否则至高的萨满神就会让冒犯者瘫痪。

一阵强劲而温暖的西风吹来，带来了一层浓雾，那应当是扬尘，纵使沙尘很细微且不刺激皮肤。诚然，那天晚上我发现自己的耳朵里满是灰尘，但我观察很不严谨，以至于我不知道这是之前数个小时内累积的尘土，还是上周累积的尘埃。扬尘很浓，人们可以很容易地看到一轮白色的如黄铜圆盘般闪闪发光的太阳。我的骆驼客说，这是乱世的预兆，因为26年以来从来没有过这样的自然现象——也就是说，自义和团运动以后，此类异象再度出现。

我们在一个山峦起伏、呈下降趋势且长满荆棘的地方走了大约10英里后，就在前方的群山中宿营了。这就是老虎山。我们离开那条小西路后，当日就见过老虎山，从那以后，群山就被乌兰冈干敖包周围的小山岗遮住了。同山岗之间稀疏的牧草相比，山脚下的土地更加生机勃勃。这里栖息着蒙古矮种马和骆驼，虽然极目北眺看不到蒙古包，但是在半山腰上却有座白色的召庙。有一个汉商住

---

① 蒙古人和中亚人生活中常用长袍遮住脚，在这方面他们比中原人更讲究。

在我们营地附近的蒙古包中，我试图从他那里雇一个小伙在次日早上帮我围赶羚羊。我已经标记好了羊群，但那个商人提出异议，因为他想让我从他那以 10 银元的天价买一只不是很大很肥的羊。这条路沿绕路前行，只能在少数几个地方买到羊。在这里均价 10 银元的羊若是一路被赶到归化贩卖，只值不到 3.5 银元。商队的口粮必须有充足的肉，否则成员会提不起精神，他们必须接受这个价位或者干脆不吃。

我叹了口气，独自出发了，因为此时我已充分意识到在一个没有隐蔽物的地方猎杀羚羊是多么困难。猎取羚羊最可靠的方法之一是围赶它们，前提是方法得当。赶羚羊的捕手不可求之过急，否则局势将会失控，但他若假装漫不经心地骑行或步行，且随时知晓风向，就可以使羚羊慢慢逆风进入埋伏圈。我的猎物很快就到了开阔地，所以我悄悄地向眼前的"拿破仑军行军地"摸索过去。此时有两头骆驼走来看我在做什么，几乎走到了我的理想射击点。因为要猎捕羚羊，所以我不能用叫喊声把骆驼吓跑。我也不能将其中一头抓来当作跟踪用的坐骑，由于蒙古人的骆驼要无限期地放牧，它们的鼻子上都没有拴绳子。于是我翻过身，朝它们扔了一些粪块，直到它们带着一种低沉的、不那么好笑的声音哼着鼻子离开。我继续往羚羊的方向匍匐前进，但那些小丘只有六英寸高，在我还没匍匐进入射程内时，它们就变得焦躁不安，站起身来，紧张地短距离奔跑，直到我脾气暴躁而又徒劳地开了一枪将它们吓得四散而去。

此地注定会成为一个很好的射击场，从包头出发可以在一周内到达。这里十分清静，北边的召庙当然值得一游，任何人待在这都能得到充分的消遣，尽管在此露营半天的旅行者无福消受。那个卖羊的汉商在此处拥有很多鹿角，他说鹿角来自这群山之中，这些鹿角是中药店高价购买的麋鹿角的廉价替代品。除了鹿角，还有许多野羊——内蒙古盘羊。我在山脚的岩石下找到了它们过冬的地方，我透过望远镜看到了五只公羊，在隘口的池塘边，我发现它们的许多足迹。从足迹来看，其中一只一定是那种"比驴还大"的巨型老公羊，很多中原和蒙古的猎人都对它津津乐道，但很少有外国人见过。事实上，山丘是理想的牧羊地，人们没有理由不去那里找寻上好的公羊。

此外，这座山脉是地理学层面的陌生区域。根据中国人的说法，它南接俯瞰黄河的大青山的西段延伸狼山［普尔热瓦尔斯基称为喀喇纳林（Khara-narin）］，但北面延伸到何处则不确定。通过比较普尔热瓦尔斯基[1]和荣赫鹏[2]的说法可知，老虎山是狼山的一个分支，二者均与这两个探险家所说的呼库山（Hurku）[3]相连，从而形成一个大致从东南到西北或西北偏西的弧形地带。普尔热瓦尔斯基标出了当时他从阿拉善到库伦途中自南到北穿越呼库山的那个节点。他得知这座丘陵一直延伸到南边的狼山。普尔热瓦尔斯基还发现，这一纵深约为七英里的山脉是从南部荒漠向北部草原地区过渡的标识。接下来是荣赫鹏，他首先穿越他见到的呼库山东端，然后继续向北行进多日。从归化出发后的第 23 天，他完成了这次穿越（我是在第 16 天穿越了老虎山），三天后到达了普尔热瓦尔斯基途经的博尔钻井或博聪井（Bortsum or Bortson well）。[4] 因此，普

---

[1]　普尔热瓦尔斯基：《蒙古、西夏和藏北无人区》。
[2]　荣赫鹏：《大陆的心脏》(The Heart of a Continent, London，John Murray，1896)。
[3]　位于外蒙古尔班插汗岭东南。——译者注
[4]　位于今蒙古国南部。——译者注

尔热瓦尔斯基穿越呼库山的地点在荣赫鹏所经之处的西北，也就是我穿过老虎山的西北方位。尽管若将荣赫鹏所说的呼库山东端作为呼库山和老虎山之间的一段低洼处可能更合适，但是经过比较，由于呼库山相对于老虎山似乎表现出更多沙漠特征，所以对二者加以甄别会更好。

我们的营地在老虎山隘口的山脚下。骆驼在这里很轻易就能跑得如履平地。我注意到一棵很老的榆树，它是此地唯一的树。这些小山是由一些灰色的新岩石构成的，一点也不像与我们路线平行的更低山脉中支离破碎的老岩石。三个小时后，我们到达了隘口的制高点，那是一个长满青草的小高地。其间点缀有灰色的岩石，覆盖着光滑而凹陷的橙色地衣。此时商队前的狗惊跑了一对羚羊。

我们在落日的最后一道余晖中顺着西坡下山，夕阳的色彩如此精巧、端庄地混合在一起，以至于我用了很长时间才发现维系这一切的关键——暗淡的贝蓝色苍穹中的新月。月光下，远方的山脉绵长低矮：狼山的一段山脉则呈现出另一种柔和而烟雾缭绕的蓝色色调。落日的黄褐色余晖沿着山头散布到一边，在月下逐渐褪变成橘红色。我在一堆岩石上望着眼前凄美的景色，苏吉蜷缩在我的膝盖旁。之后商队翻过隘口，从我身边依次下行——眼前这支商队至少有150头骆驼，我的骆驼在队伍末尾，它们的铃铛在柔和的夜色中叮当作响。我骑上骆驼，在晚霞和暮色中摇摇摆摆地走着，同时月色逐渐消退，留下一片星光灿烂的夜空。

101

　　　无边寂寥温婉慈祥，

　　　万丈虹影垂直苍穹，

　　　五色辉映……

美好的时光。^①

我想，有时最吸引我去旅行的是其中包含的愁思——像酒一样细微而绵柔，如同魏尔伦的辞藻般雅致、哀伤而又柔和，当我看到蒙古落日时，这些情感和诗句不禁涌现于脑海。

老虎山横亘瀚海，雄伟挺拔。在它和邻近的小山头间有一片宽阔的浅滩，其间有几条四处漫流近乎干涸的小溪。我们在一个叫查干额勒根（Chagan-erlegen）的地方宿营，有人告诉我，查干额勒根意为白色的泉水。尽管名叫白泉，可我们还是要挖井取水。虽然我们在河床上只挖了大约一英尺深就掘出很多水，但是水的味道苦中带咸。这一带土壤贫瘠，多沙且地表粗糙，夏天雨水很快就会蒸发枯竭。此处最常见的植物是一种低矮的沙生植物，叶子有点像小型的常绿复叶。商队的人把它叫作碱草（苏打草）或咸草（盐草）。这种草有助于骆驼在不喝水的情况下短途旅行，驴子可以凭借此草坚持一段时日，然而对蒙古马来说，这种草很难吃。它的根部燃烧迅速，产生的火焰又旺又亮，有时火焰会因为其中的盐分而变成蓝色。咸草属于被旅行家用藏语称为"博匝"（burtsa）的一类植物。尽管沙敖称它为"薰衣草植物"，^②而真正的博匝似乎是一种鼠尾草，可这"苏打草"实际上还是有点像野生且自然生长的薰衣草。

商队于云淡风轻的午后出发，走了大约16英里的一站路后，我们到达一处名叫毛鞑井或喀喇特鲁根（Khara-terugen）的地方，并在晴朗无风的前半夜安营扎寨。"喀喇特鲁根"一名更适合用于形容我们即将进入的山区而非眼前的露营地，我听闻它的意思是"黑山头"

---

① 节选自魏尔伦（Paul Verlaine）：《月光诗》（La lune blanche）。——译者注
② 沙敖：《高地鞑靼、叶尔羌和喀什噶尔访问记》。

（Black Hilltops）。①此地的水有点咸，但周边其他地方肯定也好不了多少，因为我们附近有一些蒙古包和一个汉族商人。在我们路线之外的远方山坡上有一座召庙。我对这块营地印象深刻，因为摩西在这里为我洗袜子并顺便洗手，之后在没有黄油、鸡蛋或牛奶作原料的情况下，用我带的少量发酵粉为我做了一些烤饼。

白天无风无云，然而晚霞却色彩绚烂如葡萄酒，夜空云彩密布。大青山或狼山山脉的最后一抹深蓝色靓影横亘在南方或西南方位，这些山脉早在我们位于老虎口顶点时就已尽收眼底，但在我们出发后不久，它们就被喀喇特鲁根挡住了，后者由一片黑色岩体遍布的低矮破碎小山构成。这些小山头是喀喇纳林或者说是狼山向西北的延伸。

狼山的"狼"并非狼的意思，而是对出身于名门的年轻人的尊称（郎）。此山与中国的八郎传说有关，八郎是八兄弟，他们是整个神话谱系中的英雄，其事迹与中原王朝同边境部落间的攻防战争密切相关。二郎意为二哥，是八兄弟中最负盛名的一个，狼山就是因二郎得名。②描述这段历史的传说表明，在归化还叫库库和屯的时候，其所在的谷地尚处于"鞑子"③控制之中，中原王朝的边界位于归化以南的山区，也就是我们今天的山西北界。然而，边境战争在这些山区频繁发生，5世纪鲜卑人建立的北魏留在大同的文化遗

103

① 这个名字与喀喇纳林形成了有趣的对比，因为"喀喇纳林"也有"黑山头"的意思，其正是普尔热瓦尔斯基所闻狼山西段的名字。
② 荣赫鹏听到的名字是更靠东边的两郎山或二郎山，指的是介乎大青山和狼山之间的什腾乌拉（Sheiteng Ola），什腾乌拉在汉语中常称作乌拉山——意即乌拉特山，可参见柔克义：《1891—1892年蒙藏旅行记》。两是基数，二是序数（在某些情况下也作基数讲）。荣赫鹏在旅游手册中显然试图将二郎山中的二解释为第二。
③ 可能相当于鞑靼人或塔塔尔人（Tatar）。如今"鞑子"一词专指蒙古人，有时也指满人，而在传说中，此词涵盖范围包括蒙古帝国之前的游牧入侵者。大多数蒙古部落和满人都讨厌这个词，也有少数人不排斥这一称呼。
（"鞑子"是历史上汉人对少数民族的蔑称，拉铁摩尔也提到了这个词的争议之处，请读者注意鉴别。——译者注）

存，以及更靠南边的五台山的存在就证明了这一点，五台山是汉人的聚居区，也是蒙古人的朝圣中心。

最终在二郎的带领下，汉人大获全胜，边境部落愿意重新划定边界并讲和。狡黠的二郎提出如下条件：他向北射一箭，无论箭落在哪里，落点南部的所有土地均要割让给汉人，而蒙古人或通古斯人等边境部落应当撤回北方。边境部落接受了这个条件（在此类传说里，边境部落被塑造成战争和暴力的形象，[1]但最终总是被正统文明的继承者——汉人使用各种手段镇压，这种叙述模式具有典型性），二郎拿出他那张强弓，射了一箭。随着箭从视野中消失，人们开始找箭，而二郎也实施了他的图谋计划。他私下派出信使快马加鞭地把箭的射程延长了一倍，有的人说使者把这支箭插在了大青山，也有人说是插在了狼山，但无论如何，这支箭是插在蒙古高原南部山脉的某个山头。曾经受骗的边境部落十分驯服。他们后撤并认为这就是汉人移民潮开始越过鸿沟的原因，这条鸿沟位于山西的群山与如今真正的蒙古边界之间。然而，尽管汉人的控制日益加强，可蒙古人从未完全撤出故土。他们如今仍在黄河以南安然生活（特别是鄂尔多斯地区），但是，另一方面，至于传说中被选中的位于狼山与黄河之间的地区，一直都有汉人源源不断定居于此，尽管这片土地毫无疑问具有蒙古特色，然而如今蒙古人对那里的主要兴趣在于数量众多、依然富有的召庙。[2]

104

---

① 与中国北方流行的关于蒙元王朝八月十五灭亡的传说相类似；在这个传说的通行版本中，蒙古人把汉人视为牛马坐骑。每个蒙古人拥有十户汉人作为供养奴隶（这是纯粹的传说，不是史实）；但是在八月十五，汉人在一致的信号下揭竿而起，屠杀了压迫者。

② 北京西山有座大觉寺，从寺院可以看见修筑在一个山头上的塔楼，据说塔楼乃二郎所建。塔楼为坚固的砖石结构，可能是在蒙古征服者逼近北京时修筑的烽火台。我还听过一段关于六郎的离奇传说：据说他年老时害怕死于蒙古人之手，然后在五台山的寺院或召庙出家。从五台山与蒙古人间的关联来看，此地意义非凡。

我们赶路伊始便进入黑山头地区，在缓缓进入开阔的高原地带，穿过一座绿油油的牧场后，我们到达大约 8 英里长的一段河谷。过河之后，我们开始进入另一片谷地，并在行走大约 19 英里后扎营。谷地一度地形逼仄，后来再度变得开阔，可我们仍然处于山中。有一些蒙古人虽然在此安营扎寨，但他们也叫不出营地所在地域的名称，因为他们是受战乱影响从更远的东部迁移而来的外地人。虽然这些蒙古人从士兵手中救出了自己的骆驼，但骆驼的身体状况堪忧。数日以来，我们自己的骆驼也在被牵出去放牧的那几个小时里食不果腹。在这段路途中，我们对周围的地名一概不知，因为商队中间没有一个人常走这条绕路。我们以前方包头商队的驼夫为向导，他已经在这条路上往来数次，然而，尽管他能辨识方向和计算里程，却也不知道这一带的地名。接下来的一趟行程将我们带到了一处地形更加破碎的地带，其沟壑太过狭窄以至于驮着重物的骆驼很难通过，因为这些被绳子牵着的骆驼总是侧身去寻找青草，这使得它们驮着的东西贴着岩壁被蹭来蹭去。月亮落山不久，我们不得不在 10 点钟暂停前进。

搭帐篷的过程颇为不顺，因为我的骆驼客出去准备为帐篷打地钉时，栽倒在一条干涸的河道中，后来他差点再次掉入同一个地方，并被一头骆驼压在了身上。他的视力给他本人和队伍其他人带来了很多麻烦。一路上，他的双眼动辄被一层黏稠的薄膜遮蔽长达数天。我想了一会儿，认为这有可能是白内障初期的症状，但摩西说，每个人的瞳孔里都有两个名叫瞳仁的小人。如果仔细盯着任何人的眼睛，都能看到它们。如果这两个小人背对外界就表明有一只眼睛失明。他说，驼夫的问题在于他的瞳仁刚开始转身——也就是说，薄膜让视野变得不那么清晰了。每当骆驼客为此感到痛苦的时候，他就会抱怨说，尽管他仍可清楚地看到远处的物体，但他手边的一切都是模糊的，而在夜里，他几乎完全失明。这名病患在路上常常被脚下障碍绊倒或者被营地的货物和帐篷绳索绊倒，伤及小腿和双手，这使他十分气馁。我用硼酸水帮骆驼客洗眼，他坚持要把面粉做成浆糊，然后用根吸管涂在眼皮上，后来他抱怨这种方法并不见效。把前额剃光也没见症状好转，尽管所有汉人都认为这是针对视力的一种补充疗法。其实他们认为对于眼睛和整个视觉系统来说，最好的养护手段是食用煮熟的肝脏，尤其是黑山羊、绵羊或牛的肝脏。当我更进一步询问其中缘由时，他们承认这并不是一种直接疗法，它更像是预防和强化治疗——事实上被称为"偏方"。后来我遇到一个腿部肿胀的人，但他一直尽可能在坐骑上休息，一有机会他就会为了吃羊肝而购买一只黑色山羊。几天后他就好多了。

106　　　　后来我听闻在这片地区的某个地方——可能主要是道路南边的狼山一带——有三座神圣的山峰。在中间山峰上有块附有圣人布尔汗乌鲁（Borhungwulu）[1]脸部印记的岩石。我说它是印记而非刻痕，是因为这似乎与一个非常古老的传说有关，一位圣人坐在岩石前冥思，同时将他的形象印在岩石上。只有通过一根横亘在深谷之上的横木才能到达峰顶，此深谷位于该山峰和其旁边的山峰之间。走完这段横木是对朝圣者是否虔诚的考验。就连喇嘛也不例外，因为曾经有个喇嘛喝醉酒还带着一个女人，随即从横木上坠入深渊，此事成为对罪孽深重者的警告。

　　第二天我躺在太阳下，面前摆着一部《荷马史诗》，但我的思

---

[1]　当我从随行的镇番娃娃（镇番即今甘肃省民勤县——译者注）那里听到这个名字时，我就在尽可能把它拼出来。这个名字和科兹洛夫给位于阿勒泰东南的山峰取的"布尔汗布达山"（Burkhan-Buddha，位于北纬46度，东经96度）一名有着奇妙的相似之处。镇番娃娃讲的是阿拉善南部的一种柔和而含混的方言。在一些边界地区，蒙古语的发音似乎变得柔和，直到单词的发音几乎和汉语发音一样——比如哈拉（hala）对应喀喇（khara）。

绪很快从一段诗文中漫无边际地发散开来：

> 高大的英雄们，
>
> 冲撞着尖塔和矮墙，
>
> 踩着龟背爬到墙上。①

今天是 9 月 15 日，也是我一个朋友的生日，我曾经与他在北戴河待过，北戴河临近北直隶的海湾。在那里，北京的公使们会升起各国的旗子，准备避暑，这些"名义主教"般的外交官摆脱了舞蹈、丑闻和赌博等严格的旧习，又代之以游泳、更刺激的赌博和丑闻。那里也有来自天津的妇女和儿童，因为"天津的气候对欧洲人来说太难熬了"。如果父亲来了，妇女会带着孩子们去车站接晚班火车，如果父亲要到下个周末才回来，她们就穿着特别漂亮的衣服独自去车站。此外，传教士来这里是为了"休息"——因为传教士从来没有真正的假期。这是一方舒适的小天地、一个令人悠然自得的小世界，到处都有流动图书馆，还有一套通信系统和培灵会。北戴河通常会有一艘炮艇执勤，因为此地插着各国国旗、驻有各国外交官，还有一则安稳人心的协约，即中国的内战不应波及这片地区。

我陷入对北戴河的美好回忆中，突然想起了我的朋友。我回想着那座一直通向沙滩的阶梯式花园，月光洒在平静的海湾上，也许还夹杂着炮艇从海面上传来的灯光，舰艇之上满载彬彬有礼的意大利人。我曾被要求穿着鞋袜前来用餐。无论什么情况下，男孩奥洛　107

---

① 此句由作者节选自阿尔弗雷德·丁尼生勋爵（Lord Alfred Tennyson）：《梦中美人》（*A Dream of Fair Women*）。——译者注

都会端来用冰冻玻璃杯装的鸡尾酒。大约在蚊子开始叮人脚踝时，孩子们从阳台上走下来道晚安。之后，在如蚊帐般被遮蔽的露台一角，主人会用中国北方最好的菜肴招待客人——这是一段重要的回忆，每当想起仍记忆犹新。我意识到自己的穿着礼节不仅体现在穿戴鞋袜和白色法兰绒衣服，甚至还有领带。感谢上帝，我很确信自己的指甲不需要清洗，因为我整天在海里。如果可以，我还会借着烛光注视那个大清皇后的画像……

俄顷，人们开始拆帐篷，我看着货物被巧妙地用钩子穿过两对环扣装在骆驼身上，继续赶路。

旧时的回忆使我再次浮想联翩，我在一个暮霭沉沉、星月交辉的美妙夜晚站到商队前面，内心第一次平衡了条约口岸生活同内地生活的种种反差，天津、北京、北戴河、归化，还有我和妻子对归化山后边疆地带进行的首次奇妙勘察，然后是跟随商队的漂泊生活。这种感觉如波浪般在我心中不时涌现，告诉我还有更远的路要走。我在中国待的时间太长以至于我淡化了对故土的思念，但是，我在穿越亚洲回家，这种穿越依托的是古人在发现海路之前所走的路。我在夕阳下山之前瞥见了连绵起伏的原野和一个漫无边际的世界，骆驼和这条沙漠之路虽然都是为古人实现抱负而存在，可突然间却被赋予新的理想情怀。

迎来严寒并踏入真正艰苦的旅程之前，那些日子都是憧憬梦想的好时光。关于蒙古的神奇之处，部分在于人们沉浸于单纯疲劳和单纯懒惰的生活，从中享受着令人满足的肉体上的快感，这种快感来自变换的风光，以及令人骄傲和摇摇晃晃的长途旅行中身心的亢奋。另一部分则在于对这些人语调和精神世界的学习领悟，他们粗犷而传统的礼仪和社会只与物质需求粗略平衡：体现在冗长而无聊

108

的交谈不会因胡思乱想而变得脆弱虚伪，体现在更加漫长懒散的沉默中。对我来说，蒙古的一部分魅力在于那光明而细碎的几个小时里，梦想和记忆的片段像一层虚无缥缈的轻纱，悬挂在我和沙漠世界更加强大的力量之间。

我和摩西可以骑着自己的骆驼，超越前方商队，并坐等它赶上来。老实人摩西直截了当地表示他希望我父亲看见我之后，不会再提及此事。追上我们的商队似乎进入惊人的行路节奏，一队队身形巨大的骆驼步伐安静、大步前行，给人留下了深刻的印象。我们自己的小商队终于到来，当我骑在载货的骆驼上时，新的旋律飘入耳中，位于身后的一个铃铛叮当作响，前面的许多铃铛也发出摇动混杂的响声。又是一个夜晚，又是一片天地，时间都像脉搏一样跳动。西边的天空渐渐变暗，西南方虚无缥缈的月亮闪闪发光，我们大胆地走入银色的月光之中。整个旅途中，驼铃的声音一直萦绕在耳边，因为星空下没有风，随着这种活泼的旋律像水中不断激起的涟漪般变得急促，我能听出几个铃铛重叠的音调。

走出黑山头，完成前往新疆的第一段旅程后，驼队在离善丹庙①不远的地方驻足。善丹庙在普尔热瓦尔斯基的地图上有所标注，因此我以此为参照把我的路线和其他旅行者的路线相联系，勾勒出大西路、小西路、绕路之间的关联。事不凑巧，我离开北京之前没能研究普尔热瓦尔斯基的论著。我没有带足够的地图，也难以依照我的行走路线画出最粗糙的草图。我常被当作间谍，人们看见我在纸上勾勒线条，他们本应将我视为危险的密探，并可以向官府告发来阻挠我，因此我只能大概记录归化和善丹庙间的地形。

109

———————————

① 当为今巴音善岱庙，蒙古语名巴音善岱苏木，位于今内蒙古巴彦淖尔市乌拉特后旗。——译者注

有关蒙古贸易路线的有限资料中，一些最有意思的数据来自北洋政府经济事务调查局。根据这些数字（用里表示，我已在某些地方将其换算成英里，1 英里大致相当于 3 里），我们可以发现以下信息。

（1）从归化到古城子有 1797 英里，可分为 71 站，每站 60—100 里（事实上，重型商队通常需要 120 天便能走完全程，"挂急程"的商队可于 90 天的保证期内加价运送商品，而对于轻装前进的旅客来说，70 天就算快的了）。

（2）从召河到喀喇纽托，要走 923 英里的小西路，到喀喇纽托后小西路再次并入大西路：召河到喀喇纽托间全程分为 35 站。大小二路的距离之差约为 46 英里（我听说，对大型商队而言，不论是大西路还是小西路，从百灵庙到喀喇纽托均分为约 40 站）。

（3）从归化到毛古井全长 317 英里，绕路从小西路拐了出去。这段路除了更加迂回、荒凉和难走外没有更多特点，并要花去 100 多天（据我自己估计，我从归化到毛古井走了 285 英里）。

我认为这些数字是从商队头人的估算中得出的，为了核对，荣赫鹏估计他自己从归化到哈密的路程有 1255 英里。哈密当然不像古城子那么靠西，但核对还是有必要的，因为汉人倾向于在蒙古地区增长里程。他们觉得长城外的里是"长里"，可是如果内地旅行者缺乏经验，比如因缺乏（农耕）文明的地标而对这片地区的单调乏味产生困惑和厌倦，那么他们很容易在计算时增长单位里数。

110　经济事务调查局把召河（距归化约 55 英里）视为商道岔路口的重镇。召河曾经可能是商业重镇，但由于农耕的推进，商队位于"边地"的聚集点转移至距归化约 110—120 英里的百灵庙。这对总里程的统计产生了较小的影响。值得注意的是商队聚集点如何从一个寺迁移到另一个寺，^①以及较大的召庙是如何分布在旅行的捷径之上的。

我没有办法计算自己的行路里程，只能靠骆驼的行走速度推算。我把它的速度定为每小时 2.5 英里，不论快慢，都要考虑进去。由于罗盘出了故障，我只能白天参照太阳，晚上参照星星辨识方向，我就此与其他人产生异议时并不会固执己见，原因在于难以确定日落时太阳与正西方位间的偏离幅度。最后，我依照自己的路线计算到古城子的总距离，我所走的路线通常比大西路要长，其间把没能成功绕道到达巴里坤城的那段路程刨除在外，但总的来说我估算的路程在 1550—1650 英里。

我们关于蒙古的大量资料是从俄国人手中获取汇编而成，所以几乎所有地图都是从北到南绘制的。因此，从恰克图经库伦到张家口的商队交通线建设得很好，但是从东到西的路线尚未完全规划好，俄国人在调查中只对他们与商队路线接触的据点进行交叉定位。尼·艾利亚斯在 1872 年的旅行中，基本上定是沿着这条大西路走的，但是他在到达古城子之前先转向去了乌里雅苏台和科布多，艾利亚斯的记述尚未完整发表过。1887 年，荣赫鹏从归化启程走了 60 天小西路，他在通往古城子的路上左转来到哈密，并在哈密乘马车穿越中国新疆。至于我所走的绕路，却从未见相关的记述。

出于上述原因，我要对到达善丹庙之前的旅程作一概括：从百灵庙开始，我沿着小西路走到毛古井，绕路始于毛古井，向西南分岔。在绕路上走了两段后，我穿过老虎口，老虎口有另一条岔路，

111

---

① 希拉穆仁河因附近有召庙又名召河，参见第三章。——译者注

沿着那条岔路可以穿行到南方，并入狼山以南甘肃边界的公路。我所走的这条道既不属于蒙古人也不属于汉人，它是最古老和重要的商路。此路甚至比蒙古地区的任何一条交通线都要短，与之并行的许多马车道和驼道则横穿鄂尔多斯沙漠或沿着黄河流域行进。古伯察、普尔热瓦尔斯基和柔克义等旅行者走访了其中的部分路段，他们的路线有时重叠，有时分离。其中最重要的路段是从包头到宁夏，然后分作数支，通往甘肃各地。

　　我对毛古井和善丹庙之间的山脉分布不甚了解，只知道商队当时横穿的是狼山北部支脉，而位于老虎山东西两侧的沙漠地带很可能是加尔平戈壁（Galpin Gobi）①的南部延伸。可是在普尔热瓦尔斯基的地图中，善丹庙很明显位于狼山西北部。他在结束阿拉善探险返回库伦的途中途经他之前去过的善丹庙西边。他自述进入一片海拔更高的区域，那里居住着卫拉特蒙古人，他们"如同楔子般"处于阿拉善和喀尔喀蒙古之间。之后普尔热瓦尔斯基迈入加尔平戈壁的低洼地带，再次翻越呼库山。他在穿过呼库山之前于博聪井驻足，用放射状线条标出通往库伦、甘肃、古城子—哈密线和归化—包头线的路线，此处也是后来荣赫鹏沿着同一路线穿越时的所经之处。

　　这与我在善丹庙的见闻相吻合。善丹庙地处归化和包头的辖区与阿拉善之间，后者的蒙汉关系由甘肃控制。从乌兰察布盟沿着我在东部途经的那些比较有名的山脉一直延伸到沙漠地带，其间的区域在地理和政治上都呈下降趋势，因为阿拉善附属于而非隶属于内蒙古。阿拉善蒙古人的族源是卫拉特蒙古人，②属于从原始部族中分

112

---

①　今巴音戈壁，位于内蒙古巴彦淖尔市乌拉特后旗，西邻中央戈壁。——译者注
②　原文为Eleuths（厄鲁特），系卫拉特的别称。中译本统一译为卫拉特。——译者注

离出来的西部部落联盟。商队的人对此有一些模糊的概念，他们把卫拉特人称为"黑鞑子"，把其他蒙古人称为"黄鞑子"。这种区分似乎是从蒙古人那里学来的。

且不论善丹庙①现在的建筑何时所建，其所在地区一定历史悠久，因为它是外蒙古、阿拉善、甘肃、河套地区和归化间传统商道的天然枢纽。通往外蒙古的路线很重要，②因为在毛古井以西便是很荒凉的沙漠地带——加尔平戈壁，戈壁位于大西路和小西路之间，南来北往的商人和旅行者都很青睐这片最易到达的交叉地带。

有一群汉人小商贩住在毛古井以西的蒙古包里，以谷物和面粉为资本同蒙古人进行小宗贸易。这样的商人通常赶一天路都见不到，但在善丹庙却有一个完整的商业社区，里面可能共有 20 家商铺，它们在节日和集会时于召庙周边聚集形成一个贸易中心。所交易的商品不仅有谷物，还有烟斗、刀、靴子、丝绸、棉布、烟草、帽子和马鞍等蒙古人会买的东西。阿拉善商人以骑驴为标志，因为在放松状态下，驴比马更善于走沙地，出力与成本成正比，而且能够在更艰苦的喂养条件下生存。就连同一地区的蒙古人也大量使用毛驴，善丹庙的毛驴数量多到令人称奇。

113

---

① "善丹"在蒙古语中意为"小溪"，"庙"在汉语里指"寺庙"。

② 普尔热瓦尔斯基在北上经过善丹庙"西"时，走的是另一条路，该路途经图克木庙（在今阿拉善左旗——译者注）。他将其称为巴音图乎（Bain-tuhum），参阅下文。

在呼库山以北 87 英里的地方，普尔热瓦尔斯基穿过大西路的一条支路；再往北 100 英里，他又穿过另一条支路并认为官员和邮差往来均走此路；我认为第一条支路才是大西路的干道，第二条路是通往乌里雅苏台的。在普尔热瓦尔斯基旅行此地期间，从北到南的贸易路线已因西北战事陷入萧条。他写道，一支商队于 1873 年从库伦出发寻找转世灵童，以梯队形式"另辟蹊径"穿越戈壁。这条路显然是善丹庙主持开辟的，尽管其事先派人沿着这条路清理老井，挖掘新井，但那里还是缺水。

第八章　驼　夫

　　西北军的势力范围到善丹庙为止，那里有一处厘金检查站，负责检查辖地内过境货物的税收情况。我们到达后的第二天早晨，和我同行的包头商队接受了检查员的盘查。尽管出具有免交路费的通行证，但他们还是交了一笔钱打点，以确保万无一失。这种行为被称为"给官员面子"，是汉人经商者遭受压迫的"温和"例子。大多数官方文件措辞不严谨，给了厘金检查员以任意解释的机会。因此，为了避免行程延误和遭遇更多损失，那些付了不少钱才拿到通行证的运货人必须再缴纳一笔没有任何担保的税款，沿途检查员正是以此来维持自身开销的。善丹庙检查站堆放着很多捆货物，这些货物得自一支曾对苛捐杂税提出异议的小型商队。被扣押的货物将被拍卖，拍卖名义上是为了归公，实际则是官员在假公济私。

　　数天后，我听闻官员们在包头商队的帐篷里打听我的情况。在某种程度上屈从了官员的"面子"后，包头商人更愿意让他们以另一种方式失去"面子"。他们说："那是一位身份特殊、极其重要的外国游客。如果你愿意，尽管去检查他的护照，但首先你必须收集一些优质的干粪为他生火。他总会让沿途的官员这么做。"听到这个故事时，我和听者哄堂大笑，因为它与商队的"恶趣味"相得益 彰。可这也让我感到疑惑。我们利用外国人的"可怕"名声玩了这出戏，但我想知道，如今这种名声在多大程度上是因为中国人假借外国人的旗号装腔作势而产生的？

出发前，我们正在收拾东西，几天来一直脾气很坏、患有眼疾的骆驼客用一种消除戒心的坦率口吻说，他的眼睛和心情好多了，此时那个随行的老头带着一个坏消息跑进来。我们的骆驼已经同包头商队的骆驼一并被赶去放牧，正当老头和两个包头人打算赶骆驼进营地时，一部分骆驼以其特有的愚蠢方式狂奔了几百码。在穿过干涸河道的过程中，其中一头被绊或者是遭遇撞击失足倒地，从而摔断了一条腿。这是我们最好的两头母骆驼之一。我和骆驼客出去查看情况。受伤骆驼的前蹄靠近肩部一端严重骨折，骨头穿肉而出。我们拿这种伤情毫无办法。

商队的人虽然会为出了差错的小事而发牢骚和争吵，但对骆驼的损失毫不在意，这似乎是种荣誉。如果他们表达出这一损失对他们的影响有多么严重，某种神秘力量就会出于猜疑伤害他们所有的骆驼。谈论那种霉运会带来更多霉运。骆驼客笑着转过身。"它真是物超所值，"他说，"土匪把这头骆驼给了我，我驾驭它也有六七年了。"

蒙古商队的人从不宰杀因受伤或饥饿而濒死的骆驼。他们似乎认为，夺走这种动物的生命会阻碍它被可能出现的奇迹所挽救。杀了它可能会导致它的怨魂纠缠商队中的其他骆驼，给其他骆驼带来厄运。表面上，中国人能以一种麻木不仁应对在西方人眼里十分可怕的苦难。事实是他们对蓄意剥夺生命抱有东方式的强烈反感，这种思想已经变得有点扭曲，直至他们宁愿眼睁睁看着一只动物受折磨，也不愿背负它的灵魂负担。除非情绪激动，否则他们甚至更喜欢用迂回的词语来表达"死"和"杀"。我曾经听闻有人说："骆驼为了我们一生受苦受累，这还不够吗？如果我们在它们生命的最后待之以暴力，我们的身心不会有罪恶感吗？"

　　然而，老头从这一赶路忌讳中发现了捡漏的契机。我们刚动身，他就跑到一个商人那里用受伤的骆驼换了两包烟叶。廉价骆驼对于不受商队规矩约束的商人而言，意味着可以毫无顾忌地宰杀它，吃掉它的肉，然后把完好无损的骆驼皮卖掉。老头为自己揣了一包烟叶，另一包被他拿出来在骆驼原主面前显摆。

　　骆驼客面部狭长，其长脸风格属于山西人的一种。他的鼻子长而突出，外表坚挺，但他鼻涕过多，夏天挂着黏糊糊的鼻涕，冬天垂着一根冰柱。下垂而僵硬的下唇凸显出他的外表，他唯一的乐子在于嘲讽别人和吐痰。他作为一个优秀驼夫的职业生涯很长，可惜声名狼藉。他最初是当贸易学徒，学会了一些读写本事，这在商队中是很少见的。当他所在的公司向蒙古派出商队时，他升职成为押运员，跟随商队负责货物的买卖。后来公司破产，若他恢复了自由身但未能被其他公司聘用，他就只能重新从一名驼夫做起，这一点并不令人奇怪。

　　商队的随行者并不都擅长赶路，因为他们通常都是只通过大西路前往古城子、乌里雅苏台或库伦。而骆驼客比大多数人见多识广。凡是骆驼能到的地方，他牵着骆驼几乎都去过，他不仅走过蒙古的主要道路，还有甘肃的全部交通线，这些路线通往宁夏、凉州、兰州、西宁，远至青海藏区、新疆吐鲁番和中国与西伯利亚边境的塔城。在与商队一同休息的间歇，他还尝试过许多其他的路线。他在蒙古人中间生活了很长时间，一直想做一名小贩，我很确定他对蒙古土匪的生活了如指掌。他还曾为偷偷卖马的满人做过捎客，后者常从巴里坤地区和古城子的古老皇家马群中偷偷选马出售。之后他又当了"跑腿的"，意思是为那些在归化一带交通线上抢掠的大青山土匪跑腿的传信者。一旦他知晓商队的路线以及所载货物的底细，他就在归化打听商队出发的消息，然后把消息转告土匪。他昔日的首领就是后来归化保商团的指挥者——一个富有、受人尊敬且精明强干的蒙古人。土匪们不时用骆驼或驴子作为礼物来酬谢他。他通过与土匪的关系最终成为一个引人注目的人物，在一次定期的剿匪运动之后，他被迫躲藏了半年。然而，他再次从山里出来后，却过上了不受干扰的踏实生活，并拥有几头同样"踏实"的骆驼。凭着这些骆驼，他从事往返百灵庙的短途货运生意并赚了不少钱。在刚过去的夏天，他将自己的骆驼藏了起来。但是随着冯玉祥军陷入颓势，面临的风险日益增高，他决定带着骆驼逃往新疆，这就是他与那个最初和我订约的巴里坤人达成协议的原因。

如今几乎所有的驼夫即使心眼不坏，也都是暴脾气。他们自己最喜欢说"没有温文尔雅的驼夫"。驼夫会因一个眼神或一句话而斗殴，甚至是为了一笔小费，他们也把拒绝为任何随行"乘客"提供服务视为一种骄傲。他们说自己是骆驼的仆人，而非人的仆人。驼夫虽然会欺骗和攻击因不够强壮而无法自保的人，但他们除了食物外不会偷窃任何东西。驼夫中当过土匪的人并不少见，可他们都是些率直的流氓。事实上，我总是发现一个人的性格越差，我就越能和他处得来。这些目无法纪者十分认同一个孤身随他们赶路、有阅历的外国年轻人的见解。他们立刻接纳了作为冒险家的我，我对他们而言是非常好的朋友。那个骆驼客的毛病在于他并不是真正大胆的恶棍。他甚至不是一个地道的土匪，而是一个鬼鬼祟祟的、向土匪传信的人，他所有的恶行都将自身的阴险显露无遗。

骆驼客对中介和另一个人对他所做的错事耿耿于怀，甚至变得恼火。然后，他对我和摩西的态度开始转向粗暴，没有获得同样被骗的我的尊重。他制造的麻烦大多是最难对付的那种暗箭伤人。他

118

试图利用我们对环境的生疏仗势欺人，如果不是其他商队的人友好地帮助我们识别商路，他会破坏整个旅程的良好氛围。我们骑的骆驼被他想方设法装上沉重的物件，使我们没法骑得舒服，此番举动的目的在于让我们下来步行——尽管我们之前每段行程的大部分时间都是主动选择步行。然后，他还搭起帐篷，使我们在生火时吸入大量烟尘，或者，只要提前从别的商队那里讨到饭吃，他就试图糟践我们的口粮。

骆驼客还养了一头坏脾气骆驼，随你的意思平静地度过几天后，骆驼会突然发狂，不断挣扎并尥蹶子，直到把身上背负的东西扔出去。他设法让这个畜生把我所有的行李都接二连三地甩开，并希望能摔得越坏越好。他还喜欢就某件小事喋喋不休，然而在长途沙漠旅行中，小事可能会使人非常恼火。摩西尽力劝阻我对那个人采取强硬的态度，因为摩西比我更清楚，但凡涉及中国人和外国人之间的肢体冲突，民族认同感总会左右正义，外国人总是理亏的一方。摩西想把我们之间的争端留待旅程结束后处理，但我在受够一段时间的零碎欺侮之后，觉得最好还是时不时和那人吵一架。骆驼客最坏的习惯就是放狠话说把我们"丢在戈壁里"，然后要带着骆驼跑路，当他这样扬言时只能顶回去。在中国，如果你能恰当地控制住自己的激烈言辞，就无需凭拳头解决纠纷，如果你在和平谈判的范围之内使用强硬措辞后作出让步，这也不是什么丢脸的事，只要我们和其他商队建立了友好关系，就不会缺少支持我的劝和者。我同那名骆驼客最激烈的一次争吵发生在离我们最近的水源有30英里的时候，那家伙威胁要丢下我们不管。我没有采取任何高压手段，而是让他将"威胁"付诸实践。其他的商队已经出发，我嘲笑着要他跟着其他商队走，但其他商队不出所料，逼他带着我的货物折返回来，毕竟我占据着权利和道义上的优势。

每回经过这样的一番吵闹，骆驼客都会平和下来，有时一连好几天。然后，他会滔滔不绝地讲述他在俄国、中国西藏等边地近30年来所见到的人和事——因为除了远在西方的甘肃外，他从未真正踏入长城之内。除此之外，他的丰富阅历使他在蒙古境内的道路上变得很狡猾诡诈，他能在只有铁锅和粪火的情形下做一手好饭菜，擅长补鞋和缝补衣服，还能熟练地驾驭骆驼。

自打我们和那支包头商队一起踏上绕路起，我就和该商队成员相谈甚欢。一开始他们就允许我随意进出他们的帐篷，请我坐在他们的商队东家旁边。他们是我在路上遇见的很多运货好手之一，而且全部是年轻人，他们中的大多数拥有一些属于自己的骆驼。经过在西北的数月，我已经能听懂他们的方言，自然而然被他们简朴的传统所吸引，俨然成为他们当中的一员。

这些人的皮肤都晒得像旧木头般黝黑，由于常年暴露于风沙、紫外线之下并身处黑夜和营帐炊烟之中，他们的眼睛周围遍布皱纹。然而，他们中的一些人却表情麻木，终其一生都得在一群骆驼前迈着沉重的步子，而另一些人，也就是经过艰苦的学徒期成为商队头人和骆驼户的人，则表情坚定、刚毅，散发着胆识，有时还拥有英雄般的面孔。我从未在其他阶层的人当中见过这么多英姿勃发的面庞。常年暴露在外的生活磨损了他们头面部的肌肉，显示出骨头的轮廓，而剃发又强化了这种效果。这些人中有的头发被全部剃光，有的只剃了前额，留下一条长辫，或者更常见的是在后面留两条辫子。

辫子被认为是满人征服的标志，在民国的不同时期遭到禁止。冯玉祥军队占领西北地区时，他们开始进行剪辫运动。许多商队的

120

人都被官方的"刽子手"抓去剪了辫子，这些"刽子手"带着武装卫队在归化街头巡逻剪辫。而头发长长后，他们又会扎上辫子。在我看来，这是一种历经劫难流传至今，从张家口到西北地区都很普遍的发式，它和清朝的辫子不同，是两条短短的垂肩马尾辫，与满人无关。它可能更古老，是诸多族群流传下来的遗风。

带领骆驼穿过后山——大青山山后地带——的人，只自称"拉骆驼的"。他们说自己的日常生活不是和人，而是和骆驼打交道。每当前面有一段长路要走时，他们都会说："今天要大大地拉。"（意为今天要越发卖力）他们首先是有着共同经历的人，因为他们经过重要且艰苦的学徒训练而产生交集。这些驼夫往往来自世代从事商队贸易的家庭。即使他们的家境很好，他们总是要从学徒做起。不了解骆驼就无法从商队中牟利，因此他们需要在路上和营地里学会掌握骆驼习性，无论昼夜，他们都要放牧、喝酒、休息，在路上奔波几十天后，驼夫们会驼着背争吵或者疲惫地蹒跚前行。他们得通过在不同天气条件下每天给骆驼完成 36 次装货卸货，去了解它们是如何载着重物站起来的。骆驼是家养牲畜中最笨拙的，因为人们无从知晓骆驼的病情，还得学会如何照料骆驼，如何找到最好的牧场，得清楚当它们走累或者变得肥壮多汗时要给它们喝多少水。他们得知道将骆驼拴在哪里，并让它们挤成一团趴着，这样它们就能在隆冬风雪交加的夜晚尽可能得到庇护。此外，如何给起水泡的肉垫放血、如何清洗烂疮并用垫子垫住它们以减轻负载的重量也是这些驼夫们的必修课。

当驼夫们掌握了这些本事后，只要拔下几根驼毛，看看它们的根，就能分辨出这头骆驼是真的强壮结实还是为了卖相而刻意养肥的。他们知道如何在没有牧草以及定额饲料即将耗尽的情形下诱导这些竭力工作的牲畜再走更多路，还知道何时加快步伐，何时放慢速度，以及把一站路分为早晚两段走会更好。

掌握所有诀窍的同时，驼夫们也必须精通行内的私人绝活以及专属于驼夫的一些特权，例如关于行路和安营扎寨的所有规矩。每一样本领都必须通过实践来掌握，因为所有不成文规矩中最严苛的一条是：任何人都不能指望从别人那里得到帮助或建议。无法通过亲自实践来学习的，就必须通过观察别人来学会。学习过程中不可抱有任何妇人之仁。

每个驼夫管理一链子骆驼。一链子共有18头骆驼，这是一个驼夫照看的数量上限。如果驼夫不用"牵骆驼"形容自己的职能，他就会用"定链子"这个词；"定"的意思多少带有压制、停止、等于的色彩，正如我们所说的"定工作"。每头骆驼在驼队里都有自己的位置，行进时，它会被安排到自己的位置上，驮着与其他骆驼等重的货物；人们经过深思熟虑才会进行调整，因为将疲乏的骆驼安排在队尾会比在队首走得更好。两链子等于一把子，一把子里的两链子在营地中不是并排就是首尾相接地趴着。当骆驼在行李之间趴成一排时，两个驼夫分别在这把骆驼的两侧各司其职，互相帮助卸货和装货。除了此时互相配合外，其他时候他们之间毫无关联，因为在营中，当其中一人值班放骆驼，或是负责看守时，依照惯例，另一名驼夫就必须休息。

各行各业的中国人都喜欢讲术语、行话或谈论手艺。驼夫从不谈论某个人拥有的骆驼的确切数量。通常用一个半链、两把或最接近的等价物来表示。当骆驼死亡或被遗弃在路上时，驼夫总是讳言"损失"骆驼，而是用"扔掉"来形容这一损失。同样，他们也有自己的赶路习语。用"向上"形容通往蒙古或新疆的去程，用"向下"

122

形容回程。在去的路上，驼夫若无自己的骆驼可骑，无论脚有多痛，身体抱恙有多严重，即使是牵着几头没有驮行李的骆驼也要徒步前行。生病的唯一表现就是吃不下东西。若驼夫因病不能进食，就让骆驼载着他，必要时同伴会把他拴在骆驼上，直到他恢复饮食能力或是死亡再放下来。另一方面，当商队折返时，雇主一定要让每个驼夫骑一头骆驼，即使骆驼负载过重或因过劳或饥饿而虚弱不堪。

路途中第一链骆驼打头的是主厨，他的头衔是锅头，或者说是"锅的上端"。第二链骆驼打头的没有等级或头衔，他负责在装货和卸货时给锅头提供辅助。第三链骆驼打头的叫二头，或者说是副厨。一个满配的商队有两个骑马的骑手，[①] 副骑手和二头负责水源供给。如果水井在远离路线的地方，他们就必须找到井口并将大水桶注满水。这些水桶的负荷超过了常规重量，必须用最强壮的骆驼来运。若一个驼夫被任命为二头，这意味着他是被直接提拔的，因为他掌握了沿途所有能够供水的井。他可能会从二头变为锅头，走在商队前方，控制速度，学习识路，甚至闭着眼就能知道自己何时到达旅途终点。当他掌握了水井和路况——这是一流的锅头应当熟习的——他可以称得上先生、商队的副骑手甚至成为商队最直接的头人，对骆驼和驼夫有绝对的处置权。然而，因为绕路对很多人而言仍然陌生，有一些商队头人还不知道它，所以眼下这支包头商队的头人虽然是一个能干和有经验的人，但在停驻和距离控制上也得依靠锅头。在商队中，风俗习惯效力最高。这位头人并没有失去威信，他的锅头也没想干涉过多，只是走在队伍前面，有问必答。

一个驼夫的标准工资是每月 2 两银子，或者说是 5 先令。这并

---

① 两名骑马者很有可能就是下文所提到的商队头人和先生。——译者注

不比他行头的价值高多少，因为他每跑一趟货都要备好几双鞋，每次离开古城子都要买一身新衣服和一件羊皮大衣。他工作与其说是为了工资，不如说是为了运货过程中的特权。有时依据特殊合同，他在刨除运费的情形下会得到更高的薪水，但最好的出路是投奔准许这种传统特权的东家。

关于一个驼夫可以带多少行李或者捎多少私货，并没有确切的限额，但他通常可以毫无异议地携带半车货物，返途时则能让骆驼满载。然而，除非是香烟或砖茶，否则很少有人买得起这么多货物。通常他们交易的都是小物件——扎足腕的绑带、镜子、腰带、彩色印花布、廉价俗气的珠宝和女性饰品，但是，如果他们受雇于运茶商队，他们会把所有的资本都投在茶上。这种挟带私货的利润虽然比投资高档货少，但风险更小。因为厘金检查员从不计较多出的半车铺盖卷和驼夫的"额外津贴"——这是征收员仅有的恻隐之心，他们不仅可免行李运费，而且免税。在西部，他们要么以物易物换来兽皮、羊毛、砂金或鸦片，要么直接将私货出售变现，然后用挣来的钱购买同类商品。一两银子折合约3.3两通用于古城子的银票，但是，当私货在归化再度出售时，一两可这样在古城子购买私货的银票至少可以换一两银子。

事实上，若不在古城子挥金如土，这些驼夫很快就能发家致富，古城子恰好位于戈壁边缘，驼夫们将到达古城子称为"下戈壁"，他们喜欢在古城子的餐馆摆阔、喝酒、赌博，并在这个多民族聚居的"销金窟"式小城中寻花问柳。古城子在经济繁荣以前是个名不见经传的小村庄，当时驼夫可以在归化的铺子里赊购50两左右的货物且不需要担保。但是时至今日，古城子中那些容易赚钱又容易花钱的营生发展强势，所以许多人在离开之前就把所有的钱

一头骆驼和它的主人（一名驼夫最朴实的愿望便是能够拥有一些骆驼，
能在为自己的老东家跑活期间带上它们）

都挥霍殆尽，因此在归化的商铺就不准他们赊账了。

　　大多数驼夫的愿望就是拥有几头骆驼，这样他在为老雇主干活的同时还能随身携带私货。他最重要的特权之一是，当他存够钱买到一头骆驼后，便可以让它加入雇主的商队。即使东家自己的骆驼尚未吃饱，也会为驼夫的骆驼安排一车货物。这车货物的运费全部归属驼夫，但驼夫的骆驼若在 6 头以上，便不再领取薪水，而是依照他在商队中的分工换取食物以及住宿和运水等便利。通过这种方式，他的骆驼每年可以免费为他挣几百两银子。驼夫拥有一链完整的驼队时，会进入一个新的经营阶段，他不仅不领工资，而且还以每趟 12 两的价位向前雇主付帐篷钱，以此来偿付他的伙食费和骆驼的部分粮草费，俨然成为独立于雇主的合伙人。

　　有些驼夫即使赶了很久的路以至于他们的名字尽人皆知，也未必能当上"骑马的"，也就是骑手。只有少数人乐于承担或适合这项义务。一个驼夫若想获得提拔，就必须先成为"先生"。"先生"的确切意思是"长者"，是个只适用于文化人的敬语。虽然驼夫理应凭借资历成为商队的业务员或记账员，但是他们大都不识字。有时商队头人花了相当多的钱，却不得不在心里头记几个月的账。

　　驼队先生一直在商队停驻的这段时间掌管营地。他必须观察骆驼群的放牧情况，有时还要骑马好几英里寻找更优质的牧草，他还必须留意给牲口喂水并为商队其他成员装水。在旅途中，当骆驼在远点的牧场时，先生也得负责照看。驼队先生辛劳工作，包揽了所有的零活，因为驼夫只能负责职责范围内的事务。他每月的工资只有 6—8 两，而且名义上他没有运输过程中的特权，但如果他有骆驼，他可以让它们像其他骆驼那样加入驼队，并且经常和其中一名驼夫一同去进货。许多先生如果不是等待商队头人容纳留宿的试用

125

人员，就是为同一个雇主工作多年的老先生、熟悉道路和善于驾驭
骆驼的老手，但也可能是因年长难以赶路且退休后无钱谋生者，这
种情形可能经常发生在他能力变差，或者在他把所有的收入都用于
购买骆驼，而骆驼尚未带来利润就在穿越戈壁的过程中被"扔掉"
的情形下。

　　先生虽然有时不过是以"养老金"维持生计的人，但也会经
过精心选拔成为商队头人。头人不享有运货特权，可也拥有几头骆
驼。他没有月薪，而是享有固定的往返差旅费。他不用进行任何投
资，如果顺利走完全程，他会得到一笔奖金。汉人管他叫"领坊
子的"，① 意为商队的领队或向导。但现在更多人称之为"掌柜的"，
这是一个商业术语，指业务经理，意思是"会计"——也就是管理
钱柜和账目者。也许最好的称谓就是商队头人。他不仅要通晓骆驼
贸易和交通，而且要能对付那些吵吵嚷嚷的驼夫，这些人想要尊严
126 而非摆谱，认同权威而非纪律——简而言之，这个头人要会为东家
和驼夫的利益解释乡规民约。他还必须有能力应付任何可能遇到的
蒙古人或汉人官员，并完全负责旅途的开销，包括为随行成员购买
粮食和骆驼饲料。

　　如果商队的东家不随自己的商队前往，他可能就会让家族的成
员担任押运员。这个人一到目的地就把货物送到收货人手中，和商
队头人在那里结算往来账目，如果他认为投资不错，就会新进一批
骆驼。在返程时，他可以根据自己的判断，签订承运货物的合同，
或者将手头的钱投在自己的商品上用于牟利。然而他在路上并没有

---

①　坊子是骆驼商队的计算单位，原指驼夫在途中搭建的帐篷。大的坊子包括 8 把子骆驼，小的
　　则为四五把子。领坊子的则指驼队负责人。参见沈世德口述、贾汉卿整理：《马桥驼运》，载
　　邢野、王新民主编：《内蒙古十通·旅蒙商通览》。——译者注

发言权。然后，商队头人独自承担商队的开支和管理。如果他认为有必要运送私货，他甚至可以租用或购买新骆驼。在路上，我曾多次听到东家或押运员与商队头人间的争执，但最后总是商队头人说了算。有一场争执是因商队头人对雇主儿子说的过激言辞引发，当时他们要逃出归化躲避乱军，少东家从归化回来得晚了点，他的晚归毁了整个计划。这两个人好几个月没有相互搭理，商队头人说："如果你不习惯我带领你商队的方式，我就在古城子把它交还给你，你也可以在那里把我解雇，但在路上商队不是你的，你只是一个旅者，它是我的。"少东家对此也无能为力，因为商队的惯例对所有人均有约束力。

中国不缺诚实能干的佣人，但是愿意承担责任、能够主动工作的则很少见。头人只要能驾驭他的商队完成一个来回，就能得到八九十两银子的往返差旅费。有些人得到 150 两，甚至有人会得到 300 两。两三年前有个曾经名气最大的商队头人去世。他为雇用他的那个家族赚了不少钱，但死时却一贫如洗。他是一位精明的商人，也是一位令人钦佩的领导者，在蒙古人中享有很高的声望，甚至在蒙古人开始干扰汉族商人时，他也能毫无风险地把整支商队开进外蒙古。更重要的是，在他死后，那个家族的一位少爷，以他的名义成功地穿越了蒙古腹地，他曾是这位少爷的父亲的佣人。这些事情都发生在古老而史诗般的亚洲。那位商队头人在赶了很多天路后，听说东家多派了一支商队，由于经营不善而损失了 50 头骆驼，闻此噩耗的他受刺激而死。蒙古人把他的遗体放在一座召庙里，雇主们则从归化大老远送来一口华丽的棺材，用骆驼车将他抬了回来，这在蒙古地区是无上殊荣。

正是这些驼夫吸引我游离于他们的帐篷和谈资之外，我带着一种特殊而亲切的感情回忆着他们。这些驼夫来自不同民族，感悟着

127

生活的魅力，这种生活被不均衡地分割成为期数月的艰苦与短短数
日的放纵与挥霍，但最终还是艰苦的生活束缚了他们。那些既来之
则安之的汉人并不是这样的。坦率地说，他们抵触艰苦的工作。在
他们眼中，身体富态者是可尊敬的，因为这意味着富态之人并不以
干苦力为生。在商队外，我从未遇到过一个对自己的工作充满感情
的汉人。只有驼夫才有一种与众不同的精神，一种奇怪的情绪。每
当这些人围着火堆聊天，咒骂恶劣的天气、难喝的水，或者吹到自
己食物中的尘土时，我总会听到有人反问："驼夫是干啥的？"然后
用直白的小调自嘲：

> 吃的粪，喝的尿。
> 烂麻口袋睡哈觉。

　　然后另一个人会应和："是的，但这种生活已经不错了，日子
总是要过的嘛。"最后这种看法在异口同声的咕哝和咒骂中得到认
同。有一次，一位老驼夫最后说道："我把所有的钱都投到后山新
开垦的土地上，让我侄子帮我种地。我的婆娘也住在那里，所以两
年前当其他驼夫在大西路上遇到麻烦，且我的腿受伤时，我想我可
以不干了——去他娘的！我可以躺在温暖的炕上和邻居们闲聊，或
者抽着鸦片安然度日。但我住的地方离大西路不远，不论昼夜，每
当我听到驼铃'叮铃当啷'的响声时，我心里总会觉得难受。所以
我说：'狗日的！我要再回到戈壁去拉骆驼。'"

第九章　阿拉善的沙丘和荒漠

当我们从善丹庙附近的营地出发时天色已晚，走了大约一英里后，我们在黄昏时分路过善丹庙的白色外墙。然后我们进入了沙丘地带——这是旅途中遇到的第一片大沙漠。我们步履沉重而缓慢地穿过这些沙丘，直到午夜才停驻歇息。翌日清晨，我醒来时发现队伍驻扎在一汪位于红黏土平地的小水池旁，平地周遭沙丘环绕。水池名叫乌兰淖尔（Ulan Nor），意为"红色湖泊"，其周围长着一簇簇发黄的鸢尾草。它可能是普尔热瓦尔斯基所绘地图上的恩格里淖尔（Engeri Nor），但也可能不是。蒙古地区的沙丘似乎有一个特点，它们如圆形剧场的看台般包围着其中的露天空地，这片空地有时会分布有芦苇或红柳，有时是一片水池。卡拉瑟斯把这些圆形的低洼地叫作法尔吉（falj）。在茫茫沙丘间行进的秘诀是找到从一个沙丘到另一个沙丘的路。

途中一个乞讨的朝圣者前来拜访我们，他又高又瘦、身板粗犷，牵着一头小驴子。他就是汉人口中的"西番子"[①]——也就是生活在西宁到青海湖之间的西部藏族人，正在跌跌撞撞地前往位于内地的五台山，即位于山西的五座圣山。他虽然穿得像个蒙古人，但就我所见，他却一句蒙古语也不说。他从宁夏开始就曾试图效仿鸦

[①] 历史上的"西蕃"是吐蕃别称，宋代以后泛指甘肃、青海一带少数民族。亦作"西番"。拉铁摩尔此处提及的"西番子"或"番子"，同上文的"鞑子"类似，是历史上汉人对少数民族的蔑称。请读者留意鉴别。——译者注

片贩子和蒙古人的路子穿越阿拉善，可惜在沙漠中迷了路，在撞见这汪味道苦咸的水池前，他已经渴了三天。他已经很久没有见到蒙古人，剩余的一点口粮即将耗尽。在到达归化之前，擅长汉语对他帮助甚微，他必须依靠蒙古人把他从一座召庙捎到另一座召庙，穿越蒙古地区。面对即将到来的寒冬和露宿多日的前景，他除了一件长羊皮大衣外没有任何保护措施。等他到达五台山，将会发现寺庙里有同族的喇嘛。这名朝圣者将在那里一直待到次年天气回暖，等到他为余生积攒足够的功德后，再一路乞讨返回西宁。

130

我们施舍了一些面粉给他，并让他牵着那头疲惫的驴去善丹庙——这名牵驴的朝圣者堪称高地亚洲迁徙族群独特形象的一个典型，这些族群在欧洲中世纪以前就信仰血统和宗教，他们在拉萨、库伦、北京以及它们之间的沙漠地带从不使用语言交流。汉人将青海湖周边的大多数民族称为"西番"中的"番子"，而同一地区的蒙古人则被他们区分开来称为"鞑子"。但在马可·波罗从欧洲远道而来的时期，这些"番子"也自称唐古特或者党项人（Tangut）[①]——他们中的一支建立了西夏，西夏辖境包括如今甘肃大部，成吉思汗在征服西夏之前已经对其发动过三次进攻，他在灭掉西夏的最后阶段去世了。

下午4点半左右，我们离开乌兰淖尔，随即拐进一条蜿蜒的小道，小道处于50英尺到70英尺甚至更高的荒凉沙丘之间。走了几英里后，我们来到了一片开阔而起伏的地带，土壤虽然仍是沙质的，但是周遭荆棘环绕，然后我们从这里走到一片沙砾质地更为坚硬的地带，地势稍微走低，沿着这条小道赶路，直到夜里11点才

---

① 唐古特有多种含义，元时是蒙古族对西夏的称呼，清初是官方文书对青藏地区及当地藏族的称呼。拉铁摩尔理解的应是前者。——译者注

停下来。我们一直在向南走，据说往南走可以很快穿过沙丘地带。第二天早晨，我看见那些远在北方和西北部的沙丘，它们组成了一片泛着荧黄色光芒的沙漠。商队如果不闯入外蒙古，便没法向北绕行，但是，正如我所听闻，沿上文提及的大西路穿过这片沙漠可以节省一半工夫。如果选择走大西路，只需穿越一条沙丘带，而我们走在绕路上则会面临人们所说的大沙窝。

我们的营地位于一座小山包的山脚谷地，旁边有一口水井。虽然看不见蒙古包，但山中一定有蒙古人，因为我们白天看到有几个人骑马经过，而且井边有一个水槽，是用从远方运来的一棵空心榆树做成的，这表明此处是个供大量动物饮水的地方。不远处的荒野则十分多沙，土质非常松散，以至于除了黎明时分外，风总是不停地吹着，使得周遭笼罩在浮尘之中。这里几乎只生长有荆棘，大多数叫喀喇木或喀喇芒（khara-mu or kharamun），① 这一定是柔克义所说的哈喇玛库（hara-ma-ku）——一种多刺浆果，其果实可食用，尝起来有点像蓝莓。我们看到了数量惊人的骆驼和蒙古马，还有规模很大的羊群，其中山羊的数量远远超过绵羊，这是沙漠地区的特征之一。蒙古马的队列杂乱无章，其肩部和头部显得很笨重。只有多石山丘上的青草才能培育出最好的蒙古马。沙漠地区的蒙古马不仅体型较差，而且有宽大轻软的蹄子，这与山羊干净、坚硬、有弹性的蹄子迥然不同。

尽管最好的沙漠骆驼可能是在沙漠中驯养出来的，但沙丘地带的骆驼则较为逊色。它们的蹄子舒展，肉垫很薄，这样它们就不会陷进松软的沙子里，但在碎石路面上则很快就会起水泡，而碎石路

131

---

① 当为沙棘或黑枸杞。——译者注

面占了商队旅途的很长一段。这些骆驼的身高也比一般的骆驼高很多。阿拉善骆驼的品种十分独特，可从它们的身高、细长的口鼻和深色的驼毛来辨别，有时其毛色深棕如同棕熊。尽管它们的力气要大得多，可这种骆驼的身高却是一种缺陷，因为体形高大的骆驼在大风中逆风搬运沉重货物时更容易疲劳。我甚至听说，大块头骆驼没法喂得太快，因为它们必须把头伸得更远才能够到食物！我发现一般而言，体形较为矮胖的骆驼在旅程结束时节省的体力更多，这一点毫无疑问。

　　阿拉善骆驼的另一个缺点是，它们的野是出了名的。一个更好的品种来自向南延伸的阿拉善山脉。蹄子又小又圆又厚的矮胖短腿骆驼善于干很多活。它们从各山区被挑选出来。其中品相最好者据说是从外蒙古图什嘎庙（Tushegun）买的，它们的颜色是引人注目的棕红色，眼睛周围有独特的深褐色或黑色眼圈。另一类上好的品种则来自巴里坤山区。

　　阿拉善骆驼在北京地区使用较多，部分原因可能是商队不需要这种骆驼。那些品相较差的骆驼被用来驮煤和石灰，它们每天晚上睡在客栈里。在阿拉善的"首府"王爷府附近，回商大量购买这些骆驼。除了经营羊毛和代为行使王公食盐专卖权的汉商外，这座小城还有满人居住，他们是清朝驻军的后裔。回商中包括一些撒拉人和宁夏的回民，他们用骆驼把羊毛运到甘肃的磴口，[①] 因此阿拉善羊毛在内地市场上被称为磴口羊毛。回商来到这里出售羊毛和骆驼，回去时则用甘肃骡子驮着银子满载而归。蒙古人一向重视白银，而王爷府的汉人和满人则对蒙古人不会养殖的拉车骡子有需求。

---

① 磴口县，今属内蒙古巴彦淖尔市。——译者注

　　包头的汉商在磴口买下骆驼和羊毛，他们在过去会将这些商品一路运到张家口和北京。如今他们通常在铁路沿线把羊毛卖给批发商，偶尔会通过骆驼运到张家口，然后再从那里运至北京，有时还会装载一些诸如苏打之类的低端货物。所有的包头商队都有卖骆驼的传统，这是他们和归化商队最大的区别。归化人是出于自身需要购买骆驼，并将它们一直用到干不动活和死亡。包头人买骆驼总是抱着交易的目的，在商队中会额外添加更多的骆驼，更频繁地搬运货物从而避免商品变质。似乎能够确信的是，一头年幼的骆驼会在商队环境中通过运货而变得硬朗，这比一头成年后才开始干活的骆驼更有价值。包头人会细心地料理自己的骆驼，使它能适应漫长艰苦的旅行，旅途当中水和牧草都很少，但骆驼身上不会出现被斑驳白毛覆盖的那种因驮货而难以消退的瘢痕。每当售出一头骆驼，包头人就会再买入一头新的来加以使用。正如中国人所想的那样，包头人和归化人相互之间几乎没有任何好感，包头人指责归化人的商业头脑只局限于用骆驼做运输生意，归化人鄙视包头人，认为对方是骆驼贩子。

　　骆驼要到4岁左右才适合干重活。即使这样，它也必须逐渐适应驮运相当于满载重量一半的重物。起初小骆驼会面临诸多困难，当被老骆驼习以为常的事物吓到时，它会害羞，并甩掉身上的包袱。尽管它们会很快恢复过来，但还是时常感到恐慌。除了夜间路边的怪物，相对于眼前的事物，它们更害怕异响。虽然商队的马和狗都戴有铃铛，但骆驼已经习惯了铃铛的声音，而一匹从后面疾驰而来且不属于商队的马会惊跑整队骆驼，因此土匪经常使用这种伎俩。

　　年幼的骆驼是上乘的坐骑，因为它们不仅跑得更快，而且步态更轻盈。蒙古人非常重视能踱步或漫步的骆驼，据说这种骆驼可以

133

驮着一个人走 100 多英里。此外，它们还能按照这种运动强度连续走六七趟，我对此表示怀疑。诚然，如果蒙古人沿途不休息，他们更喜欢在匆忙的长途旅行中骑快一点的骆驼而非矮种马。作为准备，骆驼会被饿好几天以让它们的肚子"收起来"，这样就可以防止过热后突然着凉导致的腹绞痛，而且它们在旅途中也几乎被禁止进食。

在第一个磨合期内，骆驼要学会跪下并负重，它通常会被套上缰绳。它的鼻子是在 3 岁时穿的。汉人和蒙古人是在骆驼的鼻孔下方和后面穿鼻。哈萨克人和柯尔克孜人是在鼻孔以上的地方给骆驼穿鼻，那个部位的软骨要软得多。穿好后，鼻钉几乎总会引起发炎和流血，如果骆驼试图挣脱它，钉子往往会被拽出来，造成可怕的伤口。奇怪的是，尽管哈萨克人在许多地区均与蒙古人交往密切，但他们对骆驼从未有过同样的认知，他们不会培育那么多骆驼，也不知道如何使骆驼发挥最大的价值。

维吾尔族人买的骆驼比自己养的骆驼还多，他们的骆驼鼻子上有各种各样的鼻钉，除此之外，他们还经常用缰绳控制它们，这在游牧民族中较为少见。鼻钉是用一根被烤硬的尖木棍做的。他们从不使用带刃或铁制的工具给骆驼打孔，据说如果这样伤口会愈合较慢。鼻钉做好后会被钉入骆驼的鼻子，上面拴着牵骆驼的绳。从鼻钉的刀工和形制可以认出它的主人来自哪里。其中一些鼻钉制作精良，带有环状木制垫片，以防止摩擦，而另一些带有皮制垫片。

骆驼通常在四五岁的时候被阉割，但等它们再长大很多时这么做才是无风险的。它们在 7 岁左右步入壮年，至少在 12 岁之前身体都处于最佳状态。大概 12 岁之后，骆驼的牙齿就开始经历严重磨损，并且很难分辨出它们的身体处于哪一阶段。十六七岁时，骆驼的牙齿几乎掉光。在饲料袋喂食的情形下它们尚可保持体力，但若它们非得在牧草较矮的地方自行觅食，是无法再近距离地啃食牧草的，从而会出现体力迅速衰弱的情形。据说，如果以谷物喂养，它们在 30 岁时还能满载货物走完全程。

我从包头商队的人那里听说了许多关于骆驼的常识。汉族劳工同汉族商人一样喜欢谈生意，因为他们对除生意之外的任何事情都意兴阑珊。虽然包头商队的头人是个沉默寡言的人，但我和他交情不错。他约莫 40 岁，为人可靠、严肃，褐色面孔上长着小小的方下巴和既宽又钝的鼻子。这个头人年轻时曾经去过北京，那时铁路尚未建好，他们的货物由被卖到丰台从西山拉煤的骆驼运输。他曾在北京城里待过半天，我俏皮地问他是否见过天坛。"没有，"他回答道，"我在商铺里买衣服，然后走马观花地逛街。"毕竟这是种传统的旅行精神。

明媚的晨光笼罩着我们位于山谷水井边的营地。摩西帮我洗了袜子，此时为了洗澡，我寻思下到井中，然后让摩西往我身上浇几桶水。这个想法吓坏了他，也使所有来帐篷里闲坐的人瞠目结舌。他们劝阻说，地下水由于没有经过太阳照射，充满了危险的阴气、黑暗气息或致命的阴柔本源。这种水八成会引起疾病。只有当水中阴的一部分被赐予生机的阳赶走时，才不会产生隐患。这番说法让我不禁大笑，以至于我十分乐意地只用水洗了洗脸和手。

卫生清洁效果甚微。随着气温变暖，天空开始刮起闷热难当的风，一时尘土飞扬，目之所及，一片模糊。日落时分，天边出现一团薄云，到了夜里，月亮的月晕很大，我们在月光下赶路。这是一段缓慢而疲乏的旅程，我们继续往南走，穿过荆棘遍布的沙地。继而我们又来到一处由汉商组成的聚落，他们住在被小土丘环绕的蒙

135

古包里，此地名叫哈萨布齐。据说在东边约 40 英里的地方有曾经属于蒙古人的耕地，归包头管辖。那片农耕区想必是普尔热瓦尔斯基地图上标注的狼山和黄河间的"汉人聚居区"。可能由于能见度较低，向东延伸的群山无法辨认。第二天早上，我爬到一座能够俯瞰蒙古包的敖包上，可以看到位于南面沙丘和西南面沙丘之后的青色山脉，这肯定是阴山山脉向同一方向的延伸。北面是更多的沙丘。在西北方向，还能看到下段旅程的路线向一片泛着微光的盐沼延伸，盐沼位于平坦而又生长着针茅和荆棘的沙地。

136　　　我们只走了大约 13 英里，因为 10 点钟开始下起了小雨。如果可以的话，人们不会担忧边淋雨边在潮湿的地面上扎营。此外，从地表的沙子到底下的黏土说明，这条路已经被走穿。此地含盐量大，加上突如其来的雨，使得地面对骆驼来说十分湿滑，它们在泥汤中艰难挣扎。我们在不知名的盐碱地北边宿营。所有人都不厌其烦地说："这是一片盐沼。"翌日清晨，我在那里发现了一些零星的水池，其中一些似乎结了一层厚厚的盐碱盖。这些晶体有一种苦味，使人联想到有通便作用的矿物盐。孩子都说它们是"药品"。在阿拉善有许多类似含有盐碱沉积物的盐池。其中一些被汉商垄断用于产盐，为京师的亲王提供可观的收入，以维系其皇家风度，很少有蒙古王公能与之相比。自同一来源征收的税款还维系着亲王与汉族官员的交情。

　　　盐池周围有许多野鸟，但眼下是迁徙季节，它们很早便飞走，而且还飞得很高。盐沼边的平滩上长满了苏打草，秋草的色泽在多云的晨光照耀下，变成赤褐色的暗色调，宛若坎伯兰郡的蕨草。南面遍布蜿蜒的沙丘，但在我们这边，有一两棵榆树在盐碱地上顽强地生存着，这是我们继东部至少 80 英里外的老虎口那棵孤零零的榆树之后，再度见到树木。

从鼻袋中吃饲料的骆驼（它们在归化吃豌豆干，在古城子吃大麦）

商队于夜间宿营，在离开上个营地前发生了一件事，起因是我的眼镜丢了。事发之前我一直在打盹。我把眼镜拿出来，攥在手里睡着了。当我醒来时，眼镜不翼而飞。我们搜遍整个营地，举着火把用帐篷钉到处翻找，最后实在找不到，我便解下腰带抖抖身上的衣服，可惜徒劳无功。然而，当我们再次宿营时，骆驼客告诫我小心地脱下马裤，他总喜欢帮助他人思考一些烦心事。"我这辈子丢过各种各样的东西，"他说，"失物都是在裤子里找到的。"就在他说话的时候，我确实找到了眼镜——它在我膝盖的弯曲处，可我不清楚它怎么会藏在那里，其他人也不知道。也许是在我于睡梦中挠痒痒的过程中——这是人的正常反应——它掉进了我的裤子里。

骆驼客对眼镜的失而复得略感失望，但他对自己"寻宝理论"的灵验十分满意。"这就是你要找的东西！"骆驼客说，"当你将裤子脱下来时，所有丢失物便都出现了。"随行的那个老头则在他那羊皮和毛毡材质的被窝中喃喃地插科打诨："比如说你的屁股。"

1926年9月20日下午，商队像往常一样出发，此时距我们离开归化已经一个月了。我们很快就经过一个由甘肃省政府在蒙古地区设立并守护的厘金哨卡，但那的官员没有给我们找任何麻烦。行至盐沼尽头，我们穿过一条干涸的小溪，这条小溪曾经滋养过一片淡水湖。溪边有一排显眼的大榆树，它们看起来至少有50年树龄，也许能揭示该地区在过去一代人甚至更久以前就逐渐变得干涸，以至于新树难以成活，但这不足以渴死根深蒂固的老树。从这里开始，我们缓缓上行10英里，走出了盐沼所处沙漠之间的谷地，当看到一处朦胧月光下闪闪发光的白色寺庙建筑群时我们才驻足。在目之所及的范围内，这些建筑围绕着一个中央广场，侧面分布有回廊。

此地便是图克木庙。奇怪的是，归化所有的喇嘛庙都被称为召，据说"召"是蒙古语词汇，[①]但那个归化人在蒙古时总是用汉语"庙"一词指代寺庙。当地有个衙门，对经过阿拉善境内的骆驼以每头 20 两的标准征收"水草税"。没有人反对蒙古人在内蒙古对所有过境贸易征收这种小税，这是他们唯一的收税名目。政府为了维护汉族纳税农民的利益，派遣汉族官员从汉人在蒙古的贸易往来中榨取税收，这种行为则损害了汉商的收益。

138

水草税的收税官自己就是汉人（不过我没看到他），据说是王公把收税权交给了这位有烟瘾的北京亲信。他更有可能是一个代理人，无论如何，都得由一个蒙古官员监督。税款以银两的形式征收，当然也能以银元的形式征收。阿拉善蒙古人和大多数其他地区的蒙古人一样，不接受清朝铸造的"龙元"。他们认为，龙是大清王朝的象征。既然大清已经灭亡，它的货币怎么能成为法定货币呢？他们认可取材于大英帝国形制的"港币"，并将其称为"硬通货"，但最受欢迎的是中华民国的"大头银元"，这种形制是源于所谓的"袁大头"。

虽然我平时习惯走在前面，但这次我却落在后头。当我追到前方时，我发现车队停在召庙前。包头商队的头人正在就交"大头银元"还是"龙元"和收税官争执不休，同时我的骆驼客和随行的老头也在不尽余力欺骗收税官，想一起逃税："骆驼属于那个洋人。……不不不，那个洋人既不会说蒙古语也不会说汉语。他是一个地位显赫的洋人——一个官员。"既然谎言已经说到这一步，我想还是不要干涉为

①《柔克义日记》记载，"召"（Chao）是藏语"昭"（jo）的音译，意为"尊者"，指的是佛陀在世时，雕塑匠人看到他的神圣化身而创作的佛像。现存的佛像有三尊，但只要是原作的复制品，也可被称为"召"或"昭"。

好，如果我这样做了，会招来更多麻烦。有人会以为我正在让步，因此我感到惶恐，我有些失常。我们可能整晚都要待在那里。

"洋人不会买骆驼。"一个精明的老蒙古人说道，他拄着根内地产的、象征地位和风尚的镀镍手杖，说话如同北京人那么动听，我真希望能和他整晚促膝长谈。"你们是被雇来的驼夫，因为他听不懂你们在说什么，所以你们只想着凭借洋人的'面子'蒙混过关。"语毕，那个随行的老头被带到衙门去解释情况。我自己的人则马上带着我们开溜。过了好长一段时间，随行的老头才在月光下喘着粗气追上我们。他说自己本来是奉命把"翻译"摩西带回去——他把摩西提升到"翻译"的级别——但他又对官员们说那个"翻译"非常傲慢，不肯从骆驼上下来。蒙古人"最好派一个骑手来营地巡视我们并查看我的证件"。当然实际上并没有人前来。

回头朝善丹庙的方向看去（普尔热瓦尔斯基在1872—1873年出版的游记第一节中曾自述到过善丹庙），几乎可以断定图克木召或者图克木庙就是普尔热瓦尔斯基所称的巴音图乎。尽管我是从汉人那里听到这个叫法的，然而"图克木"听起来确实更像是一个标准的蒙古语名。他把图克木庙的位置定为北纬40度43分9秒，东经106度。1873年8月7日，他从王爷府向北出发，大约沿直线走了13站路才到达这里，他测出图克木庙的海拔为4352英尺，在阿拉善北界以南七英里处。普尔热瓦尔斯基继续前进，越过了加尔平戈壁。从图克木穿越加尔平戈壁的道路有18英里长，是旅行者的必经之路，但他对此未加留意。之后他穿过呼库山以及从归化到乌里雅苏台的路，于9月17日到达库伦。因此，图克木庙大概在王爷府和库伦间的三分之一处。科兹洛夫也标出了另一个叫巴音图乎的地方，坐标位于更远的北部和西部，但那里显然没有寺庙。

从善丹庙西行 300 多英里一直到额济纳旗，我的路线分别与两条南北向的道路交汇，一条是普尔热瓦尔斯基从南到北走的路，另一条则是科兹洛夫从北到南走的路。至于两条南北纵贯路之间的区域，二人则在地图中留下了空白，所以我的路线从东到西穿越了阿拉善最宽广的部分，一片以前鲜有人知的地区。

我们在距离图克木庙几英里外并与干旱黏土接壤的大沙丘下扎营。沙丘边缘处有个咸水池，次日早上我在那里打了两只野鸭。这个营地，或者说是水塘，名叫雅噶斯台（Jagasatai）。遥远的北方是一处荒芜的黏土断崖，山崖下有一些树，断崖走势很可能是沿着河床，或者更有可能是一条已干涸的河流行进，河流走向表现为一排水井。沿着这些水井散布着一些蒙古包。离我们更近的地方隐隐约约有一片绿植，这表明地下水位较高。我爬上一座沙丘的北部陡坡，发现北坡是这片沙漠的外缘，沙丘群向南绵延，背靠着我曾见过的青色山脉。沙区大致东西向延展。附近有一条偏僻的小道，这表明要么曾经有人穿越过这片沙漠，要么就是有人赶着羚羊或为寻找走失的牲畜进入沙区。营地附近的沙砾峭壁揭示了底土的性质，它就像一种半石化或被强力压缩过的黏土，易碎并且其暴露在外的部分明显被风侵蚀过，颜色像古老的黄灰色砖。我想是风剥蚀着这些砂质黏土峭壁，为沙丘上的散沙提供了沙源。

据说从图克木庙往南赶一天路会进入山中——就是我在上一段中提到的山——山里有一尊石像，蒙古人说那根本不是雕像，而是被称为老人井窝的圣人遗迹（老人井窝就像我听过的很多蒙古语名字一样，显然是依汉语发音修改过的）。这个故事讲的是一位圣人在旅途中感到大限将至。于是，他从胯下的公骆驼下来，松开了手中牵的两头母骆驼。这两头母骆驼一头往西跑闯入异族人的地盘，另一头往东一直跑到辽东，并成为满族的圣兽。而公骆驼则被圣人继续牵着。然后他在崖壁上的山洞中静坐至死并"化为石头"，而那头公骆驼也随着缰绳一并化作石像。在崖壁前有一道深坑，阻拦着人们进入"神殿"拜见圣者，在石像前则有个泉眼。隆冬时节正是骆驼发情的时候，那头石骆驼会苏醒过来，口吐水沫。这期间任何公骆驼都不能被牵到它的视线内，因为人们怕骆驼会得病而亡。石骆驼还有一种"魔力"，在发情期被牵到它前面的母骆驼会怀孕，生出健壮的后代。不凑巧的是，我无法证实这些说法。当然，我可能会直接提问，但是这种做法在研究对自身民俗抱有朴素认知的族群时是愚蠢的。他们要么因恐惧或不安而撒谎，要么就揣摩提问者想听的答案，然后用谎言来取悦对方。

自善丹庙到哈萨布齐，我们先往南偏西方向走，然后折向西北到达图克木庙，最后一路向西。从雅噶斯台出发的第一段路线会穿过一片低矮的沙丘，即我们南部大沙漠的边缘地带。沙丘周围生长着茂密的红柳林，这可能是由于来自南边山脉的地表径流渗入沙中，流经此处时地下水位再次变高的缘故。我们头一回见到红柳。树林呈现出阴沉的绿色，在光秃秃的沙丘映衬下，带有几分变幻莫测的灰暗，散发着诡异的气息。然后我们继续走在平坦的沙地上。夜幕降临，环境温暖而压抑，能让人忘却蒙古刺骨的寒冷。天空多云，月光却很充足。在西边的天空，大约每隔一分钟就会出现一次规律性的闪光，但是光芒不是一闪而过，而像从爆炸中扩散开来的那种光芒，同时并没有雷声。我们在一片似乎远离所有蒙古人的荒原上扎营，营地在一支汉族商队旁边，位于名为希尼乌素①的水井

---

① 即今内蒙古阿拉善左旗希尼乌素嘎查一带。——译者注

旁。荒原似乎寸草不生，除了时软时硬的沙砾，什么也没有，但是
羚羊的踪迹却随处可见。

　　接下来商队穿过沙丘地带和远方的山脉向南行进，同时，在北
方也出现了一小片荒山。我们穿过一个大约 3 英里宽的干涸沼泽，那
里的苏打草长得很茂盛。正在消失的水分给湖沼深处留下了一处隆起
的土丘。这里有一大群蒙古人放养的骆驼，然而没有蒙古包。随后，
我们在月下走了很长一截路，走到一座不到一百英尺的小碎石山跟
前。我爬到山顶，看着商队穿过于眼前，队伍虽然很短但很壮观。我 142
们又往前走了一英里，来到一处名叫哈日呼图（Hayir-khutu）① 的营
地，它还有两个名字，分别叫孪生井（Twin Wells）和迪日乌素（Dir-
usu），我认为最后一个名字的含义为"恶水"（Bad Water）。

　　我们赶上一支正在返回巴里坤的商队，同时也有两支归化商
队超过了我们。队伍在凌晨 1 点左右停脚，喝完茶后几乎所有人都
蜷缩在床铺里，此时我们在深沉的寂静中依稀听到远处传来的驼铃
声。随着驼队越走越近，驼铃声也逐渐清晰，直到驼队快要到达我
们的宿营地，此刻驼铃声此起彼伏，凌乱无常。距离刚听到铃声一
个多小时之后，第一批骆驼开始无声无息地从我们身边走过，从帐
篷门口观望，它们庞大的身影似乎使夜色平添了一层阴影。我起身
去看。一个商队头人先行而至。在他所站的位置，骆驼轮流列队左
右转圈，然后又向内转圈，直到它们头对头列成数列。骆驼停下来
排成一条直线，它们跪在地上发出咯咯声和嘶鸣声，每列骆驼的最
后一头身上挂有两英尺长的大驼铃，骆驼滑倒在地上时，大驼铃会
叮当作响，嘈杂声戛然而止，两列紧凑的骆驼会隔着一片空地面面

---

① 即今内蒙古阿拉善左旗浩雅日呼都格。——译者注

相觑。当人们卸完货，他们会再度牵着骆驼让它们原地趴成一列，在歇息中度过剩下的夜晚。帐篷搭在后面，人们生起火并留着门看守货物和骆驼。另一支商队则在 200 码之外扎营。

有些人在煮茶期间会走过来聊天。他们自称已进行了两次约 40 英里的"急行军"，并说后面有五六支商队，总共有 1000 头以上的骆驼——他们都是从归化和包头逃出来并聚集到一起的。这些商队经过各种躲避和周旋，最终在路上会合了，可是由于没有能供这么多骆驼同时饮用的井水，他们只好将队伍一直延长。在超过巴里坤的商队后，连同包头商队以及新来的队伍，骆驼还是太多了——有 600 多头。新来的队伍说他们为了领先我们，要再走一趟长路。我很乐意与他们同往，幸运的是，我的骆驼客没有和他们就此发生争执，因为他一有机会投奔归化的商号就急于离开那些包头人。

第二天，我对这片区域观察了一番，发现它尽管远离沙漠，但是和蒙古的其他地方一样干旱。井水不够所有骆驼饮用，只有一些最糟糕的草料——干枯而稀疏的沙漠木本植物。此处没有蒙古人的踪迹，但平时有谷物小贩。道路所在区域的地面平坦，成分为坚硬黏土，上面铺着一层薄薄的碎石。我们的北面是红色碎石质地的低矮小山，呈东西走向，还有座像它一样的小山岭向南延伸，我们扎营在二者间的空地附近。遥远的南方横亘着更宏伟的青色山脉，据说是甘肃与内蒙古的界山。它们可能是科兹洛夫地图上标出的雅布赖山（Yabarai），[1] 但更有可能是一处介乎雅布赖和阿拉善山脉[2]之间的山脉。此山所在地区沿着宁夏—镇番—凉州[3]—甘州[4]—肃

---

① 位于今内蒙古阿拉善右旗雅布赖镇以北。——译者注
② 即贺兰山别称。——译者注
③ 即今甘肃武威。——译者注
④ 即今甘肃张掖。——译者注

州^①一线覆盖了甘肃的边界，就其更具有蒙古特色而非内地特色的地理风貌而言，似乎是一片界限模糊的沙区。沙地向北逐渐融入阿拉善沙漠，反复出现在沙丘密布区。其地势越往北越低。普尔热瓦尔斯基认为加尔平戈壁是低洼地带，科茨洛夫则进一步指出低洼地带名叫"拐措"（Goitso），这是他的称法，而我听到的叫法则是"拐子湖"。^②事实上，这整个地区都是蒙古高原的一个巨大的低洼地带，虽然以前人们自北至南穿越它，现在是由东而西，可要将它理解为一个整体，仍需进行探查。直至北部的阿尔泰山和呼库山，盆地地势再次抬高，此外洼地内部也分布有诸条东西走向的小山脉。

我们从哈日呼图出发，在漫天扬尘中坚持行进了 7 个小时，到了下午，甚至连近处的小山也被沙尘遮住了。最后夜色降临，我们听见前方有犬吠，有支商队在那里搭了营，他们的狗不断向过往的商队挑衅。我们也扎下营来，因为在朦胧的黑夜里，骆驼客的眼疾又复发了，他三番五次被绊倒。凌晨 4 点半，我们收拾好行李，再度出发去追赶领头的商队。在我们附近扎营的人来自包头，所以我们就没和他们继续同行。

夜色已经变得清朗，伴随着月落，黎明正在来临。晨光熹微，天气寒凉，然而昨天还闷热得令人窒息。走了几英里，我们经过一个粮商的营地，一同而来的还有一支据说是带着补给品从甘肃出发的大商队。然后我们超越了巴里坤的商队，他们也想赶超我们，但最后还是放弃了。巴里坤商队离另一家商户很近，后者不住蒙古包，而是住在土坯房里。那个商户有一口不到 10 英尺深的大井，在寸草不生的荒

---

① 即今甘肃酒泉。——译者注
② 今内蒙古额济纳旗拐子湖村一带。——译者注

原当中，他从井里打水灌溉一处小菜园。菜园中种有韭菜（一种同时夹杂有洋葱味和大蒜味的植物）、萝卜和一株巨大的向日葵，种向日葵是为了嗑瓜子。又走了大约四英里，我们看见那两支超过我们的商队位于前方，最后我们在离他们不到一英里的地方宿营。

　　一些汉人家庭从我们身边走过。他们是从镇番附近的饥荒地区逃往包头投奔亲属的难民。他们以一元 ① 两个的价格将西瓜卖给前面的一支商队，西瓜买主给我分了半个瓜。虽然在归化每个西瓜只值几分钱，在新疆，西瓜的价格也便宜得多，但沙漠中一元两个的西瓜堪称美味佳肴。

　　当天下午，我们尾随着两支归化的商队再度开拔。商队拐进北面的碎石山里，山中有条几近干涸的水道，河床里长着几棵榆树，这是我们目前所见最大、长势最好的榆树。出山后，我们在轮廓浑圆的大平原扎营。一大群蓝岩鸽栖息于此，它们是我在归化和新疆之间看到的唯一一群蓝岩鸽。一个新来的商人正在为自己盖夯土房。此处的商人数量印证了他们的观点，即这一带有蒙古人，虽然参差不齐的山丘和干旱的平原鲜有生命迹象，但商人们指出，山脚下有较为丰茂的水草。商人数量无疑在过去的几年里成倍增长，这要归功于冬天与商队进行交易获得的利润。由于度量衡发生变化——这些商人使用的甘肃度量衡尤其令人困惑，因此很难估算他们的商品在内地的相对价格。然而，沿途这些商人给出了名副其实的"饥荒价"，因为所有粮食都是从经常遭受饥荒的地区运来，故商队也必须承担相应的高价。

　　我们又向前走了更长的两站路，穿过更加寂寥空旷、连商人都

---

① 此处所说的元，和全书中出现的"元"一样，是中国的银元，大约值两先令，或者七钱银子。

没有的地区。从北边绕过一片小山包后，我们到达一处向北倾斜的不规则高地。它干燥的地表支离破碎，土壤既硬又干，是一种粗糙的砂质黏土，上面覆盖着黑色平薄砾石片。这些砾石来自裸露在外的黑色岩石，岩石在高温和极寒交替中风化剥蚀成层层扁平的石板状碎片，随时都会进一步风化为大片分布的砾石。黄沙一定是被风从这种暴露在外的黏土高地吹来的。我们路过的上一口井填满了吹来的黄沙，有些地方的硬土被松散的沙子吞噬，黑色底土被黄沙埋压。凡是沙子较松处，都长有粗糙干枯的沙漠植物，它们有时可以顽强地长到六英寸高，有时则紧贴地面。

此地名为哈拉雅岗（Khara-jagang）[①]或黑柳林（Black Tamarisks）。到处都是红柳，除了很少的几丛之外，其余似乎都是死的。黑柳的名字来自红柳死后呈现的焦黑形态，有时它们有四五英尺高，但它们长得十分浓密以至于挡住了视线。黑柳林又出现了商人，因为有一条路从镇番通往这里，而且他们是为甘草贸易而来。众所周知，野生甘草质量上乘，售价最高的甘草通常来自中国西部——甘肃的部分地区、鄂尔多斯以及阿拉善。它是阿拉善最有价值的特产之一。蒙古人自己从不经营甘草，正如他们从不经营土地上的任何其他作物。甘草由汉人采集。适合晾干和清洗甘草的时令短暂，其间会有成千上万受雇于甘草商的甘肃劳工涌入蒙古。然而，在过去的两三年里，蒙古人不希望任何因饥荒和政治压迫而走投无路的汉人涌入自己的地盘，他们设法禁止阿拉善地区的贸易。由于官方政策缺乏持续性，汉人也没有过于顾忌这个问题。

146

[①]　或在今内蒙古阿拉善左旗哈拉得勒一带。——译者注

老虎口：商队和它的标志性长矛（这意味着商队能够负责安全护送货物和游客）

第十章　长矛和旧俗

　　与这两支归化商队交流一阵后，我对他们的态度变得比之前对包头人的态度更亲和了。其中一支商队运送三把子半的杂货，属于梁家商号——一个归化的回族家庭。另一支运送五把子砖茶，属于信誉极佳的周家商号。尽管商队的东家有着各自的贸易风格或商号名称，但这个名称从未用在他们的商队上。即便属于商号或合伙人的商队总是以商队头人的个人名号而闻名，但对于以父传子的方式代代相传的家族企业而言，让商队以"字号"或家族名号而非贸易风格闻名天下仍是值得骄傲的事。

　　每个商队都由一位头人管理，而商队东家则会派出本家族的子嗣作为代表，负责押运货物。我曾在从归化进入蒙古高原时，于山口附近的一家客栈里遇见过一位像头人或少东家的人，如今又撞见他。我们立刻认出了对方，他说他一定是沾了我的运气才得以离开归化。他那阵被枪声吓得连续两天不敢靠近山口，但终于与我在同一天穿过那片是非之地。他是周家的长子，是我在旅途中结识的最好的朋友。周少东家是家族企业的第四代传人。其祖籍是山西，长期定居在古城子附近，留在祖籍地的一个小分支仍然拥有广阔的地产，而他的祖父在回民起义期间逃到了归化。他的父亲很早就不再打理生意并沉迷于抽鸦片，同时他也成了著名的掌门人。周家的家产当时已经被瓜分，所以现在路上有三支周家商队，其中两支属于眼前这位少东家的堂兄弟。少东家的父亲还不到50岁，而少东家

自己在 16 岁的时候便有了儿子，如今他已经 30 岁，所以他的 7 个
兄弟中，老七比他的儿子大不了多少，这体现出他具有一种令人钦
佩的活力。

他早年以驼夫的身份加入家族的商队，以便学习经商本事成为
家族未来的掌门人。现在他的一个幼弟也在他的手下当学徒，弟弟
的待遇不见得比其他雇工好到哪去，甚至连工钱也拿不到，只是由
于其身体虚弱，才获准在长途跋涉时骑一段时间骆驼。他弟弟起初
受雇于一家商业公司，但在其健康状况恶化时，因为父亲尚有其他
儿子，故安排他去戈壁"看看他会痊愈还是会病死"。他已经走了
一趟路，身体越来越强壮了。

所有人都知道少东家的乳名"六子"或者绰号"大头"。除了
他自己的堂兄弟外，他和这条路上的绝大多数人都交情甚好，他认
为那几个堂兄弟都很贪财并烟瘾严重。少东家从不和任何逢迎的人
打交道，所有的驼夫都很看重他。他十分欣赏我，因为我既不像洋
人，也不像商人，但会成为一名优秀的商队成员。"还好，"他用略
带鼻音的嗓门说，"我们可以成为朋友。除了鸦片烟斗或驼夫，我
对任何事物都感到不自在。"

短腿大肚，脑袋硕大，体态宛若一只膘肥体壮的猪，我不知道
这样能否将少东家的特征描述清楚。看到这个矮子大腹便便地骑在
骆驼上走过来，我感到十分滑稽，他身着一身脏兮兮的羊皮，戴着
一顶圆圆的毡帽，俨然一副蒙古地区最佳绅士的样子。他说起话来
149　像个驼夫，除了他那缓慢、懒散、幽默并带着鼻音的音色外，他
那得意的笑声也凸显出了自身的魅力。事实上，他每做一件事都带
有一丝喜感。少东家和商队头人的关系并不好，头人个头瘦小，整
天愁眉苦脸。依照惯例，这个头人负责商队的补给。因此，少东家

知道我没有炒面但又喜欢吃炒面后，就趁着夜里扎营的混乱时机偷拿实际属于自己的炒面，悄悄溜过来笑着分给我，同时鼻孔里喷着寒气。

商队停驻时，不是我在他的帐篷中，就是他在我的帐篷里，他手下和梁家的伙计来往密切。起初，他们对我还矜持地保持拘谨和礼貌，但这种矜持不久便云消雾散，他们接纳了我，认为我和他们一样是那种自来熟的人。部分原因在于我已经化解了尴尬。我已经习惯同他们闲聊，而不是直截了当地咨询一些我不懂的问题。直接质疑他们一直以来被灌输的信息很容易让这些人对你敬而远之，然而，如果他们打消了陌生感，也会在聊天时把你视为自己人。然后，他们会在聊天过程中直接将自己所习得的生活真谛和信仰如挖掘原矿般原原本本地讲出来，而不是为了照顾听众的语言习惯去笨拙地提炼"原矿"，破坏原始信息。

这些汉人也会问外国人一连串郑重的问题：国外有雪吗？有煤吗？外国人是通过耕地还是用机器生产食物？外国人是像汉人那样把死人装在棺材中，还是只用裹尸布入殓，或者像蒙古人那样？类似的问题无穷无尽，我讲了一些故事就算回应了。我很快发现，他们对无线电和摩天大楼的兴趣只停留在表面。他们询问这些事情，因为他们认为我是一个了解洋人富裕生活的百万富商，但我的回应无法一直激发起他们的兴趣，因为我所描述的过于远离他们自己所处的现实世界。我无法直观想象关于他们的一切，而他们自己则用汉语绘声绘色地交流，简单而生动。

有一天，我简单描述了自己对阿拉斯加的认识，我跟他们说美国不仅下雪，而且还有一片飞地，阿拉斯加的雪很多以至于没有可以耕种的农场。除了夏天捕的鱼外，大部分食物都是从外面运来的；人们到那里只是为了追求皮草和淘金，而在一年的大部分时间里，运输工具都是狗拉雪橇。听者对此来了兴致，他们是运输工，喜欢谈论运输，但是这种外国交通方式对于他们而言十分离奇，故难以理解。这些运输者中的许多人都有个模糊的概念，认为汽车纵使是机械驱动，也是一种以汽油、蒸汽或柴油为食的机械动物——新词汇为他们传递了这样的认知。他们对火车的看法也大同小异。其实他们当中也流传着一类传言，认为有辆机车在归化"发了疯"拒不前行，它倒退着跑，撞死了几个人。这里的狗也与众不同，所有关于《野性的呼唤》的记忆，一经我的表述，都能变为一则虚构的商队传奇。

　　有件事我花了很长时间才弄明白其原委。起初我很好奇：为什么所有气场十足的商队，领头的骆驼都配有长矛？它是一柄长枪，枪头下有一绺红缨，有时还挂一面白色的小三角旗，上面写有商队老板的名号以及他们来自的城镇。旅途中，它被绑在第一箱货物上，旗子平日里被卷起来。宿营时很少有人注意它，它并不像人们所想的那样竖立在帐篷旁边，而是被扔在地上。蒙古大商队也携带着同样的长矛。对他们而言，这似乎是一个标志，代表着赶路的人地位很高，或者商队正在为王公跑腿，从而免于被其他部落首领扣押用于纳贡。

151　　当我直接问一些关于旗子的问题时，人们都认为这不是"一个古老的习俗"。然后我四处打听，却困惑了很长一段时间。最后，我不得不以旁敲侧击的方式进行谈话。矛的使用似乎部分借鉴蒙古，但如今关于这种习俗的起源也有别的说法。

　　在现代银行的汇款方式传入中国之前，贵重物品的运输依靠"跑镖的"进行。跑镖的镖师通常是盗匪出身，在以勇猛出名后，他们会金盆洗手，通过运输金银等货物挣钱。运输过程中镖师要为货物的损失提供保证或担保，作为回报，他们会从货款中抽取一定比例的银两。镖师会召集一群人，根据所经区域的环境，用马车、骡车或驼队运送这些贵重物品。他们有时也会护送旅客，在许多地区，快捷运输只能在他们的护送下进行的。他们行路很快，但与人们所预想的不同，他们会尽可能大张旗鼓。镖师和手下得穿着仿古军装。镖师头缠黑色头巾，或者在夏天戴一顶帽檐宽松的草帽，帽檐用缎带系在帽子上，宽袖长袍外套一件坎肩，宽松的马裤被绑腿带牢系在脚踝处，中筒靴高及小腿肚。镖服名义上是皮质的，其颜色要么是黑底红纹，要么是白底黑纹。黑色是传统的军服颜色，而纯白色是不可能出现的，因为纯白是丧服的颜色。镖师系着一根腰带。腰带后面插着一面小旗，上面写着他们的名号和声明。

每当临近一座城市，这些人就大声呼喊以肃清道路。他们会宣布头人的名字、车队的性质，并以暗示的方式警示任何劫道者。通常而言，这种行为肯定是过去那种装腔作势的把戏。镖师以前就是个盘踞这一带的土匪，其名头在这一地区无人不知，只要他们主动付给土匪一定数量的钱款，他们就可以很轻易地避免麻烦。当镖师完成押运赶到存放银两的机构或商行时，会将用金属包裹的镖旗旗杆固定在木门板上，直到银两被称量并确认数额无误后再从门板上取下来。

152

直隶的沧州离山东较近，以盗匪和镖师而闻名。它也是中国把式的发祥地，日本柔道就是从中国古代的把式体系发展而来的。很多土匪生长于沧州，据说沧州有个村子的墓地中，墓主都是被斩首的。他们最后只向刽子手低头。"如今那个地方的人们都是刁民，如果你问他们为什么不尝试金盆洗手，他们会回答，许多人都尝试过弃恶从善。但他们天生性恶，这种恶迟早会表露出来。"摩西说（因为这部分说法是他听说的，他的老家在沧州附近）。此外，如今东北和东部蒙古的土匪中，有许多都是来自沧州的移民，因此，据说关东最好的通行证就是沧州方言。摩西讲了一个他认为是义举的故事，一个善良的沧州小男孩想到东北去踏实打工。当他到目的地后，却被一个神秘的陌生人拽住了胳膊肘，那人直白地说："你说话带着沧州口音，来，让我介绍你入伙吧。"摩西接着补充道："因此，在东北的沧州人不必从事正当行业。"

在镖局盛行的时代，沧州人以其原罪为傲。他们极力保持这种民风，任何运镖人都不得在沧州周边 40 里的范围内哪怕有一些挑衅地示警。如果他触犯了这一禁忌，愤怒的村民就会说："岂有此理！你到好汉的地界，岂敢炫耀说你也是好汉？"然后群起而攻之。

153 　　顺便一提，但凡在帐篷火堆边的聊天都是轻松畅快的闲聊。"跑镖的"无法同邮局和电报竞争，他们在这条沙漠之路上逐步没落，但人们说，镖师的镖旗已变成了商队的象征。商队成员比矛的主人更喜欢这支威武的矛，矛的主人却对它怨念颇多，因为即使是最壮的骆驼，也会被矛拖得精疲力竭。正是商队使这个古老的习俗不至于消亡，对他们来说，矛代表着"跑镖"的传统。这意味着商队能够克服对漫长的沙漠之路的畏惧，担负起运送货物和旅客安全到达目的地的重任。

通过同样轻松的闲谈，我学到了另一件事，那就是重新审视汉语中的脏话。我一直以为汉人骂人很肤浅且词汇贫乏，脏话是淫秽的简短表达。而我身边的这些人则有更丰富的词汇和更多样的措辞，但我听到的最不堪入耳的汉语咒骂却出自一个外国人之口。虽然他熟习伊丽莎白时期的方言，但我至今仍感到遗憾，因为我始终无法确定这句话是他自己发明的，还是从某些"天才"那里听来的。"去告诉那个人，"他说，"我迟早要扒了他祖宗八代的坟墓！"

遗憾的是，即使是在这个流行实验研究的时代，关于脏话的论文也不能公开出版，因为粗鄙之语总是通过令人震惊的脏词组合产生。更令人遗憾的是，出版物中使用修饰过的不雅之词会使虚伪泛滥成灾。不用多说有不少表述局限于这种风格，例如"该死！"或者"首领转身离去时破口大骂：'混账！'"我们的文学作品中存在一种严肃而又克制的虚伪之风，这是我在思考如何既删改归化驼夫的粗话，又能保留其语言气势时发现的。我无法摆脱的是西方人在转译波斯语、古埃及语、阿拉伯语、印度语和其他东方语言中普遍流行的粗话脏话时采用的虚伪修辞和华而不实的"生动形象"。在那段神经紧绷的旅行时光里，我不得不承认，这些洛可可式的表达方式不仅在种类上，而且在文字上也与商队成员的许多原始方式相关联。我只能猜想，他们很少能带着巧妙的世故将原话用英语呈现出来。例如"去他祖宗，圪泡！"[1]虽然乍一看意为人们对骆驼的最喜闻乐见之称呼，而非"啊！无耻祖先的混蛋儿子！"然而这句话若作正确理解——除去其中相对而言陌生的西北方言，我为初学者选了一个简单的例子——则意为"他的祖上是劣等人！"

我们拘泥于这种表述上的空白。"亵渎"在某种程度上可以被用于翻译脏话，但它无法完整呈现说者的原意，而且并非贴切的、绝对正确的译文。一方面，"亵渎"暗示着一种虚无的温文尔雅，意味着对隐喻和寓言的使用在所有东方化的英语中被过度呈现，但没有得到大多数原文含义的印证。另一方面，用同样简短的英语

154

---

[1] 呼和浩特一带方言。——译者注

单词来填补原有含义在英文中的空白，这也是不合理的。不可否认的是，方言确实存在一种更能引起共鸣的特质、某种弦外之音、更丰富的内涵、一种可以想见的多功能性——但我放弃深究了。尽管有点沮丧，我只能指出，根据推论，已故的詹姆斯·埃尔罗伊·弗莱克（James Elroy Flecker）[①]应该被移到更靠后的位置，而根据推测，除了伯顿（Burton）之外，没有预言家会为自己的信众印出白纸黑字的东西。

　　但我的认知一定会随着我的死亡而消逝，这是多么悲哀而痛苦啊！

　　如此这般，我们在穿越阿拉善沙漠的路上边吃边睡、边走边聊，周遭荒无人烟，"每处露营地都和上一处一样"。尽管这片地区既干旱又贫瘠，但我们几乎每天都能看到一个商人的营地，有时在远处还可看到蒙古包。驼夫们对蒙古人在绕路上所表现出的沉闷敌意怨声载道，后者从不和商队打交道或聊天。驼夫们说，阿拉善人已经生活得够好了。汉人贸易给这里的蒙古人带来了大量的收益。此外，他们的王公也没有被课以重税，因为王公从盐业垄断中获得了足够的收入，他们比其他部落承受的召庙供养负担更少。然而，这些蒙古人生活条件很差，甚至不像其他蒙古人那样穿着略有尘土但又精美的衣服炫耀他们的财富。这可能是因为他们在人种上不属于内蒙古的部落，而是属于卫拉特人[②]或漠西蒙古人，是一个在种族特征上具有一定差异的群体。我后来发现，卫拉特人的生活方式

[①]　詹姆斯·埃尔罗伊·弗莱克（1884—1915），英国小说家、剧作家、诗人。——译者注
[②]　库寿龄（Samuel Couling）所著《中国百科全书》（*Encyclopaedia Sinica*，Oxford：Oxford University Press，1917）记载，卫拉特的拼写源自法国传教士。原来的发音更像奥洛特（Olöt）。在官方的中文名称中，这个音变成了"厄—鲁—特"（Nge-lu-te）。这个蒙古语名称的另一个汉语读音可能是"阿拉善"，即"奥拉山"或"奥洛特山"。

至少和大多数游牧民族一样简单，他们中的一些人涉足了这片地球上最令人惬意的地方，但他们的生活简朴，对炫耀财富漠不关心。

蒙古地区到处都有汉族商人。尽管一些汉人开的商号完全或部分得到蒙古富人的投资，或得到蒙古王公特权的支持，但蒙古人不会屈尊亲自管理商号。然而，除了商人和商队之外，其他汉人被禁止进入蒙古，这些汉人经商者要接受某种检查，因为所有进入蒙古的人都得接受中国官员的监督。和生活在外国人当中的汉人变得像外国人一样，那些进入蒙古经商的汉人在举止、衣着和谈吐上都变成了半个蒙古人。这一结果印证了蒙古人顽强的保守主义。几个世纪以来，他们的靴子、帽子和大部分非皮质衣服都是在内地制造的，并由汉商带入蒙古，但他们没有表现出接受汉式服装的倾向。靴子、帽子和衣服都必须按照蒙古式样制造。

蒙古人在语言上同样保守。尤其是在边地，许多蒙古人会说一口流利的汉语，但他们不喜欢使用汉语，也不会在蒙古地界同汉人打交道，除非这个汉人会说蒙古语。事实上，尽管接触时间长达数百年，尽管许多汉人融入其中，每年也有很多蒙古人去京师觐见，还有数千名蒙古人积极去五台山朝圣，可蒙古人对内地还是抱有抵触情绪。近来，由于征地活动越发频繁，这种情绪不断加剧，弥漫在尚处于中央政府管辖之下的蒙古部落中。

此外，阿拉善的蒙古人很排斥初来乍到的商队。长期以来，他们同外蒙古之间被界限分明的沙漠屏障阻隔，并且对汉人在阿拉善地区的贸易或多或少有所干预。他们只认得阿拉善王爷府的宁夏商人、沙漠里的镇番人以及购买骆驼的回商，回商买家与他们交集不多，只往来于当地的各大市场之间。我横穿整个阿拉善，这片地区虽然看上去非常荒凉，却有大量蒙古人，他们的牲畜稀疏分散。出于厌恶，这些蒙古人不论在哪都对商队敬而远之，我们在路上遇到的几个人也不愿和我们交谈。他们似乎对蒙古和内地的政局变化感到震惊，一边是外蒙古的政局动荡，一边是发生于甘肃的军阀混战，他们害怕卷入其中，一旦甘肃的战火蔓延到阿拉善，他们将逃离中国。尽管从官方角度看，在阿拉善沙漠的烈日下和阴沉的扬尘中跋涉和露营的商队越来越多，但放眼整个历史，商队贸易正在衰退。对于当地蒙古人而言，商队步步紧逼，如同不受欢迎的贸易先锋和打破当地固有生活方式的政治势力。

商队成员怀着嫌恶的心态谈论如今他们在绕路上度过的孤独时光，并渴望重回以前在大西路上经历的繁荣岁月，数代蒙古人和汉人正是通过大西路达成了诸多友好协议。蒙古人会骑马来到大西路上的各个营地进行贸易——相对于商队东家，揽私活的驼夫更看重这种交易方式。按照行路惯例，他们应当不分贫富地给每个蒙古人一两碗面粉或炒面。作为回报，蒙古人经常修补旧鞋或羊皮袄，有的补锅匠甚至可以修补破损的铁炉膛和炊具。在送完面粉之后，双方开始贸易。蒙古人不仅用羊毛、驼毛和羊羔皮交换小饰品和廉价而艳俗的物件，还交换他们需要的大宗商品如棉布、棉衣、砖茶、烟斗和烟草。至于面粉，他们会用牛奶、奶酪、羊肉，或者羚羊肉和野驴肉进行交换。

靠近乌里雅苏台的地区，面粉的价值是肉的数倍。后来产生了一种奇怪的制度，商队从面价比归化还便宜的古城子运来多余的面粉，将其放在蒙古人那里，作为下回西行的补给品。为了保管面粉，他们允许蒙古人按比例取一部分面粉供自己食用。有了这样的储备，当地蒙古人就可以更好地养活自己，具体方式为：从装备精良的商队那获得足量面粉，然后退给商队少量面粉，同时用留下的

部分为缺少粮食的商队提供补给，这些商队必将在返程时还给他们
更多粮食。

　　汉人和蒙古人间的关系自康熙时确立至今，他通过征服，对
蒙古进行巡视，实现统一。他的名字对蒙古人而言意味着威严，汉
人也在蒙古借此威名提高自己的地位。中原的满人对待汉人很傲
慢，蒙古地区的汉人则以同样的傲慢对待蒙古人。我经常听到人们
追忆往昔那种趾高气扬的感觉，那时汉人可以自信地冒犯任何蒙古
人，"即使对方的帽子上装饰着一颗蓝色纽扣"——这是一种高贵
的象征。据说在大西路的某处有块岩石，岩石上还可看到康熙的马
蹄印，① 据说他为商队颁布了惯例，这些惯例不同于中原的贸易流
程。他甚至被认为是商队帐篷的发明者（实际上是根据漠西蒙古样
式进行改进），帐篷形制基于"八卦"——一个非常古老的中国符
号。即使这有点难以理解，因为眼下所见的帐篷没有 8 条边或 8 个
面，而是 10 条或 10 个。

　　其实，在清朝皇帝用严厉法令确立汉人对蒙古人的优越性之
后，汉人开始同他们眼里的"蛮族"建立联系。他们所认同的大多
数风俗习惯，虽然源于康熙大帝，但显然是对游牧社会风俗作出的
让步。辛亥革命爆发之前，蒙古人和蒙古地区的汉人家族之间已经
建立起了友谊，这种友谊有时会延续几代人，革命的爆发令当地汉
人惊慌失措，象征权力的龙椅已被毫无头绪的共和国所取代。在旧
时的蒙古，高门望族的商队甚至不用付现金能就租用或购买骆驼。
如果租来的骆驼死在路上，蒙古人可以按约定的价格索赔，也可以

---

① 还有一个类似的传说，但不是关于康熙，而是与乾隆有关，故事发生于甘州以南约 40 英里
的马蹄寺，参见盖群英（Mildred Cable）、冯贵石（Francesca French）：《西北边荒布道记》
（*Through Jade Gate and Central Asia*, London: Constable, 1927）。

从租骆驼的商队中挑选骆驼作为偿还。在我所知的商队中，有两头骆驼是两年前从蒙古人那里租来的。在这场内战爆发前，两头骆驼都被军队征用了一个季度，它们被归还时的健康情况十分堪忧。之所以牵着它们西行，只是为了避免再次被强征，最终两头骆驼都死在了路上。商队东家耸了耸肩，说自己得为每头骆驼赔付 120 两银子，因为骆驼是在市场行情较好的时候挑选的。我问东家，当他的商队无法通过外蒙古时要如何偿付。他回答说，他打算派一个信使，像小偷那样偷偷去处理他的其他事务，这个人会把银子交给蒙古骆驼主。这就是汉人传统的商业信誉，尽管依靠这种信誉很难赚取利润，但他们还是在蒙古建立了十分庞大的贸易网络。

159　　商队的人常说："走后地，随后礼。"意为在蒙古腹地旅行时，要入乡随俗。因此，不仅是普遍存在的牧民待客礼仪，而且帐篷礼仪也是学自蒙古人。在商队的帐篷里，就像在蒙古包中一样，你一进门，厨具在右边，而从井里打水的水桶和柳条桶、骆驼鞭以及其他工具则在左边。携带鞭子进入蒙古包是最失礼的行为，鞭子应该插在蒙古包外面的绳索上。因为帐篷上没有同样的绳索，所以在进帐篷前应该先将骆驼鞭扔进帐篷。骆驼鞭只在放牧时使用，它的木柄长 1.5 英尺，皮鞭由骆驼皮编制，长 10 或 12 英尺。对于一个没有经验的人来说，抽鞭子是很危险的，因为很容易使他自伤失明或被削掉一只耳朵。

在帐篷里，严禁跨过位于两根帐篷支柱和靠背支柱间的火灶。这是因为靠背支柱代表着圆形蒙古包的靠背，它隔着火灶与门相对，上有家族神龛，神龛前面点有酥油灯。火本身具有神性，因为在火柴出现之前，火对游牧民族来说一定既珍贵又神秘。新帐篷搭好后，当新的火灶点燃时，头碗茶或食物必须被投入火中作为祭品，同时还要将一部分茶水或食物扔出室外，用于打点饿鬼和土地神，这些鬼神很可能会被新来者打扰。火的神圣甚至超越自身，附于火炉和火钳之中。火炉和火钳必须要严格看管，因为二者分别是火的"宅邸"和"侍从"。用烟斗敲击火炉和火钳是大不敬，住在里面的神灵会被激怒。神灵无法说话，他只能让所有睡在帐篷里的人产生如被敲打般的头痛，以此来表达他的愤怒。

虽然商队成员在蒙古恪守这些仪式，但他们似乎并不知晓这些规矩可能是模仿蒙古的习俗。如果有人指出这一点，他们会提出异议，认为这些习俗都是康熙确立的。然而这些汉人不仅不在自己家里举行这些仪式，而且似乎也不举行类似的仪式——这很好地证明，在人们习以为常的原始宗教关系中，某项原则会被认为是理所当然的。历史上当汉人意识到自己离开中土，中原的神无法再庇护他时，他要接受属于蒙古神灵的禁忌，这一"两面派"的做法正是承袭于此。当这样两面派的人说"你的神不是我的神"时，并不意味着世间只有他信仰的神存在，甚至也不表示对方的神没有他尊奉的神灵强大。这样的态度为《旧约》所认同，尽管《旧约》没有直接写明，但通过一则故事表达了默许：耶和华最初并不是所有人的神，而是个部落神，他虽然敌视摩亚人和非利士人的神，但在占据他们的领土时却有点惴惴不安。那些后来被宣称根本不存在的伪神，最初被认为是正统的，作为外来神时则被认为是伪神。

这一原则非常基础和容易理解，以至于如果某个在蒙古经商、过着类似游牧生活的汉人，其谋生方式和所遵循的规矩都不同于商队，也不会显得不合理。因此他可以吃骆驼肉，也可以买骆驼皮，这两种行为在商队里是绝对禁止的。受伤的骆驼肉质又肥又嫩，商队的人却从不吃它，纵使他们说会吃野骆驼。发死骆驼的财，甚至为了节省一只羊的成本而吃骆驼，都是在侮辱那些赐予它们生命的神灵。在归化，骆驼皮的市价从 6 银元到 12 银元不等——相当于一个商队成员走完全程到新疆所领的工资——但被遗弃在路上的骆驼从不会被剥皮，就像它们不会被宰杀一样。这些人所能做的最多就是从其他商队遗留的死骆驼身上取一块皮来修补他们的鞋子。

然而，汉商因为和羊打交道，要遵守关于羊的禁忌。他必须像蒙古人那样小心翼翼地将羊骨头剔干净。浪费羊肉就是轻视一只羊的灵魂，因为它的命是靠自己维持的，死羊的灵魂可能会带着愤怒

161 来羊群作祟。折断某些骨头也是一种习俗，尤其是肩胛骨。这么做的用意似乎是：产生于完整骨骼的鬼魂，即使骨架被拆散，也能保持健全四处活动，但如果折断某根重要的骨头，会使鬼魂跛足，无法纠缠杀死它的人。

回民按照其教义规定，在宰羊时对喉部下刀。[1] 蒙古人的做法则是剖腹，用手死死抓住心脏。如果技巧娴熟，几乎不会流血，该习俗可能是出于回避佛教禁止流血这一戒律。不过这样做更可能是想让肉变得越发温补和营养。通过这种方式宰杀的羊肉，由于血液没有被排干，有一股浓郁的腥膻味。商队的人曾经用该方法宰羊，

162 但遗憾的是，自从商队走入绕路，与蒙古人没了交集后，"蒙古式"宰羊法就逐渐被摈弃了。

其中一个讲给新来者的谣言是，当认为自己没有分到足够的肉时，人们会把骆驼肉带入帐中放在火上烤焦，然后假装吃骆驼肉，

---

[1] 伊斯兰教关于屠宰有非常严格认真的规定，比如动物的分类、对屠宰者的要求、可以屠宰的动物、屠宰的方法等。其中屠宰时要求用快刀迅速割断动物喉部的气管、食管及血管，放尽鲜血（血不可食），使动物尽快气绝身亡。书中这句叙述只涉及诸多规定之一。——译者注

以此来羞辱商队头人。实际上与商队其他的繁文缛节相比，肉类的配给量并不受风俗习惯的严格控制。上路时必须宰杀几只羊，或者一头牛，以便给运货工提供数天优质肉餐，并为调和酱汁提供油脂。走大西路随处可以买羊，但是若选绕路，只有几个地方可以买到，通常每到一处羊市就会宰一只羊。

对蒙古人来说肉是必需品，可在去蒙古的汉人眼中肉堪称奢侈品。他们以面粉为主食。最常见的口粮是白面、炒米和炒面。人们把白面和成面团，然后切成生面条或者用手指捏成薄片，称为揪片儿或面片子。无论怎么做，烹饪都非常简单。有时，先在锅里煎一些碎肉，然后加水烧开。水开后把面扔进去，两三分钟后再舀出来。每碗面都放一勺酱汁作为标配。酱汁是半固态的、浓缩的，如同印第安人的干肉饼。它的主料近乎一种先发酵后发霉的馒头。其余辅料是碎肉、羊脂，以及供应者能够慷慨提供的任何原料——豆子、豆腐、生姜、青椒、胡椒，以及用于保存或腌制食物的大量食盐。

正餐要在午后吃。用餐前后，人们可以随心所欲地吃炒米和炒面。炒米是一种小米，精心炒制后可以随时吃。炒面是燕麦粉，磨得很细后经烘干制成。炒米和炒面都可与茶水混合食用。炒面很黏稠，不容易吸收水分，但当放在茶中搅拌成糊状时，口感非常好，就像粥一样，且从不走味。在去新疆的路上，这两样东西会取代馍馍。从新疆往回走时，则有足够多的小麦可用来做馍馍，新疆种植有少量燕麦或小米，白面价格比中国任何地方都便宜。西部地区食物充裕，只有大本营在西边的商队才能往返均有馍吃。归化人也喜欢馒头，以至于他们将距古城子100英里外且肉眼可见的博格达雪峰称为馒头山、馍馍山或者大馒头山。这所有的称谓都源于它是西

163

部沃土的象征，在那里，人们吃着高贵的白面馍馍，生活幸福。货物运到古城子当天，商队会兴奋地把赶路的余粮丢弃到路上，理直气壮地索要馒头。可以说，那片可以随意丢弃食物的地方非天堂莫属。

就此而言，大部分汉人都觉得除了产于西北地区的炒米和炒面外，其他地区的炒米炒面都不是人吃的。他们说的这些话相当于在表达"贫穷和苦难"，我曾听人说，他们"即将吃炒米和炒面"，意为商队将要穿越蒙古。平心而论，这两种食物都很实用。炒面富含营养和能量，而炒米则正如汉人所言，有"清凉去热"之效。按照商队规定，只有在没有小米的返程途中，才会提供醋，因为醋可以缓解过量食用谷物对血液产生的不利影响。

今年初，为安排骆驼事宜，我事先在归化作了一番探查走访，所有了解蒙古地区的汉人和洋人都告诉我，把商队提供给汉人旅行者的食物作为主食很愚蠢（洋人则认为不卫生），这些只不过是驼夫的口粮而已。甚至赶路的汉人自身也会带一些额外的食物，更多的是必需品而不是奢侈品。我说自己曾经在中国旅行过，手边有什么吃什么，靠赶驴人和赶骡人的食物生活，并总能同赶驴人和赶骡人相谈甚欢。即使如此，闻者还是不断地劝阻我。中国内地是不同的。待在内地只花数天时间就可以坐火车去看医生。他们说，驼夫的胃和骆驼差不多，非常人所能及。

我的肠胃十分值得炫耀，它总能怂恿我尝试任何食物，而且没有任何不良反应。不过我回到北京后，还是让一位在蒙古地区经验丰富的医生朋友帮我检查肠胃，我询问应该补充什么营养。医生考虑了很多选项。他列出了一份完美的清单，其中蛋白质、碳水化合物和各种物质的比例非常均衡。然后，医生根据美国海军的食谱——除了蒙古地区，他还精通许多其他东西——对清单进行了核对，认为它很不错，并作了一些补充。之后，我又将清单内容与支票簿核对并进行削减。最后我们制定出一个调理方案。我依稀记得该调理方案所依据的原始理论：美国海军——正如俗话所言——若迫不得已，可以靠焗豆和被美洲航海者称作"番茄罐头"的食品来维持生存。

虽然我是个外行，但我对自己的胃液很感兴趣。因此，医生把他认为我应该买的和我自己认为该补充的结合起来，并宣称无论如何，美国海军都不缺乏能量。此时我斗胆问他如何调配维生素 A 和维生素 B，是两个一起补充还是二选一。我直截了当地说蔬菜罐头缺乏维生素。他也没否认这一点。我们喝着威士忌苏打水，在沉闷的氛围中考虑着维生素问题。最后医生说："好吧，不管怎么说，美洲很大程度上是依靠罐装番茄而得以开发的。"对此我作了回应……但并不要紧，美国海军最近确实变得非常强大。

在旅途中打开第一罐西红柿时，我松了口气，因为可以品出维生素的味道。可这种感觉很快消逝。我发现这种食物并没有在饭后给我带来那种精力充沛、体力充实的感觉。我开始头痛，同时感到疲倦和无精打采，牙龈也变得又痛又脆弱。最后我想到买一些非罐装的果脯，以证明那场关于维生素的争论中我的观点。我开始老老实实服用梅干，只用了一两天就觉得身体好多了。商队的人告诉我，他们在旅途开始时也经常产生同样的不适，其中牙龈疼痛是最严重的。他们将其归因于缺乏新鲜蔬菜以及面食的"燥热"或副作用。我希望能够从维生素入手了解这些汉人，这样我就可以告诉他们真正应该补充的是什么。

然而，即使依赖梅干和杏干，我也不得不听着来自肠胃的抗议，它仿佛坚持说：罐头食品还是要吃的。我想着有朝一日要体验一下驼夫那令人"望而生畏"的饮食。

从这件事之后，我再没吃其他东西。

天还没亮，人们就在放牧骆驼的时间醒来，锅头则负责煮茶。砖茶和其他中国茶叶不一样，应该通过炖煮让茶汁流出来。中国人说这种茶的功效是"温补"，所以可以和肉一起下肚。它由长江中游的茶叶制成，品相较差者会掺入茶叶粉末、细枝，然后人们在汉口的仓库将这些边角料压制成砖茶。南方茶的香气更清淡，有清热功效，如果在吃肉之前饮用会让中国人肠胃不适，进而导致腹泻。野蛮的域外之人似乎对这些闻所未闻，更不用说有所留意了。然后，驼夫会在早上喝几碗茶。之后他们又取了几碗茶，和携带的炒制谷物混在一起做成藏民路上常吃的糌粑，即使使用的粮食因地区不同而有差异。最后他们又喝掉几碗清茶。

166 　　正午时分由二头值班，用白面准备一天中最丰盛的一餐。每个驼夫在这顿饭里吃掉的面粉至少有一磅。天气越冷，他们吃得越快，大快朵颐的同时汗流浃背。之后，他们会一杯接一杯地为自己泡更多的茶。最后，商队头人安然地坐在帐篷顶的毡子上，敲着烟斗，惬意地说："大家来喝茶吧。"按照惯例，这一命令意味着即将开拔。所有的人都开始长啸："喝——茶——！"商队先生已经出门将骆驼群带回营中，所有人都急忙出来将各自的骆驼牵到各自的地盘，让它们跪在货物中间。然后，人们会从马粮袋里分出一定量的豌豆干喂给较弱的骆驼，而驼夫则以最快的速度吊起货物。他们干活时太热，即使身处严寒，他们也经常赤膊上阵，因为每个人都得用膝部顶着半架重约170磅的货物，并将其固定在骆驼的一侧，同时将木栓套入绳索，为另一侧同伴负责的那半架货物提供支撑。

对于商队头人和先生来言，他们要做的首要之事是分别走出帐篷和从骆驼背上下来，将帐篷收好，把水桶灌满。这顶帐篷能容纳 20 个人，并由一头高大的骆驼驮着。然后商队各列骆驼并排聚集成一个大队准备出发。人们把最后一杯或一罐茶放在火的余烬之上。锅头把它们拾掇起来，口渴的人前来最后痛饮一回，一本正经地倒掉茶渣后叫上狗，并带着他那链骆驼前进。其他的人依次跟随，商队正式开拔。燃料也被单独携带，所以只要搭好帐篷，就可以马上煮茶泡茶。宿营时，其他人轮流收集燃料，而厨子们不需要承担这项劳役。在红柳丛生的地区，燃料很容易得到，而且品质最佳，但是在寸草不生的荒野，如果经过一个旧营地，人们就会依次下来从骆驼歇脚的空地上搜集一袋干骆驼粪用于生火。

167

商队在夜里停下来歇脚，此时锅头再度负责烧火沏茶。就着茶水，赶路者们随心所欲地吃着炒米和炒面，"茶足饭饱"之后，两个守夜人把他们的小凳子拉到火堆边——但他们必须坐在火堆和门之间。至于其他人，则在抽完烟并带着冥思或惬意喝罢几碗茶后，铺开毛毡，盖上大衣，无忧无虑地进入梦乡。

每支商队都有两把凳子，凳子大约五英寸高，对于身体硬朗的人来言足够宽了。早晨，只有锅头可以坐其中一把。下午则只有二头可以坐一把。夜里或者凌晨 1—3 点钟，或者无论何时，在商队结束一段行程的歇脚期间，只有两个守夜人能坐凳子。当他们拿出板凳坐在火堆和门之间时，就意味着漫长的一天结束了。

第十一章 沙中湖泊

尽管黑柳林的红柳因日益干旱而相继枯死；可我们居然还能在其核心区穿行约 18 英里。哈拉雅岗高地地势向北倾斜，但北部边缘被荒凉的群山环绕，西部则耸立着一座大山，这些蒙古山峦具有一种独特的宏伟气势。西部的大山有三座尖峰，尖峰旁边还有个小山头。山峰的整体轮廓就像一颗夸张的牙齿，据说蒙古人称它为"苏雅亥里浑"（Soya-kheilikhun）① 或"重牙山"（Overlapping Teeth），但这个名字不能在山的面前讲出来，否则山会用一场沙尘暴淹没讲话者。高地南缘似乎是一块严重沙化的地带，被正在风化的岩石山所包围。从该山区到我们所走的路，有一道地势开阔的山谷横穿而过，据说此山谷是通往镇番的一条捷径。

我们在此地遇到了一支商队，商队的头人是个胡须浓密、来自哈密的维吾尔人。每年都有一些维吾尔人来到归化或包头，与内地商人在货运贸易上相互竞争。那支商队为一个商人小集体所共有，他们是哈密王公（即哈密王）的贸易代理人，哈密王公是新疆省内一个"地方政权"的统治者。这些人牵着几头单峰骆驼，单峰骆驼虽然在血统上是从更远的西部繁殖而来，但偶尔也能在中国境内发现。这些单峰驼又大又瘦，比我们的双峰驼高，而且看起来具有异域风情，因为在单峰驼上调整行李的方式是不同于双峰驼的。人们

---

① 这个名字的最后三个音节可参照经常出现于科兹洛夫地图中的"Khairkhan"（参见《地理》杂志第 5 卷，1902 年，第 273—278 页）。

常用缰绳和马嚼子驾驭单峰驼，而不是给它们打鼻钉。汉人的驼队只有每列最后一头骆驼才佩戴铃铛，铃铛很大，是个一英尺半长或更长的大圆筒，而维吾尔人的驼队中许多骆驼都装有驼铃，其中一些戴着一串或一圈小铃铛。缰绳和驼铃系带的样子也不是汉式的，而是装点有鲜艳的红、黄、绿色地毯图案，挂着红、黄两色的流苏和绒球。这种奇异的外观是由商队头人想出来的，他是一个满脸胡须的家伙，其腿下的马鞍上绑着一把古老的剑。根据我们商队成员的说法，单峰驼能比双峰驼负重更多，但在真正的沙漠环境中，它们却无法顺利改变饮食习惯，而且更不耐寒。那些单峰驼并不像我们的双峰驼那样长有鬃毛和驼绒。

我们要走的路线是通过一个小隘口绕过重牙山，然后进入横亘眼前向西延伸的群山中。我们出发得很早，天亮前就已经走了很远，天黑以后还得继续走几英里。最终我们似乎迈入一条干涸的水道，我们从一个缺口爬入河道，载货的骆驼也笨拙地越过这个豁口。随着河道的拓宽，两支商队的头人们开始寻找四个石堆界标。当他们借着天色看见其中一个石堆，并骑骆驼过去核实该石堆确系界标后，我们拐进了一处隐蔽的山洼。

第二天，我发现这处露营地近乎与世隔绝，若不是因为黏土和碎石质地的断崖上有四块指引方向的界标石，从行程路线上根本猜不到会有这种地方。山洼的深处有一小块几乎被沙子盖住的湿地。到处都有零星的地表水，但水体散发着烂红柳根和沤烂植物的臭味。更深处的沙层很厚，夹在群山之间，覆盖着泉水源头。想要喝到品质最好的水，方法是在湿地边挖一道小沟，让水渗进沟里，即使这样，水也是又浊又黄，而且味道苦不堪言。我们必须汲取足够的水来挺过下一段路程，虽然据说这一带有口井，但它离小西路较

170

远，且含盐量很高。

我们宿营在一处叫萨拉胡日乌素（Sharahulasu）①或者黄苇荡（Yellow Reeds）的地方，我看到湿地里有一些鸭子，它们可能是在迁徙间隙游荡于此。营地位于一片乱山岗的北缘，地表掺杂着沙土。只要走到地势稍微高一点的地方极目远眺，就能看见堆积在山谷宽阔处的沙丘——一部分沙子来自干燥风化的山体本身，另一部分无疑是被大风裹挟沉积于此。山外侧以及北部平原南缘都是游动沙丘的边界。

喝下午茶之前，一个衣衫褴褛的贫苦人向我的帐篷走来，他大约20岁，面部宽阔且稚气未脱，耳朵上垂着精灵般的头发。我帮他从苏吉的攻击中脱险，然后让他坐在帐篷前，依照礼节十分大方地招待他。之后造访者开始说明来历，可说着说着就突然哭了起来，问我能不能给他提供一份工作，带他去古城子。他自称来自镇番附近，眼下面临饥荒和贫困的威胁，所以他开始艰难求生，这个镇番人曾经和骆驼打过交道，想在这趟前往古城子的旅途中当个驼夫。他说自己在古城子有个兄弟，只要我们带他穿过沙海，他兄弟就会接济他。接着，他又哭了起来，表现得十分恐慌。据这个镇番人所言，他从南边逃荒而来，途中花费数天翻过了一道巨大的山梁②来到此地，旅途十分狼狈，连山中的野羊都毫不畏惧地俯视着他。

他启程时随身带了些吃的，但当行至黑柳林时，口粮已经耗尽。他在那里试图和商贩一同挣钱，后者都是镇番人，住的地方离

---

① 我不太确定用蒙古语如何表述"芦苇"；它的蒙古语叫法可能是萨拉—胡日—乌素（shara-khuri-usu），即黄色芦苇荡。这些芦苇（汉语里也叫"苇子"）属于高大一点的品种，同种的芦苇还生长在准噶尔地区的湿地、塔里木盆地以及外蒙古和中原。
② 毫无疑问，这就是科兹洛夫地图上标注的雅布赖山。

他家也不远，但是这些地方的甘肃人缺乏怜悯之心——他们同饥荒的抗争已经持续了好几代人。当地商贩从饥荒地区获取粮食，然后以高于本地的价位在沙漠中出售，借此牟利，这个镇番难民可能已经意识到自己无法博得商贩的同情。他们施舍了他半把粮食打发他离开。因此，他抱着惊慌和绝望向古城子走去，最终还是受困于这片遍地碎石和沙子的沙漠。我们来的前两天，此地路过一支商队。他知道在夜里不能靠近商队，便跟着他们走了半个晚上，但商队还是鬼使神差地察觉到他，还和他一样惊恐，以为他是土匪派来跟踪的密探。第二天早晨，他来到商队的帐篷里，商队的头人虽然给了他足够的食物和一件旧外套，却告诉他必须离开。在那之后，他说自己只好"蹲在山中等死"。入夜，他都不知道到底该怕鬼还是怕狼。随后就听到了我们商队的驼铃声，但他又等了一天才接近我们。在害怕黑夜变得更甚于害怕被草草打发之前，他已经等了整整一天。说罢他开始号啕大哭。

　　我的骆驼客对这个行善的机会表现出出人意料的兴趣。他已经和随行的老头激烈地争吵了数天，并有好几次想把老头赶走，但是我不允许在环境如此严酷的沙漠里这样做。的确，那个老头在向途中遇到的所有商队成员诽谤这名骆驼客，并落得个说坏话的恶名。他是个"油嘴"（说坏话、毒舌）。我听说他曾是一支大商队里的先生，但最后却落魄了，原因完全在于他自己的恶言恶语。就此而言，他俩可谓互不对付的流氓无赖。我的暴脾气骆驼客没有与那个靠我的粮食维生，并无偿帮助他干活的老头努力搞好关系，而那个老头也势必用他的毒舌招惹更多是非，他在为商队出微薄之力，因此被我们一路接济到古城子，对他而言这似乎算不上走运。

　　轰走这个可怜流浪汉的商队现在位于我们前方，它是从老头

171

172

的家乡——武川过来的，老头还认识其中一些人。因此，我的同伴认为最好尽快打发这个老头去和他的老乡团聚，让这位年轻且方便管理的逃难者代替他。骆驼客说，如果我愿意接纳这个年轻人，他就暂且答应在行程结束时给他付薪水。于是就这么定了。不过，这一安排比接纳那个老头还要不合常理，因为老头至少有数磅食物和一头骆驼，所以他不用过于依赖我们。但如果我不答应，眼前这个哭泣的难民可能会死在沙漠里。即使被怀疑是土匪的探子，他也能当场从任何一个商队那里得到一顿施舍，因为这是一种惯例。但在蒙古，可能没有商队会带着他赶路。每一个驼夫，无论工资多么微薄，只要他有钱或者有亲朋好友的担保，他就能讨到一份工作，如果不答应他，他便可能在某个夜里带着几头骆驼逃之夭夭。这个流亡者只是一个讨饭的毛头小伙，但在亚洲，人们不会期望接受施舍的乞丐对自己心存感激。因此，就像汉人所言，这个毛头小伙随时都可能牵着别人的骆驼逃走。然而，拯救沙漠中恐慌的流浪者可能带来的任何后果都会算在我头上（或算在我身上，如果用汉语来讲），当事情这样敲定后，周家商队和梁家商队对我的这一善举表示赞赏，前者提供了一些面粉，后者则拿出一些小米。问题暂时得到了解决，最后我们收起帐篷准备下一段旅程。

　　对于一个陌生人来说，要在这段路上找准方向并不容易。尽管我们已经快到山的边缘了，但由于漫进山谷的黄沙，我们很难从这片难以寻觅方向的地方走到开阔的平原。黄沙使得这条小道在近些年至少发生了一次变动，沙丘已经在向东扫过它。我们走了一个多小时，其间又往东北方走了一截路，之后绕过沙漠，回到了当下沿用的道路和这条痕迹模糊的废弃小径的交叉之地。天色放晴后，我们仍然处于沙区，放眼望去可以看见西南方有一堆高峻的山峰，显然是沙漠和戈壁滩的中心地带。所以蒙古人说，必须要十分敬畏这些山峰中的主峰，因为在主峰附近出言不逊会带来沙暴。

我们夜里扎营后，一支陌生的商队从我们身边经过，他们载着价值数千两的玉石，这些玉石来自和田，即古代的"玉石之国"于阗（Khotan）。这些玉石被一群商人作为投机商品买下，商人们已经在路上走了一年多，从和田经过艰难跋涉到达古城子。玉石采自河流，尤其是喀尔喀什河（Qara Qash），[①] 喀尔喀什河从昆仑山流入罗布泊所在的塔克拉玛干沙漠，河中的玉石曾被作为贡品送到北京。由于运输困难，起初只能将小件玉石运入内地，即使如此，大件玉石进入内地的历史也已经有数百年。如今只有最易获取、色泽较差的和田玉才产自和田当地，因为本土和田玉石的质地工艺较为粗糙，当地人在市场买不起品相更好、更难找寻的玉石。

业余玉石爱好者总是想当然地认为，由于具备某些品相和色泽的玉石自从某一时期以来就再未出现，因此该品种的石料供应已经枯竭——我认为这一想法毫无道理。例如，在北京有一种引人注目的红褐色玉石，通常被称为汉玉。相同色泽和品质的石质器物也被视为同类玉器，价同汉玉。更有可能的情形是，有汉一代，想在昆仑山的险远之地采掘这种奇特玉石是很困难的，而且，汉朝在西域的影响力在极盛时期之后再未恢复，人们认为哄诱或迫使他人再度深入昆仑山采掘大量玉石不再是适时之举。同样可能的是，在盛世，比如大清王朝的全盛期，和田玉又被发掘，但是其色泽品相在内地已经过时了。

辛亥革命后，规模庞大的玉石原料库转入北京商人手中，这些

174

---

① 又名墨玉河。——译者注

原料本来是存在紫禁城宝库的战利品，其中一些玉石已经在故宫保存了很长时间。然而，直到近几年，随着中国文物价格的上涨，中国商人才开始将他们所追求的学问和高级工艺应用在玉器加工上，为玉器增值。在此之后，中国艺术领域对异域风格的运用开始从17、18世纪向更遥远的时期追溯，"玉器街"上开始出现大量材质、色泽和设计都合乎规范的汉玉。商人们说，为了满足顾客的需求，他们会让代理商前往亚洲腹地，这些代理人会面带微笑地向买主保证他们带回来的东西是从高级古墓中精挑细选的赃物。事实上，这些玉器是在北京制作的，器型仿造汉代和其他朝代的风格，作假者也用金刚砂和钻针仿冒古代工匠精湛的抛光工艺。我料想此时所有有经验的买家，甚至连最实诚的买家，都对这类玉器趋之若鹜。但我十分确信，在他们求购这类玉器之前，一些藏品已被监管最严格的博物馆收购。

关键在于，被人颇费周折通过古道运入内地的和田玉器以前大都鲜为人知。如果在北京，其中一些玉器经证明没有瑕疵，而且无人能说出它们的制作工艺，那么，无论买家多么老练，都会相信它们来自真正的、尚不为人所知的古代帝陵。玉器交易的鉴定标准就在于，任何器物只要在设计和工艺上足够卓越，它就一定是真品，因为即使产自现代，原材料的运输成本和造价都十分高昂。悲哀的是，当原料最终可以通过铁路运抵北京时，动荡的时局却使得和田玉无法被充分开发。但总有一天它会重现于世，并且我也很想亲临原产地。有些和田玉原料体量巨大，对骆驼来说太过沉重。玉商又不敢驾驭马车沿着古老的官道穿过内地，因为玉器的应税价值较高，会让他们在各个厘金关卡遭到官员无情的洗劫。唯一可取的方式就是骆驼车运输。但是，这条绕路对骆驼车来说十分难走。先前一支运送玉石的商队已经被迫承认失败。现在货物由曹家商队接手，曹家在归化的回民家族里算是高门望族，他们的果园分布在归化周边，其内部场景如同西域风情的再现。只要有可能，曹家商队可以用骆驼车将大件和田玉拖运到任何地方。即便路况好的时候，也需要三头骆驼共拖一辆车。通过隘口或穿过大沙漠期间，每件玉器在途中也得通过短暂交接轮流驮运。据说在事先商定价格时，人们就已经假定势必有很多骆驼要被"弃之戈壁"。

　　第二天，尽管在我们动身前天气很热，但我滴水未进，因为我们仅有的水是我们从萨拉胡日乌素带来的，味道苦涩。此番我们再度进入沙漠，艰难地穿越沙区，看到了阿拉善的最后一片绿洲，并在经过两口井后，于相距不远的第三口井扎营。继先前的探险家后（尽管当时我不知道），我又来到拐子湖洼地所在的这一大片绿洲。1899 年，科兹洛夫探险队从阿尔泰山最东端自北向南到达镇番。[①]探险队的一员卡兹纳科夫（Kaznakoff）则独自从额济纳走到阿拉善王爷府，他沿着东南方向穿过这片区域，其所走路线和我的路线大致相同，但方向相反。科兹洛夫称这片区域为"拐措洼地"（the depression of Goitso），很明显"拐措"是对此地蒙古语名的误读，其蒙古语名已被改写成汉语里的"拐子湖"（Kuai-tze Hu）。[②]

　　正如我所见，拐子湖是片狭长的洼地，东西长约 60 英里。湖的北边有一处宽阔的芦苇荡与之平行，正如我所听闻，穿过芦苇荡

176

---

① 具体内容连同地图可参见《地理》杂志第 5 卷，第 273—278 页。
② 我敢肯定，从它的发音来看，"Goitso"并不是纯正的蒙古语发音。尽管这种拼写是通过俄语转译为法语版本的（我曾经见过这个词在蒙古语中意为欢愉，但我忘记在哪看到的了）。
　　"Kuai-tze Hu"的"Hu"在中文里是"湖"的意思。在西部地区，这个词的意思可精确对照为蒙古语中的淖尔（nor）；它可以是湖（虽然更多时候其规格可以超过湖，达到海的程度）、湿地，甚至是古代湖泊或湿地干涸的河床或湖床。

后地势又上升至荒凉的砾石戈壁，那里的山地被标注在科兹洛夫的地图中。湖的南面紧挨巨大的沙丘，背靠贫瘠的山峦。绿洲中比较肥沃的地带是一片低地的南缘，低地逐渐向北倾斜，那里有条小溪从山上流下来，缓缓在沙丘中穿行。拐子湖东边是荒漠，地表遍布黄沙、黏土，间或有岩石，我们之前就是从这里进入拐子湖的，洼地西边则被重重沙丘包围。我听商队的人说，沙丘之间还散布着其他芦苇荡和湿地，甚至还存在大片的湖泊。尽管我不太认同这一点，认为附近所有地区都被沙丘完全埋没，但科兹洛夫的发现证实了上述说法，他曾经由此地向南造访了一处名叫库库博腾（Kuku-burdon）的小湖泊。小湖周长 10 公里，水深 1.5 米到 3 米，水源来自地下，水质甘甜。他指出，中国的地图上将此"大泽"称为鱼海。① 鱼海南邻雅布赖山脉，后者横亘于这片蒙古地区和半蒙古化的镇番地区之间。因此，鱼海当位于拐子湖洼地② 的东南角，科兹洛夫将其认定为巴丹吉林沙漠（Badain-Jarenghi-Ilisu，意为沙丘之地）的边缘。他发现此处的水位能下渗达 30—60 厘米厚。我几乎能够肯定这口或这些位于鱼海以北、在科兹洛夫的地图中被标记为呼图呼都格（Kudo-Khuduk）的井子，就是我进入拐子湖经过的地方。我之前听闻附近有个叫呼图呼都格的地方，虽然对该地名印象深刻，但我未将其记下来，也没有记录昨晚经过的那些井。

177

　　当时我确实有些心事重重。就在那天，我有了一个"重要的发现"——身上居然长了虱子。尽管白天还是天气炎热，尤其是当我们被沙丘遮挡的时候，但入夜却寒气逼人，我闷闷不乐，勉强

① 古称休屠泽、白亭海，又名鱼海子，位于今甘肃民勤县与内蒙古阿拉善右旗。——译者注
② 《地理》杂志已经援引科兹洛夫的定义，将洼地定义为低于海平面的地方；但编辑对"低于海平面 400 米"这一数字提出质疑，他怀疑俄文原文可能存在印刷错误。

添了一套羊绒毛衣，上面印满了令人厌烦的商标。我十分讨厌这些标识！换衣服时，我注意到衬衫上有一堆虫子。昨天我还见过一只同样的虫子，它从我的衬衫前襟掉了下来，我像佛教徒那样非常虔诚地把它放在地上，让它自生自灭。现在看到它居然还有这么多同类，我心生一个恶心的念头。我把其中一只递给摩西。"这是只虱子，"摩西眼神一亮地说，"看到你刚刚在抓痒，我就觉得你一定有虱子。"他说得没错。几个星期以来，我每晚钻进睡袋时，都要浑身上下进行长时间而又令人满足的抓痒。从百灵庙启程的几天后，我便开始感到皮肤瘙痒，我将其归因为气候干燥、更干燥的洗涤方式和粗糙面料导致的皮肤过干和敏感。现在发现事实并非如此。罪魁祸首是虱子。我应该是在归化境内的客栈里睡觉时沾染上这些虱子的。

我在中国待了这么多年，即使是坐在列车的三等车厢里旅行，在山中客栈和骡夫、赶驴的同寝一室，也从来没有见过虱子。我夹杂着对斑疹伤寒的恐惧思索着，当我脱下裤子把它递给摩西时不禁打了个寒战，并带着恐惧和绝望在汗衫上抓虱子。这些虱子一批又一批地被我们用水淹死。我之前一直以为虱子是蠕动的黑色小细菌，可实际上并非如此。它们是微小、苍白、形似船只的微型动物，如果某只虱子的中间部位有一个黑点，这意味着它刚在你身上大快朵颐了一番。它们的咬痕不同于臭虫或跳蚤，而像轻微的皮疹。后来的几个星期，我掌握了虱子的习性，甚至可以熟练地收集它们的卵、胚胎或其他任何形态的虱子。身处旷野的我们管它们叫"幼虱"。幼虱就像其成虫一样，用拇指指甲就可将其"砰"地挤爆，但声音没那么大。

我一到晚上就赶紧把我的衣服从帐篷里拿出来，因为我发现夜

拐子湖洼地：沙漠和红柳（牵着第三链骆驼的人就是二头）

拐子湖：除蚤大战（它们在拇指指甲下的挤压下"砰"的一声爆炸）

一个在大沙窝露营的蒙古人（货物和装备从负重的骆驼驮鞍上垂下来，即将被运出沙漠）

大沙窝：驼背上的摩西和老头（老头坐在被自己称作"臭货子"的骆驼上）

一个在大沙窝骑马的商队头头人（他必须要能应付粗鲁的驼夫）

里只要温度够低就能减缓虱子的繁殖速度，尽管驼夫认为这种方法不是很奏效。由于驼夫穿的是羊皮袄，所以虱子可以黏附得很牢，他们认为只有天气真正严寒时才能赶走虱子，冻了一晚上的虱子反应很迟钝，人们可以用小棍子将它们从藏身之所扑打出来。未成虫的幼虱非常顽强，即使用开水冲刷也收效甚微。我发现这些驼夫甚至无法确定虱子和幼虱是同一种生物。根据那个随队老头的说法，当你出汗时，幼虱就会从你的皮肤里钻出来。至于虱子，通常会被当成一种瘟疫，这种瘟疫会传染给喝过很多种水的人。他们指出，人在旅途中每天都会饮用不同来源的水，而旅途中的虱子总是很猖獗——这是一种典型的"后此谬误"。是劣质水在滋生虱子，但按照上述逻辑，作为最纯净的一种水，雪水反而比任何水都能滋生虱子。

我坚持自己的除虱方式：晚上将衣服晾在外头，白天就开始抓虱子，如此日复一日，经过一场漫长的"拉锯战"，我竟然在极寒天气来临之前就摆脱了虱子的困扰，其间还学会每天至少用我的拇指指甲洗一回衣服。这个过程很像布尔战争：正面攻击敌人游击队的初期，我方受到的骚扰更多；逐渐确立统治后，便以著名的"扫荡战术"来对付分散的游击队。像这样的战争既需要坚持不懈，也需要智慧。即使冬天最严重的霜冻也无法肃清幼虱。因此，狡猾的旅行者会再次穿着自己的衣服，放任幼虱长成像它们的父辈一样鲁莽的虱子，然后在这些虱子第一次咬人后，赶在它们交配产卵前将其冻死在冰天雪地。

"灭虱大战"的首战期间，我们赶了四站路横穿拐子湖。这里的昼夜温差大得惊人，因为几乎都在我们左手边的沙丘吸收了太阳热量。白天很暖和，我可以光着膀子四处走动。大约下午4点钟，179

当我们准备赶路时，我会穿好衣服，到了晚上 8 点，即便是步行，我也得穿上羊皮大衣。沿途散居的人口至少有 40 户之多，他们养着绵羊、山羊、奶牛、骆驼和蒙古马，最值得一提的是，居然还养有骡子——蒙古人不习惯养骡子，我在蒙古其他地方也没见过养骡子的蒙古人。所有牲畜的身体状况都很差，它们除了芦苇，几乎没有什么粮草可吃。这里的蒙古人生活环境不佳也不友善，甚至对其他阿拉善人也是如此。

在绿洲的中心，有一汪醒目的泉水，名叫敖包泉。这眼泉位于一个小土堆的顶部——很难不激发驼夫迷信的猜想。人们在它旁边建了个长满青草的大敖包以纪念这一景象，驼夫有香时，会同蒙古人一起给大敖包上香，并献上绑有破布的木棍。在我看来，敖包泉原来似乎只是汩汩流出涌到低处，但由于风沙驱使，它逐渐被挤压成一个位于沙堆中央的小池子。然而，人们看重这个地方并不是因为缺少井子。此地每走一英里左右就可以找到一口水井，在任何一处下挖三四英尺，几乎都能挖出水来。偶尔也会有断断续续的溪流从泉眼流出，消失在湿地中，在敖包泉的不远处可以看到一片最大的开阔水域。它充其量算一汪宽敞的饮马池，可它周围密密麻麻的芦苇却掩盖了其他水塘。

毫无疑问，冬天在这里扎营的蒙古人要多得多，芦苇和沙丘营造的避风处正是他们苦苦寻觅以求过冬的地方。湿地里虽然聚集了很多南迁的鸭和鹅，但十分荒凉。然而，它们中的一些成员据说也会在此过冬。有一回我慢慢穿过芦苇丛，正好看到一群野鸭聚集在一起。我当机立断朝其中三只的颈部开枪，成功将其捕获后做成美味佳肴。此地也有很多羚羊，它们白天大部分时间都待在沙丘中，但也会到湿地中饮水。

　　来到绿洲西端，我们在高大的沙丘前驻足，这些沙丘阻碍着通往额济纳旗的道路，是绕路最显著的标识之一。人们称它们为大沙窝，因为这个汉语名字的意思不是指沙丘，而是指沙丘之间的凹地。他们害怕穿越大沙窝的原因在于，任何强风只需要数小时就可以抹掉前面商队留下的足迹，只留下高大的黄色沙山和大片红柳，使得多变干旱的荒芜之景反常地涌现出绿意。

　　我们最后的停驻点是拐子湖的末梢——意为阿拉善的边缘，停驻点有口井，井里的水似乎取之不竭，因为它不仅能在一天内为我们商队的几百头骆驼供水，还能为规格至少一百头的蒙古牧群提供水源。这是拐子湖末端较为贫瘠的地方，是一片松软且长满芦苇的小平原，芦苇大都被蒙古骆驼啃短了。在我们正前方和南边，沙丘紧紧挨在一起，形成一片低矮厚实、漫向西北方的沙丘地带。商队的行进路线是最短的，商队成员说南北两边的沙漠都比较广袤，但是其中会分布一些芦苇荡和水塘。

　　出发几分钟后，我们就开始穿梭于沙丘之间，除了沙子什么都看不见。迷宫般的长条状沙丘平均高度至少有 60 英尺，有时高达 100 英尺，大致呈西南—东北走向。其中一些沙丘光秃秃的，可能是移动沙丘，而另一些则被红柳固定下来，我所见的这些红柳中长势最好的一株像树一般，叶子沉重且低垂。又走了大约两英里，我们经过一口小井，遇到一支前往归化的商队。继续前行 10 英里后，巨大的移动沙丘横亘眼前，一个多小时后我们扎营在一处茂密的红柳带。虽然我们大体上是一直向西，但商队进入这片区域是为了从最低的地方翻越沙丘，所以有时我们向东北走，或者向南方，或者介乎两个方位之间的任意方位。盛行风一定会使沙丘迫近拐子湖，所以我们总是要从沙丘较短、较陡的一面快速爬上去，然后拖着沉

181

重的脚步沿着较长的南坡往下走。

　　我们在一个大敖包旁扎营，敖包由粗糙的红柳树枝堆积而成，状如圆锥形印第安帐篷。敖包的神龛正中有个小神像，两侧各有一只狮子像，周遭还有一些侍者塑像，其中一些神形不佳。所有神像都是商队的人用泥土做的，尽管部分塑像似乎是出于下流的嘲弄念头而造，可仍有许多人在它们面前焚香祷告，隐约是在期盼得到某种不可知力的护佑，这股神力可以在祈祷者穿越沙丘时将其从狂风袭击中救出来。这个敖包是口大水井的标记，井水呈淡黄色，略带苦味的同时还有股红柳根的味道。尽管如此，随行者仍然表示，该敖包要好过往常所见的敖包，因为近来商队时常会在此处汲水，而不是任由井水下渗。

　　周少东家恪守传统，对沿途所有年代久远的圣地都表达着自己的虔诚，他步履蹒跚地走向敖包，一边轻声许愿，一边点燃一束香。尽管他这么做了，可次日一早还是狂风大作，席卷刺脸的黄沙扑面而来。由于铁地钉在松软的沙地上抓地力差，我的帐篷塌了，从起床到赶路，全程伴随着污泥、砂砾和痛苦。接近中午时分，风小了一点，因为我们是顺风，而且商队的头人们不愿在沙丘中逗留，所以我们裹紧衣服，午后不久便离开原地继续前行。下午空气清新，能见度高了不少，可以看到沙丘的体量较之昨天所见更大。由于行程固定，我们大部分时间都在绕着红柳林走，但能在南北两侧看到很多大沙丘的轮廓，黄褐色的沙漠寸草不生，而面朝南边、崖壁陡峭的岩石山或是隐没不显，或是已被我们忽略而过。沙子堆积在表土之上，较为低洼的沙窝里可以不时看到一片片暴露在外的小块黏土地，上面长着一些高大的苇子。羚羊的踪迹随处可见，但我从未见到任何活物。随行成员说这些低洼沙窝中的地下水位只有

2—4英尺，有的水质糟糕，也有的尚可接受。我们马不停蹄，逐步穿过较矮的沙丘，待到安营扎寨之时，我们已将最难走的沙漠抛诸身后。我们耗费两天时间总共行进约30英里，直线距离介乎15—20英里之间。尽管营区没有井，但唯一横亘眼前的山峦地势越来越低。

我们进入营地时，又有一队从西边过来的商队途经此处。他们证实武川那支商队就在我们前面，于是我们得把老头打发走，让他先行一步加入前方队伍。不过，这件事办得并不是非常鲁莽草率。这种事务都有其特定的步骤。首先，周少东家来到我的火堆旁闲聊，我的骆驼客借此机会将那个老头的主要罪行以及细枝末节的坏事令人吃惊地罗列出来，以自己的口吻向周少东家一一陈述。他最后总结说，他丢弃的那头骆驼的蹄子肯定是被老头用大石头恶意砸断的，等我们到了古城子，他一定会和老头打官司。骆驼客侃侃而谈期间，老头裹着毛毡躺在帐篷门边装睡。他知道此时最好不要醒来。

翌日清晨，老头离开的期限临近。他起得很早然后和摩西聊天。他自称对我们过于迟缓的行程感到担忧。他必须独自赶快到古城子去找侄子和他的骆驼。他叫摩西不要叫醒我，但要摩西检查他仅有的几样东西，以证明他是以一种体面的姿态离开我们。摩西忍着没去翻检，因为他很清楚，那老头已经私藏了一些用我的面粉做的饼，但他想给老头留个"面子"。老头就这样离开——留给我们一个骑在歪斜骆驼上的孤寂背影，没精打采地走入沙漠。51岁的他仍保留着浪荡习性和冒险精神。对于我而言，我倒挺喜欢这个四处游荡的恶棍。他总有办法能让我可恶的骆驼客敢怒不敢言。老头也许会设想，如果是他带着我去新疆，他就不会仅仅因为不识路而

183

跟着其他慢悠悠的商队。"何必商讨道路？在我闯荡戈壁的那些年，好驼夫从不谈路。我不会沿路线走，而是循着粪便——骆驼粪前行。如果这片地区有商队常年经过，你就会在那里发现骆驼粪。这就是行路的诀窍。只要能见到骆驼粪，我去哪儿都没问题。"

我从未听过比这更自大的吹嘘。

第十二章　阿拉善的远端

当我醒来时，那个老头已经离开好几个小时了。实际上，唤184
醒我的是一群聚集在帐篷中的来访者，他们前来听我的骆驼客得意
洋洋地讲述自己如何取得胜利，他已经想了很多应对那个老头的办
法，一旦他们在古城子狭路相逢就付诸实践。这样，我们队伍中就
只剩下那个沙漠流浪者——大家都叫他"镇番娃娃"——来做骆驼
客的帮手。"娃娃"在天津话中是指"洋娃娃"，但在归化以西的地
区，从怀中婴儿到哭闹的小孩、半大的男孩，再到 20 多岁的未婚
年轻人，不一而足，都可称为"娃娃"。这是个含义广泛的词。镇
番娃娃以不同的方式讲述他的故事，他对吐露真言抱有一种天生的
谨慎，这种谨慎抑制着他孩子气的念想，即倾诉自己的苦衷。因为
他和其他驼夫一样，都知道一条老规矩：漂泊之人不应该说出踏上
旅途的真实原因。这就是他讲述自身经历的主要方式。

镇番娃娃小的时候，他父亲是个在古城子经商的小商贩，在那
里赚够钱后准备回家，和其他几个镇番人一起带着各自积攒的银两
出发。一帮人加入了他们的行列，认为所有人在一起赶路更安全。
沿着古城子和巴里坤之间的山路，他们来到一个叫大石头的地方。
时值春节，加入者诱使同行的镇番人欢庆佳节，并声称可以主动替
他们守夜。镇番娃娃的父亲和他的同乡们喝白酒喝得酩酊大醉，睡
得很死，夜深人静之际，加入者趁机毁了镇番人的帐篷，把他们185
杀害。然后这些凶手把尸体扔进一口枯井，劫走银两。这场谋杀直

到次年春天才被发现。杀人案引起了巨大的轰动，成为该地区有史以来最残忍的凶案之一，并衍生出一则故事轮廓清晰的传闻。据说一名汉人官员在途经此地时发现了谋杀事件。他的马拒绝经过那口废井，官员让他的护卫前去一探究竟，结果在井里发现了受害者尸体，尸骸最上方还压着一只死狼，这只狼为了觅食而跳入井中渴死了。人们对这个故事的解读是传统式的，他们认为马并不是因为嗅到了狼的气息而止步不前，而是另有原因——发现尸体的官员品行甚佳，他的品质也会传染给他的马，使之能够察觉奸邪之事。这种说法得到一致认可。可惜无论是官员还是他的马都没能抓住凶手。

镇番娃娃就这样没了父亲，不久母亲也撒手人寰，他只能与哥哥相依为命，哥哥对他动辄打骂，迫使他在 8 岁时从家中逃跑。他被几个打算赶车去凉州的旅客收留。到凉州后，他开始以放羊谋生。凉州南郊的南山中有狼，这些狼活动猖獗，光天化日之下就敢抓羊。为了保护羊群，凉州的牧羊人会驯养凶悍的大型犬，经过训练的牧羊犬会围着吃草的羊群转圈，使羊群聚拢到一块。这是我听过的唯一一则关于汉人、蒙古人或其他中亚人驯养牧羊犬的信息。

与南山有关的另一件奇闻异事是山中的"长毛野人"。我立刻问镇番娃娃"长毛野人"不是中国民间传说里的"人熊"（Man-bear，学名叫罴）。人熊喜欢亲近人类。每当它看见人就会靠近，把前爪搭在人的肩膀上并欢快地舔他的脸；可它的舌头过于粗糙，足以将人的脸撕下来。避开人熊的唯一方法就是用乐舞魅惑它。为了确保安全，舞者应该赤身裸体地跳舞——一种魅惑范围远超过熊的舞蹈。

"不是，"镇番娃娃说，"这些长毛野人既非人熊，也不是猿猴。它们毛色发白，长达五六英寸，浓密的毛发使得它们很难被土枪子弹打伤，除非子弹击中腹部，因为腹部的毛发较少。它们住在山上的洞穴里，洞穴是这些膂力过人的家伙通过清理草木和巨石掏出来的。它们可以轻易用手掌击杀猎物，然后生食其肉。杀死马后，它们会先从马的肩部下口。若不喜欢吃马肉，它们就会将尸体弃之不管；若是喜欢吃，就会狼吞虎咽，然后呼呼大睡长达数天。偶尔会有樵夫或猎人看见长毛野人，可猎人不敢向它们开枪，除非它们睡着了。"

后来我在乌鲁木齐遇到一位阅历丰富的传教士，他在途经凉州时听说过"长毛野人"的故事，可过了很久，我才发现普尔热瓦尔斯基也听过这个传闻，并证实这种野兽是熊。他曾在山中和庙里各见过一次，当时庙里那头熊已经吃饱。根据普尔热瓦尔斯基的描述，"长毛野人"的头部和身体前半部分呈现出脏兮兮的白色，背部毛色更深，爪子几乎是黑色的。

镇番娃娃接着说，自己在南山时也会被老板毒打，但是他再没敢出逃。然而，他在大概14岁的时候生了场大病，老板不愿看到他死在自己手上，所以趁着镇番娃娃还能走动就把他轰走了。他通过问路跑到宁夏，并在那里加入阿拉善的蒙古人当中，和他们一同干杂活。蒙古人又让他去放牧，每月给他价值一两的实物作为报酬，他在那里也时常因为牛走失而挨打，这种错误只有搁在蒙古牧童身上才会被宽恕。他在长大后被提拔为阿拉善一家商号的驼夫——商号的商人都是汉人，股东则是蒙古人。这个镇番人就这样来来回回走遍整个阿拉善，学会了一口流利的蒙古语。

是他告诉我，王爷府以南是阿拉善山脉的山林，阿拉善山林是麋鹿（亚洲麋鹿）的栖息地，在林中可以发现白麋鹿。在这些山上有三棵"云杉王"，它们的树干十分粗，树龄久远。它们最初生长在凉州附近的南山，后来从那里逃到阿拉善山。凉州的南山中还有

187

两棵云杉王，为了防止它们逃走，人们将其用锁链绑了起来。镇番娃娃说这些是他亲眼看见的，但是由于年代漫长，铁链锈蚀严重，一触即碎。云杉王的故事可能发生在一段干旱期，当时南山的林线开始退缩。山民也许认为这些树正在消亡，因为它们已经失去了神圣性，因此他们选择某些树，宣称它们是神圣的，并把它们绑起来防止其逃跑，与其说拴住的是树木本身，不如说是它们的魔力。如果他们与此同时听闻阿拉善山的树木依然茂盛，他们可能会认为南山森林的德运已经转移到了阿拉善山林，从而产生三棵云杉王逃跑的传说。

阿拉善的驼夫几乎都是镇番人，镇番娃娃跟随他们接受艰苦的培训。他们的行事方式不同于大西路上的商队。他们的商队没有头人或者头把式，甚至没有带领首链骆驼的锅头。他们每个人轮流做饭一天。离开营地时，两个人结伴装货，准备就绪者先出发。若有货物掉在地上，没人会帮助另一个人把货物重新装上去，他们必须自己当心。每次赶路的里程均通过共同协商决定，一旦骆驼从装箱队伍中起身，每个人都必须如期将他的骆驼和货物亲自带到下一个宿营点。

这些骆驼归蒙古人所有，是从骆驼群中挑选出来的，短期内用完要还给蒙古人。正因如此，加之货物重量很少超过270磅，比标准负重轻很多，而且每个人都可以骑骆驼，所以他们走的路程很长。黎明时分，骆驼被赶出来吃草，而驼夫们则做饭、吃早点并拔营准备启程。日出后不久，商队开始赶路，一直走到日落时分为止。傍晚扎营后，商队轮流派出两个人放骆驼吃草，直到午夜时分人们才让骆驼跪坐地上歇脚数个小时。这种行程安排的有趣之处在于它与"天黑以后骆驼禁食"的说法相左，该说法起源于那些同样沿着商路行商，但只在接近黄昏时和前半夜赶路，且只在黎明到正午期间放骆驼吃草的人。这么做的原因无疑是他们难以在黑暗中照看大量被放出去吃草的骆驼。然而迄今为止，饥饿的骆驼绝不会在夜间禁食，而是常常从卧地歇脚的驼队中站起来，动身寻找晚餐，因此守夜的人不得不彻夜保持清醒。

就在我收留他的数月之前，这个沙漠漂泊者带着 26 两（约 3 磅）银子回到他在镇番附近的家，这些银两是他从 8 岁艰辛劳作到 19 岁的积蓄。在镇番，这是一笔可观的积蓄，就像另一个汉人所言，这笔积蓄足够给老婆做一套冬季棉衣。镇番娃娃还在襁褓中的时候，他的父母就给他安排了一门娃娃亲，对方是个大他两岁的女孩，哥哥一见他回家，就立刻为他操办婚事。然而，由于未婚妻已经心有所属（另一个汉人说这也是镇番人的彪悍表现——即镇番女人的泼辣），所以她很憎恶镇番娃娃，也正因为这样，镇番娃娃在结婚四天后便又离家跑到蒙古去了。数月之后，他听说哥哥在找他，想把他带回家，于是他不顾一切逃得更远，来到商队经过的沙漠边缘，希望能到古城子投奔另一个当驼夫的兄长。

我听到几个汉人组成的小"委员会"或"评议团"正在分析镇番娃娃讲的故事。他们都说镇番娃娃无疑是在杀了他老婆或她的姘头，或连两人一起杀掉之后逃亡。这并不意味着他们要排斥他。中国西部随处可见隐姓埋名者，更有甚者，当你每回询问他们的过往时，他们都会给出不同的答复。没有人会在意这点。他们认为一个人应该只关注自己的利益，还得浅眠于陌客当中。除此之外，他可以畅所欲言、听其想听、信其想信，但若他想在直接询问时剥离谎言求得真相，那便是愚蠢之举。至于镇番娃娃，我未能确定他所说的是真是假。有时这种说法听起来好像是因为他本身做了什么事而

189

感到后怕。我只知道他是个温和且惧怕挨打的年轻人。当我的骆驼客开始欺凌他时，镇番娃娃一直忍气吞声，只有发现我站在他这一边才敢反抗。即使如此，他也不愿还手。他说："我从8岁起就一直在逃避我哥哥，因为他打我，结果后来我又不断被陌生人殴打。"从另一方面来讲，镇番人不是很光明磊落，一个不会打架的镇番人很可能会用刀偷袭敌人后逃之夭夭。

至于镇番娃娃的另一个兄长，他一直没有找到。商队在非常荒凉的沙漠里途经过一座孤坟（这条路上不止一座坟）——那是一座插着桦木木板的石头堆，木板是从骆驼驮鞍上卸下来的，上面涂有字迹，但墓主名字已经漫漶不清。从坟堆往西走了上百英里，我们遇到一个认识他兄长的人。不料那人却问道："你为什么要找他？难道你不知道他一年多前就已经死在戈壁滩了吗？他死后被埋在这口井和其他井子之间的某地。"听完此言，我们猛然回想起那座孤坟，其墓主有可能就是镇番娃娃的另一个兄长。

老头离开后，我们继续在沙漠中行进——最后一次在大沙窝中赶路。再往前走数英里，路就不那么难行了，然后我们走出红柳林，进入一片遍布圆丘的地带，我记得该地自贫瘠的荒漠土壤远至东边均被低矮植物和地衣所覆盖。然后几座低矮的沙丘进入视野，夕阳的余晖洒在座座沙丘之上，伴随着夜幕降临，我们走出了这片沙地。7点半左右，夜空中出现一颗光芒璀璨的流星。它留下的轨迹和银河一样宽，在它的一侧，光芒持续了半分钟乃至更久。所有的人都不安地念叨着，认为这是不祥之兆。然而，有个人却视之为吉兆。他说，这是基督将军冯玉祥的命主星，它向东北方位奔去，这就意味着冯玉祥军队被赶出西北，已经失去对甘肃和新疆的控制，但他曾设法前往库伦，因此将不会与我们同路。

　　这些人为哪里是正北方而喋喋不休地争来争去，这令我有点惊讶。后来我通过询问才知晓他们中几乎无人了解大熊星座，遑论北极星，纵使每当修筑房屋动工时，建造者都会向北极星所代表的圣人祈祷。其实，虽然这些人的方向感很强，但他们只知道指南针经常指的方位，对其他指向却一概不知。他们也不会描述介乎正北和正西之间的方位，只会指出西北方位，比如他们说"西方大，北方小"，便是指介乎西偏北范围内的任何方位。更让人惊讶的是，他们在平时总会用罗盘上的方位来表述"左"和"右"，甚至会说自己的铺盖卷在帐篷大门的西侧。这些赶路者称大熊星座为北斗，北斗状若我们的油勺，斗就是用来从井里汲水的小柳筐。

　　破晓时我们眼前的景象焕然一新，陡峭的土丘星罗棋布，凌驾于地势低洼、土质松软的平滩之上，原野中遍布参差不齐的芦苇。土壤中含有大量盐碱。此处介乎拐子湖洼地和额济纳之间，后者是一片界限模糊的河谷盆地。这片芦苇丛生的平滩很可能是古代弱水[①]（或者说弱水水系以前存在很多河流，时间一长只有额济纳河流淌至今）的冲积扇，弱水很容易像"被裁开并捆扎起来的阿姆河"[②]那样出现分汊和漫流，它从遍布积雪的甘肃南山奔流而出，当它在沙漠中垂死挣扎几近干涸时也"逐渐忘记了它那高峻的摇篮"。[③]这里的树全是杂乱排列成行的梧桐，形成古河道的遗迹。

　　此处也是南北岔路口的所在。南支向西南走，可渡过额济纳河，远离范围模糊、以区域而非线状呈现的甘肃边界，另一支则以

191

[①] 弱水是古水名，上源指今甘肃山丹河，下游即山丹河与甘州河合流后的黑河。额济纳河是黑河自金塔县天仓到额济纳旗嘎顺湖西新村段的别称，在甘肃西北和内蒙古西部。——译者注
[②] 引自英国诗人马修·阿诺德（Matthew Arnold）所著《邵莱布和罗斯托》(*Sohrab and Rustum*)。——译者注
[③] 出处同上。——译者注

煤矿之路的形式一直延伸。正如汉人所言，南支位于"北山内侧"或者在北山南缘（北山与南山位置相对，后者是甘肃西部连绵成片的大雪山），北山的大致走向则是从哈尔里克塔格（Qarliq Tagh）[①]或者天山东端向东南延伸至额济纳河上游地区。南支穿过的边界地区介乎以南山为主的太平洋水系和北山北麓主导的蒙古内陆水系之间。零零散散的地表径流或地下水系自南山或北山流出，滋养着一些被荒漠戈壁分隔开来的贫瘠绿洲。至于煤矿之路，其得名于以原始方式采集的地表煤，煤炭产自肃州。马车运货会在前往沁城和哈密的路上用到这些煤炭。因而煤矿之路是货运主线的外侧分支，所谓货运主线即经陕西和甘肃继续向前延伸的官道，沿着它可从安西穿过沙漠一路通往哈密。煤矿之路的劣势在于行路者会经常受到甘肃税务官的盘剥，有时还遭遇匪帮的劫道。

煤矿之路呈西北走向，渡过额济纳河向下游进发，然后向西越过壮丽的黑戈壁（Black Gobi）边界，到达无人区和蒙古境内介乎阿尔泰山和天山之间的边缘地带。此路先是沿着北山北麓行进，当它与天山的走向并行时，可穿过数重隘口通往南部，首先到达南部的沁城，接着是到哈密，再后面是巴里坤城。沿着此路经过巴里坤，直接向西行进，会与大西路末段汇合，最后到达各路商贾云集的重镇古城子，商贾们所经的这些道路均始于内地，途经内地诸省、内蒙古或外蒙古抵达西域锁钥。

192　　　额济纳河是南山太平洋水系的一个特例。尽管南山位于太平洋水汽影响范围的尽头，且这些进入内陆的水汽都凝聚于南山的高海拔山脉，可额济纳河并不会回流入太平洋，而是向北奔流到隐蔽的

[①]　即今哈尔里克山，"塔格"在维吾尔语中意为"山"。——译者注

终端，进入蒙古高原漫无边际的沙漠。额济纳河在蒙古的地理环境中地位十分重要。内蒙古和外蒙古之间的界线大都不甚分明，额济纳河可谓二者间为数不多足够精准的自然界线。内蒙古在地理上是蒙古高原的一部分，呈东西走向，被大戈壁隔离在蒙古高原其他地区之外。内外蒙古之间的政治区别在于：戈壁以南的部落较之以北的部落更容易受到清朝强势统治的影响，而北方的部落则被戈壁所附有的防御性隔离在外。

因此，在清朝统治之下，内蒙古的部落被赋予独特的政治形态，并在社会层面直接受中原影响。尽管再往西到阿拉善，当地人的祖先是卫拉特人，但这一带在地理上仍属于内蒙古。卫拉特人之所以主动归顺清朝，是因为他们不愿接受历任好战的汗王对漠西蒙古的统治，这些汗王与清初的几任皇帝生活于同一时期，并曾威胁要与大清一争高下。

再往西走便是更偏远且地势平坦的额济纳河谷。额济纳河得名于亦集乃城，亦集乃即黑城或黑水城，亦即蒙古人口中的喀喇浩特。科兹洛夫、斯坦因和华尔纳都曾造访过黑水城遗址，黑水城的修筑者不是蒙古人而是唐古特人，后者建立的西夏王朝背依南山，控制范围曾经包括中国西北和西部藏区。黑水城抵御着蒙古铁骑，最终成吉思汗也是从这里一路南下进攻西夏。13 世纪，西夏被蒙古征服，沦为蒙古帝国的封地，黑水城在马可·波罗那个时代仍在沿用。但如今黑水城的城墙已经被黄沙埋压，唐古特人的残部则在西夏覆亡后被远远抛弃在青海湖一带的荒野中，作为弱势部族幸存下来。

额济纳河以西不宜再称为内蒙古，但内外蒙古之间那条游移不定的"待定边界"往往是以一种假想的方式投射于版图之上的。

193

这片大戈壁地势一直向南倾斜，掠过北山一带，继续向西和向南扩展，与另一片大沙漠——塔克拉玛干的边缘——库木塔格沙漠（Quruq Tagh）接壤。从额济纳河西行，然后穿过黑戈壁，会进入一片广泛而杂乱的绿洲群。它们位于阿尔泰—阿吉博格达山系和北山—哈尔里克塔格山脉之间，在黑戈壁最为密集，又向西不断延展。对于聚居于巴里坤地区的匈奴人而言，这些绿洲或许一度是他们眼中水草较为丰茂和规模可观的活跃范围之一，但后来的数辈蒙古人显然没有过多关注这片地区，"无人区"作为商队对该区域中心地带的称法，用于称呼整个地区可能更贴切。

由于没有地图，我不知道自己离黑水城有多近。商队的人从未听闻此处有座"死城"。我想必已经往南走了一截，因为我没有看到华尔纳所说的一些"50 英尺高的沙丘"[①]——他所说的几乎不可能是我从拐子湖来时穿过的那些大沙丘，而且我也没看到"遍布倒伏树木的枯木阵"，遑论"芦苇秆足有九英尺高的干涸湖床"。我本可以乘此机会造访这座地球上最偏远的古城，充满敬意地经过它，但这似乎有点困难，我已经与之失之交臂。这让我不禁想象，假若我不仅仅是一个能干的旅行家，而且还受到慷慨资助和使馆的热切关注，那么在他们的支持下我还能看到和学到多少东西呢？可事实上，我所追寻的财富仅仅是与商队结伴旅行的收获——这些人生活率性，他们很早便往来进出于商道，对外界的事物不闻不问。他们有时沉默寡言，有时侃侃而谈，他们口中关于古老传统的传说断断续续、残缺不全，如同愚昧长廊中闪烁不停的昏暗灯光。

我们不仅打算走北路，而且沿途遇到的最后几支商队都说额

---

① 华尔纳：《在中国漫长的古道上》（*The Long Old Road in China*, Garden City: Doubleday, Page, 1926）。

济纳河边新设了一个收税点，人们担心这些收税点又会给自己招来麻烦，所以我们决定再往北走一截。我们的营地在三口井边，汉人通常称其为"博儿泉"，或者用更接近蒙古语的发音叫"波罗泉"，"泉"即泉眼。波罗泉的水质虽好，但由于疏忽，我们离开波罗泉时没有补充水源，只好从沿途经过的另一口井里汲取带有咸味的水。我们朝西北方走了约5英里，跨过遍布枯芦苇的河床，所有芦苇都被削得很短，当商队走到那口咸水井时，可以远远望见平缓的土丘。随着商队前进，我一直监督商队成员往水桶里灌水，此时我们看到一高一矮两个男人正从西边赶来。他们都骑着驴，而且还用驴驮着铺盖卷和补给。那个矮个子骑着头高大的毛驴，带着一支卡宾枪和一个装满子弹的布制子弹袋。高个子则骑着一头矮驴，大腿下的行李上绑着把颇具古风的剑。他还有一顶惹人注目的白色草帽，帽子产自天津，状若洋毡帽。单凭这一点可以猜测他是个小商贩，所接受的良好教育使其足以胜任记账等事务，但是他携带的武器装备和随行人员又意味着他是个小官吏，因为这些标志都是赶路时能够辨识的。

高个子从驴身上下来——这本身就是出于一种礼貌和尊重，他下来时一只脚着地，然后抬起另一条腿，让驴子走出去。两人看到我全副武装且人多势众，便谨慎地同我们打招呼。商队头人向我投来恳求的目光，我一时完全忘记如何讲汉语，只是苦笑了一下。显然，头人本来希望能在我的保护下通过。然后这些汉人开始对峙，那两个陌生人试图让我们交代身份，而商队的人则想让他们说明来意并提供保证。由于双方都不愿首先让步，所以那两个人委婉地说他们哪儿也不去，并且还要一路看着我们。商队的头人知道自己已被税吏逮住，遂放弃再往北走的想法，我们不得不滞留在额济纳河

195

的浅滩上。

　　我们当晚到达营地，营地附近有一簇梧桐树，这是我第一次近距离看到梧桐，尽管我们曾在夜里路过一些梧桐，那是在我们穿过拐子湖的一段旅程中——据我所知，当时是在拐子湖最东边。商队的人认为自己有理由称它们为"假梧桐"。真梧桐是长江上游地区的油桐（Dryandra），[1] 这种树出产的桐油是汉口最有价值的出口商品之一。从后来迁入的汉人装饰油桐这一传说来看，油桐可能原本是长江上游原住民心中的神树。他们说，油桐的第一片落叶意味着入秋——这是合乎神圣之树的象征符号。它更受人尊崇的地方在于凤凰降临凡间时只栖息在此树之上。我从未见过作为真梧桐的油桐，也不知"假梧桐"这个名字从何而来，因为我听汉人说假梧桐和真梧桐差别较大。商队的人简单地解释说假梧桐之所以名"假"，是因为凤凰不会在它上面栖息。这种假梧桐其实是塔里木盆地里的胡杨树，其维吾尔语名叫托格拉克（toghraq）。它遍布中国新疆的半荒漠化地区和荒漠边缘，此外我听说在印度也有胡杨树分布。它有两个特点，一个是老树的凹口可供柳树的新芽寄生，[2] 另一个是同一株胡杨会有形状迥异的叶子。额济纳地区的胡杨叶片差距不大，但在塔里木盆地，它有时几乎是边缘带有小锯齿的圆形，有时则像枫叶一样带有巨大的缺口。胡杨木不适宜作为木料，而且只有施以猛火才能燃烧。它似乎已被自身所处沙漠当中的盐碱浸透。当胡杨燃烧时，大量汁液或沥青状物质会从中析出，这种析出物可当作碱

[196]

---

[1]　后来我通过翻阅翟理思（Giles）编写的字典发现，与凤凰传说有关的真梧桐不是油桐而是法国梧桐（Sterculia platanifolia），而产油的也不是油桐，而是名为"桐油树"的日本油桐（Aleurites cordata）。

[2]　柳树无法寄生于胡杨，作者所形容的这一特性当指胡杨树可从根部萌发似柳叶的新芽。——译者注

额济纳河畔的"假"梧桐（之所以是假的，原因在于此地从不长梧桐）

面或酵母，用于发面，驼夫管它叫作"梧桐碱"。

上午，梁家商队和周家商队在我的帐篷中秘密商议该如何应付征税者。梁家商队主张通过行贿让他们放行，准许我们往北走，而周少东家等人则主张和他们摊牌。双方都放弃了声称商队归我所有的办法。我告诉他们，尽管我很乐意继续装作对中文一窍不通，同时他们可以对税吏畅所欲言，但他们必须要出示相关证件，而届时这些文件却不能证明他们所编造的理由。骆驼客则幻想大可借我的名义得以免税放行，建议把这俩税吏轰走。他绘声绘色地讲自己以前走私货物的经历，那时商贩常常在离古城子不远的沙漠里走私货物。以前的砖茶或者某些档次的茶叶贸易被垄断，造成茶叶价格上涨，成功的走私者可以乘机大赚一笔，这反倒使得茶价的涨势有所消退。在场的人说在那个时期，税吏和垄断贸易的代理商如果在势单力孤的情况下被抓住，很容易被人们用红柳枝烧死。

周少东家一味地说我们可能要摊上大事。在上个营地里，他的两头骆驼便整夜哀嚎——发出的不是平时所听到的咯咯声或嚎叫声，而是长时间的呻吟。大家都凭经验认为此乃不祥之兆。上回周家商队出现这一现象时，他们的两匹蒙古马被一个哈萨克小偷偷走了。

这两个陌生人行事谨小慎微，缺乏底气，这表明他们的身份充其量是半合法的。当其中一个税吏进入我的帐篷时，我允许他看我写游记。接着我通过摩西问他的姓名，我记录了他的姓名并给他拍了照片——这些举措让他坐立不安。当我们出发时，其中一个税吏先行一步，说是前去通知上级官员或者说师爷。另一个则一度跟随我们，当他很确信我们不会逃跑后，也骑着驴小跑到我们前面去了。

这回我们是在一片宏伟壮丽、气势威严的沙漠当中赶路。商队走过一处台地，台地被数条骤然出现的河沟割裂，河沟由南向北延伸。这些河沟肯定都是额济纳河的支流，很久以前，南山上的积雪大量融化后，它们便起到疏散洪水的作用。河沟里有低矮的沙丘，还有几棵柳树和胡杨，使得它们上方的荒原少了几分荒凉。台地为黏土质地，土质结实，荒原顶部则十分平坦，遍布黑色砂砾。我走了很长一截路才看到壮观的荒漠全景。上百头骆驼首尾相继长达一英里左右，驼队稀稀拉拉，打头的已经下到其中一条河沟，而大部队还在台地上面，队伍末尾的骆驼则尚未进入视线；胡杨洒下温暖的金黄色，我脚下的黑色砂砾则微微闪烁着耀眼光芒。我觉得自己仿佛被带到很远的地方，俯瞰沧桑的景色和孤独的游人，所有场景都浸润在蒙古特有的稀疏、强烈而又令人陶醉的奇异阳光当中，仿佛被一种奇特的介质定格。

我们继续向前走了大约 15 英里，直到天黑以后我们才从高地沙漠下行到一片遍布低矮灌木、高大草丛和胡杨树的沙地。当我们走出黑暗的灌木丛时，眼前一片漆黑。我们跌跌撞撞地步入这片漆黑之地，借着几汪水池倒映的微弱星光在其中辗转腾挪，在穿过一排大树并踩着沙滩渡过额济纳河东支流后驻足扎营。

第二天，商队在一场可怕的沙尘暴中开始同税吏清算账目。我饶有兴趣地从头到尾看着这具有喜感的场景，因为它充分印证了民国政府的民政管理之崩溃。中国外贸的增长和繁荣得益于协定关税的有效保护，然而在 1925 年举办于北京的关税协商会议[①]上，北洋政府宣称要对国内贸易和对外贸易一视同仁。这便意味着之前其他国家同中国签订的关税协定作废，它们同中国之间的贸易受制于

198

[①] 即北洋政府于 1925 年 10 月举行的北京关税特别会议，共 13 国代表参加，试图解决关税自主问题，随着北洋政府倒台，会议无果而终。——译者注

由北洋政府自由裁定的税制。尽管中国的洋商知道这意味着什么，但近年来的国际舆论对中国政府的自由裁量权表示担忧，对纯粹理性的诉求和对某种设想——一份论述充分的维权声明能有效保证他们受到公正对待——的危险倾向正在左右着此类论调。

上级官员原来不是别人，正是那个指挥拦住我们的白帽高个子，是个镇番汉人。他一定希望我们昨天被唬住，从而向他行贿以求放行。他告诉我们当时渡口有30个人，但是我们另外问起那个背着卡宾枪、骑着高大毛驴的亡命徒时，他又改口说只有七八个人。事实上，除了这个戴白帽子的官员，和他一伙的只有三个毛发浓密的河州混血撒拉人。白帽子虽然没有进入我的帐篷，但当他与商队里的汉人对峙时，事情的来龙去脉很快就水落石出了。我本以为离开归化以后就可以免受内战波及，岂料税吏敲诈也是军阀混战的"副产品"。

我听我朋友解释说，在他们眼中，"绕路"也可以叫"借道"（Borrowed Road），因为它是从甘肃的官府那里"借来"避税的。外蒙古禁止中国商队进入后，新疆省长①极力维护本省贸易，因此对绕路的开发很感兴趣。由于绕路在某种程度上位于内蒙古，处于甘肃省政府的监管下，因此新疆省长便安排为古城子或归化的商队颁发特许文件，以保证他们免交甘肃厘金或者过境税。

这一举措已经由于军阀混战无法实现。去年冯玉祥通过突袭将势力范围扩展到甘肃，眼下随着冯玉祥军队的溃败，新疆省长担心他们会从西北的地盘撤退，经甘肃占领新疆。因此他切断了对外往来，停止为从古城子出发的商队发放证件。受到冯玉祥部队的冲击

199

---

① 即杨增新。——译者注

之后，甘肃陷入失序状态，级别较低的官员们开始独自行事。金塔绿洲①位于额济纳河上游的甘肃，当地征税者——或者更确切地说是包税人——把征收厘金的特权卖给了那个白帽子，并准许他在蒙古地区"碰运气"搜刮钱财。他甚至看不懂商队的货物清单，也没有任何文件证明自己具有合法依据。白帽子实际上是一个纯粹的掠夺者，他没有任何官方凭据，只有三个全副武装的匪徒同伙。

在白帽子和他的同伙同处其他帐篷时，一个蒙古人走入我们的帐篷，叫我们不要向他们妥协。他说，蒙古人虽然憎恨他们，但不敢把他们赶走。他们已经在额济纳河一带驻扎了几个星期，其间一直在恫吓勒索小商队，并向大商队乞讨。这些税吏可以依照自己的估价对小商队的货物征收骆驼税和从价税。当商队没有足够银两来支付这些苛捐杂税时，他们会直接结算收48匹布——当然，这一损失得由商队东家向收货人赔偿——甚至没有收据。然而，当看到我的朋友们态度强硬时，这些税吏却改变了态度。他们变成薪水很低的寒酸小吏，只要"给他们面子"施舍一点东西便心存感激。

即便已经证实此事是骗局，这两支大商队也不敢粗暴对待那几个骗子，此事印证了我所说的"民政崩溃"。他们一共给对方两块砖茶和两包烟——滑稽地减免了大约100镑厘金的"税收"。更有甚者，我们还从那支运输玉石的商队那里听闻他们行贿80银元才得以脱身。这笔钱是白帽子同伙中的一员在外出搜寻目标时独自勒索的。我们找其中一个人询问此事。结果正好他就是那个勒索者，他恳求我们莫将此事公之于众，因为他迄今还独占着全部赃款。我认为商队的人至少不会错过这样一个在贼人中制造麻烦的良机，可

200

———————————————

① 即今甘肃省酒泉市金塔县。——译者注

他们还是保持沉默。简而言之，暴力对抗这些假冒官府的恶棍或者在他们中间引发内讧只会招来更多更强的盗匪，他们会变本加厉地榨干商队的财产。

　　后来我听说类似的情形还是发生了。一支更强大的武装团伙取代了那支沿途劫掠的小"巡逻队"，该团伙的头目貌似拥有正式的职权，他开始征收骆驼税和商品关税。该举措使整个商队贸易失衡。这意味着商队必须携带大量白银（因为在偏远的内陆地区，人们不认可钞票的价值），因此过往商旅在土匪眼中成了触手可及的"肥肉"。与此同时，甘肃的官员侵占了一些偏远孤立、实力弱小的蒙古人的地盘，用于从过境商旅身上榨取钱财。在劫掠范围内通行的受害者只是往来于新疆和沿海地区之间，与甘肃并无贸易关联。商队也只有此路可走。致力于打通这条线路的新疆省长也无法通过谈判达成新协议，因为民国政府已经失去了对甘肃和归化的控制。沿线的贪官每年都会贪图几千银元进而造成数百万金额的贸易亏损。除此之外，中国人在新疆的贸易优势也由于其自身的荒唐举措一边倒地转移至苏联，同时，沿海地区享有条约特权的商人也在同强权的对抗中受到制裁，前者促进了贸易，后者已经给中国的秩序和正常发展造成了极大破坏。

第十三章　额济纳河

摆脱那些搜刮商旅的税吏后，我走出帐篷，尽可能透过混沌的沙尘暴看清周边的景物，天空因沙尘变得昏暗泛黄，地表景观也轮廓模糊，变得狰狞可怕。我很快就找到了鲜为人知的额济纳河——河道悠长，泥沙淤积，其间散布着若干小水池。河道被草地和灌木丛拱卫，正上方是高大的胡杨。我在大风和沙尘当中尽可能在两岸间来回走动，发现某些地段的河床宽达半英里，而更多地段的河床则窄得多。沙丘间隐藏有很多芦苇丛生的小河湾，但总而言之，将河流、草地、林地和芦苇荡全算在内，额济纳河滋养两岸的范围最宽也就一英里。滋养范围之外则是遍布黄色黏土和黑色砾石的大戈壁。

我们沿途在高大的沙丘上向东便能望见这片荒凉而又芦苇丛生的绿洲，显然额济纳蒙古人的夏季营地遍布于此。但时值冬季，我没有看到一顶蒙古包，沿岸的蒙古人密集地躲藏在位于低洼地带的冬季营地当中。商队的人说："他们夏天（因为下雨）在山坡上扎营，冬天则（由于寒风）在山谷中扎营。"我看见了许多牲畜，其中有品相较差的绵羊、山羊、骆驼和蒙古马，长有犄角的牲畜乍一看比在阿拉善看到的都多。

我回到营地，商队正宣称要歇假，他们无法在沙尘暴中冒着突如其来的暴雨和冰雹行进。他们已经以每只七块银元的价格从蒙古人那里买了羊，而羊皮则要还给蒙古人。这有点不合常理，因为羊皮也应属于买方。按照商队惯例，若羊是商队东家所买，七成羊皮属于商队头人，其余三成属于随行先生；若羊是旅行者所买，七成羊皮属于锅头，其余则属于二头。甚至当乘客或者他们所谓的"客人"较多时，每个客人也要在旅途中轮流买一只羊，如此一来，赶路者可以大快朵颐，厨师们也能得到一笔可观的额外津贴。

羊只交易得按照蒙古人的习惯来。首先是就羊肉质量讨价还价——羊羔、肉质优良的羊或者羊群中的精品都会标以不同价格。人们通常认为好羊价位过高肯定有猫腻。然后蒙古人会证明羊肉质量上好。买家则继续加以不屑一顾的质疑，好让蒙古人尽可能多地作出让步。当羊群中佼佼者的肉质终于得到买家认可时，蒙古人会猛扑到羊群中，抓住其中一只喊道："就是它了！"买主说："这只不行，它是羊群中肉质最差的一个。"买家在这里是正确的，因为我见过的牧民，不论是蒙古人、哈萨克人还是柯尔克孜人都能凭借速度和技巧挑出品相最差的羊。纵使蒙古人对此加以反驳并争论不休，但过一会儿他还是会抓出另一只情况类似的羊。尽管新一轮争论随之而来，然而经过双方数轮博弈后，买家最终会选定一头质量处于平均水平的羊。交易全程各方喋喋不休、动作滑稽，能持续半个小时到半天不等。

商队厨师煮羊肉的方式直截了当。他随意把羊切开，粗略剥离骨头。例如，人们虽然不接受肋排，但是每根肋骨都被逐一拆分，脊椎骨则被切成小块。骨头和肉会被放在一口大锅里煮好几个小时。人们多在冬天或者油脂匮乏时喝羊汤，满满一碗羊汤佐以香味独特的胡椒饮用，如此喝法我只在商路沿途和新疆尝过——我认为，这里实际上掺入的是次品胡椒，逊于内地所使用的。

人们会首先食用包括羊头、羊肚、羊肠、羊肝、羊心及其他内脏在内的羊杂。小肠内部有一层如脸颊或耳朵末梢那样厚的脂肪，

土尔库勒湖，买羊的陀夫

十分美味。味道非常鲜美的汤可以单独用于煮羊肚，但人们从不会喝它。然后，大部分羊肉被留下来，与面粉搭配食用或切碎后放入装有酱料的大柳筐。至于羊排骨，就平分给各人，锅头则要注意不能每回都将上好的肉分给同一个人。通常两个人共享一个用于装羊排的小包，只要他们想吃，就可随时把羊排骨拿出来在火上烤热吃。只需要 12 个人便能在很短的时间内吃光两只肥羊。

我走过去观看梁家少爷——那个年轻的穆斯林充满仪式感地宰羊。他首先会净手和洁面，完成净化身体的全部流程。接着他戴上一顶小圆帽，这是因为不可以光着脑袋进行屠宰仪式，他手里拿着一把刀走出了帐篷。待宰的羊头朝西躺着，脖子底下专门挖有盛接羊血的土槽。他揉捏着位于羊耳下部的羊脖，剃掉一点羊毛；之后他嘴里念念有词，口音不像汉语，我想一定是听不太清的阿拉伯语，最后梁少爷割断羊喉，屠宰仪式完成。[1]

整个下午商队都在做大餐，晚上我们又是一番狼吞虎咽。两家商队都极力款待我，因为他们说我本人的现身、我的笔记本、相机、步枪，为他们应对税吏提供了非常宝贵的支持。周少东家也很礼貌地向摩西请教，他想知道羊肉的哪个部位对洋人而言代表荣誉，当他获知我有吃羊肝的嗜好后，便送给我一块羊肝。我将它和一罐豆子混在一块，摩西把它们都按照外国的烹饪方式烹饪，还加了大蒜，并且周少东家与其他嘉宾——很可惜，穆斯林不能在公共场合吃异教徒做的饭菜——将最后也是最肥美的那部分羊肉分给了我。

204

---

[1] 如前文注释，伊斯兰教关于屠宰有非常严格认真的规定，这段叙述反映了其中部分内容。比如，执刀宰牲者必须是穆斯林（不一定是阿訇，一般穆斯林只要熟悉教法关于宰牲的规定，身体洁净者亦可）；宰牲时要将被宰动物面向天方并念诵"太思米"（以真主的名义）；要用快刀迅速割断动物喉部的气管、食管及血管等。——译者注

第二天，我们启程从额济纳河东支向额济纳河西支进发。我们走了不到五英里，摩西就摔倒了。在那头臭脾气骆驼把自己驮的所有东西都甩在地上后，我的骆驼客就把它让给摩西骑。我本想反对这一做法，但摩西相信自己不会出事，甚至有点得意于自己是"驾驭骆驼的高手"。骆驼客发誓说，这头畜生现在既累又温顺，因为它已经好几天没有惹麻烦了。然后，就在此番行程期间，有样物件从前面的行李上掉了下来，那头臭脾气骆驼立刻挣脱缰绳，开始跳跃反抗。摩西起初尚能控制局面，他四肢伸开，紧紧地抱住行李，直到它被甩掉，他也跟着被甩到8或10英尺高，所有的东西都砸在他的胸口。幸运的是，这只是他自己的床铺和一包衣服，但也使他喘不过气来，胸口痛了好几天。他在平坦的沙地上蹲了一会儿，像一只被人捡起又放下的大青蛙，到处张望寻找，却不知道自己的池塘在哪。我的穆斯林朋友冲上来帮助他缓缓走动："这是为了防止血液在他的胸腔里淤积。"这理由听起来很有道理。我转身要与骆驼客讲理，那人不在乎摩西的伤情，竟只顾去追他的骆驼。我骂了他一顿，他却理直气壮地顶嘴，甚至还直截了当地说，摩西必须继续骑那头骆驼。骆驼客说如何分配骆驼是由他决定的。我逼迫他作出让步，然后另外两支商队的头人骑马过来，按照汉人的方式介入其中进行调解。这是自那个家伙想方设法把老头撵走后首次惹上麻烦。不过我能预想到，事情会更严重。

205

我们向西行进了约20英里，晚上在额济纳河西支边宿营。两条支流之间的沙漠并不像它所属的黑戈壁那样荒凉。到处都有小片芦苇丛，甚至还有一些野生的沙枣或枣树——一种长有"可食用浆果状核果"的带刺植物。

额济纳河的两个源流分别发端于南山脚下的甘州绿洲和肃州绿

洲。灌溉完沿途以金塔为主的小绿洲后，它们在毛目镇^①附近，也就是北山的东南端汇合。之后额济纳河向北偏东方向流去，以黑水之名越过甘肃边界，进入内蒙古。黑水随后分成东、西两支，趋近外蒙古时会汇聚为两个相互连通的终端湖或水池，即嘎顺淖尔（Gashun Nor）和苏泊淖尔（Sokho Nor）。

　　根据我所听到的描述，人们会在夏秋两季从这一奇怪的水系中抽水用于灌溉甘肃的绿洲。由于上游取水造成河流难以进入蒙古地区，所以额济纳河的两条支流会如断珠般变成一片片小水洼。冬天，人们则将足够多的河水拦在这片旷野中使之冻结，打算于开春解冻时用这部分冰水为沿岸提供早期的灌溉用水，然后关闭沿岸水闸，让河水向北流淌。然而，这似乎与华尔纳的描述^②并不完全相符，华尔纳去年11月和12月曾在该地区游历，他没有报告有活水流淌。无论如何，河水主要是在春天流淌。甘肃南山和沙漠间会下小雪。这些雪在春天融化，而额济纳河真正的水源——南山积雪直到夏初才融化，届时绿洲里的农民都要用冰雪融水灌溉。春雪融化时，额济纳河会迎来汛期。据说它的每条支流宽达0.25英里，水位齐腰深，涉水很困难，这主要是河底的流沙而非水流过强所致。商队若必须渡河，骑手会首先骑马下河，以确保过河安全。他们用柳木棒作为支撑，然后牵着几头没驮货物的骆驼来回试水，把泥沙踩实后，才轮到商队渡河。

　　据我推断，额济纳的老土尔扈特人就沿着这两条河流旁的牧场居住，之所以说"老"，是因为他们原本被排除在土尔扈特部落体系之外，在乾隆统治时期才被重新安置和承认。宾斯蒂德指出："这块封地的设立始末，以及它归附大清帝国的历史颇耐人寻味，

---

① 即今甘肃省酒泉市金塔县鼎新镇。——译者注
② 华尔纳：《在中国漫长的古道上》。

骑着驴的额济纳土尔扈特人（这一族群仍然存在，并出没于一些干枯的芦苇丛和草地中）

同时这段故事也阐明了很多关于卫拉特人的历史以及他们不同寻常的迁徙经历，值得一读……尽管这个艾马克相对其他部落而言不太重要，它只有大约五百人。"[1]

17世纪，准噶尔帝国从漠西蒙古各部的战乱中崛起，并一度大权在握，土尔扈特部不愿向准噶尔臣服，故从现在的塔尔巴哈台跨越西伯利亚迁移到伏尔加河。大约80年后，乾隆打败了准噶尔人，之后请土尔扈特部返回故土。1770年，大部分土尔扈特人从伏尔加河返回，尽管由于严冬和其他游牧部落（如哈萨克人）的袭击而损失了很多人。他们一部分在故土上定居，一部分则在阿尔泰和新疆地区定居。[2]

然而，在土尔扈特部东归之前，其中一支额济纳土尔扈特人的传奇便已经发轫。当他们还在伏尔加河岸边的时候，一位名叫阿喇布珠尔（Arabjur，即阿玉奇汗之侄）的土尔扈特王子带着他的手下和妻儿一同经蒙古前往拉萨朝圣。他一定是在休战期间踏上这段旅程的。但当他返回时，却被准噶尔的首领策妄阿拉布坦（Tsevan Rapadu）和卫拉特余部挡住了去路。1705年，由于无法与族人团聚，阿喇布珠尔前往北京归顺大清皇帝，他被授予满人的贵族头衔，并为自己和部下们赢得了封地。他的子嗣大约在1732年被封到如今的额济纳地区，1783年，这个家族被封为了贝勒。[3]

如今这支老土尔扈特人仍然生存于这片土地，他们沿着沙漠中

---

① 参见宾斯蒂德：《蒙古的部落和行政体系》，以及道格拉斯·卡拉瑟斯：《未知的蒙古》。
② 拉铁摩尔此处叙述的时间线有不严谨之处。土尔扈特于明末清初西迁至额济勒河（今伏尔加河）下游，1771年历经艰难，东归至伊犁河畔。清政府立碑以志纪念。——译者注
③ 额济纳土尔扈特是土尔扈特部的一支。其首领阿玉奇之侄阿喇布珠尔率众至西藏拜佛，为准噶尔所阻，遂投清内附。1704年被封为固山贝子，安置在嘉峪关外色尔腾游牧。雍正年间内徙，迁至额济纳河。1753年建额济纳旗。拉铁摩尔此处叙述映证了上述史实，他也将额济纳这一支专称为"老"土尔扈特人。——译者注

几片荒凉的芦苇丛和贫瘠的草地向东扩张。黑戈壁阻碍着老土尔扈特人与西部和北部蒙古人的联系，高大的沙丘则切断了他们与阿拉善偏远绿洲的交往，他们只能受制于南部的汉人。尽管这些土尔扈特人的族群规模很小，可他们并不贫穷，在我所经之地以南的某个地方，他们还在供养着一座位于额济纳西部的召庙。和平之时，他们的生活一定和其他蒙古部落一样无忧无虑，但当他们受到内地难以捉摸的政局动荡和内战不可预测的后果之威胁时，他们对孤悬塞外隐隐感到不安，继而产生莫名的恐惧。

虽然老土尔扈特人和其他部落的蒙古人一样数量很少，但他们体型明显不同，这证明了蒙古人的血统并不单一。此外，他们当中还可能混杂有大量新族群，即残存于甘肃西部边界的党项人。额济纳蒙古人的服饰和发型也有所不同，这使他们明显区别于纯正的内蒙古部落和阿拉善蒙古人，后者是卫拉特人的另一个分支。他们相貌俊美，有着蒙古式宽眼睛和中亚人近乎高挺的鼻子，但他们如今温顺地骑着驴，以至于人们不会把他们同以往刚毅果敢的土尔扈特人相联系。他们的先祖被迫迁徙到沙俄的伏尔加河，然后又果断前往拉萨、京师，最后回归故土，来到这片宁静平坦的河谷，此处的额济纳河分为两支向北流动，最终进入一片遍布湖泊和小盐池的边缘地带。

我还记得在额济纳河西支度过的那天——1926 年 10 月 11 日——我看到了整个蒙古之旅中最壮美的景色。早晨，我在长满低矮野生甘草的草地上溜达了一会儿，然后回到营地，光着膀子懒洋洋地忍受闷热。一开始我觉得闷热且不想动弹，但过了中午时分，此地的美景就像强大的潮汐一样"涌"入眼帘——褐色的草甸沿着空旷的河岸、黄褐色的柳树丛、铜红色的胡杨树绵延分布。傍晚温暖无风，伴随着忧郁的氛围，我读了《伊利亚特》第 18 卷——《制造盔甲》，^①因为它碰巧是从数日之前我阅读中断的地方开始的。商队开拔时我又跳到了《奥德赛》第六卷中关于娜乌西卡（Nausicaa）^②的记述，因为我喜欢阅读《荷马史诗》中这一最精彩的部分，时值秋日下午，坐在骆驼上阅读娜乌西卡的故事会有一种出乎意料的美感。毕竟，阅读《伊利亚特》时，篇章整体的巨大篇幅令人备感压力，令人乏味的细节重复更像是对诸神和勇士间无休止混战和博弈的拙劣模仿。我更喜欢《奥德赛》的跌宕起伏和人性光辉，在我看来，《奥德赛》第六卷有一种静谧而又犀利的感觉，与其说是英雄主义，不如说是抒情性的，或者更确切地说，是将两者融合在了一起。它似乎预示着希腊精神的复兴，而希腊精神在英国文学中也曾一度使人迷恋不已。那天下午，我就这样读着全章，它的开头似乎也带有遥远的映射或预兆，故事开始时被"速写"的流浪者费阿刻斯人（Phaecians），其经历正如这定居于额济纳河的土尔扈特人的流浪壮举。

209 　　只要看到一小片平坦的湿地、胡杨、甘草、灌木和沙枣便能将额济纳河西支及其泄洪水道从戈壁滩的砂砾和红柳丛中识别出来。在走过一段漫长且坡度较缓的上坡路后，商队会进入沙漠，人们在此用一大堆红柳枝搭建敖包作为二者的界标，此处位于额济纳河谷的边缘。我们继续前行，黄昏的天空万里无云，夕阳散发着橘黄和火红的光芒，就在夜幕即将来临时，我们遇到两支来自古城子的商队。他们的骆驼缓慢而疲惫，伸着长长的脖子。和这一季节所有从西边来的骆驼一样，它们的身体条件也很差，因为雨水稀少导致巴里坤地区和古城子的草料甚为匮乏。

---

① 《荷马史诗》分为《伊利亚特》和《奥德赛》两部分，《伊利亚特》第18卷描写了赫菲斯托斯为阿基琉斯制造铠甲的情节。——译者注
② 即《奥德赛》里面的派阿基亚国公主娜乌西卡，曾救助受伤严重、漂流到海岸的奥德赛。——译者注

我们走了 20 英里才停下来，但梁家商队仍在前进，在我们前方某地扎营。白天环境炎热，晚上却寒气逼人。我放在帐篷中的木碗里残余有茶叶，太阳尚未出来就冻得硬邦邦的了，但日出之后气温又逐渐变暖。干枯的红柳和偶尔出现的沙丘打破了戈壁单一的地势，黑色的戈壁滩上闪烁着海市蜃楼般的微光，扭曲了红柳和沙丘的轮廓。这种海市蜃楼绝非阿拉伯文学作品中描述的那种带有凉爽树林和宜人湖水的甜美幻觉，而是光线的明显折射。在某些地方，它把天空的轮廓扭曲成维多利亚时代沃伯顿探险队[①]眼中的海湾和入水口，或者在数英尺之外的红柳丛间投射出粼粼微波的水池。许多像小乌鸦般有着灰色脑袋的鸟在帐篷周围觅食，它们几乎蹿到过客脚下，或者落在骆驼身上啄食它们的鞍部。

商队于下午早些时候出发，沿着一条黄色的小径行进，小径为黏土土质，透过黑色的砾石堆暴露于地表，沿途不时有红柳枝堆成的敖包作标记。就在日落之前，我们遭遇了几支从西边来的商队。他们带了许多鹿角。这些只是从麋鹿身上脱落的干鹿角。至于"血角"，则是在初夏通过猎杀麋鹿获取的鹿茸，更加值钱。这些鹿角被运至归化，其售价从 80 两到 120 两不等。保证鹿角的完好非常困难，他们说，在巴里坤山区捕鹿的方法是把麋鹿从森林赶到开阔地，然后射杀它，这一过程可能会持续数天。如果在丛林中射杀麋鹿，猎物会在临死前竭尽力气把鹿角撞到树上，以破坏鹿茸，让血流出，进而损害猎人的利益。这一传说一定出自人们所想到的明显威胁，即一头受伤的麋鹿会在丛林中乱撞，从而破坏鹿茸。但它只

210

---

① 1872 年，英国探险家皮特·沃伯顿从澳大利亚南岸的阿德莱德（Adelaide）出发，穿越澳大利亚中心的荒漠地带，经爱丽斯泉（Alice Springs），于 1873 年抵达澳大利亚西岸。——译者注

是众多类似传说中的一则，汉人通常用这些传说来证明其他野生动物价值之不同寻常。因此，他们也会说，东北貂如果尚未被子弹或陷阱直接毙命，就会转而自残，试图用撕咬和抓挠来自毁毛皮。

麋鹿倒地后，人们必须小心翼翼地从尸体上锯下鹿角并密封，以保存血液。鹿角被挂在一间暗房里慢慢风干，而血液则在鹿角的尖端凝结成一团。[1] 由于保存不善会破坏它们的价值，所以鹿角在被运至蒙古过境前，人们会巧妙地对其进行装箱和填充，商队的老板必须提供担保作为赔款，以保证它们完好无损。根据中医理论，所有疾病均可按热寒以及干湿进行划分，"血角"或者说鹿茸是药性很"热"的药物。鹿茸[2]是可以帮助不育的男子延续香火的滋补壮阳药，同时由于近来未嫁的女子甚至比麋鹿还稀少，年老体衰、生计无法自理的男子仿佛抱着童女亚比煞的大卫王，[3]对他们而言，鹿茸无疑是一剂补品。

211　　与这些商队随行的还有很多游客，有的游客在自家骆驼所驮的高大行李上休息，他们裹着长长的羊皮大衣，敞开前襟，巨大的衣领使得这些中亚游客明显不同于蒙古人，后者的毛皮领口窄小贴身，袍子的扣子扣在边上；其余的游客则蜷缩在驼轿中，驼轿如狗窝般挂在骆驼的两边。驼夫互相大声问候，还传递着古城子、归化和路上其他朋友的消息。来往的陌生游客透过他们的羊皮盯着我们，商队头人们三五成群地骑马碰头，当面就一些严肃的话题交谈

---

[1] 斯蒂芬·格雷汉姆（Stephen Graham）对此有不同的表述。他在《穿越俄罗斯中亚》（*Through Russian Central Asia*, London: Cassell, 1916）中写道：养殖麋鹿的农场每年都要锯掉鹿角卖给汉族商人，他们首先将鹿角浸泡在沸腾的卤水中，然后再露天晾干。这些麋鹿养殖场是由来自俄国境内阿尔泰山的俄罗斯人经营，并沿着俄国与中国西北的边境分布。
[2] 汉语中的"茸"与我们所说的"velvet"完全对应。
[3] 《圣经》中大卫王因年老体寒难以入睡，其臣下想出一个主意：为大卫王寻一美貌少女，让她侍候大卫王，睡在大卫王的怀中，以使大卫王温暖。于是众人便于以色列全境寻找貌美童女，最终书念地的亚比煞被选中，她尽心侍候大卫王，但大卫王没有与她亲近过。——译者注

一番，诸如道路状况、草场和水源条件、军事征用、逃兵和税吏。往东走的兄弟会跑过来和西行的兄弟交流，彼此也许是这一年来头一回谈话，之后他们再拖着沉重的步伐各奔东西，之后长达一年多的时间里，他们及其所牵的各链骆驼都不会再碰面。伴随着悠悠而又踟蹰的驼铃声，骆驼们像驼夫般转头盯着与它们擦肩而过的一列列长队；它们在昏黄色的夕阳里、在深色的荒漠中、在稀疏散布的灰暗红柳丛间久久凝视彼此，经历着短暂的相逢与离别。

我们又前行15英里，在一处叫"白土井"或"白土圪垯井"的小绿洲中扎营，绿洲中分布有几丛灌木、若干胡杨和数片干涸的芦苇荡。翌日清晨，一个衣衫褴褛的蒙古人来找我们，他自称不是老土尔扈特人的后代，而是来自两三个家族组成的群体，他们为了躲避苛捐杂税而逃难于这片荒滩。他们也许是沿着一条被马可·波罗形容为"四旬无客栈"的古道到这儿的，根据马可·波罗的说法，这条古道从亦集乃一直通向蒙古的故都哈拉和林（Karakoram），"道路痕迹依旧明显，然已无人使用"。①

白土井的水已经被近来许多往来东西的商队用光了，所以次日我们又走了五六英里才来到踏入黑戈壁之前的最后一片水域。此地名叫芦草井，位于逐渐扩张的黑戈壁边缘，是个行将枯竭的水洼。井边有一座全蒙古最奇异的寺庙——老爷庙，庙宇由红柳树枝搭建而成。这是座神龛大小的庙宇，长宽只有几步。最里面的壁龛顶部低到令人难以直立，壁龛内有一尊彩塑的老爷像，很可能产自北京，购于归化。老爷一只手捋着他的黑胡子，另一只手拿着我所见过的最直白的"天书"，我所了解的一切神灵应该都掌有此书。书

212

————————
① 引自《马可·波罗之书》。

本保存完好，可以翻开，但一个字也没有。

　　寺庙里到处都是红蓝相间的碎棉布（其中有一块较为艳丽的印花棉布），许多布上草草地写着几个字，也有一些敬献时便空无一字。神龛外壁的木板上也有很多铭文，尤其是一段用阿拉伯文书写的铭文，我想是哈密的某个维吾尔人所书，他所信仰的伊斯兰教同这片荒凉的土地格格不入，书写者是想表达自己对异教徒早期用于表示虔诚的这种古老纪念物的认同。老爷庙甚至还有用木条和纸匆匆扎成的灯笼，里面装有陶制油瓶，即使不能照明，也可以用来表达照明的用意，而老爷面前摆放有一个正面朝上的旧肥皂盒，是被作为香炉使用的。老爷庙还有个前院，所有材料遵循最好的款式，院子用红柳树枝和桦木制的驼鞍、手杖围成。庭院里用绳子竖立着一把木戟，庙门上挂着一个驼铃——试问哪个完整的庙能没有鼓和铃？——庙里还有个小鼓，是用掏空的胡杨和骆驼皮制成的。

　　这座寺庙某种程度上是为纪念旧老爷庙[①]而建，商队从古城子出发到这里需要十几天，大西路在此分作两段穿过戈壁。在旧老爷庙，商队的人常于穿越沙漠之前或之后屠宰从道士那里买来的羊。人们在老爷庙买羊宰杀，尽管它们最终会被商队的人吃掉，但它们具有祭祀的作用。旧庙的地位不容置疑，它是砖木结构，由梳着神父式长发的道士值守；据说由于多年的战乱，旧庙已经被克烈哈萨克人（Kirei-Qazaq）[②]劫掠一空。不信教的驼夫将它奉若神明，因

[①] 位于今新疆巴里坤哈萨克自治县老爷庙口岸附近，与外蒙古接壤。——译者注

[②] 克烈为古族名，原居于谦谦州（今叶尼塞河上游），辽金时游牧于今鄂尔浑河与图勒河流域，势力强大，后为铁木真所败，部众并入蒙古。15世纪哈萨克人建立汗国，形成三个玉兹，克烈部被划入其中的中玉兹。清时克烈部哈萨克人逐渐迁入中国境内。如今我国境内哈萨克族克烈部落与古代克烈部之间的渊源还有待进一步研究。参见哈依沙尔·卡德尔汗《集体记忆与民族认同——以新疆青河县哈萨克族克烈部分支阿巴克克烈部落为例》，载《西北民族大学学报（哲学社会科学版）》，2018年第2期。——译者注

蒙古"最奇异"寺庙的前院（里面有一根被绳子垂直绑在地上的木戟）

为他们是唯一的"教区居民",驼夫如今仍在更广阔的沙漠边缘和危险重重的旅途中用红柳枝搭建这一小庙深情地纪念它。面对这座由他们自己依托残垣断壁用红柳搭建、没有道士管理的临时神龛时,他们既迷信又敬畏,还夹杂着嘲弄的亵渎,这显得很喜感。他们的宗教仪式中包含着自中世纪以来就在欧洲近乎绝迹的精神——自由和冒险,这些精神在宗教改革中被大肆压制,其间还崛起了一股新奇的思潮,即主张通过解除教条束缚而非禁锢人性的方式实现救赎,凭借这种思潮,人们无需任何鲜明引导,便能清楚意识到是否虔诚与有无罪孽毫无关联。

现在,我想知道——我是否已经在沙漠中发现了有价值的东西并将其记录在案?这看起来多么像一个旅行者啊!

芦草井的地下水位有三四英尺深,这可能是一处位于低地的古老河床或旧泉眼,芦草井得名于古老的芦苇丛,它们地表的部分已经几近消失,而根却保留在土中。像往常一样,人们在井边挖了一个小水池,把水倒入池中供骆驼饮用。两支巴里坤的商队刚走出沙漠,在我们到达芦草井时便已经扎营于此,尽管依照行路的规矩,先到者可以享有给自家骆驼喂水的优先权,但他们很有礼貌地将用水权让与我们。人、犬和马可以按任何顺序取水,但无论骆驼有多渴,它们都必须在后面等待。

我第一次在那两支巴里坤商队中看到当地人所喜爱的优等白犬。白犬并非一个特殊的品种,但它们毛色雪白,这似乎由血统决定,而非白化病的表现。归化的商队就从来没有这种狗。归化人认为白犬夜间移动的白色身影会吓到骆驼。巴里坤商队的骆驼则已经习惯与白犬共处,对此没有任何应激反应。我认为归化人对白犬的抵触是出于迷信,但我始终弄不清楚其中的原委。他们对白犬的厌恶显而易见,而这种厌恶似乎由来已久，个中缘由已久不可考；也许他们认为白色不吉利，因为它象征丧事。这纯粹是汉族式的忌讳，而该忌讳可能已消弭在巴里坤，即使原本推崇白犬的当地匈奴人后来被汉人取代。

我们的驼队行将启程，我把我的狗带到井边，让它喝最后一口水的同时我也洗了脸，然后才察觉自己居然很久都没洗脸了。我可能是在模仿驼夫，他们经常带着半知半解的净化自身的想法去洗漱，然后才开始踏上艰难的一段旅程，比如高大的沙丘或黑戈壁。这是很久以来我头回清洁自身，我甚至忘记自己是否在当月洗过脸。但不管怎么说，通过洗脸能知晓一个道理：当你再度做某件事时，你才能发觉自己以前忽略了它，然后你会发现这属实是个让人清爽和解脱的上上之策。

我们在从额济纳向西进发的前一天通过一片十分空旷的平原，只有地平线上的海市蜃楼中漂浮的一座座小山头才能打破这种地形的单调。现在，我们在西北方向看到了沙漠，它位于这些小山的西边，离山不远，商队开始取道"连四旱"（Four Dry Stages）① 穿越黑戈壁。

---

① 特指驼路中从拐子湖到石板井一连四天得不到泉水的行程。下文连三旱、连二旱与此含义类似。——译者注

第十四章　黑戈壁

　　多日以来，人们一直在讨论此次穿越之旅、旱站、连四旱和连三旱（Three Dry Stages）。"这就是大沙窝。"他们在我们从拐子湖出发经过沙丘时说，"当风暴来临、道路受阻时，情况就已经足够糟糕了，显然，这条路走起来并不容易。不过，最糟糕的还是走旱地。沿途人困马乏之余，还能看到被丢弃的骆驼。"

　　正如我所指出的，大戈壁主要呈东西走向，是一块分隔内外蒙古的荒漠地带。但在额济纳以西，它的地势同时向南和向西倾斜，一直蔓延到塔克拉玛干的边界。额济纳以西的这片地区便是黑戈壁，也就是遍布黑沙砾的沙漠，黑戈壁中的北山山脉或隐或现断断续续，宛若瀚海之中的荒岛。我们要穿过戈壁中最宽广、最缺水的地方，所走的路线不仅没有地图指示，而且完全不为人知。1900年，科兹洛夫探险队的拉蒂金（Ladighin）自肃州出发，从南向北到达阿尔泰，而我所走的200多英里恰好处于额济纳河西支和"拉蒂金路线"甘肃段之间这一鲜为人知的区域。

　　我们很快就走出芦草井周围的泥土地带和顽强生长的芦苇丛，攀升到地势更高的戈壁滩。戈壁滩有着始终如一的特性，给人一种超自然而又绝妙的感觉。它由黑色的扁平碎石片构成，碎石片宛若破碎的石板，密密麻麻地覆盖在深浅莫测的黄色砂土上。我们在戈壁滩上至少长途跋涉了12英里，最后把驼队开进一条横贯我们前方的水沟里，开始在低矮的土丘间乱转，经过了白天的酷热后，随着夜幕降临，寒意逐渐增加。我们继续穿越这些小土丘，直到凌晨1点，我们才走完30多英里的路程。

拐子湖、沙丘地带和额济纳河谷的地势均较为低洼，依照我的经验和商队成员描述，这些地方的平均气温通常要比蒙古的气温高。然而，我们现在又再度回到了高原地带，每年10月份，当太阳落山或刮大风时，蒙古高原就很寒冷。次日经历的严寒与低洼地带的温暖舒适形成了鲜明对比。天空中有一层薄薄的铅灰色云彩，即便是在上午，也散发着苍白、明亮而又闪耀的光芒，宛若黎明，此外，刺骨的西北风也扑面而来。

我们扎营在一个大敖包旁边，营地位于一片平坦的圆形黑色开阔地，开阔地四周是平缓的黑色小山坡，山坡轮廓透着一丝阴森的气息。这些小山坡的构成成分和平坦的黑戈壁一样，都是表面覆盖着黑色砾石的深黄色黏土。这些扁平的碎石是如何非常广泛而均匀地散布地表？这对我来言仍是一个谜。很少有整块的石头露出地面，地表也未分布有体量巨大的石块。山坡上所有肉眼可见的巨石都被彻底风化，最后一片一片地开裂破碎，我冒昧地推测这种地貌是由火山造成的。[①] 至于该荒地中的山岗，据我所见，它们均呈现东南—西北走向。

以大敖包为起点，岔出一条更偏北的道，名叫连二旱（Two Dry Stages），可以作为连四旱的替代选择。两条路共同组成一个椭圆闭环，而走连四旱那条得经过连三旱。连二旱有较为肥沃的骆驼草场，然而，尽管连二旱的两截旱路中有一截可提供井水，但是水量无法满足沿途商旅所需。很明显，这条古道很早便为蒙古人所

217

---

① 现在我已经知晓其成分更可能是板岩而非火山岩。

知，然而随着大量商人造访此地，连四旱终究愣是被开辟了出来。几个商队头人告诉我，古道连二旱会经过野骆驼的主要栖息区。一个年轻的回民也同我讲，他见过一头被维吾尔族商队头人射杀的野骆驼。它略带点灰色，尽管体型和普通的骆驼差不多高，但整体偏瘦，驼峰很小，"就像女人的乳房"。①

额济纳河附近也有野骆驼栖息。我听说有个蒙古人去年抓了头非常小的，但当我经过那里时，野骆驼已经逃回沙漠了。商队的人说，有时在连二旱沿途会看到野骆驼从山中出来并观察草场里的商队畜群，但即便如此，它们也很少靠近商队，而且它们很胆小，几乎不可能被轻易射杀。还有人说，野骆驼即使在小时候被抓也难以驯服，而一个哈密人称有位额济纳蒙古人会骑野骆驼，对于自命不凡的蒙古人来言，野骆驼是速度极快、最为精良的坐骑。如今从商旅口中获取的关于野骆驼的可靠信息虽然并不完整，但他们似乎达成一种共识，即野骆驼尽管不能用来拉货，可仍能被驯化用于骑乘；每个听闻野骆驼可以骑的人也都听过有关它们跋涉距离的离奇传说。显然，即使对蒙古人而言，捕捉并驯化野骆驼也是一件罕见和令人惊奇的事。②

次日我们又向前推进 30 多英里，尽管在黑色小山丘间进进出出，但一直是向西前行。这片极旱荒漠中即便生长有植物，也是我所见过最为稀疏的植物丛。弯弯曲曲的缓坡两侧隐约散布有一些洼地，洼地里长有几株小红柳。他们说黑戈壁虽然降雪稀少，但是雪

---

① 这样的比喻对于信奉礼教的汉人来言相当粗鲁，但回民在一定程度上拥有自己的用词，而且总是带着特有的表达风格和表达方式。

② 普尔热瓦尔斯基收集的关于野骆驼的资料信息是目前最多的。自他之后实际上再没有更多资料出现。普尔热瓦尔斯基的记录和推测都收录在他的《从伊犁越天山到罗布泊旅行记》（*From Kulja Across the Tianshan to Lob-Nor*）一书。

融化后会流入这些低洼的沟槽中。沟槽中也生长有几株矮小而密集 218
的灌木植物。它们了无生气，无法冲淡茫茫瀚海那强烈而阴沉的凄
凉感。我记得当时戈壁给我的感觉更多是壮丽而非恐惧，后来我又
因急行军带来的成效而感到振奋。现在再度回忆，我承认黑戈壁的
确带着一丝死亡气息，并仿佛能从高处俯瞰戈壁并且注视着弱小的
商旅在茫无边际的黑色荒地缓缓前行。不过这并不是说戈壁像移动
沙丘那样有什么实际的威胁，我认为汉人害怕它，可能主要是由于
担心损失骆驼，骆驼的损失对他们而言才是更现实的威胁，而旅途
的乏味和疲倦加剧了这一恐惧。半天跋涉 30 英里，其间以骆驼般
的缓慢步态徒步前行，这一点着实令人身心俱疲。

　　我们在黑戈壁的第三天意外连连。摩西和我都在前夜被冻坏
了，所以我丢弃了我自己所穿的袜子，换上驼夫在旅途中用厚实的
驼毛为我编织的驼毛袜——这是自归化启程以来我头回换袜子。先
前的旅途中我一直穿着破旧的鞋子骑马，现在也换上了我那内衬毛
毡的羚羊皮靴。

　　赶路时，我的眼镜经历了第一次损坏。我正俯身系鞋带，一
阵风忽然将我的眼镜从面部吹到碎石地上，随着一声脆响，眼镜
碎了。这副眼镜我已经戴了数月之久，可谓"身经百战"，镜框边
缘有不止一处缺口，缺口都是先前掉落在石材地板、砖头以及各
种各样东西上撞击形成的。我年初在大青山打猎时也戴过这副眼
镜，当时耳朵都快冻僵了。那回也是风——不是妖风，而是一阵猛
烈的风——将它吹进雪堆，我耗了很多工夫才将它弄出来。这副眼 219
镜对我而言意义非凡。围拢过来的商队都为此感到惋惜。然而他们
之前从不知晓我还有备用眼镜，出乎他们意料，翌日我又换了一副
眼镜。

　　商队于 1 点半启程，五小时后，一头骆驼死在我眼前，实际上是我击毙了它。黑戈壁上有许多死骆驼。商队的人说它们前后相继地躺着，遍地都是。说实话，如果你在这条土黄色的小道上像诗人雪莱一样"前瞻后顾"，① 那么骆驼尸体几乎无处不在。旱地路位于绕路中段，当骆驼失去对于环境的优越感时，它们必须在途中竭尽全力前行。许多骆驼会在寒凉的月份里单纯感到疲惫，而在天气炎热、感到补给匮乏时，情况就更糟了。躺在沙漠两端的骆驼尸体最为密集，其中许多离水井只有几百码远，这证明在几乎没有粮草和水的情况下，连四旱对于长途跋涉四个月的骆驼来言堪称畏途。其中许多骆驼受困黑戈壁长达一两周才死亡——它们体力透支，最终在路上被黑戈壁拖垮。

　　然而，商队中的这头骆驼却死于恶疾，从我们离开额济纳河西支的那天起它就开始患病。对于重病成因，随行汉人能给出的最贴切说法是，有股邪风——我将它解读为歪风或恶风——灌入了骆驼咽喉；不过也有些人坚持认为那头骆驼可能吃了一些不适合喂它的东西。它的下颚和咽部一定是突然麻痹的，因为它的两腮鼓得很大，反刍时它既无法吞咽，也不能咀嚼，更不能将食物吐出来。不吃不喝长达六天后，它变得非常虚弱。它的腿部逐渐趋于僵硬，几乎难以走动，眼睛外凸，仿佛行将窒息。最后，当我们在赶路时，它绊了一跤，倾倒在躯体臃肿的一侧，因为关节不能弯曲而无法重新站立。

220　　这头骆驼的主人很年轻，是周家商队早先的头人的儿子，此番行商他带了整整两队骆驼。这次损失使他很伤心，因为这是他头

---

① 作者在此援引英国诗人雪莱所著《云雀颂》（*Ode to a Skylark*）中"我们前瞻后顾"（We look before and after）一句。——译者注

回被单独派出去，他天真地以为旅途一定会一帆风顺。他和我掰开病骆驼的嘴唇，从后槽牙后面把舌头拽出来看。舌头上布满了令人恶心的脓疱。它无疑是中毒了。西北有多种出了名的毒草，其中一种生长在西宁地区，两种生长在巴里坤城周边的荒漠中，更不用说喀喇昆仑和克什米尔地区了。驼夫们对误食这些草的后果均有所了解，他们认为骆驼产生这种症状另有起因。我听说另一支商队里的一头骆驼在同一地区死于同样的疾病，所以绝对还有其他不为商队所知的有毒植物生长在额济纳河畔。

商队继续前进，因为人们不会因顾及他人而在戈壁驻足——除非他是一个"好奇心很容易被满足的外国小象"。[①] 随后，周家的先生骑着马回来了，他以一种很不满的声音为濒死的骆驼念了"悼词"。"你在等什么？"他喊道，"你不知道这是在同戈壁做买卖吗？我们花银子买骆驼，然后将把它们献给戈壁。除此之外别无出路！"我们后来又磨蹭了一会儿，因为我请求骆驼主人让我向他的骆驼开枪。这是我在整个旅途中唯一一次违反商队的相关准则，并很快得到了宽恕。骆驼主人同意了，因为他毕竟还是个孩子，尽管他很沮丧，但他很好奇我的左轮手枪能发出多大的响声、打出多大的洞。然而营里还是有许多人议论纷纷，开枪之后我就将花银子买来的骆驼按照戈壁买卖的规矩，丢在了戈壁。

我们从黑戈壁的这一处汲水点到达下一处，其间疲惫感在不断增加，我记得在行至天黑的最后几个小时里，感觉非常疲倦，脚步也很沉重。与此同时，群山和夜色开始迫近我们。先前的很长时间内我们一直在缓缓上坡，但现在商队已然越过了一道低矮的分

221

---

① 作者化用了英国小说家鲁德亚德·吉卜林（Rudyard Kipling）所写的童话，该童话讲述了一头短鼻子小象因为无穷无尽的好奇心而被家人以及路人暴打的故事。——译者注

水岭。下坡同样缓慢，几乎察觉不到；截至凌晨2点，在长途跋涉十二个半小时，也就是大约31英里之后，我们闯入一片小山区。然后我们在更深的黑暗中安营扎寨。我们用三天工夫便走完了连四旱。连四旱全程至少有90英里，也许将近100英里。即使是耗费四天时间，也意味着要一直跌跌撞撞赶路，但人们通常只有在冬天才将全程划分为四段。最后一口井里的水可以倒入水袋凝结成冰，再以冰块的形式驮运，每头骆驼驮一到两袋冰。他们说，有一回一支商队在没有备足备用骆驼的情形下走上连四旱，最后搞得所有人员和骆驼都很虚弱。第二天赶路时便有许多骆驼被"丢弃"，以至于商队的头人不得不放弃大量货物，留下两个人看守，他们在那里住了至少两个月，依靠过往商队施舍的面粉和冰块过活，直到备用的骆驼赶回来，他们才得以脱身。

尽管我们扎营时天色已晚，人困马乏，但搭好帐篷并不代表我就结束了这一天。现在我总算有空和我的骆驼客争执一番。旅途的疲劳和乏味使他的脾气越发暴躁，并且他已将发泄的矛头对准镇番娃娃。自从那个老头被驱逐后，他便小人得志，开始肆无忌惮地欺凌镇番娃娃。骆驼客没有对他拳脚相加，而是不断地威胁、辱骂和骚扰。尽管因鞋子破旧，加之没经历过这种长途跋涉，镇番娃娃全程忍着脚痛慢慢前行，但那个冷血的骆驼客并未给他任何喘息的机会，而是让他去放骆驼和采集柴火。我没有介入其中，因为镇番娃娃名义上是在骆驼客的"保护"之下，而且，他必须在这所艰苦的"训练营"里闯出自己的天地，否则就会被淘汰。然而，最近骆驼客却开始变本加厉发出怒吼，威胁要把镇番娃娃赶出驼队——并且还是在断他口粮，甚至在连一头骆驼和同伴都不给他提供的前提下将他驱逐，这要比那个孤身赶路的老头处境还糟。今天，周家商队的人赶着放牧的骆驼回来时跟我说，镇番娃娃身体快垮了，他的双脚已被磨破，体力也已透支。当时我正在营地外的一座低矮山丘上眺望远景。当镇番娃娃挣扎着要吃东西时，我的骆驼客起初还把镇番娃娃的那份食物放在他面前，可镇番娃娃过于疲惫以至于吃饭很慢，这使得骆驼客很不快，他将饭从镇番娃娃手中夺走，扔给了营地的狗。

我同商队碰了面才知晓镇番娃娃的遭遇。然后我将自己的骆驼给了镇番娃娃，让他骑一会儿，在我起身重新骑上自己的骆驼后，热心的周少东家用自己的羊皮大衣帮镇番娃娃取暖，并把他的骆驼让给镇番娃娃骑，同时由他牵着骆驼步行数英里，尽管他自己腿脚也不利索，而且走起路来还摇摇摆摆。

我本以为我让镇番娃娃骑自己的骆驼会惹得骆驼客同我争吵，我寻思他会以钱是我出的为由，只准我骑骆驼，镇番娃娃由于是帮工的，因此必须步行，然而他没有就此接受我的挑战。最后，当我们在营地煮茶时，骆驼客首先自顾自地倒茶，然后再将茶壶放回火堆。我伸手将他碗里的茶倒了，接着给自己倒了一碗，之后再把壶递给摩西和镇番娃娃。骆驼客这回再也坐不住了。他开始对我们的一视同仁感到恼火。事实上，驼夫们一直在小心翼翼地维护着他们的特权，无论是商队头人还是商队东家，在处理吃喝或任何日常工作之外的事情时，都很少凌驾于任何一个驼夫之上，随同商队旅行的内地游客也必须承认他们这一平起平坐的地位。除了吃罐头食品外，我自己也一直遵守这条规矩。

而我现在和那个骆驼客摊牌说，我是外国人，遵守自己的一套规矩。我只是出于礼节认同商队的规矩，如果他不懂得礼尚往来，可以离开我的帐篷。帐篷是我的，食物也是我的，他无权享用我的

穿着羚羊（小瞪羚）皮靴的欧文·拉铁摩尔（拍摄于黑戈壁）

拿着黑茶的摩西（右）以及镇番娃娃（"你必须要有一个安全的靠山。"）

在黑戈壁前行的商队。骆驼背着砖茶，通过鼻子上的楔子两两相连（1929 年版插图）

一支正在集结、等待出发的商队（1929 年版插图）

随行的狗苏吉正在一具骆驼尸体旁，商队正在经过（1929 年版插图）

黑戈壁中的生与死。一头奄奄一息的骆驼，因为吃了有毒的草而患上喉痹（1929 年版插图）

食物，因为合同上写着，食物只属于我和摩西，而不包括他。这句话顿时激怒了他。他指出我若不允许他睡在我的帐篷里，赶路时就不带我的帐篷，若不能吃我的食物，他也不会带我的食物赶路。这一言行公然违背了契约精神，或者说破坏了商队规矩，契约和规矩都受制于一则惯例，即不惜任何代价都要将货物和旅客送到旅程的终点。我本可以回击他，驳得他哑口无言并与之解除合同关系，在汉人的眼里，这一举措完全正当。事实上，我只能警告他，但这场争执一直带有强烈的亚洲色彩，它起到了在亚洲应有的作用，这让我刻骨铭心。

他意识到自己做得过火，于是开始妥协。我们直到凌晨 5 点才入睡。尽管如此，这番争执还是有些效果的，之后的好几个星期里，我的骆驼客都表现得很规矩，镇番娃娃也得到了看似公正的待遇。骆驼客在公众舆论上陷自己于不利。不过，虽然同行的汉人对我抱以同情，但他们不愿公然站在我这边反对他们的汉族同胞兼商队同行。他们原本以为过错或许在我，是我对那个毒舌的老头过于偏袒。如今他们则成群结队地来到我的帐篷，其他驼夫们建议我必须提防那个骆驼客，因为他对我怀恨已久，而且怨气日渐增长，同时这个骆驼客的恶行也让他们从事的行业蒙羞，他们日后定会全力支持我。

我们所在的这口井，或者更确切说是两口井，标志着我们在连四旱的最后一段漫长跋涉已然结束，大家都管此地叫石板井——即石板之井。我认为石板井是我们所经过的整个荒漠中最凶险的一处地点，因为商队扎营于一处地处重重黑山头间的狭窄山坳，环顾四周，皆为群山，漆黑的山体使得环境显得更加险峻与凶险。此地还有几块黑色的巨石，石板井便得名于此。制高点的山脚下有条干涸水道的分叉处，那对深达十英尺或至多十五英尺的井便位于此处——它们比蒙古地区大多数井深得多——井中水量充沛，虽然略带咸味，但清澈可饮。

传说石板井最初是由一支在连二旱上迷路的巴里坤商队挖掘的，当时绕路尚未为人熟知，连四旱也未像人们所说的那样，被一个隐藏在历史中的神秘人物黑喇嘛"开辟"。如果不是老天爷[①]为他们送来一场及时的大雨，断水数日的巴里坤商队会凶多吉少。他们不仅为自己，也为骆驼扎了足够多的毛毡。不仅如此，这场大雨可谓货真价实的奇迹，因为它只落在他们头上，而没下在沙漠中的其他地方。他们认为大雨肯定是上苍有所预示，于是挖了这些井，他们之前从未想过此地会有井。因此，直至今日，井的上方仍有一座由黑石板堆砌成的小神龛。同其他的神龛一样，这座神龛神圣高贵，没有花纹装饰，只有一尊上书"老天"名号的木牌位。旁边是一块带着题记的木板，警告所有过往商旅，说他们即将进入黑戈壁中最可怕的一段，必须要准备足够的水。

我们在石板井追上了梁家商队，他们从西额济纳河开始就超越我们，在黑戈壁周边提前蓄水。同行的汉人肆意地咒骂他们，因为儒家和伊斯兰教间几乎没有什么共同语言。这些汉人说，尽管梁家商队会在自己顺利时继续前行，但从现在开始，为了结伴穿越充满匪患的危险无人区，他们会牢牢地依附于汉人商队。

[①] "老天爷"是个地道的方言称呼，很难将其特性准确地翻译出来。如果能向"雷默斯大叔"[Uncle Remus，是美国作家乔尔·钱德勒·哈里斯（Joel Chandler Harris）所著的一本小说的主角，作者尤以善于使用美国南方黑人民间传说和方言闻名，享誉国际——译者注]求教，他也许会把它形容为"老上帝"。我曾经听闻在北京有个乞丐，尽管他是个比约伯（Job，《旧约》中的人物，沙漠之地游牧民族的酋长，其财产丰富，势力雄厚，以为人正直虔诚而著称——译者注）还虔诚的老人，但他比约伯更喜欢插科打诨，他被一家外国医院收容时曾咧嘴笑称："老天爷请挤出我的脑袋吧。"

　　虽然其他汉人直白地反感整个梁家商队，但梁家商队其实只
有两个回民——代表"东家"的少东家和一个会做"清真餐"的驼
夫。回商更喜欢雇用很多汉人，因为他们本族人易怒，会因一时冲
动或自认为受到怠慢而撂挑子。和大多数外国人一样，我对穆斯林
颇有好感，尤其喜欢和梁少东家打交道。他是一个二十三四岁的好
225 小伙，属于一种除了汉人血统外还带着其他族群基因的穆斯林。他
很可能是具有中亚血统并娶有汉人妻子的"阿贡思人"（Argoons）①
的后裔，马可·波罗在记载天德城时如是描述这类穆斯林，现代
学者认为天德城就是归化或位于归化地区的城池。尼·艾利亚斯发
觉，归化的回民在他们周遭的环境中时刻保留着对西域的回忆，这
些回忆尤其体现在他们的果园和花园上。②

　　尽管梁少东家雇了一位汉人作为商队头人，但他自己在处理行
路事务方面往往更加积极主动。我认为他的措施和决定比汉人更为
干练和积极。汉人认为回民有勇气和上进心，说话有说服力，可他
们在生意上不好打交道。事实上，他们看待回民的方式，就像英国
人看待爱尔兰人的方式一样，其中颇有一些渊源。

　　人们还公认回民比具有不同信仰的汉人更纯洁。然而对回民而
言，纯洁与虔诚无关，它只与礼拜有关联。这是亚洲人和欧洲人之
间的差异之一。如果有人对你说："他的房子（或帐篷）比我的干
净，那么他就是穆斯林。"这种表述无疑是以亚洲人为第一视角的。
不管他是哪类亚洲人，也不管你是哪类欧洲人，两者之间的差异巨
大。另类的生活方式在不同程度上可以变得令人羡慕、可以模仿或
者实现，这一点只有亚洲人无法生来感悟。他的生活方式对他自己

---

① 这个术语被裕尔注释的《马可·波罗之书》完整解释为"混血儿"。
② 这一说法同样被裕尔援引。

而言可以接受。他可能会鄙视一个生来就有着另类生活方式的人，但他不一定鄙视那种生活方式本身。然而大多数回民群体在血统上几乎完全汉化，回民不会由于身处汉人中间而认为自己是外人。同样，汉人也不一定因为回民的习俗而把他视为异类。这就是亚洲人对待宿命的态度，虽然在特殊情况下可以用一种法典来加以规定，比如印度的种姓制度。但作为普遍的偏见或思维倾向时，这便成为亚洲人对定力的一种考验。例如，你若用这样的态度对待一个俄国人，就可以断定他的文化遗传偏向于东方还是西方。

回民用以自称的名号有小教（与大部分汉人的信仰相对）、[①]正教（即与众不同的教派或"异教"）以及"回回教"。其中关于"回回"的词源一直众说纷纭。汉语中"回回"的"回"取"回报"之意。我曾听闻有人如此解释，这一含义早先被用于称呼来自西方的穆斯林雇佣兵。按照这种观点，其中部分雇佣兵一定是与汉人妇女成婚并在归途中安顿下来的，作为外来者，他们被附近的聚落称为"归途之人"或"回乡者"。将"回"字的复写上升为一个专有名词，合乎俗称的用法。然而在我看来，正是这种口语化过程过于简单，使得该说法过于随意而不真实。

汉语词源堪称一个令人费解的谜，因为发音的转变和词汇的外借不会在表意文字中留有任何痕迹，而表音文字则情况迥异。然而考虑到口语和书面语使用之间的巨大差异，以及对后者的呆板修饰，人们"初步"怀疑"回回"若真的源自口语或俗称，是否会演变为半官方的称谓。我甚至认为一种更大胆的猜测反而更稳妥些："回回"可

①　即使在如今，汉人有时候仍然完全尊奉愚昧的佛教和迂腐的儒家，它们如同教会般组织森严，汉人之所以将自己的信仰称为"大教"，不是由于他们不属于其他教派，而是因为他们不信仰作为"小教"的伊斯兰教，这在他们看来无疑是更加明智之举。

能是某个古代部落名称的变体——甚至可能是曾为汉人所知的一个异族名称，后来他们误将这个称谓转用在来华穆斯林身上。[①]

即使不同地区的回民多寡不同，但他们很容易被"回回"这一名称冒犯，这证明"回回"一称并非源自他们，而是周边多疑的族群给他们起的称呼。然而，如果在"回回"前加上形容词"老"作为前缀，它反而显得高贵很多。回民眼中最正规的汉语名号是"清真"，意为表明他们的信仰之"清净"和"真实"，"清真"二字写在清真寺的门楣，供朝拜者辨识。[②]

228　　离石板井数英里有一小片沙地，其中还有另一口井，但水质较差。过了这片沙区后，我们在荒凉的沙漠里宿营，并于次日穿过狭隘的山谷到达野马井。我们在这里只给自己打了水，却没为骆驼汲水，之后我们又走了一两英里才扎营。赶路数日，我们走过的地区不只是名副其实的黑戈壁，还有更高的山区以及较为优质——或者说至少没那么糟糕的草场，有时远眺南方还能看到泛红的荒漠。人们还说黑戈壁的边缘地带分布有野马（即普氏野马）和野驴。

这两次赶路途中，所有的骆驼都接受了蹄伤检查。它们在连四旱的砾石地表更容易受伤。它们疲于远行，并在平地上拖拖沓沓地赶路，当处于乱石中时，它们的抬脚姿势明显异常，它们被拖着前

---

① 后来我通过阅览发现，"回回"一词曾被用于称呼维吾尔人——这一说法由俄人贝勒［又作贝勒施奈德（Bretschneider）。——译者注］提出，柔克义在翻译威廉·鲁布鲁克（William of Rubruck）的《游记》（*The Journey of William of Rubruck to the Eastern Parts of the World, 1253—1255*）时引用了这一说法。

② "回回"一词有较复杂的渊源。《梦溪笔谈》等用以指回鹘，《癸辛杂识》《辽史》用以指信仰伊斯兰教的人和国家，明清两代的文献中主要以此指回族，有时候指伊斯兰教。清代还对信仰伊斯兰教的其他少数民族多加称"回"，如称维吾尔族为"缠回"，称东乡族为"东乡回"，称撒拉族为"撒拉回"，且把新疆称为"回疆""回部"等。拉铁摩尔的上述推测部分反映了历史情形，但是他并没有较全面的认识。——译者注

进，蹄子磨出血疱，肉垫变得滚烫。蹄伤的治疗方法是让骆驼保
持至少一天不喝水——据说凉水会使马匹跛脚，也会使人和骆驼起
水泡，商队的人除了热茶以外几乎不喝任何东西，尤其是在赶路前
后。然后骆驼被安置在路上一段时间，以便使血液通过蹄垫正常流
通。之后人们将小而平的放血针扎入痛处。尽管不能将水疱挑破并
流脓，但是放血针会从肉垫一侧刺入两三英寸，其目的不是直接处
理水疱，因为人们害怕肉垫会更加脆弱，扎针实际是为了通过放血
而减轻症状并给蹄子降温。水疱还好对付，血疱才是最难缠的。血
疱会导致骆驼一路上不停出血，骆驼疯狂地跺脚，每跺一次都有血
液喷溅而出。当骆驼的肉垫有痛感时，它不会像其他动物那样去轻
轻踩地，而是每走几步就不耐烦地跺脚，如果蹄子扎入一根钉子或
一根刺，后果将很严重。有时尽管后蹄不会出血，但血会从前蹄上
部关节的静脉中流出。

与此同时，我们第一次看到母骆驼流产的情形。这头母骆驼如
果喂得饱，尤其是经常饮水，其实可以一直全力工作到产崽的那天。
但在黑戈壁中经历的艰难跋涉、糟糕喂养，以及在第一口井未能充
分补水，这些因素共同导致了它的流产。然而，即便遭遇流产，这
头母骆驼也只是停滞几分钟，然后满载货物继续前行。实际上，除
非即将到达终点，或者沿途行至草场，否则归化人基本上不会去救
助一头旅途中顺产的小骆驼。母骆驼会因哺乳变得太瘦而不能工作，
但如果立刻抛弃幼崽，它会和以前一样健壮。不过，千万不能让母
骆驼看见自己的幼崽，否则它会为幼崽呻吟和悲伤。如果它从未见
过幼崽，这个可怜的畜生就会以为自己已经摆脱了苦难，商队成员
对骆驼遭遇的诸多痛苦或是冷眼旁观，或是坚强地忍受，他们对此
最有发言权，用他们的话来讲，这是"跑戈壁"的又一不幸。

第十五章　黑喇嘛城堡

　　　　野马井位于黑戈壁中央高地的边缘。我们从野马井缓缓下行进入一道又深又宽的山谷，山谷地势微微向北倾斜，昨夜所走过的地方由于夜幕笼罩一片漆黑，只有到了次日清晨，当我们回头望去，才看清我们是从一块荒凉的台地上下来的，光秃秃的山坡遍布碎石。在这片山谷或者说盆地的另一边，我们登上了另一片较低的高地，开始进入连三旱，继续踏上穿越蒙古地区沙漠腹地的旅程。虽然连三旱按理说要走三天，但商队通常会将日程分为两段急行军。而我们则将全程分为整整三段，因为走完第一天的路程时，罕见的夏季雨水汇聚成一片池子，其间包含若干供骆驼饮水的小水池和泥坑。

　　行程伊始，我们就遇见一支商队，他们以蒙古人"一呼百应"的方式行进，与汉族商人有序的行进方式大不相同。他们是焉耆的土尔扈特人，焉耆位于新疆腹地，处在从乌鲁木齐到喀什的路上，它所在的天山山谷和塔克拉玛干边缘的中间地带可供土尔扈特人放牧自家著名的矮种马。他们在汗王的一个亲属，亦即王公的带领下，组队前往北京朝拜班禅喇嘛，班禅是西藏西部地位最尊贵的活佛，他被认为是反对英国，与拉萨的噶厦政府对立的领袖，由于政治原因离开了西藏。[①]

　　我对他们这种异常虔诚的动机可谓十分敬重，尤其是在他们

---

① 此处指九世班禅，1888 年经清朝中央政府批准，被认定为转世灵童。1904 年率领僧俗群众抗击英国侵略，1923 年离开西藏辗转内地。——译者注

骑驴的土尔扈特商旅（他们正在去北京朝拜班禅喇嘛的朝圣之路上）

非常迷信、带着艺术魔力或者在宗教仪式上披金戴银、生龙活虎的时候，而且蒙古人那极其虔诚的朝圣之旅总是让我热血沸腾。这些部族男子来自中亚最偏远的蒙古部落，他们赶路时气场十足，穿着黄、紫、红、绿四色长袍，胆量过人，表情坚定，拖家带口，还用骆驼驮着财宝和贡品，运输过程戒备森严，武器装备是由火绳枪、后膛步枪、刀剑和各式手枪拼凑而成。这些土尔扈特人之所以千里迢迢穿越沙漠进入内地，是为了通过在西藏最神圣的神灵化身面前放下身段祷告忏悔，进而积攒功德——因为在他们看来班禅比达赖更具神性。[①] 显然，他们的旅途悠闲自在，因为许多骆驼都满载毡房蒙布和支架，行李上覆盖有产自和田的新疆旧地毯，地毯色泽柔和，上面的红色已然蒙尘，而黄色已经褪去。

连三旱沿途的荒漠土质逐渐变得类型多样，地表除了像连四旱那样成片分布着熠熠生辉的黑砾石外，还似乎有碎石英，它们呈现出红色、棕色、白色——尽管也有黑石块——诸色交杂，汇聚远方，泛出些许灰色。此间的沙漠较之腹地的黑戈壁少了些许荒凉，因为这里的沙漠灌木种类更多、数量更为丰富。到了第三天，甚至还可见到一些野沙葱，这使得骆驼蜂拥而至，差点造成踩踏，正如同行的人所言，数日以来，商队里的骆驼除了柴火什么都没吃。放牧者很难驾驭它们，以至于我们不得不比平时提前很多时间扎营，尽管风比较大。同一天我们还看到马鬃山的一端泛着青色浮现于遥远的西南方。从东部开始，连三旱所在的区域可以被视为高地，但它的地势逐渐在西部降低。我们从高地下来后掘开了第一口井，此时我们已经离开大漠，进入了无人区的绿洲。这口井的名字很有意

---

① 达赖和班禅都是藏传佛教中地位最高的活佛。——译者注

思，它叫"和硕井"，意为"旗之井"。"去和硕"是旅蒙商队的行
话，它的意思是说以一个商人或小贩的身份，而非以货物搬运工的
身份去赶路。这口井位于一条古道的支线上，这条古道连通着肃州
和云北泽，如今已湮灭，云北泽位于阿尔泰山的山脚，是一处重要
的召庙和贸易集散地。

　　从和硕井往西再走一段可到达一汪半干的池子，叫做公坡泉，[①]
商队的人把这一带的战略要地叫做"三不管"。摩西情绪有点低落，
虽然在荒漠里待了这么多天，他一直将这片只能与疲惫的驼夫聊天的
荒漠视为汉人常说的"荒山野岭"，但他听到这个名字时却开起了玩
笑：天津难道就没有"三不管"吗？人们说天津的"三不管"曾经被
划给美国作为租界，而美国人决定不在天津设立租界，经年累月，这
片处于日本租界和天津城之间的地带就变成肮脏的低洼地。后来随着
这块被割让给洋人的"废地"被排水、填平并改造成一处干净繁荣的
通商口岸，天津"三不管"开始升值，原先这块被美国人嫌弃的"泥
汤之地"无人问津，如今中日均在这里开始经营。等到天津的"三
不管"建设成熟，也就是时候重新划界了——通俗来讲就是如此。的
确，在今天，有些地方以砖块和灰泥砌成边界，而非像传统那样以
街道和排水沟划界。

　　不妨这样说，起初因为这片土地被三方势力所轻视和排斥，所
以它被称为"三不管"。翻修重建之前，它可谓"盗贼天堂"，一
块不受控制的"阿尔塞西区"（Alsatia）。[②]出于同样的原因，天津
的小偷小摸在"三不管""蓬勃发展"，从电影院、妓院、戏院、台

---

① 今作公婆泉。——译者注
② 阿尔塞西区为伦敦市中央的一个区，曾经是欠债人和罪犯的藏匿地，后借指避难所。——
　译者注

球房到那些惹眼的西餐厅，鸡鸣狗盗比比皆是，那里的西餐厅只提供牛排和商标古怪的伍斯特沙司，其存在的唯一意义就在于让航运职员和头发油亮的学员温习使用他们熟悉的刀叉，并咕哝着"真该死"。熟悉"三不管"的洋人大多是保险代理人，白天他们开着汽车在肮脏的街道上疾驶，品评遍布澡堂和戏院的红灯区，这些妓院、澡堂和戏院均为中国的军阀所拥有，他们为红灯区的私产购买了巨额保险。

偶尔会有外国人夜里逛到"三不管"，并找个戏院坐一会儿，戏院里的杂耍演员表演着古代战争等定格于人心的历史事件，戏院还时髦地装了电灯。演出期间服务员的表情冷淡而专注，他们十分精准地将敷脸的热毛巾从很远的地方扔给需要擦汗的观众，发出像豺狼一样的叫声。然而，对我来说，每当我回忆起天津的"三不管"，首先进入脑海的是那些餐馆，头发油亮的人们蘸着那种惊人的酱料食用形状各异的牛排，同时出于义愤说着"真该死"。然后他们从餐厅的电灯灯光走入垃圾遍地的街道，循着路灯灯光来到灯火通明的桌球厅，在那里他们可以获悉来自上海的最新国际动向，并更频繁地嘟囔着"真该死"——因为这样天津的华人区才变成了不夜城。

那是多么迷人的一段记忆啊！如果你知其妙处，天津会让你感到不虚此行。但是，在这荒漠之中的"三不管"，摩西那种气馁的玩笑在我看来十分无厘头。我恨不得将五大洲所有的灯光都汇聚在这片"三不管"，但愿我能和驼队一起顺利度过这段穿越"三不管"的时光，旅途中的骆驼成队前行，为首的背着一把红缨枪，外形古拙的长筒驼铃在队尾骆驼蓬松散乱的鬃毛下发出沉闷的叮当声，从下午到黄昏，再到月色朦胧的夜晚，所有人都无声前行，其间一头骆驼的鼻钉缰绳断裂，恢复自由的骆驼和它身后的所有同伴都停下来开始休息，此刻人们才不时提示："齐（活）喽——！"

连二旱在公坡泉同连三旱和连四旱汇合。此外，还有一条连接云北泽和肃州的主路从北方穿过马鬃山主脉的隘口进入这片绿洲。正如我之前所述，蒙古境内的任何道路都只是由赶路时的走向连缀而成而非某条固定的路线，记住这一点固然关键。但我认为此处就是我与拉蒂金路线的交叉点，科兹洛夫曾于 1900 年至 1901 年组织过一次探险，拉蒂金就是探险队成员之一，他的路线是由北向南，尽管他在更北边的短途旅行路线大体呈东西走向。他最重要的一次短途旅行是向东前往库库—图穆尔图山［Kuku-tumurtu-ola，即卡拉瑟斯所称的阿提博格达（AtiBogdo）］，他发现作为一片生命带，图穆尔图山与阿尔泰山存在一定关联，这里水源充足，树木繁茂，生机盎然。拉蒂金认为此山脉与诺颜博格达（NoinBogdo）在额济纳河终端盆地的东部和北部相连。它的北部同阿尔泰山之间阻隔着一处名叫查尔金戈壁（Charghin Gobi）的荒漠，南面则是我所走过的大沙漠。拉蒂金造访的图穆尔图山距离阿尔泰山似乎有 300 公里，之后他又走了约 800 公里抵达肃州——我认为其中不包括在图穆尔图山脉所走的 200 公里。拉蒂金在图穆尔图山脉和肃州之间标出的只是他所说的"马子山"① 的一部分，连一半都够不上。马子山无疑就是马鬃山。事实上，"马子"是俄罗斯人扭曲汉语发音的一个典型案例，即使没有听过正确发音，只要对无所不能的俄罗斯人在处理汉语名称时的笨拙稍有了解，任何人都能猜到它实际是指"马鬃"。马鬃山大约位于北纬 42 度，东经 98 度。

234

① 地图上的"Madzi-chan"被附于科兹洛夫所列清单的摘要之中，法语中用"chan"表示"山"的汉语发音，可参见《地理》杂志第 5 卷，第 273—278 页。

　　和硕井和公坡泉同处一片东南—西北走向、由一连串湖沼构成的洼地当中，和硕井位于洼地的起始处，公坡泉则是洼地的最深处，洼地里的湖沼到 10 月底已经变得半干，但有源源不断的泉水维持着洼地的生机。洼地西北方是一片贫瘠的低矮山丘，没有水且沟壑纵横。我推测它们很可能是拉蒂金所说的瑟琴金山（Sertsinghin-nuru），我猜想它们会一直向更遥远的北方和西部蔓延，直到与阿吉博格达山相接。从洼地的南面一直往西则是马鬃山的青色主脉，二者相距大约 30 或 50 英里。这片地区是该区域的地图上绘制最简略的地带之一——可谓一处广阔、空旷、未被穿越且充满未知的地带。

　　洼地深处是一处不为人知的绿洲，隔着洼地中最大湖沼的黄色芦苇荡向外蒙古方向眺望，可以看到红色的碎石山丘上有座城堡废墟，这是我所见过的最诡异的废墟。虽然它们看起来年代较为久远，但许多参与建造城堡的人仍然在世。这个废弃的城堡是"三不管"地区真空地带唯一的建筑物，它只能是黑喇嘛所筑，黑喇嘛的故事较为混乱，出自那些闯荡沙漠者之口。公坡泉一名也出自这片城堡废墟——"公爵山坡上的泉水"。[①]

　　黑喇嘛的传说被人们在营帐的炉火边口耳相传，已经演变出许多版本，但从细节的选择中可以拼凑出一幅生动的画面：当蒙古大地上再次回荡起中世纪动荡的鼓声和铁蹄声时，一个冒险家向所有中亚士兵证明了自己是个继承天命的勇士，他所继承的天命上起成吉思汗，下至喀什噶尔的阿古柏，代代相传，经久不息。

　　据说黑喇嘛是俄国人。当然，除了他的后宫，人们对他印象最

---

① 我对自己的这种猜测没什么把握。任何一个蒙古地区的汉语地名都可能原本是一个蒙古语地名，汉语里因为避讳而将它的原意歪曲了。

黑喇嘛城堡

深刻的是他每天换衣服的习惯，黑喇嘛时而穿得像俄国人，时而像汉人或蒙古人。其他人认为他是地道的蒙古人，所以他可能是布里亚特蒙古人，即一个"俄化"的西伯利亚蒙古人。所有故事中内容最丰富的一个是，他是一个来自东北的汉人，曾在蒙古为大盛魁商号放马。工作期间，他学会了蒙古人的语言和风俗习惯。人们说黑喇嘛是在 1920 年至 1921 年的战乱[①]中突然攫取权力并威名远扬的，当时白俄和苏俄红军"游击队"先后占据蒙古。他开始自称为喇嘛，而且还是具有博格达、伟人或圣人称号的上层喇嘛，他的头衔只能归属于某些级别的活佛。

早期的几场胜利使得黑喇嘛赢得"不受烈火和子弹伤害"的名声。具体而言，他曾在科布多被白军俘虏，然后人们将他烧了三天，但他毫发无损。为躲避白军，他带领一群蒙古人回到科布多屠杀汉人并驱逐白俄人。商队的人认为黑喇嘛放任蒙古人屠杀自己的科布多同胞似乎并无不妥。一方面，在诸如科布多、乌里雅苏台、库伦这类享有特权的市场里，行商与抱团的当地商人之间并无多少情谊。另一方面，他们朴素的现实主义使之能够接受黑喇嘛作为一个冒险家在为权力而战的事实。他们知道买骆驼和养骆驼需要保持不同的态度和言语。

关于蒙古境内战乱的具体情形可以形容为充满杀戮和暴乱的骚乱，但它们的主要过程是比较清晰的。晚期的沙俄在政治层面加强

---

① 1920 年 8 月，白俄男爵罗曼·冯·恩琴（Roman Friederich Nickolaus Von Ungern-Sternberg，又作温甘伦，有"疯男爵"之称）率所谓"亚洲骑兵师"在日本关东军的支持下进入外蒙古，企图纠集逃入蒙古的白军对抗苏俄。1921 年 2 月，白军击败中国驻扎于外蒙古的奉军高在田部，占据库伦。在蒙古游击队和苏俄红军的联合打击下，恩琴所率白军遭遇毁灭性打击，恩琴被红军逮捕，后在新西伯利亚被处决。占据外蒙古期间，恩琴实行一系列暴政，为扩充其麾下"亚洲骑兵师"的军需，大肆屠戮旅蒙的中国客商和犹太人，杀害大量不同政见者。——译者注

了对外蒙古的干预，随着沙俄倒台，一个中国的冒险者又率领麾下军队开进外蒙古，[①] 他的野心是重新确立中国对外蒙古名义上的宗主权，并在事实层面为自己开辟一块筹边使[②] 辖区。后来他被白俄和蒙古人征召的军队联合击溃。白军在"疯男爵"恩琴的领导下，以豺狼般的凶残和勇猛席卷了整个外蒙古，但他们没有能力统治。蒙古人转而求助于苏俄红军，失去优势的白军随即被联军打败。接受中国统治的提议已被议事会否决，但外蒙古的执政者们尚无实力掌控局面，且苏俄也没有足够稳定的实力和组织来接管。随后外蒙古又进入一段波谲云诡的时期，在苏俄的暂时主导下，一位库伦活佛被宣布为外蒙古的精神领袖和世俗君主（哲布尊丹巴）。[③]

237

　　这一时期只持续到哲布尊丹巴呼图克图圆寂。他在世时，人们通过一种奇特的运势知道他将是最后一位王位继承者。活佛是一个代代轮回的媒介，在每个轮回的开始接受任命，轮回会依照规律持续数代之久，轮回结束后，宣示轮回的灵魂或精神会上升到一个更高的层次。库伦的轮回随着活佛的圆寂而结束，外蒙古人在他圆寂后被分散的世袭部落首领统治，凝集众人的核心人物不复存在。与此同时，实力已经巩固的苏俄总算能够实施自己的政治蓝图。苏俄接管了外蒙古，对年轻人施加影响，目的是动摇和废除王公贵族的权威。这就是外蒙古眼下的情形，而内蒙古各部仍在中国北洋政府的统治之下。

在哲布尊丹巴呼图克图以博克多汗的名号统治整个蒙古的时期，他将漠西蒙古地区的大片领地赐予黑喇嘛，其中包括科布多、阿尔泰地区、茂明安部以及作为寺院经济中心的云北泽和大北泽——至少时人是这么认为的。然而，黑喇嘛或是担心有人暗害自己，或是害怕自己对别人的阴谋破产，所以他向西逃去，在古城子附近停驻一段时间，以一种友善的方式向新疆省长自报家门。后来黑喇嘛很可能与后者达成了谅解，又活跃于这些位于无人区的绿洲。

这片无人区便是我之前说过的既不属于内蒙古也不属于外蒙古的地区。它之所以号称"三不管"，是因为蒙古诸部、新疆和甘肃都不想管辖此地。"三不管"实在是太过偏僻、难以触及了。当公元5、6世纪的匈奴人以巴里坤地区为中心进行活动时，"三不管"可能是他们的外围区域之一，然而几乎无从认定从那时起"三不管"就被大范围开发，也无法认定之后的任何时期有人开发过"三不管"。马鬃山一带分布有少数蒙古人，他们大多来自生活于准噶尔盆地的土尔扈特部，准噶尔盆地处于阿尔泰山脉和天山山脉之间，将蒙古西部和新疆地区分隔开来。尽管黑喇嘛曾经和这些土尔扈特人在古城子周边的亲族取得联系，但他并不打算把他们成部落或成规模地领到他在"三不管"为自己划出的新地盘。黑喇嘛的追随者来自四面八方，他们来自整个漠西蒙古地区，其中一些是黑喇嘛的战斗随从，其余的是他为了扩充麾下人口而掳掠来的一些家族。这一点是黑喇嘛地位最后的软肋，因为不仅有大量的臣民是被迫追随他，而且他们反对他专横跋扈的统治方式，在他治下的男人都得随时听令服从调遣，而女人则被他随心所欲地抓入后宫，后者可谓体现了黑喇嘛的奢靡之甚。

黑喇嘛大胆而成功地控制了公坡泉，时间至少有一年。他一定富有远见且精力充沛，因为商队的人说，除了他，无人能将绕路重新连通，这一举措也将被冷落的蒙古商路和鸦片贩子所走的偏僻小道连接了起来。他的杰作是通过连三旱和连四旱把黑戈壁打造成一处交通路径，从而使得从古城子前往归化的大型商队在经过被沙漠拱卫的地区时，除了来自外蒙古的悍匪之外，不受任何威胁，并且他还对边地纳税的汉族农民有那么一点吸引力，税率是任意的。人们既然能奇迹般地挖出石板井，这就说明在黑戈壁的任意深度都有可能挖到水。唯一的问题在于，商队通常不愿花费必要的时间去挖井。因此，黑喇嘛打算在连四旱再挖一口井，进一步改善人们在此行路的条件。

不管黑喇嘛是不是汉人，也不管他在科布多屠杀了多少汉人，自从他在无人区建立据点以来，就以鼓励汉人贸易作为其施政宗旨。据说在黑喇嘛之前，罕有规模巨大的古城子商队往来此路。黑喇嘛不仅请来一家商队——这一行为得到了新疆省长批准，后者想借这一贸易填补该省在大西路的损失——而且还护送它穿过戈壁。此后，他不断在连二旱和来自外蒙古的最危险的道路巡逻，同时在他势力范围内免费提供武装护卫。

商队的头人们还记得那是令黑喇嘛引以为傲的一段时光，他们常被邀请到黑喇嘛的碉楼里，和他坐在一起俯瞰他的堡垒，彬彬有礼地抽烟，谈论道路、旅途和贸易的增长。商队的人对黑喇嘛的进取、远见和能力佩服得五体投地。但是，出于商人的精明，他们一直记得他的出身。虽然黑喇嘛是征服荒漠的"公"和"博克多"（即圣人），但他们认为黑喇嘛自始至终都是个假喇嘛和伪圣人。这些客商还血气方刚，他们对黑喇嘛后宫的记忆比黑喇嘛给予的恩惠更多。他们总是说他的女人是他的"好姑姑子"。"姑姑"是某个蒙古语词汇的变体，意为女人或女孩；它也是蒙古中语"爱慕"的常用词，古城子周围的男人常说这个词，而且他们表达这个词时带着一种难以名状、令我捧腹的意味。

黑喇嘛不止是道路的开拓者。为了促进交通发展，他以低廉的价格将骆驼出租或出售给商队，后者的牲畜常因在沙漠中长途跋涉而疲惫不堪。他征召了一些对官府心怀不满的蒙古人在较为肥沃的绿洲上种地，以此维系部下生计，此外他还计划向马鬃山另一边的肃州寻求联络，为商队提供粮食和面粉。对于他在蒙古地区的规划，人们说，黑喇嘛曾提及建立一座集镇，因为他毕生的追求就是以他的小城堡为中心建立一座完整的、由新商路供养的贸易城市。

黑喇嘛势力极盛时期，有 200 多顶蒙古包分布于坚固的夯土地基之上，被城堡高墙的阴影所覆盖，而其他家族则替他放牧，他有一千头骆驼、数百匹马和数千只羊，这些家畜散布于绿洲链的核心区以及马鬃山的山坡之上。然而，截至库伦的政敌在 1923 年或 1924 年找到他时，他的路尚未完全开拓，堡垒也没有竣工。事发时有十个人骑着马穿过沙漠来到城堡北面，他们自称是博克多汗属下的喇嘛，接受派遣前来请他到库伦参加高层政策会议。他们中有三个人作为特派团的首领，获准进入他那间位于城堡主楼的客房，可以想象黑喇嘛能从那里俯瞰他所建立的"王国"全境。来客被带到黑喇嘛面前后，乘行礼之机用自动手枪将其刺杀，一个传奇就此终结，而死于枪杀显然证明他会辟火并不等于他刀枪不入。

这则故事的另一些版本分别是：库伦的使者是搭乘一两辆汽车前来；来访者抓出黑喇嘛，并当着他部下的面将其击毙；黑喇嘛被扭送库伦枪杀；黑喇嘛的头颅被斩下，而他的身体则出于安全起见

240

被铁链捆锁；黑喇嘛从未被抓，死者只是替身，黑喇嘛仍然健在并隐姓埋名亡命天涯。不管事件经过如何，毫无疑问，如果没有一些蒙古人（至少是他手下的蒙古人）的协助，对这个狡猾的暴力分子的突袭或刺杀是不可能实现的。同样明显的是，经库伦授意的刺杀策划人十分精明。由于没了强势力量护卫来自外蒙古的道路，商路一直处于威胁之下，而无人区则已成为江洋大盗的避难所。

黑喇嘛被消灭后，他的追随者作鸟兽散，除了那些被押解到库伦的人之外，大部分都回到了自己所在的旗。据说他的一些手下还在这片地区，但他们的蒙古包不在商队所经城堡废墟和湖沼的视线范围之内，商队经过这片湖沼时只能默不作声地匆匆赶路，而且从不在此扎营。那座外观粗犷的城堡正在迅速颓圮，过不了多久，黑喇嘛城堡就只会留下少量建筑残存，并成为那个时期一段离奇往事的历史遗迹，那段时期如此之近，又如此遥远，历史事件在迅速发生，却难以载入史册。

我们在离黑喇嘛城堡（俗称"假喇嘛盘儿"）五英里的下一组泉水处宿营。第二天早上，我又走回去游览废墟，因为那是一片不可孤身闯入的不祥之地，所以我又带了一个人一同前往，那人来自周家商队，我很欣赏他。我认为商队成员对鬼魂的畏惧不亚于对盗匪本身的恐惧，但他们确信鬼魂和盗匪都在附近徘徊。

黑喇嘛的防御工事部分是由土砖，部分是由泥土和石头，还有一部分是由未掺水泥的巨石和石板堆砌而成。古堡脚下的平坦山坡上有一座庙宇的地基，人们在荒野中建造庙宇，无非是为了供奉本地神灵或其他神灵。这座寺庙已经完全被夷为平地了，人们绝不允许黑喇嘛这类危险人物的鬼魂回到一座设施齐全的殿宇里，也不允许这种充满精神号召力的异端存在。要塞的大门可以沿着一个斜坡

241

从侧面进入，然后映入眼帘的是一个宽阔而地势较低的庭院，院子里有马厩，与其说它是庭院，不如更确切地称之为避难场所和要塞营房。城堡里有座塔楼，塔楼具有中央防御的功能，它通过一条走廊与高处的工事和城堡主楼相连接，沿着塔楼可登上一段侧壁俯瞰庭院。顶部的城堡可谓阴谋活动的理想场所，迷宫般的过道如隧洞般幽暗狭小，楼梯亦如井壁般陡峭狭窄，城堡内的屋子和牢房大门紧锁，房间与房间层层叠加和嵌套，没有任何规律或规划可言。从外观来看，这个地方的设计者是个蒙古人，他不懂如何筑墙和盖屋顶。

整个城堡的核心便是黑喇嘛的居室。屋内奢侈地装备有用烟道取暖的炕，人们为了搜寻这个暴君的财宝，将屋子胡乱打砸，连砖石炕也被敲碎。所有建筑都被掀去屋顶，有的建筑高达数层，大部分楼层的地面被毁，部分原因是寻宝，也有部分原因可能是使汇聚于此居所的亡灵得到解脱。黑喇嘛城堡选址的弱点在于，它距离另一座山只有一箭之遥。他仅凭一座孤立的碉楼守卫山头，但驻军的饮食和用水很难得到保障。

从城堡主楼顺着大门前的寺庙平地俯瞰过去，毡房的夯土地基在城堡面前排列成行，一组组地分布在古堡四周，并且向北越过坡度明显的湿地通往一条羊肠小道，道上行走着自连二旱和云北泽到达此处的骆驼。城堡的内部氛围拘束而肃杀。这令我备感压抑。遗址在正午的阳光下显得十分荒凉冷清，几乎和它们脚下的山体一样颜色暗淡，这片废墟空荡而沉寂地坐落在同样空旷的湖沼和山头上，短暂而小范围的活跃伴随着长久而连片的荒凉，这处军事废墟似乎被一股神秘的力量压迫。不论那些废墟里藏着什么鬼神，那些常年行走于荒野的人都要绕开它们，对此我并不感到奇怪。

在前往废墟的路上，我那位牵骆驼的朋友看到了一只野羊。当我戴上眼镜朝野羊看去时，发现它的脑袋很漂亮。那只野羊站在一英里开外岩体破碎的低矮山脊上，位于黑喇嘛城堡后面。它朝我们正在穿行的平原俯视了很长时间后，向远处的群山小跑而去。据说一个更加干旱的秋季会在干旱的夏季之后接踵而至，这也许导致了这只野羊——因为从它弯弯的羊角和它孤身行走的情况来看，它一定是只非常年老而高傲的公羊——从同类时常出没、山石间分布有大片草皮的高山来到此地，然后流浪多年。

我们走到山脊上悠闲地寻找它的蹄印，但未能在石头间找到。我们回到队伍后，我再次想起那只羊。我的朋友向他人说起那只孤独的野羊后，闻者开始坐立不安、喃喃自语。总结下来的说法是，我们看到的是黑喇嘛的灵魂，"黑喇嘛"在参观完他以前呼风唤雨的城堡后便离开了。

我们的营地整夜都充斥着狂乱的狗叫声。一入夜，羚羊、野驴 243 和他们所说的野骆驼就会走近这一连串泉水。我们无法看到它们，但它们又确实存在，这使得狗群时刻保持清醒，后来，当狼四处嚎叫时，狗群完全陷入疯狂。白天，除了有几百只沙鸡气势汹汹地掠过头顶外，我们看不见任何活物。在被践踏过的水塘边缘不远处，人们可以看到沙漠动物饮水时走过的狭窄小径。这些足迹反映出野骆驼经常在此出没。它们的体格是商队骆驼的一半，轮廓更为丰满。至少在我看来，野骆驼的蹄印也不是那么深——也许是因为野骆驼的步态不受负重影响，所以它的重量不同于商队骆驼。商队的人确信这些足迹不是由蒙古人的小骆驼留下的。

我们眼下所处的营地叫做"条湖"。我们到达那里时发现了一个慷慨的巴里坤商人。他为我们带来了面粉，并为我们的骆驼提供大麦或豌豆干，并准备将驮运这些粮草的骆驼租给有需要的商队。我们在此停了一整天，好让商队骆驼在松软的土地上修整一下被砾石路摩擦得发热的腿脚。土壤中富含盐碱的水分奇迹般地治愈了它们。营地中还有硝石和灌满水的大坑，这表明在黑喇嘛统治时期，此处曾为制造粗劣火药而经历过挖掘和洗矿。商队成员们十分高兴，尽情挥霍着炒米和炒面，所以他们全天都在做烤面饼。人们在陡峭的黏土浅滩附近挖小洞做土烤炉，然后从浅滩向小洞最内侧打眼，以此作为排烟孔，之后将柴火放入坑底点燃。当柴火被烧成通红的灰烬时，人们堵住排烟孔，将面饼盖在炭火上烤。他们把天然的盐碱水掺入面团，使面团得以顺利发酵。我的骆驼客偶尔会给我们开小灶做烤面饼吃。这种技巧很简单，但需要掌握窍门，甚至在商队的厨子中也很少有人能熟练地做到这一点。面团是用普通方法制成，然后人们用一块湿布将面团挂在帐篷的横梁上接受炉火的炙烤，并于一夜之间发酵。其中的窍门在于掌控发酵所需的热量和时间。次日，人们将这些发酸的面团擀成面饼，铺在干燥的锅底烘烤，它会均匀地膨胀，同时饼里的酸味也被烤了出来。这种烤薄饼最好在羊油里炸一下再食用。

244

　　休整了一天后，人们像往常一样围坐在火堆旁聊到很晚，同时逐个帐篷串门溜达。在我的帐篷里，谈论的话题无非是电影或摄影。大家都认为这些影像都和妓院有关，即使其中还穿插着其他幽默的内容。这些归化驼夫的老婆比大多数汉人女性开放，不过即便对于他们而言，在公共场合抛头露面的女人影像也很下流——遑论他们两性交欢时的愉悦了。他们普遍都承认，这些默片除了"说话"外，什么都能做，即使这样没有人会觉得谈论这些片子是费劲的。因此，有个人曾在电影里看到一个洋人骑着马去妓院——我

条湖：回商刮胡子的一天（一支回商商队中，其实很少有回民驼夫，有也只是一两个）

想电影的主角应当是在追求一位青楼头牌。妓院外有个吸鸦片的懒汉，主角让他代为看马。不曾想那个瘾君子（或者说是流浪汉）中途睡着，让马溜走了。主角寻欢作乐完后走出妓院，发现马丢了，便对瘾君子说："该死的！我的马呢？"瘾君子支支吾吾说不上来。于是他们俩又去找巡警，警察说："狗日的！我没见过他！"然后又说了一大堆话。这使另一个人想起了一幅电影场景，场景开头是一个警察看见有架梯子靠着一座房子，他立刻大骂："他妈的！这有个贼，该死的杂种！"

　　我们就是这样逐渐入睡的。条湖距黑喇嘛城堡五英里，可谓是亡灵出没之所。

第十六章　运尸商队与鬼魂

我们赶路三日，抵达一处叫作盐池井的营地，这是一片干涸的 泉池，位于低洼之处，里面的水既咸又涩。这是我们一路上喝过的最糟糕的东西，比盐还苦——苦得无法称之为水。天气越发寒冷，大风不断从北方和西北方吹来，以至于某天商队的人都不愿意拔营赶路，他们说这样的逆风对于身负重物的骆驼来说太大。10 月 26日，在凛冽的寒风中，我们见证了初雪纷飞而下。在大部分时间内，我们都无法从黑喇嘛城堡辨识出一处独立且边界清晰的区域，但眼下我们正位于马鬃山的中心地带。在每一段路上，我们都会穿过一些水草肥美的小平滩，越过一个又一个半圆形的低洼地带。随行人员告诉我，这些山也被称为"马踪山"①——"像马蹄印一样的山"，或者像我们所说的"马蹄山"。

在马鬃山，或者说是坐落在阿尔泰山脉边缘的杂乱山头中，我们开始再次见到蒙古人。他们中的大多数是逃离的西土尔扈特人，这些人选址于无人区或无主之地定居，从而规避清朝和民国政府的税收以及献给部落首领的贡赋。他们当中还有茂明安部的人，以及来自外蒙古其他部落的民众，这些人因苦于苏俄和布里亚特当局的沉重赋税而离开自己的家园。按照当地的情况，一个人一旦离开自己的部落所在地，就会变成亡命之徒，在向他征税的统治者眼

---

① 即马鬃山，"马鬃"与"马踪"同音。全书统一作马鬃山。——译者注

中，这是严重的罪行。我发现西土尔扈特人和他们在额济纳的血亲
246 之间存在明显不同——由于他们已经换上冬装，这一区别在服装上
体现得尤为明显。这些西土尔扈特人穿着高及膝盖的长毡袜，脚底
裹着野驴皮，从脚踝到膝盖缠着皮条。此外他们还穿羊绒里子的羊
皮裤以及羊皮短袄或羊皮长袍。他们中的一些人周身裹有羚羊皮薄
外套，但大部分人都穿着薄皮衣，即使是在蒙古人当中，他们也是
我见过的最能吃苦耐劳的一群人。这些人的长外套经常以红色棉花
镶边，镶边从领圈延伸到胳膊，并往下一直延伸到下摆。在头饰方
面，他们中的一些人会戴一顶内衬有羔羊皮的软帽，并把它拉下来
以保护脖子（这种方式受哈萨克人影响），但其他人只是用方头巾
包住头发或戴上穆斯林特有的那种头巾，这种风格主要受新疆境内
的东干人[①]以及归化驼夫的影响。

　　这些西土尔扈特人生活在准噶尔人的活动范围内，即使对外
界带有很大的敌意，但他们与克烈哈萨克人往来密切，后者操着流
利的突厥语方言。我猜正是哈萨克血统的混入导致他们当中不少人
长着褐色眼睛、红色头发和小胡子。我在"三不管"地带见到的
那些土尔扈特人身材高大，并且自由大胆地驾车跑活。他们要比大
部分蒙古人纯真，也在他们自己部族出类拔萃，他们的同胞在中央
政府的监管之下往往生活得更加谨小慎微和遵纪守法。这种纯真很
容易理解，因为一个游牧者越倾向流浪生活，你会越容易在他身上
发现男子气概。这些西土尔扈特人沿着稀疏的牧场迁徙，保持着劫
掠习惯，以至于无暇懈怠和洗漱。不论蒙古人还是哈萨克人，他
们都是半游牧人，他们将一年分成夏冬两季，生活状态糟糕且灰头

---

① 此处指从中国内地迁移到新疆的回族后裔，在《下天山：亚洲腹地之旅》还有专门叙
述。——译者注

土脸。

卡拉瑟斯在蒙古和新疆的部落中有着广泛而丰厚的游历经验，他将古城子的土尔扈特人视为堕落之徒，认为克烈哈萨克人相比之下要好得多。[①]这很大程度上是一种成见。首先英国人普遍对穆斯林抱有偏见，并且排斥蒙古人，后者又被英国人视为愚昧肮脏的"佛教徒"。其实蒙古人真正信仰的是巫术，我完全确信巫术对于他们而言很有魔力，而且我也认为巫术很神奇。俄国人向蒙古人的迫近也是影响巨大的，如卡拉瑟斯在 1911 年曾经天真地设想，俄罗斯将给蒙古带来启蒙和拯救。[②]事实上这类与蒙古人打交道的西伯利亚俄国人才是无望的蛮族，他们一开始就歧视蒙古人，因为他们认为终于发现了比自己还落后的人。与这些蒙古人打成一片的唯一方式是平等相处，只有来自中国的号令才能传达到这片土地。一个西方人若是途经西伯利亚或西域抵达蒙古，那么他会产生一种从他乡到异族人更多的异域的感觉。但是从中国内地进入蒙古的西方人一般会认为自己置身于一个完全出乎他们意料的族群，而在这个族群中，友谊是可以平等理解的。最后还有一点值得牢记，在外人眼中，穆斯林要比文化元素迥异于我们的蒙古人或汉人更具有同情心或同理心。除了游牧者向陌生人展示的外在礼节，除非你能用游牧者的语言或者通过水平较好的翻译和他对话，否则很难和蒙古人深入交流。然而通过相处，你完全可以打心眼里去信任他们，这要比你和处事客气的哈萨克人打交道强得多。至于哈萨克人，在我看

247

---

① 然而他是率先见到阿尔泰的克烈哈萨克人的研究者，后者在其族群中处于优越地位。
② 我是在批评蒙古和新疆常见的一类俄国人（不论他来自白俄还是苏俄），而非含沙射影地一味谴责苏联对外蒙古施加的影响。截至目前，我对此了解并不多，因此难以评判。其次，如果作为一个局外人进行评判，我倾向于认为苏联必然有一个非常有力的理由（去影响外蒙古）。

来，他们在经历了几个世纪的大迁徙之后，上帝又像煨汤一样让这种游移不定的状态持续了好一段时间，后来才将其命名为哈萨克。

248　　　　在无人区，法律掌握在你自己手中。在蒙古的其他地方，男人骑马当然是不带武器的，除非他是去打猎。在这里，所有人骑行都得考虑装备武器，他们甚至会带着武器拜访商队。外人在对待这些无人能管的蒙古人时需要小心谨慎并怀着敬重之心。据说如果这些壮汉此时可以作为来访者走入我们的营帐，彼时便可能以盗贼的身份再次"光顾"我们。在我们离他们的帐篷很近，而且还受到盛情款待的时候，我们并不能理解这种转变。就像哈萨克人一样，他们不会在距离家门两到三天的日程内进行掠夺，而是时不时从阿尔泰山核心区和拜提博格达（Baitik Bogdo）的山坡出发，到很远的地方劫掠。如果他们抢劫成功，会在山中歇息一阵，因此他们远出后回到家中，不需要证明也能知道他们从事了劫掠。

哈萨克人和土尔扈特人的劫掠风格有点类似。他们有时会在夜里从后面追上商队，吓跑骆驼并趁乱从中大肆劫掠。在蒙古的任何地方，夜里贴近商队骑行都是一种无礼的举动。在无人区，这么做只会有挨枪子的风险。因此年轻人若想在此证明自己的胆大和技术高超，一个最受欢迎的冒险举动便是两人一伙、悄无声息地盗窃。在黎明到来前的至暗时刻，他们会悄悄摸进商队营地，那里的牲畜会有序成行地卧倒在帐篷前面。窃贼首先会在其中一头骆驼的鼻钉上系一根长绳，匍匐着离开。然后他会拽一下绳索，让骆驼起身，趁着它迷失方位时缓缓牵走它。与此同时他的同伙会在另一头等候，如果商队有警戒，便准备分散他们的注意力。如果看护者打瞌睡，窃贼们甚至可能会再次回到商队当中顺走一半货物。窃贼必须从有看护者的营地正门进入，因为帐篷的盲区是由随行犬只看守的。

即使这令商队人员时刻保持警戒和紧张，然而这种掠夺和偷盗的惯有行为与一大群法外之徒大规模地抓捕人口、骆驼和扣押货物完全不是一回事，后者就像我们在归化和包头附近所经历的那样。249 后来我们听说在离我们很近的地方又发生了一起性质更恶劣的劫掠事件。历史悠久且名望颇高的宗义和（Ts'ung I Ho）[①]商号的一支商队在连二旱遭遇了伏击（自打这次劫掠后，他们就陷入破产）。当时他们的商队一定和我们在连三旱完全并行，所幸我没有和他们一起赶路。

事发之时是清晨，商队里的两个人正在像往常一样在营地一英里开外的牧场放骆驼，就在这时，八个全副武装的蒙古人将他们与营地隔绝。被抓的放牧者经不住拷打，如实交代了营地的布防情形，然后被捆起来丢弃在原地。劫匪中的六个人娴熟地驱赶着牧群，其余两人则在一定距离外监视着那些汉人，趁着夜色接近商队营帐并围着营帐监听动静。次日早晨，看到盗匪们走远后，商队中的骑手们才小心翼翼地骑马出营，在放骆驼期间，他们总是将马拴在营帐附近。行走数英里后，他们找到了大约 60 头骆驼，但是有超过 50 头骆驼被抢走了，它们本来是要以急行军的方式前往外蒙古的。现在商队已经无法运送所有的货物。抛弃带不走的东西后，他们打算转移至公坡泉，从那还能取回一些更好的骆驼重新运货。但是当他们到达目的地时才发现，这些劫匪已经先下手为强，断绝了选择这种方式的可能。

这些劫匪当中有一些是来自云北泽且恶名远扬的恶棍。一两周

---

① 此处为音译。——译者注

后他们大摇大摆地在无人区扎营，而后用偷来的砖茶与过往商队交换货物，若不是土尔扈特人亲口言传，过往商旅是无法知道这起抢劫事件的。抢劫事件在从事戈壁贸易的旅行商之间引发了很大的震动，因为劫匪们此番铤而走险的得手意味着这些行商未来或将面临来自外蒙古的劫掠，以及来自土尔扈特或哈萨克盗驼者的袭扰。

250　　　从盐池井出发，在经历了一段平安无事的旅途后，我们抵达明水，这是自从我们离开额济纳 17 天后，遇见的第一处位于拉蒂金行进路线之外且"标在地图上"的地方。我估计明水就是绕路与荣赫鹏在 1887 年所走路线相交的地方。他当时从归化出发一直沿着小西路行进，经过小西路与大西路的交汇点。然后荣赫鹏经过一连串从地下发源自阿尔泰山、标记大西路走向的井子和泉眼，又经过明水，绕行哈尔里克塔格的东端抵达哈密。这条路是从原有道衍生出来的，虽然罕有人至，但是对于研究商道者而言又至关重要，因为哈密是新疆境内交通干线上最东部的枢纽。在商队贸易的特殊情形下，驼队通常会途经哈密，然后一路抵达古城子。尽管部分原因是古城子附近的牧场草料充盈，足够商队所需，但更重要的是，用骆驼运输要比用马车便宜，对于商人来言，这一点是将他们的货物运输至足够远的地方之优势所在。

　　有些地图中，明水十分显眼，它是个十分有用的名字，能填补那片区域的大片空白。尽管当地只有一处位于断崖之下的井子，但是仍可谓名副其实。明水的意思是"明净之水"（Clear Water）。身处明水，目之所及，既没有树木，又没有耕地，更无定居点，但是翻过另一座小山，或者翻越两座山头后，会见到一组石堆界标，它们以标记的方式在通往哈密的道路、经由北山绿洲群（煤矿之路便是从这里出发）抵达甘肃肃州的道路、东西绕路以及通往外蒙古的道路之间建立连接。我们从井中取了些水，但是在一定距离之外安营扎寨，因为有三四十个从甘肃饥荒区逃亡哈密的难民也在明水露营。

　　按照当地说法，难民被视为"逃荒的"或"逃难的"，意为"流亡者"。两种称呼存在用法上的区别，第一种是指那些还有财产、交通工具以及余粮，且较早逃离的人群。第二种是指那种极度贫困、身处绝境的人群，他们在路上如一大群蝗虫般饥不择食。在凶荒之年，商队很害怕他们，因为在明水这样的商路所经之地，他们会成群出动，淹没撞见他们的任何人，吞食并拿走随行的必需品。在饥饿时抢夺食物非但不是犯罪，而且用武力阻止他们在某种程度上反而是一种变相抢劫，这种奇怪的共识在中国很大程度上代表了法律。在自顾不暇的情况下，纵使你是心善之人，也不绝对会要求自己为这些饥民提供食物。另一方面，当他们前来拿走食物时，你也不应该谴责他们。中国的富人们非常在乎这一点。

　　所幸我们路过的营地没有饥民前来掠食，然而在他们旁边安营扎寨无疑会使我们陷入道德上的两难境地。夜里我循着火光靠近了他们。首先映入眼帘的是一个躲在破旧防风布的背风处吸食鸦片的老妇。跟随我的商队头人意识到这里既没有蒙古人也没有商人后，随即催促我赶紧离开，商队也很快被有序带离。次日我们看到他们已经行走在前往沁城和哈密的岔路上，与我们拉开了距离，难民当中女人和孩子骑着骆驼，男人则徒步前行。

　　我们抵达营地的那天来了个骑马的蒙古人，他已经跟了我们两日行程，目的是为了向我们兜售一只野驴的后半部分，这只野驴是他在附近一个低洼湿地用蒙古人的方式得来的。他颇为喜悦，因为周家商队马帮的一匹马得了疝气。这位蒙古人以两块砖茶的价格售出了这半只野驴，条件是他能医好那匹马。

251

首先，他在那匹马两个鼻孔的上边缘都切开小口。然后他用一个锥子从他切开的每个切口取出一块软骨。那匹马已经疼昏了过去，手术全程保持着安静。这人之所以这么做是为了展示他掌握这门技术，因为这是亚洲腹地医马术的核心秘诀，并且蒙古人、吉尔吉斯人、哈萨克人、维吾尔人和汉人都掌握。医术精湛者颇受青睐。这一点是毋庸置疑的。

接下来这位蒙古人扎紧皮带，并咧嘴笑着要了根长绳。他将绳子套在马肚子上，打了一个扣再向后拉。他抓住其中一端，将另一端递给一位驼夫，两端一起用力拉拽。这对于一匹病马而言难以承受，这匹病马立刻以一种精神饱满、自然而然和令人亢奋的姿态尥起后蹄。马医和他的助手像小猎犬一样死死坚持着，围观的人群一边大喊一边手舞足蹈，病马则不断地翻腾后蹄，将两人往同一边拉扯，直到蒙古医马者松开绳子、解脱索扣后，病马才停止这一可怖的状态。大病初愈的马缓缓走开。暴力的拉扯使得它不断通过放屁来缓解疝气。当我们开拔时，那匹马已经能够行走自如，在赶完这段长路后，它已经可以载人了。

从明水往正西方向看，我们看到了一连串比马鬃山高得多的山丘，即哈尔里克塔格的余脉。然而我们却偏向西北走了20英里抵达兔耳山，或称双峰山（Twin Shan），这是两座孤立的山峰，从这里开始马鬃山就被我们真正地甩在身后。黎明时分，放骆驼的人报告说这里有一群野驴。这是我唯一一次目睹它们，然而当我走出帐篷时，它们已经离得很远，遂只能通过双筒望远镜观望，这群野驴的毛色看起来就像羚羊一样。它们的皮毛可用于制作高档衣服，且比羚羊皮更加耐穿。我曾经听过一则突厥语民谚：野驴很难杀死，即使你安全地从一头野驴身上得到驴皮，但当你将驴皮铺展到床榻上时，它还是会扭动。野驴肉的口感就像牛肉，不过是那种品质优良的牛肉。它肉质很干，有点像粗糙的谷物，并带有一种奇怪的芳香。汉人和蒙古人将它列为野味中的上品，无疑可与高贵的鹿肉相媲美。

在这处营地，我又目睹了更多的医术——这场著名的手术叫修驼掌，可谓十分精巧。有头骆驼由于驼掌上的水疱没有很好地愈合，留下了一个虽然小但是很深的小洞，砂砾遂掺入其中并产生了刺激。这头骆驼被迫以负重姿势下蹲，即前腿弯曲，身体前半部分的大部分重量都压在前腿上。之后人们将骆驼的脖子和一只前蹄用一段绳索捆住，以保证骆驼不会站起来或者用前蹄挣扎。骆驼也以一种平躺或蹲坐的姿势将后蹄蜷缩在身下，但是人们又马上用另一段绳索捆在较近的那只带伤后蹄上，然后由两个壮丁用力拖拽并大声吆喝，将后蹄向后抻直——这种方式看起来会让这头牲畜变成跛足，但是也可能适用于像骆驼这样全身满是关节且十分坚韧的牲畜。一个强壮的汉子死死抓住绳索，一直使后蹄保持着往外抻的姿态，直到周家那位技艺娴熟的先生来修补驼掌。这位先生如同一个牙齿脱落的老恶魔，神似唱赞美诗的圆颅党（Roundhead），[①]用比法兰德斯地区还要糟糕的语言发号施令。首先他用修帆工的缝针将小洞清理干净，这种缝针也常用于修补帐篷和毡制品，然后他又用一两天前从死骆驼身上剥下来的一块兽皮修补肉垫（这种行为不会触犯任何禁忌或者手工规矩），用驼绒线将兽皮沿着起老茧的肉垫边缘缝合。这项工作完成后，众人松劲，骆驼随之站了起来，它还带点脾气，因为前一阵子的流产让它没有心情去做任何足部治疗。当缝补好的生兽皮

253

---

① 英国内战时期（1642—1651）英国国会的支持者，因不留长发，留平头或圆形发式而得名。——译者注

明水：人们正在为一头骆驼医治蹄子（一个强壮的汉子死死抓住缰索）

"三不管"地区的土尔扈特人（1929 年版插图）

为了治疗一头驴的腹绞痛，人们正在划开它的鼻孔（1929 年版插图）

被这头骆驼用旧时，它的蹄子也就痊愈了。

从兔耳山出发会进入一段地势猛然降低的长斜坡，它是马鬃山凸角堡的边缘地带或缓冲区。从整个傍晚到前半夜，我们都在长斜坡上缓缓下移，并在山脚处发现一处分布有泉眼的沼泽地。次日清晨当我们醒来时，雪山的轮廓浮现于地表的薄雾中，显得柔和、安稳而又清朗，犹如一幅日本版画，这座雪山便是天山。天山作为圣山，呈东偏南走向，绵延长达万里，是横亘于新疆的屏障，也是这条沙漠之路的终点所在。我不知道曾经多少次对着这些山峦的照片陷入沉思，看着眼前的美景并梦想着能一睹真容，直到它们像预言实现般突然映入我的眼帘。我们尚未穿过一处山沟，便进入了天山外围的山麓，接下来应该会沿着一条弧线前进，穿过这片山麓，并要经过哈密和巴里坤。这两地位于南部的山区，离我们较远，然而我已经在某种程度上同随行的驼夫一样在为旅程的结束而喜悦。在蒙古游荡的这数十天对于我而言一点也不疲倦，对于他们来言也的确如此。与其说我希望被商旅生活吸引，倒不如说我渴望这片领域之外的新生活。事实上，在蒙古奔波的这些天里，我也在某些地段经历过痛苦，例如在老虎山、荒漠区、黑戈壁、"三不管"地带以及其他一些我走过的地方，有时我还表现得麻痹大意，比如我在达子沟①经历挫折，以及那些在雪天度过的旅程中令人惊愕的最后数日，这些经历都使人永生难忘。

就在我们启程之前，严寒的天气开始在下午晚些时候压过阳光，天空中飞过成百上千只鸿雁——由于我认为它们很早之前便已经离开这里，故对此十分惊讶——鸿雁的叫声从空中传到我们的耳

---

① 达，通"鞑"。——译者注

朵里，如同一个好兆头，以及对勇敢无畏的旅行家们的鼓励。对于旅行者而言，最好的吉兆便是野生鸿雁的鸣叫，但是我并不是十分清楚尸骸是怎么回事。在从兔耳山出发的路途中我们遇见了若干驮运尸骸的商队，这回我们再次遇见了他们，通过与其中一支商队攀谈得知，他们运载了大约 40 位乘客的尸骸、20 名活人以及一名奄奄一息的濒死之人。这名濒死之人是乘着驼车从古城子出发的，因为他是个老人，想在辞世前最后看一眼家乡。驼车在一处名叫大石头的隘口被撞得散了架，于是这名老人现在被绑在一头骆驼上，希望他能在骆驼上走得更安详一些。

　　这些从新疆运往内地的尸骸大部分是由山西的诸多商会主持运输，其中大同、代州和归化商会最为重要。这些山西商会深度参与了此次商队贸易。其他商会中的为首者当属由天津商人组成的商会。然而天津人更愿意就地修筑永久性的墓穴，并且在新疆许多濒临废弃的城镇中，天津商会占有最多的辉煌建筑和高贵之地。相对于其他地方，山西商会更看重大本营古城子。山西商会会按照他们的节俭方式，将亡者尸身以一种待领的方式保存在古城子，或用轻棺材埋入当地用于保存尸身的墓穴中，通常在大约三年之后，待肉身腐烂殆尽，死者尸骨变得更为轻便，届时一头骆驼可以轻易地负担起四具尸骸，商会再将尸骸迁葬于家族的陵园当中。虽然驼夫并不十分愿意运输这类"货物"，但是他们按照习俗不会直接拒绝，而且要价不是很离谱，只比平时高一些。

　　其中一支运尸商队属于周家的一个小儿子。我们同行的周少东家没有跟随他们，而是跟随着商号的其他商队折返。肥头大耳的周少东家作出鬼脸，以此来揶揄他那有钱有势的堂弟。在长达一个多星期的时间里，他沉迷于抽大烟，自我放纵。周少东家从这支热情

255

的商队中得到了一切他想要的，直到次日才睁着红眼，抽打着一头粗野的骆驼重新加入我们的队伍。"没有睡觉，抽大烟，聊天。"他一边喘着气一边在地上跳来跳去。他就像一个好伙伴，虽然他连自己都无法照顾好，但还是给我和摩西带来了一些羊皮。我们一直身处难以抵挡的严寒。摩西有一件羊皮夹克和马裤，但是没有厚大衣，我则有一件蒙古人裁制的羊皮大衣和一件缝有浣熊皮内衬的马皮马裤，然而没有夹克。现在我有了一件西部厚羊皮材质的无袖背心，可以穿着它来完成我的旅程，摩西则有了一件大长袍，穿着它，摩西可以舒服地在驼背上坐一整夜。这件袍子颇具突厥风格，在前面开襟，而非在腋下沿着边缘开襟，并有着宽大且能护住头部的领子。这类外套名叫袷袢，这一词汇只流行于西部，是一种来自维吾尔人的常见服饰。

随着雪山映入眼帘，这些归化人似乎开始用西部的行话丰富他们的言谈，这种行话是一种混杂有不少突厥语词汇的俚语，他们还开始用古城子的特有词汇来赌咒叫骂。让他们十分喜悦的是，我的听力现在十分灵敏，以至于能花费数日了解这些术语，并凭借新鲜感带来的动力隔着火堆来来回回说俏皮话。

周少东家特立独行，喜欢在赶路时打盹，因为在我们扎营后他首先在乎的是抽大烟而非睡觉。他不会像我和摩西一样坐在又大又软的货物顶端，而是骑在驮鞍之上。有时他会保持坐姿假寐，有时他会转过身在驼峰和骆驼后半身上伸展四肢。只有富裕的骆驼主或愿意在旅途中向商队慷慨解囊的乘客才能享受这种贵族乐趣。大部分闯荡沙漠的人会吝惜享受这种奢侈，因为在行走一段里程后，睡眠者难以估摸的体重会累垮骆驼。因此在周少东家沉迷于睡梦期间，搭载他的骆驼也步履蹒跚地走出众人视线之外。最终这个肥胖的年轻人可能意识到自己已经在这片令人痛苦的荒漠中陷入骇人的孤独状态——这是一种会萦绕于沙漠旅者心头的恐惧——之后他疾速前来跟上了我们，就像试图躲雨的猫一样。我们听到的第一则消息是他清醒后在后面很远的地方高声哀嚎，那也许是在用歌声给自己打气。最后他即将追上我们的队伍，并一直按照节拍抽打自己的骆驼好让它加速前行，直至骆驼的嚎叫和他的歌声混合到一起。

　　有趣的一幕再次发生，为了打发旅途时间，周少东家开始拿自己喜爱的镇番娃娃开一连串玩笑。但是他的幽默是驼夫那种荤段子似的幽默。"沙老鼠，"他喜欢以这个形容遍布西部的镇番人的称号为开头，"沙窝里的小老鼠！吱吱吱，吱吱吱！你多大啦？二十？小老鼠你结婚否？你有老婆吗？你的老婆好玩吗？你要几个孩子啊？是否很久没圆房啦？啊，那就更好玩了！你难道不喜欢和老婆热炕头，而是喜欢在这片戈壁受苦？当你从家中逃出来拉骆驼时，又是谁在和你老婆热炕头呢？"与此同时，镇番娃娃在争执中节节退缩，从闪烁其词、争辩式的回答再到不悦的沉默，最后都快要啜泣了。之后周少东家想要放松。他开始拿镇番娃娃那难懂的"老鼠叫"方言取笑他，直至镇番娃娃奋起反击，朝他扔骆驼粪。接着周少东家不得不从他的骆驼脖子上滑下来，像法官一样击打镇番娃娃的脖子，然后一切归于平静。

257

　　一阵从山脉终端湿地方向吹来的大风迫使我们进入一片地形破碎且干旱的地带。这里非常寒冷，以至于我每次将双手从毛皮长袖筒中伸出来点雪茄时，都会无可救药地变得麻木。第二天是11月1日，天气可谓极寒。商队头人不愿逆着大风前行，但是我们的水已经消耗殆尽。我们只好赶路去最近的汲水点，汲水点位于外部山脉的边缘地带，这些外部山脉挡住了雪山的身影。我们穿过一片胡杨

周少东家（骑马者）正在戏弄镇番娃娃（"当你在外面拉骆驼时，现在是谁在为你老婆暖炕头啊？"）

林抵达了露营地，尽管树林离井子尚远，但营地仍然名叫双梧桐。这是黑戈壁西缘的第一片树林。它的汉语名称很奇特："二权梧桐"，确切来说，"权"不是形容树木的数量，而是对藤蔓数量的通俗表述。我们扎营后碰见一桩骇人的事，周家商队发现他们的营帐十分贴近一名驼夫的新坟，这名驼夫是在跟随一支商队返程的旅程中去世的。他的幽灵仿佛就在附近，使得周家商队紧张了一彻夜，反而令能够威胁我们所有人的大风和困顿仿佛不复存在。

翌日，我们接着赶路，这次不是向西，而是向北行进穿过这些小山岗。我们经过一处名叫小石头的营地后抵达了大石头，该地不是以井子的所在地来命名，而是以歇脚点远处的事物来命名。尽管我们在这里攀爬得很高，再度看到了成排的雪山，但是这些雪山已经不再是从兔耳山脚下远望看到的那种气势恢宏的雪山群。人们都觉得营地附近有片白桦林，我跟着一小队人走出营地，打算采伐一些桦树枝来制作驼鞍，但是爬到这座较小的高地后，没有发现任何东西，映入眼帘的只有堆满碎石的斜坡、一簇簇草丛以及前方较远处遍布积雪的巨大山丘。

然后我们拔营前行，不知不觉下行进入了大石头山口。[①] 我先 258
前还不清楚我们将要下行穿过山口，因此感到吃惊。

大石头山口的名字来源于大量笨重的乱石以及使峡谷边缘变得狭窄的砂岩陡崖。这里的山丘不是很高大，然而我在黄昏时分发现，这处山口和我曾经见过的所有山口一样宏伟。我们在一处海拔较高的高地走出了群山，然后又在半夜猛然下行至一处逼仄的山谷，山谷走向蜿蜒，囊括了除正东方向以外的各种走向。我们一步一步下行，群山

---

① 　大石头山口与大石头并无关联，从哈密和巴里坤通往古城子的路是在大石头汇合。

的轮廓越来越高大，直到跌跌撞撞的商队身影逐渐变得渺小，并迷失于他们的营盘地当中。我仰望苍穹，天上的星星很大，像灯泡般挂在夜空。我记得最清楚的是一处尖塔状岩石，我们发现它大概有三个面，其黑黢黢的尖顶直指空中明亮的星星。最终，比沉迷于此种景象更突如其来的是，我们不经意间抵达了今天行程的终点。所有崖体立刻变得陡峭，我们靠近一处营地，低矮笨重的货物位于阴暗处，帐篷挡住了半数火光。一群狗凶狠地扑向我们，但是我们边跑边反击，终于甩脱了它们，冲出群山后，我们来到了一片漫无边际的平原，无尽的黑暗笼罩着我们，最终我们陆陆续续转到了露营地。

晨光为我们重新显示了定位，那片雪山在我们南边，另有一排截然不同的丘陵地带位于雪山下面。我们驻足的小平原从那些丘陵一直向北，缓缓倾斜至一处黄色的闪闪发光的山谷，据说那里有一处维吾尔人的定居点，并且是能够灌溉的耕地。就我推断，这片地区叫白山。① 一条模糊的轨迹表明了一条曾被货车使用过的道路，我猜它是往南进入毛盖（Mogoi），或者沿着哈尔里克塔格山尽头向沁城或者哈密进发。通过这一定位可知，我们的路线向北穿越这些丘陵，并且我们夜里的穿行意味着我们已经翻越了埃米尔塔格（Emir Tagh），即哈尔里克塔格山口的一处半独立的山丘群。我们因此再次身处一片已知的地域，或者说是一处至少被更早至此的旅行者观测过的地域，通过数次详尽的调查勘探，人们确定了这里的方位、地形等情况。

最近几天，我先后目睹了医马术和医驼术，同时我也正在医治一个因"魔鬼附体"而患病的男子。我们为此忙活了好一阵。先是由

---

① 疑似今甘新交界的白山泉。——译者注

于我们撞见运尸商队，产生了关于尸体的谣言。然后是周家商队占据整片的营地却落脚于一座新坟之上，另一则谣言又开始传播。在沙漠中，新鲜的尸体是一样可怕的事物。谣言是说当有人死在帐篷中时，所有的商队是如何与之简单粗暴地断绝联系并溜之大吉。参加沙漠葬礼是一件不祥之事。这些赶路者害怕出窍的魂魄会试图抓走商队中的一员。原因在于，还有什么能比一个伴随着彻夜的驼铃声、盘桓在戈壁新坟之上的孤魂野鬼更孤独的呢？运尸队中那些更为老成的鬼魂是不可能作祟的，他们正在被体面地送回故土同先人团聚，然而即使如此，谈及他们时仍然要毕恭毕敬。今天清晨，值班放牧骆驼的人跑了回来，在营地汇报发现了一具未被埋葬的尸体。人们觉得这很晦气，并开始两两私下谈论此事，而非在大庭广众之下大声探讨。这真是不好的迹象。当我提议去外面拍下那具尸体时，他们才稍微安静下来。一些人跟随我，在搜寻一番后我们发现并不存在所谓尸体，而是一捆衣服。它可能是被一名徒步的赶路者遗弃的，他也许在去年冬天被困于暴风雪中，当时他正在试图追随货车的轨迹。任何一场暴风雪都会让他丢弃行囊，并可能已经置他于死地；但是物主的尸体至少不知所终。这让大家感觉更安心了一些。

之后，在商队准备启程期间，我和周家的先生以及梁家商队一块回去将水桶加满水。泉水位于我们夜里经过的一处营地，但是我们并没有在那停留，因为来自西边的三支商队已经占据了这块狭小的地盘。泉水名叫刺玫泉，意为野玫瑰泉，它是这条路上的众多饮水地之一，往来商旅尤其中意这处泉眼，不仅仅是由于其水质甘冽，而且还由于这处泉眼是从山坡上涌出，而非位于干涸水道的河床。这样的泉水非比寻常，并且可能很神圣。泉眼旁边有两座小庙，里面有写有墨书的红纸，墨书是在为旅途中的人和牲畜祈福，这样的场所只能修筑

260

在一两处最受人欢迎的水源地，或者是像黑戈壁那种令人敬畏的路段起点和终点。这眼清澈甘甜的泉水是从岩石缝隙中流出来的，虽然泉水只是涓涓细流，但是人们在它下方挖了一排水池供骆驼饮用。距离此处数码远的地方还有一汪极小的泉眼。泉眼旁边有一处孤零零的野玫瑰丛，即使是如此严寒的时节，在花叶凋零、只有一些沙漠灌木伴随左右的情况下，这些野玫瑰也能于寂寥中迸发出一种淡淡的凄美。我确信这些玫瑰一定是由某个驼夫从遥远西方的一处长满玫瑰的峡谷中带来，并种植于此的。

货真价实的甘洌之水在绕路沿途十分罕见，然而在刺玫泉却能尝到。每当人们论及于此，无不兴致高昂。尽管他们的饮食粗糙，做饭时油烟污染很重，抽的烟也较为粗劣，但是他们仍然保持着中国人饮茶者的那种味觉，这种味觉能仔细甄别出饮用水的品级。我无法学会像他们那样公平地判断并说出哪种水是好水，哪种水水质尚可。我除了根据砖茶的浓淡分辨是否劣质和污浊外，看不出其中的任何区别。中国的底层人群并不是只有拉骆驼的驼夫。他们都具有这种敏锐性。这些人在饮茶过程中无休止的争论让我想起我在保定府旅行时的一次转运，保定府是京畿重地直隶省的首府，是一片灌溉发达、农田遍布的区域。我曾想着在保定府城墙上走一遭，但是没有得到许可，因为城池的占有者一般都有这种禁忌意识。我蹀步经过其中一座城门旁边的卫兵哨所，想看一眼登城的坡道，就在此时，我听到一个士兵对我这个陌生的外国人抛来问话。我随即自报身份，此举引发了一阵笑声，他邀请我落座并请我喝杯茶。

261   即使我并不胜任判别一处水井与下一处水井之间的水质优劣，但如果稍加引导，我还是可以像其他人一样就其中的优缺点侃侃而谈。所以我当时用舌头试了口水，深吸了口气，摇着头哀叹道：保定府的水并没有比别的地方好到哪去。随后，有四五个士兵开始像贵族或者王公那样谈论他们在以中国雇佣兵的生活方式泡茶时对水质的好恶感，这些亚洲最糟糕的扫荡者或逃或追，足迹遍及从东北到四川的所有省份。我滔滔不绝地聊天，他们也兴致勃勃地切入主题。当他们所有人都变得喜笑颜开时，我就像为一个好伙伴举办娱乐活动那样，向这些守军提议称，他们可以和我一道登上城墙，由我来向他们展示我的照相机如何摄影。士兵们欣然同意。

当我们从刺玫泉返回时，商队已经离开；我们却沿着轨迹看见一个正在呻吟的驼夫，他旁边站着一头孤零零的骆驼。由于他的衣服上沾有血迹，我起初并不知道他遭遇了什么。但是当我最后凑上前去和那人攀谈时，我才发现血迹来自他被扎破的拇指。[①] 他处于极度的痛苦当中，蜷曲着躺着，就像得了持续发作的霍乱，病情在恐怖的错乱状态中加重，我首先产生了一个恐怖的想法，认为他得了阑尾炎。"哎呀，我的妈呀！"他哀嚎着，"哎呀！我的老娘啊，我无法再看到你了，我快要死在这里了！哎呀呀，老天爷啊，这次还能挺过去吗？哎呀呀呀，我的妈呀，这简直是在等死啊！"

262

---

① 扎拇指（即放血疗法。——译者注）是此前在归化实行的主要医术。人们首先从肩部开始向下按揉胳膊，尽可能让更多的血液进入手掌，然后进入大拇指。如果做得好，拇指球部位就会明显肿起来。然后人们用一根针刺破拇指，戳破的不是拇指球部位，而是生长指甲的部位。有时这会导致鲜血令人吃惊地涌出。这种疗法可用于缓解脚趾至颅顶之间的任何疼痛或者任何常见的病痛。专家能通过血液颜色来对病人的病况作出诊断。如果他病情严重，会施加相同的疗法于另一只手的拇指。

我们显然联想到更深奥的中国针灸术，针灸术的主要优点（然而很难发掘它自身的最佳状态）在于它的基础是关乎神经系统的实证主义知识。理论上用针扎其他部位也能缓解任何特定地方的痛感，精通这门医术的人也知道这点，这样做能在相关联的神经中枢之间产生感官抵消反应。再者，理论上讲，减轻病理性疼痛和去除病灶一样可被人接受。针灸图纸价格公道，可以以低廉的价格购买。

在扎拇指这一粗俗的万能疗法中，可能是复杂的医疗实践行为发生的蜕变，或者是与某种观念相关，这种观念可能出自原始的蒙古人，或者是早先汉人观念的退化或混合体。我十分确信，这一临时手术的思路是受到某一观念或者一种感觉的影响，该观念认为人血中的戾气，可以被沿着胳膊向下引导至大拇指，然后通过针刺的小孔释放。

刺玫泉（真正水质甘洌的泉眼在绕路上是十分罕见的）

最终我查明了事情的原委。就在完成装货后，这个可怜的家伙感到剧烈的腹痛。人们为他点名请来了附近医术最好的人扎拇指，然后打算将他放在一头骆驼上，带着他向前走，当时人们已经列队出发，尚未想到会在离我们营地几百码远的地方偶然发现一口空棺材。事情就这样发生了。人们此前从没发现这口空棺材，因为他们是在另一个方位放牧骆驼。棺材的出现将先前所有的骇人谣言推向顶峰，这些谣言在那天早上产生，在我们诡异地发现被遗弃的衣物后被稍稍平息。当众人看到棺材时，所有人都产生了一个想法：这口棺材是在从古城子出发的旅途中，被摇晃颠簸得散架了，里面的枯骨可能已经和另一名死者装到同一口结实的棺材中运走。在这段旅途中，死者的亡灵一直悬停在自己尸骨的上方，但是被这种对待方式所惹恼，于是展开攻击，现在正试图潜藏在更多大营房中对一位活着的驼夫施加影响。这就足够了。所有人都争先恐后地走开。他们给这个饱受折磨的人留下了一头骆驼。如果他能同鬼魂斗争到底、驱散病魔，那就更好了。其他人一刻也不愿停留，直到他们走出鬼魂的所及范围之外，再过一阵他们可能会回来看看到底发生了什么。我白天去看刺玫泉时，并没想到会发生什么，这名驼夫本来会死于疼痛、恐惧以及那些逃跑同伴遗留下来的扰人心智的恐慌。

看到一个衣服遍布血迹的男子在一直无精打采的骆驼鼻子下满地打滚时，我起初有点畏惧，情绪平复之后，我开始怀疑并没有什么异常之处，那人只是得了严重的腹绞痛。当我让他足够平静以至于能回答问题后，他承认了一点，即他保持着这片大荒原中硬汉们非常普遍的饮食习惯，他已经持续便秘了两三天。此后，他沉溺于自己生活方式中的简单乐趣中，他以惊人的速度，能有多热便有多热地吃完了一顿大餐，这使得他的出汗量猛增，随后，他解开自己

263

的羊皮袄，鼓胀的肚子随即着凉。给骆驼上完货后，他又一次汗流浃背并遭受风寒，最终导致了这一恶果。

我从周家先生（他并不像那些人一样怕鬼，而是给人一种仁慈且有同情心的感觉）那里牵走了他的马，然后他骑着病人的骆驼，低吼着驱使它快速追上商队，催促他们扎营，并言之凿凿地说我愿意拿出外国药物。我让这位极不情愿的驼夫保持舒展，尽量让他平稳地平躺下来，并用力从肚脐眼垂直往下给他进行按摩，吃完大餐后流出的汗将累积数月的尘垢沿着肚脐眼冲了出来。当他感觉稍微好些时，我将他扶上马，并领着他前行，直到他病情再次发作，他大哭着说他要跌下来了，并再次乞求他的老母亲和老天爷保佑。然后我对他的胃部进行了更多的按摩。接着先生赶了回来，并带话说商队不愿意停留，所以我留下他陪着这个病人（他们俩均对此番情形感到不快），骑着马疾驰追上商队。商队的头人们凑到一块，想知道那个驼夫是否快死了。他们似乎觉得停下来等待一个无论如何都快死的人是一种错误，如果死者会在他们中间释放双倍的鬼魂，那就更不应该等他了。我告诉他们他当然不会死，这没什么大惊小怪的，只是他的胃肠中有胀气而已。众人同意停留下来，大概两小时之后，那个病患自己蹒跚着走入营地，当他可以加速行走时，他自称感觉好多了。我给他服了杜佛氏散并散发了一份关于腹痛的咒语教程，符咒让他的同伴安下心来，不再念叨鬼魂的事。我自认为甚至能将鬼魂附体的真正症状逐一罗列制成表格，以此来使他们相信这跟闹鬼是不同的。

264　　准确来讲，这位病患是我的一个朋友，因为他天生就是个谐星，我可以毫不惭愧地承认，我愿意在节日期间和天朗气清时放下手头的一切事务，去听一个朋友朗诵小贩、皮条客、江湖郎中、民谣歌者、说书人以及出没于寺庙前院的幽默乞丐的顺口溜和俚语。
我记得我的这位朋友有一个响亮的绰号，[①] 这个绰号意味着他有幸能
在拈花惹草方面得心应手，但不幸的是这些行为也会对他的健康产
生影响。正如他所能代表的大部分中国人一样，他能顽强地忍受自
身慢性病带来的剧痛，但是当被一阵突如其来、不知缘由的剧痛袭
击时，他便一蹶不振。至于被他可怜巴巴地呼唤的母亲，自打离开
归化后，他可能很少想念她。从那时起，我只要一在周家营地里就
向众人叹息："哎呀呀！我的老娘哎，这怎么能忍得了啊！"以此来
逗大家开心。毕竟，一则民谚印证了我的想法："儿行千里母担忧，
母行千里儿不瞅。"意为当儿子在千里之外旅行时，他的母亲会感
到不安；当母亲奔波于千里之外时，儿子却不会（扭头）瞅一眼。

　　以上这些都是"跑戈壁"的一段插曲。

---

① 在《下天山：亚洲腹地之旅》提到他的绰号是"来宰提"。——译者注

第十七章　达子沟

265 　　短暂的兴奋过后，我们仍然驻扎在营地，就在此时，我们听到了一枚驼铃的声音，过了一阵，有两个人带着大约20头骆驼朝我们走了过来。其中一人是古城子一所大商业旅馆的新合伙人，他经常投宿于旅馆，周家少东家熟知此人。他正带着支援骆驼和备用补给赶路，前去迎接他自己的商队。偶遇我们令他和他的副手很高兴，因为两人已经在赶路期间被一些蒙古人跟踪了三四天，他们一直行走，不敢停留，直到撞见我们才敢驻足。这在我们营地中引起了新的紧张和不安，在我们上床睡觉之前，守夜人让周家商队的头人用他那支难以名状的、布满铁锈的卡宾枪鸣枪，以此作为严正警告。在我们尚未远离归化期间，这支卡宾枪是藏在骆驼鞍的稻草填充物中的，归化城的汉人官兵和蒙古人不希望商队装备武器，担心这些武器可能会卖给大青山的土匪或者被大青山的土匪拿去，但是穿过黑戈壁后，卡宾枪便已经被商队亮了出来，穿越"三不管"地带期间，它就像护身符般指引我们前行。我提出异议，若像这样示威的话，倒不如将卡宾枪交给守夜人中的一人保管，然后在午夜开枪，所有土匪和小偷都喜欢在这个时间段悄悄摸进我们的营地，此时鸣枪会让他们以为我们不仅有枪，而且还未入睡。这个提议没有得到接受。原因在于，这把武器一直是由商队头人开火，作为商队头人，他享有整夜睡觉的特权，在他就寝后鸣枪只会带来不便。此后，所有人都安然入睡，守夜人们看到启明星后唤醒了锅头，锅头

沏茶并叫醒了其余人，他们将炒干的燕麦粉或小米掺入茶水中搅拌　266
食用，与此同时，骆驼也被放出去吃草，这一系列事项都在东方全
亮前完成。此时那些跟踪的蒙古人已经消失不见。

　　我们当天下午出发，踏上了整个旅途中最长的一段路，由于
那个病患的缘故，我们在没有水源的情况下短暂扎营，于是我们这
次赶路的时间有一天半之久。蒙古风光的轮廓缓缓向后移动，直到
天黑我们才驻足。我们位于地表弯曲的戈壁之上，这片戈壁遍布黑
色碎石，灰色和红色碎石散布在暗褐色黏土上，这些碎石来自之前
的那片丘陵地带。它被诸多浅而干燥的水道所分割，我想春天冰融
化的时候，水流会沿着这些水道奔涌而下，因为山外的其他水道并
不是很深。戈壁上长有稀疏的柽柳，我们还看到一些羚羊。在右手
边，亘古不变的蒙古山脉位于我们的北方，那便是阿吉博格达——
山体呈现出蓝色、红色、灰色和紫色，被诸多长斜坡所围绕，斜坡
充斥着山麓碎石和无情的荒凉，至少在可见到的较低延伸带上是如
此。但是我们所处的斜坡末端则闪烁着芦苇河床的金花米色光芒，
芦苇荡将附近的农耕地挡在了视线之外，在我们左手边，则有一些
轮廓鲜明的山峦赫然屹立，这些山顶均有积雪，所有商队都因此热
烈地欢呼起来。

　　从那片戈壁转到少数碎石遍布、寸草不生且十分贫瘠的荒山时
已经是后半夜，此时我们忽然听到从山石中传出的哗啦哗啦的流水
声。这很不寻常，直到我的骆驼一直在小溪边不断哼着鼻子和畏缩
不前，我才意识到这一点。那天晚上，我蹒跚踱步，就像被一种感
觉所迷惑和困扰，这种感觉并非是不可知的，而是如梦境般难以置
信。因为我们不仅涉水渡过了一条又深又急的小河，还在被收割完
了的农田的残茬上安营扎寨。

如果说宿营时我从一头骆驼那样真实、实际存在、日常的事物，坠入充斥着奇异的、被耕耘且收割完的田野的梦境，那么我醒来时则身处人间天堂。黑色和红色的石山完全包围着小河，河水上游是落叶松林和云杉林，以及那座高高神山上的积雪。但是由于小河沿岸长有白杨树，这些树木呈长排分布，树形细长，故商旅之人称之为白杨河。[①] 一群维吾尔人定居在这片河谷，他们是戴着头巾的民族，其汉语名号已经在许多旅行者的叙述中轻易讹变为"缠头"。[②] 这些人热情好客、长着络腮胡并穿着五颜六色的衣服（只有夏天才穿白色），在这一带，他们都是哈密或者库木（Qomul）王公[③] 的臣民或农奴，分布于哈尔里克塔格南缘、新疆最东部的绿洲以及马可·波罗笔下的 Camul。哈密绿洲颇具西域风情，但是在最近的数百年时间里，来自内地的交通贸易尽数沿着官道进入这片西部地区，这意味着内地可以通过许多方式影响这里。这些山中的臣民被称为塔格里克（Taghliq）或者山民，他们的王公管理着新疆地区仅存的、一度独立的封地，可谓服从内地掌权者统治的本土政权，并且塔格里克可能保留了早先人种的血统。他们在这些谷地中零星种植着稻谷，他们辛劳清理着耕地上的石头并掘沟槽引河水漫灌稻田；他们还在较高的山谷上放牧数量可观的羊和马，这些家畜大部分都属于王公，其中一些人在蒙古包中过着半游牧的生活。

次日，我们向下游移动了一点，同时骆驼乱了队形并大肆啃食

---

① 即今新疆伊吾县大白杨沟。——译者注
② "维吾尔"意为"团结""联合""协助"。"缠头""缠回"是清朝、民国时期对他们的不当称呼，后统一为"维吾尔"。——译者注
③ 即哈密回王，Qomul 以及下文的 Camul 均为"哈密"的变音。——译者注

水稻茬，人们避开它们，在居民宅子用扣子、彩色穗带和香皂做小生意。然后我们转向支线，启程前往另一处山谷，抵达了一个叫秃葫芦乡①的大村庄。"秃葫芦"是汉语地名，②它是从土尔哈拉（Tur-khara）讹变而来。这一名称在准噶尔和南疆地区很多见，根据亨廷顿的说法（然而他并没有注意到这座秃葫芦乡），③ "秃葫芦"或"土尔哈拉"本来是一个古老的部落。这座村子显然是卡拉瑟斯所绘地图上的"阿土拉克"（Uturuk）。④

这片山谷人烟兴旺，山谷周围的山中有哈密王公的数百匹马。它们几乎很难与邻近巴里坤地区的名马相区别，并且尽管它们比典型的蒙古马身材矮小，但是勇敢的秉性和耐受力使之在旅途中一直受到高度赞誉，这也是由于它们当中的大多数天生便能以溜步法走路。

在秃葫芦所在的山谷，我头回看到西方伊斯兰教风格的土坯清真寺穹顶，这与之前看到的回族清真寺大不相同，后者几乎已经完全融合了中国寺庙的建筑式样。这些清真寺的大门和墙壁上悬有野绵羊的头颅，从帕米尔来到吐鲁番和哈密的维吾尔人将羊头置于他们心中的神圣之地，为的是永久纪念某种前伊斯兰教时期的萨满习俗。

棕色松鸡和石鸡遍布于四处分布的作物残株之上，体型非常肥硕且非常地温顺驯服。这些天我没再吃羊肉。我的猎枪令山谷居民

① 即今新疆伊吾县吐葫芦乡。——译者注
② 秃葫芦在汉语中有"光秃秃的葫芦"之意，这在俚语中是形容某个人"头秃得像鸡蛋"。数月之后，摩西在乌鲁木齐和一个外国政要的首席侍从聊天时，对方问他在旅行沿途见到了哪些值得玩味的事物。摩西热情地讲道："是秃葫芦。"此举在高级侍从们的宿舍中引发了一个尴尬的局面，因为那位首席侍从恰好头秃得像个鸡蛋，只有最能排解愤怒的交涉方式才能安抚他并压制住他下属的欢乐。
③ 参见亨廷顿：《亚洲的脉搏》。
④ 参见卡拉瑟斯：《鲜为人知的蒙古》。

颇为吃惊，而他们骑马捕捉石鸡的方式也同样令我十分惊叹。石鸡的腿总是要比翅膀更有力气，因此它们体型很肥硕，以至于一个塔格里克人只要骑着英勇的骏马发起进攻，就能让石鸡看起来像许多老年贵妇般无助。骑手们开始时分作两组。其中一人采取行动让这些鸟飞向其他人，其他人又立刻骑着马将它们往回撵，然后骑手们各自追赶被冲散的鸟群。如此这番飞了两三个回合后，石鸡变得十分疲惫以至于无法再度起飞。更多时候石鸡是在蹒跚奔跑，骑手们追上石鸡，从马鞍上斜着身子用鞭子击打它们或者用藏于长袍胸部的石头砸向它们。这种骑术是我见过的最精巧的，马儿们的英勇、冲劲和耐力可谓十分出众。它们慢慢爬上遍布碎石的斜坡，然后又飞速冲下来，同时绕开石头，沿着狭窄的山脊迅速而吃力地攀爬，

269　转弯时距离落差不到 40 英尺且毫无差池。它们的缰绳很松弛，头部活动自由，我从未见到它们出现失误或者跌倒。最难的骑术是引导鸟群远离最陡峭的岩石区，鸟群能藏身于这些岩石区的陡峭岩沟当中。我看到鸟群被折腾得完全静止不动，以至于一个人便能下马将它们徒手捡起来，它们则蜷缩着将头埋于缝隙里。

　　我们继续向南循着秃葫芦河谷行进，然而行走数英里后，我们又向西探寻，走上一片广袤无垠的谷地。这片谷地位于哈尔里克塔格和梅欣乌拉山之间，是通往一处隘口的门户，该隘口是两山相接之地，我们只能侧着身子越过这一低洼地带。谷地温暖、狭小而又阳光充沛，这一变化令人惊愕。第二天我们没有启程，因为吹向谷地的大风就像汇聚了所有穿堂风般猛烈。由于担心山里的哈萨克人来袭，我们聚集在一起扎营。从大石头开始，还有两个奇怪的游荡者一路跟随我们，同我们一直保持着半英里的距离。虽然他们只会说只言片语的汉语或蒙古语，但我猜他们是来自西宁以外的西藏

人。这两人想必来自一片遥远的地域，否则他们一定能熟练掌握汉语或蒙古语。其中一人是个老喇嘛，他外表体态神似本笃会修道院院长——一位明显具有教会特征且精神矍铄的老人，骨骼结实但是偏胖，他担任主教职务而非属于任意一个教会，这种特征在全世界都一样。另一位是他的侍僧，是个二十多岁的小伙子，牙齿异常洁白，瞳孔也是极其乌黑明亮。对于任何传教者而言，这些特征奇货可居，就像在交易中可用于对冲的股票一样。他们有两头好骆驼，在旅途中能吃苦耐劳和长途跋涉，和它们的主人一样健硕；尽管他们炫耀式地骑着骆驼，却只有一个帐篷，且帐篷仅能容得下他们两人蹲坐其中。帐篷的材质是单薄且极易损坏的白棉花，里面则以他们行礼专用或举行仪式的随身用具围成护墙。地上则铺着若干绚丽且带有一些中亚风格构造的旧地毯垫，他们正蹲在一堆分好的粪便旁边，煮着一小壶茶。

他们正在进行穿越外蒙古的祈祷之旅——这是场冒险之旅。藏 270
族喇嘛们在这方面总是做到极致，他们不受语言困难的阻碍，凭借魔力享有令人惊奇的声誉，这种声誉大约从西藏的数次稳定开始便经久不息。老喇嘛和侍僧本来能取道明水进入甘肃境内的肃州，然后穿行至西宁返回自己的故土，但是他们被关于冯玉祥败军的谣言吓得放弃了原有道路。因此他们试图取道巴里坤城，迂回至哈密，希望能沿着18站戈壁货运马车道抵达安西或者是顺着天山南部主路的指引抵达焉耆。① 我能明白他们的聊天内容以及他们用帐篷内地上的粪便所绘的路线，他们确信自己能够找到一个愿意穿越塔克拉玛干沙漠将他们从焉耆送到罗布泊的蒙古人，由此他们便能找到

---

① 因该路途所经的焉耆位于天山以南、南疆北部，其走向当与传统丝绸之路中的天山南路大致相同，故转译作"天山山南部主路"。——译者注

一条穿过昆仑山进入藏区的路。如果他们真的做此打算，并且我没有理解错他们的意思的话，那么这将证明人们还在按照传统使用着一条在古代很知名的道路，因为那条位于新疆边缘的罗布泊的道路一直作为卡尔梅克之路（Kalmuk）被人们所熟知。[①]

　　夜间大风停了下来，到了早晨，天气虽然寒冷但又显得平静，云彩沿着大雪覆盖的哈尔里克塔格边缘分布，一直沿着我们左手边飘荡。哈尔里克塔格常年积雪，雪线下则可以看到茂密的黑森林。我们在下午早些时候开拔，花了两个半小时，途中经过诸多泥制圆顶和立方体，那是塔格里克的墓地，最终我们看到了一片巨大的湖泊。湖泊中间似乎横亘着一片湿地。沿途商旅将湖泊的两端直接称作东盐池和西盐池，这就是卡拉瑟斯所指的土尔库勒湖（Tur Kol）[②]或者土尔喀勒湖（Tur Kul）。[③]这一名称表明它与土尔哈拉或秃葫芦之间存在一种有趣的密切联系。观赏完湖水后，我们在雪地上艰难跋涉了五个半小时。积雪只有两三英寸深，但是被冻得十分坚实，以至于骆驼都在上面摔倒并伸开四肢坐在上面。傍晚时分，云气和寒冷的雾气让天空变得晦暗不明，入夜后，在我们结束了长达九个多小时的行军并安营扎寨之时，天气又变得星空璀璨，云淡风轻，然而依旧带有高地的严寒。我呼出的气体在我的胡子上结了层冰，这是我头一次亲历这种有名的现象。

271

---

① 参见亨廷顿：《亚洲的脉搏》。

② 即今新疆伊吾县幻彩湖。——译者注

③ 卡拉瑟斯在描述它时说："通过化验土尔喀勒湖东端咸水湖的水体可知，该湖泊含盐量达百分之三十四，相比之下，'世界上所有大湖中含盐量最高'的死海，其水质也只含有百分之二十五的盐分。通过用温度计测量此处湖水的沸点可以得知，这湖泊的海拔居然与海平面一致！直到我们找到距离东端湖泊数英里之遥的淡水——它是首度出现于地表的淡水——我们才获知水体更为准确的沸点以用于读取海拔。"他将此处的海拔标为6301英尺。（参见《鲜为人知的蒙古》）

我们现在正处于一道通往巴里坤的山口脚下。商旅之人称之为达子沟，一种说法认为，是由于这里曾经冻死过一些身份特殊的蒙古人，然而其他人则称："因为这里十分严寒，足以冻死蒙古人。"这种描述是一个驼夫对极寒的见解。自10月中旬开始，拥挤的商队就难以通过这条道，不过当地的维吾尔人、哈萨克人和蒙古人却能不受阻碍，他们会等待时机，因为当牲畜众多的大商队无法通过时，小规模商队的旅者却能挺过去。今年虽然降雪开始早且势头大，但是山口并没有被封锁，因为我们咨询了沿途遇见的所有商旅，他们都说自己旅途顺利。当我们到达那里时，其他几支商队已经在湖边扎营，他们中的一些队伍已经为好天气等了三天。即便在剩余的天空都变得晴朗时，云气总是会被阻挡在达子沟附近。但是每年的这个时节，除非万里无云，完全晴朗，不然商队是不会筹划翻越山口的。就我所见而言，地形开阔的山谷汇集于达子沟，其间的道路在山口两端形成漏斗，以至于此地成为一处中亚高地的致命风暴陷阱，尽管它的实际高度并不突出，只有大概7000英尺。

我们在到达山口的第二天就出发了，而且拥有一个幸运的开端。昨天晚上，我们遇见了15头未载货的骆驼，它们属于一个商人，且刚从山口那头翻过来，说是山沟中积雪尽管有2.5英尺厚，但是踩得很实并且走起来比较稳。我们没遭遇一点风，而且连一片形成威胁的云也没有。通往那条狭窄裂隙的开阔山谷几乎没有积雪，雪被风刮得干干净净。但是就在黄昏时分，我们进入达子沟后发现，它的地表漫长平坦且遍布积雪，路面延伸到数英里之外后地势骤降，通往更远处的雪地窄道。在我们左手边是面向北方的长斜坡，斜坡上遍布落叶松或云杉，这些树木都位于我们头顶高处；然而这里的群山有一个特点，就是朝南面的斜坡上没有任何树木，卡

272

前往达子沟之路（1929 年版插图）

达子沟

拉瑟斯证实过这点。我们右手边是光秃秃的黑山，驮着货物的骆驼不可能越过这里。

我开始感到不安。毕竟从之前商旅之间的谈话中我听说了这一山口的恐怖之处，我们可能会经历深陷漫长雪沟、没有明确露营地以及无法获得燃料的风险——因为我们和森林之间的积雪很深。令人吃惊的是，即使是因天气受阻而等待数日的商队头人，在冒险将自己的驼队带进去之前，也没有骑马去确认路况，更惊人的是，他们在黎明之后的一个小时之内并未急于挺进山谷，这一时段内通常风力最小，头人们本应在夜里、在映照在连绵雪地的晦暗不明的星光中，像空旷的戈壁之旅那样从容不迫地作出筹划。

当我们抵达雪地时，我在最前面。骑马行进有点困难。地表的冰雪外壳并不是每处都很结实，可以看出通常的路线上刮过风，很多地方一旦涉足就会深陷其中。我认为最好是在我们这一边的晴朗雪地上择址扎营，然后等待天亮。但是资历颇深的商队头人直到最后才做出审慎的决策。经过短暂的商讨，他们决定冲刺一番。正如他们所说，前一天不是有 3 个人和 15 头骆驼"翻越了山口"吗？他们就跟习惯于碰运气的人一样，莽撞勇敢、忍住困难前行着。

在场所有商队总共有 1000 多头骆驼。周家的骆驼走在队伍前方，我的 8 头骆驼则跟在他们的末尾。我们后面的队伍至少绵延长达两英里。大家都相信山口晴朗的说法。这里的雪显然已经积压了很长时间，但是由于这里几乎每天都有人穿行，所以被压出了一条很紧实的轨迹。后来，前两天迫使我们扎营的大风又将山坡上的积雪吹了下来，将达子沟从头到尾尽数覆盖。只走了一小段路，前一天穿过此地的商队留下的踪迹就不见了。我不太清楚他们是怎么挺过来的，但是我认为，原因在于他们的骆驼负重很轻，并且他们每个人只负责 5 头骆驼，而我们是每人负责 18 头骆驼，他们能保持极佳的状态沿着那些山石的边缘行进，再就是他们还利用了阳光，加上自身的观察。

大约两小时后，我们小心翼翼地进入雪地，直到我们身后的数百头骆驼几乎尽数被困住。然后队伍前头传来了积雪很深的消息。骑马的人只能往前走几英尺，勇敢的徒步冒险者则被雪没过了腰部。起初还有人按指令行事。后来更多骑手赶上前去，并骑着马在我们前面一遍遍地找寻小道踪迹，而步行者只能四处摸索，但是什么也没找到。然后，最后面商队的头人试图向前推进，并责骂我们在前面走错了路。他们的马则在遍地足迹旁边的柔软积雪上来回挣扎，一些惊慌失措的骆驼开始侧身而行，然后滑倒在柔软的雪地上，数分钟后局面陷入严重的失控状态。我们绝望地被困其中，两边都是厚厚的积雪，无处露营，也没有转弯的余地。一阵狂风阴森森地从夜色中刮来，裹挟的雪花像沙子一样刮擦着我们，我们只好放弃。

人们一时处于恐慌边缘。如果风力真的加强为狂风，他们就会抛下一切逃跑。他们公开咒骂自己的商队头人，并且好几次差点散伙。只有驾驭骆驼的工作才能让他们保持足够的暖和和忙碌，从而坚持原有的决定。要让以 18 头为一列的 1000 头骆驼，在偏离路线且陷入齐腰深柔软雪地的狭窄峡谷里调转方向可绝非易事。就在我们等待后面的队伍搞明白我们已经停了下来并且遭遇麻烦期间，骆驼产生了可怕的反应。它们彻夜踩脚，焦躁不安，剧烈地抖动并摇晃着它们背负的货物。我的骆驼现在也在抖动，差点把我甩出去。它们试图躲在彼此身后，开始围成一圈乱转，正如所有遭遇恶劣天气的动物都会做的那样，为了取暖，这种最强的动力会让它们向中

274

心靠拢；在这样的混乱之中，它们一个接一个地绊倒在雪地。整个可怕的夜晚，最糟糕的是骆驼磨牙的噪声。当骆驼冻得厉害时，它们不是牙齿打颤，而是去磨牙，刺耳的磨牙声就像钉子般扎入人的耳中。

我很幸运，因为我从未觉得很冷。我像往常一样穿着一双棕色的旧鞋子走进山口，当我准备骑上骆驼时，我换上了毡靴。有的人觉得很难受。镇番娃娃的眉毛被冻住了，只好被送回去，向第一支要扎营的商队寻求庇护。另外几个人的手指或脚趾也有冻伤。有时我通过上下走动观察进展的方式来保持暖和，其他时候我则坐在自己的骆驼上，在昏暗的光线中获得最好的视野。尽管蹲在雪地中相对而言可以避风，但这是没有用的，因为向前猛冲的骆驼会不停地往外跑。

我的骆驼和周家商队的骆驼一样，受苦最久也最多。我们一步一步挣扎着往回走。先前还在我们后面的商队出现在我们面前，他们在雪地中卸下三车货物，以此让骆驼减负。然后他们中的两个人，由于长期劳累，脾气已经变得很坏，开始又咬又抓地撕打起来，以至于雪地上遍布鲜血和毛发。其他人则冲过来猛击他们的脑袋，因为斗殴惊扰了疲惫的骆驼，然后又由于一个疲惫不堪的同伴要求帮助而非请求帮助，人们几乎陷入一场混战当中。其间骆驼一度从四面八方涌来，但是伴随着戳刺、推搡和激烈的打斗，它们几乎全跑了出去，大量货物不得不整夜被留在雪地里。我的一头骆驼栽进了一个很深的坑里，但万幸的是，这个坑周边的小片土地很结实，我们卸下货物之后，将骆驼吊了出来，并重新给它装上货物。我们进入山口后经历了不可思议的十个小时，十分疲惫，终于众人在第一片裸露的地表上安营扎寨，或者更确切地像人们说的那样，在那里瘫倒。周家尚有许多散乱的货物和两头骆驼留在达子沟的末端。

当时大约是 3 点半左右。从那时直至 6 点，我们一直在重新装货，准备沿着谷地下行至更安全的地带。骆驼损耗严重。我的一头骆驼不得不被抬了起来。尽管累得不行，但我还是和周家先生折回山口，去察看昨夜被落下的那两头骆驼。在一处向山口平坦处延伸的山脊低峰处，我更加深切地意识到商队头人们那令人难以置信的愚蠢，时值傍晚，光线更加昏暗，他们竟敢在没有任何侦察的情况下冒险进入一处恶名远扬的山口，更不用说没有选择在白天进入其中。他们可能会说没有人能与上一代商队头人相比。从山隘入口处一直往前，除了积雪什么也没有，积雪一直向下延伸至近乎平坦的谷地，抵达一处似乎是小平原的地方，再没于地平线之下。

我们很快发现其中一头骆驼已经完全丢失了，不过忙活了一个多钟头才找到另一头。我提议在它的膝盖和后腿下部裹上毛毡（夜里用于搭建营帐以抵御严寒侵袭），避免它在上行运货时打滑，先生像个小男孩一样满意我的提议。我们满头大汗，用尽全力去实施这一方案，我一只手拉着它鼻子上的绳索，以此激起它的动力，同时尽我所能将它的肩部抬起来，先生则勇敢地抬起和扭动它的尾部。骆驼挣扎了一番才站了起来。我们小心翼翼地牵着它走了四分之一英里，但是之后它又倒在了冰冷的雪地上。此后，不论老先生用尽手段去拷打还是恼火地大喊，它都断然放弃了希望，不肯再做额外的努力了（骆驼就是这样的）。"它就是个——"老先生最后说，"你老了就不中用啦？这孙子真是辱没了祖上啊！那就让你去喂狼得了，这个——！"他走开时用的这些词汇被约翰逊准确无误地定义为"水手之间的爱称"。可以说称某个人为孙子是一种侮辱，因为人们会以磕头的方式表达对祖先的敬畏；如果你是我的孙子，我是你的祖先，你必须低下头颅俯首在地。这种咒骂或许能通过一个愉快的类比延伸到骆驼身上。

下山途中，我们在第一个帐篷前驻足吃饭和喝水。帐篷中有位衣着华丽的哈萨克老人，他带着一张狐狸皮走来，想用来做交易。他携带着一只抓过这只狐狸的金雕——这是一种高贵的动物，它站在两英尺半高的地方，戴着羽毛头罩，庄重而驯服。这片山谷的一个分支中有一片哈萨克人营地——他们是一直试图自立的钻营之人。这里的哈萨克人被严禁进入巴里坤山脉南部，也不能侵犯已经被明确划定界限的哈密王公领土；梅欣乌拉山是巴里坤地区的汉人牧群主、带有突厥血统的山地牧羊人以及哈萨克游牧者的集散地，它位于巴里坤山脉和哈尔里克塔格侧边的凸出部，从外部的沙漠很容易接近此处。尽管当地哈萨克人必须同汉人和维吾尔人保持良好的关系，后者已经意识到在这些山区中放牧带来的利益，但是这些哈萨克人总是准备对那些没有得到地方当局支持的商队巧取豪夺。

当天下午再度起风，比前一天夜里刮得还要厉害，并且持续了两天两夜，我们紧贴着帐篷，无法动弹，同时被冻得难受至极。除了一些细小的灌木根、湖边的芦苇、旧营地的骆驼粪和夏天放牧留下的牛粪，我们再没别的燃料了；但是由于土壤受冻产生的湿气，它们都很难点燃。在冬天寒风无法躲避之前，粪便燃料都是非常有效的。继粪便之后，只有红柳能用来燃烧御寒。

尽管天气恶劣，但是哈萨克人仍旧下山来卖羊——我头一次见到这种体型巨大、尾巴肥硕的哈萨克羊——然后我们吃了一些美味的血肠。这是一种冬季菜肴，由新鲜的、尚未剔除内壁脂肪的肠衣制成。肠衣中塞满了由炒面粉和羊血制成的布丁。我们还做了"油茶"或者说"肥茶",人们为此喧闹了好几天。根据规矩,在两种情形下,赶路者才有权提出喝油茶。一种是天气变冷,人们用毛毡制作帐篷衬里的时候,但周家已经在拐子湖温暖的轻松旅程中完成了这项工作,当时时间还很空闲,随行者们已经被周家搪塞过去,可对我而言,根本没有充足的毛毡去制作帐篷衬里。另一种情形便是在天气变得特别寒冷以至于骆驼必须整晚戴上驮鞍的时候,戴驮鞍是为了给它们提供些许保护。在短暂的寒流期间,我们偶尔会这样做,自打离开秃葫芦乡后,这便成了家常便饭,而且现在正是喝油茶的好时候,这种食物是由蒙古传来的最值得赞扬的东西之一。油茶是以羊脂和在铁板或铁铲上烘烤过的面粉为原料,二者混合后以块状物保存,以备立即食用。在寒冷天气里,每天早上的第一件事便是端出油茶,当一天的旅程结束时再次端出食用,额外的准备工作只是把它放在碗中,然后在上面浇开水。油茶着实是一种救生饮品,它能让人恢复温暖和活力。汉人在被冻伤的情况下会立即食用它,因为他们说,虽然冻僵的脚不能放在火边烤,但是从体内增加脚部温度是没有任何问题的,而油茶正是能最快缓解冻伤部位之物。

在达子沟山脚下扎营的挫败时日充斥着徒劳的争论。除了周家商队的头人,所有商队中无人知道接下来该怎么办,周家商队的头人说他无论如何也不会再度尝试穿越了。在达子沟的营地中,他的部下使他下定了决心,他们在他面前大声说,如果他们再像上次一样被迫穿越,他们就不会再冒死去保护别人的骆驼了。由商队头人们组成的一支小队兜了一圈后提出要明智决策,他们策马进入山口,旨在寻找一条可供穿行之路。他们报告说,的确有一条能在白天通行的道路,他们甚至向前推进了几英里,直到因为突然刮起的大风和乌云而被迫退回。这些人的骆驼就是在那晚的惨败中落在了后面，他们拼尽全力并且一直认为此事可行。我自己虽然对行将错过巴里坤城充满遗憾，但还是下决心和我的朋友周少东家一同折返。我对这种不尽心的侦察工作毫无信心。这些人没有推进到雪地的尽头，还可能有他们没有看到的其他雪地，持续的风可能会将更多的雪刮下来，而且我不得不承认我的骆驼行将被拖垮了。它们可能再也熬不过同样的夜晚，从日落到日出的漫长时间对骆驼产生的伤害比在黑戈壁的艰苦旅程还要严重。土尔库勒湖也不是一处能让它们在两三天内恢复的地方——在冬天是不行的。那里除了数丛快要枯死的高大芨芨草，再无别的东西可供食用，真正意义上的牧草已经被羊群啃食殆尽了。骆驼大部分时间都在拖着脚步行进，迎风摇晃，如果有什么不同的话，那就是它们一天比一天虚弱。

　　我重新选择的路线是离开这片高地，再回到戈壁，然后走远路绕开这些高山抵达古城子，这条路在冬季尚可辨认。土尔库勒湖的东头有一处十分显眼和容易翻越的山口，它直接向北绕开山区，但是所有人都害怕冰冻以及未知的大雪。我们在达子沟失败得非常狼狈，当得知这处山口鲜为人知时我几乎难以坚持下去，因为达子沟好歹还是众人皆知的。我那神采飞扬的骆驼客失了信心，他对这里的道路一无所知，也找不到向导。同行的几支商队试图招募一个哈萨克向导，但是这些哈萨克人除了兜售羊只外拒绝理解任何事物。他们乐于看到商队落难。这对他们而言就意味着抢救财货。他们已经闯进雪地，从被遗弃的两头骆驼中牵走了状况较好的那一头，而且他们一定是带着自己的骆驼将它拖拽出去的。我曾力劝周少东家尝试一下反抗，然而他的商队头人向来都不是个好伙伴，他不敢挑战他那些近乎失控的手下。

　　总之，离开就意味着要回到秃葫芦乡，所以我们最后沉重而沮丧地赶了两天日程，从达子沟那险峻、宏伟但又蛮荒的山谷往下走回到比较温和的秃葫芦河谷。其余的人则在土尔库勒湖畔坚守，他们全都在观察等候合适的天气，每个人都犹豫不前，等待有人带头。这段时间里，我甚至记不清日期和总天数。我过于沮丧，以至于好几天都没有写日记。恰好在返回秃葫芦乡前，我们又聚集了两支小商队，他们和我们一道返回。我们在某种混乱的状态中回到了那个友好的村庄。摩西扭伤了脚踝，我已经损失了两头骆驼，周家的三头骆驼病情严重，不得不被拿来与当地的骆驼进行交换。后来的数天时间里，我一边拍摄石鸡，一边看着巨大的鸽群掠过天空。我没有射杀它们中的任何一只，原因在于，当地的维吾尔人认为这些鸽子即使不是神圣的，也享有赦免权。令人惊讶的是，几十来人的田地竟能养得起数千只鸽子。这里还有一些鸭子，它们整个冬天都在小河旁边逡巡，但是它们十分胆小和警觉，无法打到它们。

　　逗留秃葫芦乡期间，我储存了一些食品，大部分都是美味佳肴。我最中意的是洋葱——一种带点甜味、味道温和的西班牙洋葱。新疆的汉人称之为皮牙，这一称谓可能是根据突厥语称谓演化而来的。据我所知，它们不是中国内地所产的洋葱，甚至在新疆的品种也是源自俄罗斯。这是我唯一的新鲜蔬菜，因为我从归化带来的那一麻袋大蒜已经被严寒天气冻坏了。大蒜一旦遭遇霜冻，就会在解冻后变黄，然后失去它原有的所有味道。但是洋葱没有这种缺陷。我还在当地补充了哈密瓜干，这是从哈密地区翻山越岭运来的著名美食。新疆绿洲异常干燥和炎热，以至于哈密瓜能被切成条状放在太阳下晒干，在它们腐坏之前就能得到完美的保存。然后人们将这些瓜条像辫子一样编织成带，再将带子缠绕固定在两个交叉的

280

小树枝上，形成一块扁平的圆饼。

我们考虑到，从秃葫芦乡出发有两条常规路线和一条风险路线。采用第一条路线，我们可以沿着白杨河往回走，这意味着我们要向东撤退，而且这一回撤需要额外增加两日行程。采用第二条路线，我们可以沿着秃葫芦乡的小河顺流而下，通过一处峡谷抵达沙漠。但是正如我们被告知的那样，这条峡谷向来都很难走，而且现在可能更难，因为河水边缘已经结了冰。因此我们冒着风险选择了第三条路线，雇用一位向导带我们离开这片山谷，然后西行穿越梅欣乌拉山。最后，大约在 11 月 16 日，我们重新启程。

第十八章　重返荒漠

为我们重新带队从秃葫芦乡出发的向导，在令人大开眼界的西域可谓老马识途。西域可谓冒险家的乐园，财富和失败相伴而生。这名向导出生在三趟湖①边远定居点的一个农场里，在那里他从小就掌握了蒙古语和哈萨克语。荒漠边缘的自在生活使他不再像汉人祖上那样充满在农场犁地的热情，半蒙古式的教育环境令他步入了骑马贸易的生活，他找寻零星商机，辗转于蒙古人同关外汉人以及维吾尔人之间。因此他很快发家——据说靠的是买卖和偷盗马匹的运气——他通过自己的手段成了一个大地主、大商人，并且拥有一支由200头骆驼组成的商队，来往于归化和古城子之间。大约在外蒙古的动乱迫使人们开辟绕路时，他达到了个人的财富巅峰，可谓绕路之上一名杰出的开路先锋。他因为以往参加沿途贸易的智识而义不容辞地"开辟贸易之路"，用商队的话来讲就是这样，绕路中有数段路是从刺玫泉通往无人区以及黑喇嘛城堡的——他为带路这项服务收取的费用已经被夸大到无人不知的程度。

然而，正是这条非常之路给他带来了毁灭。他不再亲自打理商队，而是把它交给了一位商队头人，而他自己则退隐回家抽鸦片，对自己的名声和财富充满信心。现在，在人们沿用绕路且不熟悉这项贸易的最初几年里，骆驼的损失是最高的，这一情形直到各商队

---

① 今新疆巴里坤哈萨克自治县三塘湖乡。——译者注

的头人们积累经验熟稔路况之后才有所改变。这名向导自己的商队在最初的数次旅程中损失惨重,他便通过购买的方式来补充骆驼,结果这些骆驼仍然一头接一头地被丢弃了。直至最后,他已经沉迷鸦片无法自拔了。他撇下一贫如洗的家庭,他的儿子们成了他曾经拥有的田土之上的劳工,他逃到秃葫芦乡,在那里成为哈密王公统辖之下的臣民,深陷债务危机,难以还清。他靠为当地哈萨克首领医治骆驼和马匹为生,并替王公监管马群,之后他说自己已经戒毒并有了新的财富,但鸦片对他的影响太大了,因此他这种生活状况持续不了多久。尽管他很穷,他还是拥有一匹属于自己的骏马,并骑着它缓步前行。"看那儿,一个新疆人!"商队的人说,"他衣着寒酸,怀里只有一点宝贵的食物——然而他骑着一匹骏马!"就是这个人,曾因为给商队指出一条坦途而得到大把银子的回报,现在他沦落到只为了一个银元、两包砖茶和三包烟草就为我们带路。

他带我们穿过一小段陡峭的谷地,这段谷地从秃葫芦乡一直延伸到梅欣乌拉山的山麓,他带领我们从谷地进入山麓的底部。在地势起伏的乡野走了很长一段路之后,我们在一片山下的高地上扎营。第二天早上,他指出,我们前方横亘着一片宽阔的山谷,是从我们在土尔库勒湖东端看到的那处山口向下延伸而来的。然而,我们没有沿着山谷走向谷地开口处的戈壁,而是横穿谷地,翻越谷地边缘漫长的山脊,然后下行至下一处大山谷进入荒漠,这一横向的穿越会使我们节省两三天日程。随后他骑马回去,尽管我们按照他的导向攀爬进山,但还是迷了路。这处山脊轮廓平缓,我们能够从营地清楚地看到山里那条峡谷,商队行将穿越此地,但当我们大汗淋漓地顺着谷地一侧漫长的山坡向上缓缓前行时,较低的山丘遮

梅欣乌拉山中处于困境的营地

蔽了我们之前看到的谷口，随着我们进入邻近的山谷，我们又选错了岔路。当我们在午夜的某个时候到达山顶时，发现自己正处于一处坡度至少 70 度的斜坡边缘，在星光映照下，斜坡就像一处险峻的悬崖。整个队伍只能就地露营，营帐遍布峡谷上下，峡谷十分狭窄，以至于货物散布于其中，前后绵延长达一英里。

时至清晨，露营地天气晴朗。我们的队伍正横跨一处雄伟的山脊，山脊从梅欣乌拉山的中央径直延伸出来。东南方向是沙漠的边缘，但是已经超出了我们的视野，据我们所知，秃葫芦乡河谷的河流穿越山峦，形成了一片叫做苇子下[①]的小绿洲——意为芦苇下面，或比芦苇更低的（地方）。河流随后在沙坡中下渗，但在远离坡脚的地方又会重新出现，并滋养出名叫涝毛湖[②]的又一片绿洲，[③]我们隐约能看见那里。卡拉瑟斯的地图上标记了这两个地方的突厥语名字"阿达克"（Adak）和"诺姆"（Nom）。

正对我们前方的就是先前被告知要去察看的那个大山谷，它就像一条通向开阔戈壁的大道。即便如此队伍中的人也不愿意往前走。在干旱群山中的这次迷路再度引发了他们的恐惧和不满，上回遇见这种情形还是在达子沟极端糟糕的情况下。他们要求我们折回至另一处宽阔山谷，然后沿着它走到苇子下绿洲，在那里我们可以给骆驼喝水，并且都能坐下来思考和哀叹。这就意味着至少要浪费

---

① 即今新疆伊吾县苇子峡乡。——译者注
② 即今新疆伊吾县涝毛湖。——译者注
③ "涝毛"一定代表着"淖毛"，后者能顺理成章地与汉语中"淖"（"湖"只是描述性的）的含义匹配。甘肃方言（该方言在新疆的这些地区广为流传，当地不少定居者带有甘肃人血统）中许多词汇的首字母是 l 和 n 不分的。因此，"那边"被读作"lai-pang-ko"；"南"被读成"lai"，"两个"被读成"niang-ko"。另一个奇怪的发音是"水"被读成"fei"。当随行的镇番娃娃想说"这个"或"那个"时，他只会咕哝一声"啊！"同时扬起头，用下巴指向他所说的事物。

三天，所以在他们提出进一步的建议之前，我找到曾经加入我们的数支小商队的头人，他是唯一保住了领袖地位的人，派他回去寻找我们晚上走错路的地方。接着我开始沿着山脊走，想看看能不能确认这是山口。大约走了半英里后，我突然发现一个斜坡，半滑半爬地下至坡底，发现它能直接通向前文提及的大山谷。我赶忙向山谷中的商队这边折返，遇见了商队头人，他已经找到两个山谷的岔路口。当我们回到营地后，众人同意再试一次。此前周家商队的头人一直都是领队，当我们走错路时，他已经颜面尽失并且失去勇气，在众人大声地指摘他时，他一直蒙着脸躺在帐篷当中。从那天起，他就沉默寡言，尽量少说话。

284

我在山上攀爬期间，注意到一小群石头羊圈，从这些羊圈我推断，随着冬天雪势越来越大，当地哈萨克人会把他们的营地迁到梅欣乌拉山的外侧。这里有大量的"白草"生长着，然而这片地带并不适合牧羊，除非有足够的雪可供牲畜食用。这里似乎是一个狩猎的好地方，但我看到的证据只有一只野山羊的大角，而且已经腐烂了很长时间。在秃葫芦乡，有人曾告诉我，当高山雪势最猛的时候，所有较低的区域都是野羊的好去处。

在我们所处的狭窄峡谷有序调度所有骆驼并让它们搬运货物可不是一件容易之事，但最后我们还是驱赶它们折回岔路口，然后全队走上正确的路线，并翻入大山谷当中沿着谷地下行。队伍行进至沙漠，在夜里连续数小时穿行其中，同时向左手边转向，努力朝西北方向前行，以便次日能找到水。我们择址扎营，那里有低矮的土丘，打破了沙漠的平坦缓坡，还有一些干瘦的灌木，表明地下水位很浅，几乎要溢出地面了。接下来的行军中，我们走了25英里，抵达了一片水草丰茂之地，这里的牧草对骆驼来说远比水还重要。

285　在山上的繁重劳动和后来两段强度超高的长途奔走使它们几乎重返离开达子沟时的可怜状态。许多骆驼都伤了脚，个个瘦骨嶙峋，还有一些骆驼累坏了，以至于在行路过程中绊了一跤摔倒后，就很难再站起来了。周家的大商队里不再有多余的骆驼，商队货物很久以前就被分散运输，以至于每一头尚能工作的骆驼都要在承受范围内尽可能多地搬运货物，但是几乎每一链骆驼的末尾都有两三头未负重的骆驼紧随其后，它们僵硬的走姿和松垮的驼峰已然表明它们十分疲乏和瘦弱。旅途中一个人可以观察到骆驼累垮的明确迹象：它们不是大步向前走，而是踌躇不前，直到把拴在鼻钉上、将各头骆驼连在一起的绳子拉直；只有痛苦地不断拖拽鼻孔才能让它们继续前行，几乎没有一头骆驼不流血，因为鼻钉撕扯着脆弱的软骨。这是我第一次学到如何在骆驼到达体能极限的边缘时强迫它们不停前进。每次赶路结束时，尽管有几头骆驼貌似再也不会出发了，但在休息了"几个小时"，嚼了几口没有汁液的青草或纤维状的红柳，并将一把干豌豆当作实际的食物吃下后，它们又会蹒跚地站起来继续坚持数小时。

现在这些骆驼得到了喘息的机会，因为我们已经闯入了一系列奇异的绿洲，它们如同流苏般沿着梅欣乌拉山的外缘分布。苇子下绿洲和它们中的第一片绿洲沙枣儿泉——又称野枣泉——之间隔着一道宽阔的裂谷，但这些绿洲紧密地排成一串，长达70英里。绿洲的水源从高山流出，潜入山体外缘斜坡的山麓砾石之下，然后再次浮现在与绿洲处于同一水平面的地表，因而绿洲中的大部分又长又窄，与水源地所处的遥远山脉平行，这是由于水流在再次下渗或蒸发之前不会流入沙漠。在这里，沙漠中零星分布的砾石消失不见，而是同水底柔软的黏土搅在一起。水流汇聚成的水池里长着高高的芦苇，干燥的地表长满了芨芨草、^①胡杨树和野蔷薇。这种绿洲完全仰仗于地下水的滋养（因为远离高山的地方几乎从不下雨，并且冬天的雪通常也很小），在当地的汉语中被称为"湖"——即湖泊一词含义的独特延伸，^②十分贴近我们对"绿洲"一词的运用。

286

　　野枣泉绿洲^③有些土坯废墟，它们可能属于一个废弃农场，据说几年前维吾尔人就租下了此地，他们通过灌溉水渠分配可用的水源，但由于水带来了含盐的沉积物，这些沉积物逐渐使田地变得难以耕种，因此人们废弃了这片农场。在漫长的岁月中，许多较小绿洲的农业发展脉络都是这样延续的，然而当土地因盐分过多而变得贫瘠时，就必须通过退地来休耕，直到急需耕地的下一代家庭再度尝试开垦此地。这片被人们废弃的隐蔽绿洲生活着一大群羚羊（瞪羚属鹅喉羚），它们从沙漠来到此处，占据过冬的场所。尽管这些羚羊在开阔的荒原上很机警，但当它们进入庇护所后，似乎完全改变了本性，比很多兔子还要愚钝，并且更容易被捕杀。在荒原上，它们几乎完全依靠视力，似乎能敏锐感觉到枪支的射程；但在灌木丛中，羚羊的听觉和嗅觉都很差，所以会莫名其妙地放松警惕。再往西走数英里，许多绵羊、牛和马开始映入眼帘，它们也被赶到绿洲过冬，几乎没有人照看，牧民偶尔骑马出去巡视一圈，防止狼群乘机袭扰。羚羊似乎对这些牧民漫不经心，丝毫没有注意到他们的存在。如果没有狗，羚羊也不会跑得离商队太远或跑得

---

① 芨芨草似乎是下层土壤含有地下水的标志。它非常坚硬，成束生长到大约三英尺高。当芨芨草还是绿色的时候，我认为它可用作较好的饲料，但干枯的时候，它就跟消失了一样。
② 参见本书第175页注释。
③ 我将沙枣翻译成"野"枣，但是按照书面意思，"sha"就是"沙子"的意思；类似于沙葱之于野葱。可能翻译成"沙葱""沙枣"才显得更贴切。

太快。

　　灌木丛很暖和，我们走得轻松且不急不缓，直至本次行路结束，我们已经穿过一片沙漠，进入了被称为牛圈子湖或牛圈绿洲 ①的又一处灌溉之地。我们在此处发现了一个贫穷的棚户家族和一个富有的家族，后者名气较大，因为他们拥有一支规模庞大的商队。他们遵循着父权国家的生存模式。贫苦的家族几乎成了富人的农奴，替富人耕种土地。富有家族的父辈尊长对家族拥有话语权，他的长子是他旨意的执行者，次子则在古城子的一家商号当学徒，三儿子（他生活艰苦，且很少吸食鸦片，可谓诸子中最出众的人）是这个家族商队的头人，两个更小的儿子仅仅是高级侍从。一些留居此地的汉人参与了商队的建立，另外还有一些蒙古人家庭，他们是来自外蒙古的流浪者，断断续续地从事着牧人的工作，在绿洲较为贫瘠的地段扎营。这个富有家族的成员包括诸子的女眷和儿子，他们聚居在以一处简陋的衙门为中心、紧凑排布的一片土坯房中，除了女眷使用的珠宝和节日盛装、一些地毯、一个质地上乘的用于盛红柳木炭的旧铜盘，他们家再无别的可见的奢侈品。

　　曾经有一段时间，人们挖了一串坎儿井，以此扩大耕地面积。这串坎儿井一定效果非凡，但由于盐度变高而逐渐失去用途，所以人们从远处雇来维吾尔劳工挖了一串新的坎儿井——当地汉人从来没有掌握挖掘坎儿井的技术。坎儿井这种灌溉方法起源于波斯，它在 18 世纪被引入吐鲁番盆地（根据亨廷顿的说法，②当地大约有四成人口依赖这种灌溉方法），然而我不知道除了近几年修筑于这一连串绿洲的坎儿井外，坎儿井是否在早先便已经延伸到天山山脉

---

① 即今新疆巴里坤哈萨克自治县牛圈湖。——译者注
② 参见《亚洲的脉搏》。

的北部或准噶尔地区一侧。要想用坎儿井灌溉，第一要务是确定地下的水量，然后是确保从地面斜坡上取出的水能够被输送到农田。先挖第一口井以取水，然后在几码远的地方再打一口井，挖一条隧道将第一口井与之联通，将水引到需要水的方位，然后再逐步打新井，每一口井的深度都比前一口略浅，如此类推，直到井水涌出地表为止。按照当地的标准，这类工程需要大量的人力物力，掘井工作必须由高报酬的熟练工人来完成，而且坎儿井也有风险，水中的盐分可能会强烈地浸渍土壤，几年之后就会使土地变得贫瘠。

牛圈子湖的这个富有家族非但没有打坎儿井，还往地下埋藏银子以及炫富摆阔，若是没有绕路，他们将会成为最悲惨的牧场主。若是打了井，他们多余的粮食和肉类就没有市场了，只能赶远路去巴里坤城和古城子售卖，而这些城市又充斥着廉价食物。然而，在商道上，他们可以以昂贵的价格向来自东方的商队出售粮食和骆驼饲料。我们在那里停留了几天，其间周家商队因为补给短缺，故储存了大量口粮，所有人都让骆驼休整了一下。

驻足间隙，我偶遇了一个经历非凡的人，他名叫李二，是个劫掠哈萨克族的土匪。李二，或者说"李家第二"，是一户名门望族的次子，他的家里有一些骆驼和一家位于蜈蚣坝靠近武川一侧的客栈，蜈蚣坝是从归化通往外蒙古的山口，我曾在那里歇脚吃午饭，并首次遇见周少东家。李二起初是拉骆驼的，但他沉迷于古城子的纸醉金迷，于是他离开了商队，开始在哈萨克人和蒙古人中间游荡，掌握了两种语言。二十多年来，他只回过一次归化，那阵子新疆天气炎热，他待不住，便把回归化探亲作为一次休假。那次探亲的过程中，他和我的骆驼客一同避难，骆驼客曾在巴里坤县城卷入

李二，一个骑着巴里坤毛驴的独行土匪（他劫掠那些抢劫蒙古人和商旅的哈萨克人）

一名携带猎鹰的哈萨克人（1929 年版插图）

过李二主导的一些偷马勾当，当时却企图把他出卖给归化警察，于是两个人现在产生了争执。李二有几次运气不错，但用汉人的话来说，"他的手很大"，所以无论他在沙漠里得到什么，总能在古城子挥霍一空。后来数年内，李二变得越来越强悍，他曾经勇猛地对抗劫掠蒙古人和商旅的哈萨克人，以此赢得了惊人的声誉。有许多汉人充当土匪，如果领导得当，他们会是吃苦耐劳的同伴，但单枪匹马式的勇猛在他们当中颇为罕见；我在西域听说的另一个独来独往的土匪是一名冒险家，几年前他曾使得塔城附近的俄罗斯边境风声鹤唳。李二赖以成名的基石是他在任何境地中拼杀的手段。人们说，他在马背上的枪法很好，他会在全副武装的情形下，骑行到哈萨克人的营地，放走他们的所有马匹，并将骆驼赶出营地，然后他会隐藏一段时间，之后再将得手的牲畜拉到古城子的市场上贩卖或者转手给商队。李二最近的一桩大买卖是去年的一场持久战，他击退了许多哈萨克人，带着从他们手中抢来的 20 多头骆驼溜之大吉。中国当局很少留意发生于游牧民当中的抢劫行为，如果官员们要干预，他们将不得不在每个营地都派驻一名警察。然而，在那之后的一段时间里，李二卷入了一名汉人官员和哈萨克人之间的军火交易——就像蒙古人一样，当他没有和哈萨克人发生争执时，就在他们当中自由自在地活动。这名汉人官员将"官府"的军火租给哈萨克人，哈萨克人从而持械闯入外蒙古，带回大量的牲畜和家禽，这对他们每个人来说都是有利可图的生意，直到新疆省长被杀，这种活动才停止。[①] 李二当时躲了起来，在归化商队的帮助下，住在离

[①] 杨增新为维系自己的统治稳定，对新疆各民族采取羁縻牵制政策，文中所称汉人官员与哈萨克人之间的军火交易很可能是这一政策的体现。1928 年 7 月 7 日，杨增新被军务厅长樊耀南枪杀于俄文法政专门学校。——译者注

边境巡逻队几英里远的安全地带。他本身便是商队出身，从来没有抢劫过这些商队，所以他只要和商队站在同一阵营，总能得到食物和庇护。他不仅私下卖骆驼给商队，而且当商队的骆驼被盗贼偷走后，只要能找到他，就能请他追赶盗贼，他经常能成功地赶上并击溃盗贼。

他的眼睛因为一场炎症快要瞎了，又因用了古城子那里弄来的一种不卫生的秘方而病情加剧。幸运的是，他有可以依靠的诸多朋友。李二一到营地，人们就把他带到我这儿来，我用弱蛋白银奇迹般地治好了他，为此他对我表达了极大的感谢，并向我承诺，只要我有脏活要做，任何时候他都会抄起他所有的枪械忠实地帮助我。李二是我见过的身材最健硕的人之一，我感觉他有六英尺多高，穿着无后跟的蒙古靴，但他的腰板很细，举止轻盈优雅。我确信，李二穿的是半蒙古式的着装，这从气场和色泽可以看出来，他戴着镶金边并蒙有松鼠皮的圆毡帽，穿着宽大的半高靴，缠着华丽的腰带，拿着带有刺绣的丝绸烟袋，里面露出了玉制的烟嘴。他说话气势傲慢，带着一种虚张声势的优雅风度，美中不足的是，他那强壮的身形和大方端庄的举止却被他那下垂严重的下唇给难以名状地拖累了，他的下唇像一块赘肉般耷拉着，一直挂着口水。

我们轻松地一程又一程地往前走，穿过了一连串绿洲，依次为东庄（即东边的村庄，那里有一个半汉人家族和一处小小的蒙古人营地）、[①] 乌兰布拉克（Ulan Bulak，即红色的泉，是个蒙古语地名）、石板墩（此地贫瘠，与其说是一个绿洲，不如说是一个驻泊

290

---

① 今新疆巴里坤哈萨克自治县东庄子。——译者注

点）、^①四趟（即第四趟）^②和三趟（即第三趟）。^③东庄是唯一有人居住的地方，但随处可见被废弃的耕地，间或能看到被荒废的临时营房。石板墩、四趟和三趟有一些年代久远的烽燧，我无法确定它们的年代。我在其中寻找是否有柴束结构，它分布在以玉门关为基础，从甘肃进入新疆的古代汉人防御工事沿线，斯坦因爵士曾经发现过这种结构，然而此地没有迹象表明同类构造的存在。眼前的烽燧可以在不借助柴束结构这类辅助工具的情况下用扁平的黑色岩石板垒砌而成，石材和黑戈壁的黑色砾岩来源相同，大量分布于那些低矮的山丘上。尽管当地人和商队成员都没有关乎这些烽燧的修筑和年代的任何传说，但它们大概率能追溯到中原王朝占领巴里坤地区的某一早期时段。也许是公元 2 世纪，当时汉朝在针对匈奴的作战中一度占据上风，后者曾在长达数个世纪的时间里以巴里坤一带为大本营威胁着汉朝治下的河西，并同汉军争夺通往西域的北部通道，从战略上讲，谁控制了巴里坤的群山，谁就能拥有西域。

　　在绿洲沿线的这些天里，白天阳光明媚，不过夜晚却很冷。仅仅是在地势更高，也更为开阔的乌兰布拉克，我们就被大风刮了一整夜，那场狂风可谓众人在蒙古见过的最猛烈的风，它把我的帐篷吹得鼓鼓的，迫使我们次日在帐篷里艰难地待了整整一天。在三趟，一位商队头人拜访了我们，他凭借一次大买卖掌握了沙漠带队技艺的诀窍，并成为同辈人中的佼佼者，在蒙古各地受到欢迎。这位头人在辛亥革命那年声名鹊起，当时他率领一支从古城子出发的

---

① 即石板望楼或烽燧，今新疆巴里坤哈萨克自治县石板墩。——译者注
② 今新疆巴里坤哈萨克自治县四塘泉。——译者注
③ 今新疆巴里坤哈萨克自治县三塘西泉。——译者注

商队，除了搭载货物外，还有五六十名"乘客"。这些旅行者归心似箭，大多数人以软银和金粉的形式携带自己的毕生积蓄。当他们邻近归化时，他们听到消息说，最后一段路远比以前危险。不仅大批强盗不受约束地出没，而且外蒙古最勇猛的年轻悍匪也会骑着马来劫夺他们的赃物。受惊的旅客们提出，如果这名商队头人能找到一名向导带他们穿过这片荒野抵达安全的地方，他们愿意再拿出2000两银子。但头人诚实地回答了他们，让乘客把钱收好，因为商队主干道附近没有一个向导能令人信服、守口如瓶。然后在他的引导下，众人拐进了一片陌生的山区。如果说有什么事情能扰乱这名普通商队头人，那便是偏离已然熟悉的线路，不得不为自己寻找牧草和水源；如果说有什么事情能让普通汉人感到恐慌，那便是冒险进入一处未被任何资深前辈记录的山区。这个头人带着他的商队在荒无人烟的山野中走了二十多天，每到一个驻泊点，他都能找到可供隐蔽，同时能供200多头骆驼吃草，为数十个人提供水源的地方。其间有一回，他给了一个流浪的蒙古人20两银子，让后者跟他们一起走了两段行程，一个原因是要让后者带路，另一个原因是确保后者不会向土匪走漏风声。最后，他沿着一处走私者常走的山谷，平安地穿过大青山，进入了归化城，那一年中几乎所有商队不是被彻底洗劫，就是被收了高额的过路费，但是他全程没有损失一头骆驼，也没有遭遇一次险情。从那以后，旅行者们都得交付保险费才能与他的商队随行。

这位商队头人为人直率，健壮粗俗，态度积极活跃，之后他在周家营帐中坐了一会儿，此时他的商队已经从我们身边经过，离营地有一段距离了，在上马追赶他的商队之前，他向我们透露了前方路况。他告诉我们，在达子沟与我们分开的商队已经侥幸通过了山口。这一次，走在前面的队伍十分幸运，但后面的队伍遭遇了一场风暴，大雪倾泻而下，许多骆驼被大雪埋压，窒息而死。所有的商队都被迫再度撤出那片山区，现在已经循着我们的道路前行，位于我们前方，与我们只隔着几天路程；要不是我们在秃葫芦乡逗留，又在梅欣乌拉山迷失了方向，我们早就领先他们了。至于他，则是从西边沿着"山中"道路过来的，而且雪势不断在加重。当他听闻达子沟的情况后，决定走戈壁之路，可是除了折返时走过的几站路之外，唯一已知的山口已经满是大雪。尽管如此，他还是大胆地闯了出来，找到了其他人从未尝试过的无雪山谷，毫发无损地到达了戈壁。

那天下午我们走了大约十英里，在一处最重要的绿洲边缘扎营，绿洲名叫三趟湖，也叫第三趟绿洲，它的名字是从我们刚才离开的三趟借用而来的，反过来，与其说三趟是正规驿站，不如说它是座可供瞭望的烽火台，一处显眼的地标。三趟湖和明水一样，都是在卡拉瑟斯所绘地图的空白区域中突然出现的地名，被拼写为"Santohu"。这种拼写可能依据了俄国人早期的考察结果，后来的大多数关乎蒙古的地图均在此基础上标注地名，但是上帝创造了含混不清的俄语来表述这些在汉语里发音明确的地名，这便导致旅行者产生了更大的困惑。尽管俄国人以外语天赋而闻名，但他们甚至不能字正腔圆地说出最基本的生活必需品。例如，"chiu"这个词表示葡萄酒或烈性酒，这一带的俄国人每天要说许多次，该词的发音与"jew"这个词不同，因为它的发音带有一种绵长的尾音，他们称之为"dzun"；他们会持续不断地称呼"dzun"，直到说完为止。但我承认，即便熟练掌握这点语言技巧，也难以理解"三趟湖"的正确含义，因为当地的土话让它听起来更像"三套湖"，即使依照"四

293

一名手持来复枪的蒙古人正在瞄准羚羊（1929 年版插图）

三趟湖（1929 年版插图）

趟"和"三趟"①类推能让它的含义变得足够明晰。

在三趟湖,我们已经走完了绕路,因为大西路从东北方向延伸进来,而我们已经穿行黑戈壁两站路程,经过了我提起过的著名的老爷庙。三趟湖绿洲的地理位置非常优越,它位于巴里坤山以北,距离巴里坤城约80英里。来自蒙古的商队可以途经巴里坤城,然后沿着一条名叫"山中道"的路穿越巴里坤山脉和博格达山脉的山麓,如果雪下得太大,他们还可以继续沿着戈壁边缘的"山外道"通往古城子。无论他们走哪条路,三趟湖都是交通枢纽,由于许多商队到达三趟湖时缺少粮食,当地人会以提供补给的方式同他们做生意。此外,另一条路也是向北走的,但它是从大西路分叉,经过五六站路到达腾格淖尔(Tengku Nor),②那里有座蒙古召庙,是茂明安部的贸易重镇。三趟湖所有汉人的蒙古语都跟汉语一样流利,甚至他们的衣着也带有一点蒙古特色。外蒙古发生动乱之前,他们在巴里坤的蒙古贸易中占有很大份额。

我们在三趟湖逗留数日,在那里囤积燕麦以备骆驼食用,因为骆驼正在进行最后的体力储备,在去古城子的剩余路程中,牧草是最为匮乏的。这次停留导致我被中国的边境巡逻队扣留。我们之前已经在东边的绿洲里遇到了一些士兵,但我当时出示护照后,他们看不懂,就直接将我放行。然而三趟湖有两名军官,都是副官军衔。其中级别较高者是个好人,他愿意放我过关;可不幸的是,他是个文盲。他的下级副官读得磕磕绊绊,并且自以为找到了一种晋

294

① "趟"并不等于英文单词"stage"(阶段)的常规意思。它更多被用于对旅程次数进行计数:"他已经在走第三次了"或者说"在第三趟",即"他走了第三趟"。
② 我不清楚"Tengku"在蒙古语中的正确拼写或发音;正如我所写的这样,"teng"的发音类似于英语单词"舌头"(tongue)。

升方法，即通过打压上司的权威，为自己赢得积极工作的好评。因此，他宣称我那份签署有汉语译文并盖有北京外事局印章的护照是日本人或俄国人伪造的；由于我携带武器，因此是一个高度可疑的人，我必须被扣留，直到他们传送消息至巴里坤，并由专人从巴里坤向省会乌鲁木齐拍发电报调查。

此番言行令他的上司颇为震惊，随后他们两人开始对我携带的物品进行搜查和清点。然而，当我发现即使自己的武器和弹药符合护照上的清单，他们也不给放行时，我提出了抗议。经过一整天的争执，我被押到村子拘留，住在军官的隔壁。几天后，我沮丧地同周家商队道别，周家商队伴随着驼铃叮当声，拖着步子走进了沙漠，我的朋友周少东家垂头丧气，颤抖着嘴唇，因为他认为他再也见不到我了。我甚至让我的狗苏吉跟他们一起走，因为我没法喂它。我随身带着一些银元，但我马上意识到必须把它们藏起来，否则官员会将它们从我身上全部榨干，然后才会将我放行。苏吉挣扎着被拖走了。商队的人后来告诉我，他们用绳子给苏吉做了个项圈，通过一根摆杆将它和他们那条被相似项圈套住的发情母狗拴在一起。但即便如此，它有好几天还是试图逃跑。我在全副武装的守兵看守下目送他们离开。他们走远后，我返回村子，等待着不可预测的命运安排。

拉铁摩尔和三趟湖的副官（三趟湖是一个让所有赶路者都避之不及的地方）

第十九章　三趟湖绿洲

起初，虽然我被扣押——是扣押而不是锒铛入狱——好像不是由于那两个无足轻重的巡逻队军官的愚昧和顽固，而是由于他们气量颇小的嫉妒之心，但是我很快就察觉，是当时发生的一连串更大的事件使他们被临时赋予了与自身身份不相匹配的权力。我已经处于一些离奇的边境政策的管辖范围当中，事实上，我已然越过了中亚事务的危险线。

新疆省长乘内地发生辛亥革命，清朝倒台之机，采取大胆行动接手新疆统治权。从那时起，他就一直维系着中央政府对新疆的统治权，有时采用计谋，有时动用武力，去压制这个辽阔省份中的所有被统治族群。对于中国政府来说，统治少数民族的第一个威胁来自蒙古，因为在辛亥革命当年，独立风潮席卷蒙古，尤其是在外蒙古的西部地区，清朝对那里的控制力最不明显，也最为弱小。新疆境内的众多蒙古部落有可能会加入外蒙古西部的政治集团中争取自治权。这一苗头被压制下去，很大程度上得益于一位支持中央政府的强势蒙古王公的帮助，此后当权者已经时刻牢记要提防分裂死灰复燃的风险。在此之后，新疆省长挑唆哈萨克人和蒙古游牧民相互争斗，同时当地的汉人又在家园反抗分裂分子，这使得新疆省的秩序一直保持着安定。后来欧战爆发，沙俄土崩瓦解，战败的沙俄帝国主义势力流窜闯入新疆北部以及蒙古地区，时常受到红军分遣队的追击。沙俄武装势力带来的危险远比过去严重，直到他们最终败给了自己的暴虐和愚蠢。然而他们被解除武装并被驱散后，外蒙古仍然处于苏俄的控制之下。这意味着，首先，外蒙古日渐疏离，并且产生了一种不可避免的情形，苏俄在内部统治得到巩固后，已经能够处理外部事务，它除了内蒙古和阿拉善地区外，完全不承认中国对蒙古其他地区的统治，而内蒙古和阿拉善在战略上直接对中国中央政府呈开放态势，并且一直以来是受中央政府影响更多的蒙古地区。

与此同时，新疆省长一边积极维持对治下族群的羁縻教化，使他们保持贫弱状态，一边也必须处理来自内地的新问题。中国的内战爆发期间，他不得不越来越谨慎地行事，以免卷入其中的任一阵营。幸运的是，他的地盘有沙漠作为屏障，很难被攻陷。但是新疆百姓的利益却因为贸易的失序和交通的不安全而受到损害，因为军队和土匪阻塞了漫长而难走的交通路线。对于新疆省长而言，贸易问题是最重要的，因为他十分依赖于让治下人民得到物质繁荣，以此来维系他们在政治上的认同感，他的格言是：当一个被统治族群生活富足时，即使政权危如累卵，他们也不太可能想到反叛。

随着通往内地的官道，也就是马车道不再安全，中国内地与新疆的贸易完全转由蒙古境内的商路进行。但在蒙古地区，阻碍年复一年地增加。苏俄在外蒙古的政策是直接排斥华人及其贸易，它在公平竞争的前提下仍处于劣势，因而能通过此举来畅通无阻地获得外蒙古的一切原材料资源，从而获利。大约从 1923 年开始，来往于新疆和内地之间的中国商队被禁止通过外蒙古境内的大西路和小西路，但是新疆和内地通过连通内蒙古、阿拉善、无人区的绕路，仍旧维系着交流。然而，对贸易影响最大的还是俄罗斯人。在直接或经由外蒙古之手扼制中国贸易的同时，他们在新疆为自己建立了有效的贸易垄断地位，在西伯利亚边境与新疆省保持着友好关系。新疆省长尽管失去了贸易优势，但还是努力保持新疆市场的开放和竞争。为了确保经济繁荣和政治安定，他必须开展贸易，因此，随着内地市场的购买力下降，他被迫鼓励人们与俄罗斯人进行贸易。新疆省长和他能干的下属们不得不越来越注重与俄罗斯人的友好关系，而与此同时，由于在同俄罗斯买家交易时缺乏竞争力，商品的市场价值一直被迫下降，他们想必对这一讽刺的局面颇为懊恼。最后，在调整了政策方针和采取权宜之计后，一个自相矛盾的场景清晰浮现：新疆省虽然由中国人统治，但实际上游离于内地的中央政府或地方当权派，反倒与俄罗斯人往来密切，它的对外贸易主要依赖俄罗斯人——但漫长且开放的边境另一边是外蒙古，外蒙古在苏俄的建议和鼓动下，排斥中国人及中国的所有产品。

　　就在我赶路期间，形势变得越发严峻，这种自相矛盾的情形也愈演愈烈。冯玉祥领导的西北军受到以张作霖为首的反共联盟的打击，西北军战败的前景，及其撤退或解散的不同可能性，在内地激起了大量疯传的谣言。众所周知，这位基督将军对他的苏俄支持者十分友好。实际发生的情况是，他带着所有能抽调出的军队，前往河南实现他那激进的新意图，建立一个亲基督教的、亲苏的、通常封闭的新的中国，但这在当时并没有引起多大反响。当时的中国人更偏向认为冯氏将进一步撤往西北，撤回他所控制的甘肃并在那里重整旗鼓，然后他很可能再退到新疆——因为他的军事实力和交通运输虽因失败而受损，但仍足以攻陷新疆——在那里，他可以建立一个与自己的苏俄支持者密切来往的独立政权。为什么他不如此而为，这并不在我的叙述范围内。当时使我烦心的是，他采取这一行动显然会给我带来风险。

　　虽然人们普遍担心立场中立的新疆会受到来自甘肃的无端进攻，但是在诸多可能性中也存在这样一种情形，即撤退的全部或部分军队可能会企图通过借道蒙古——特别是借道外蒙古——夺取新疆，因为他们在这些路线的运输和粮食补给上面临的困难较少。新疆省长已然尽其所能地应对着这些可能性。他在哈密集结了他所能调遣的军队，以把守从甘肃入新的官道，然而封锁同外蒙古接壤的边境并非易事。风险在于蒙古部落成员的流动性，一旦冯玉祥的基督军借道蒙古攻占新疆，整个外蒙古可能都会陷入混乱，同时新疆省长自己统治下的蒙古人会迁到阿尔泰山脉的另一边。为了防止被统治的蒙古人和来去自如的部落成员相互联系，新疆省长制定了一项隔离政策。为了报复外蒙古针对中国商队的贸易禁运，新疆当局严禁向外蒙古出口谷物和面粉。这是蒙古人唯一希望与新疆进行的贸易，因为在被清朝统治的漫长和平年代中，蒙古人变得主要依赖粮食作为冬季储备。与此同时，新疆省长开始磨砺手中的利剑，他鼓励哈萨克部落的穆斯林更加公开地对抗蒙古人。鼓动穆斯林游牧者去对抗蒙古人与清朝在统治末期实行的政策完全背道而驰。哈萨克人自古以来就在阿尔泰地区与蒙古人相互来往——主要是在阿尔泰山西侧，但在山脉东侧的科布多地区也有联系。统治中国的清朝曾规定，所有被统治的游牧民的土地本来归蒙古人所有，因此，哈萨克人必须向蒙古部落支付放牧费用以作为地租。

　　在新变局的压力下，蒙古人的处境变得更加危险，新疆当局撤回了对他们的支持。当局鼓励哈萨克人为改善处境而发动袭击，他们开始拥有大量武器，而蒙古人却被没收了武装。这两个有着不同信仰和传统的族群之间的冲突加剧。数月时间内，哈萨克人就隔断了外蒙古和新疆之间的宽阔地带，山地边界之前的地区变成了一片不毛之地，哈萨克的勇士们在此来回奔袭。隶属新疆省统治的蒙古人为了安全而退回新疆省，而骁勇的哈萨克人则将他们的袭击范围推进到阿尔泰的东北部，在蒙古茂明安部之间展开了几乎不受控制的掠夺，就像茂明安部的一员对我说的那样，他们"被逼得一无所有"。处于新疆省长统治下的蒙古人，就这样被外力从独立的外蒙古诸部中分离出来，断绝了一切联系。

为了完成隔离政策，官兵严格执行着外蒙古同古城子、巴里坤城以及介乎三趟湖与白山之间的外围绿洲的贸易禁令。起初，当局宣布这项措施之后，人们认为它是一种已经准备好但并不迫切需要的武器。举个例子，三趟湖的人穿过戈壁将谷物、面粉和其他商品运抵腾格淖尔进行贸易而发家致富，而且不少官员变通想法从中获利。如今那段时日已经一去不复返了。最近，有几个人因为走私而被枪毙，而像三趟湖官兵那样的边境巡逻队则被严格的政令所约束，以至于那些低级官兵们再也不敢支持非法贸易了。为了自我补偿，他们对所有的正规商队都进行了严格监管，吓唬那些证件哪怕有一丁点瑕疵的商队头人，待他们支付丰厚的钱财后才让他们通过，官兵还对每一支商队可以携带的补给数额进行核对，并且在三趟湖的物资买卖中强行收取服务费。

这就是我所陷入的由怀疑、诡计和阻碍编织的大网。扣留我的这两名军官中，那位名义上处于上级地位的人害怕得要命，他什么也不敢做；那个半文盲的副官更在乎用阴谋给他的上司使绊子，而不是公正地对待我。他知道这样做责任不在自己，于是用强盗逻辑来胡思乱想。他宣称我那本盖有北洋政府中文印戳的美国护照肯定是伪造的，但他不肯打包票断定那是日本伪造的——我猜他是根据以前关于沿海地区反日情绪的报道产生这个想法的，因为他还怀疑

300

我在从事军火销售，抑或是一个煽动叛乱的共产党间谍，又或者是一个受冯玉祥收买，事先接受指派确定进攻路线的苏俄军官。我被扣押的第二天，一名骑兵被派往巴里坤向上级传话，"接受指示并采取必要行动"。他们不接受我亲自陈词的要求，因为他们害怕我在新疆可能有朋友，会控告他们，从而给积极活跃、可靠实诚的好兵形象抹黑。尽管如此，我还是偷偷拜托周家商队的朋友们带了封信寄到古城子，几天后，我又从一个蒙古人那里租了一匹马，由我的骆驼客骑行前往巴里坤——他自己也急着要去那里，目的是要和那个杳无音信的巴里坤订约人的家人结账，后者一开始将骆驼租给了我，然后又把合同转给了他。我将其中一封信件邮寄给了新疆省会乌鲁木齐的两个熟人，他们是新教传教士，另一封信也是寄到乌鲁木齐，按照我的指示转寄给我朋友潘绮禄。

301

　　打那之后我能做的只有等待。唯一让我真正感到不舒服的是，由于他们禁止我搭帐篷，我只能住在肮脏的小屋，即指挥官宿舍旁边一间废弃的房间里。睡觉的台子有一部分塌了下来，所以不能像往常那样在前面的炉洞里生火加热床铺，然后通过烟道将烟排出去。房间里一半以上的空间都被这个叫"炕"的台子占据了，它长约七英尺，宽约十英尺；房间其余部分大约五英尺长，十英尺宽，就像工具槽一样，里面堆满了我的全部装备。取暖的唯一办法，就是在房间低洼部分的泥地上生火，然后蹲在火堆旁边，贴近地面，免得被烟熏得透不过气来——要不然就得去串门。我不在室外的时候，大部分时间都在串门，但到了晚上，当骆驼客从巴里坤回来后，就只能扑灭火堆与摩西和我睡在一张炕上。

　　三趟湖是那种大多数赶路者会尽快离开的地方，他们将它描述成"一处糟糕的沙窝"或"一片令人难受的小屋"。在当地，中国人自己对这些偏远地区的村落有一个贴切的说法，称它们为"戈壁滩上"，这相当于说"在戈壁的平原上"，意思是那里没有任何便利设施。这是我唯一长期待过的地方，后来我很庆幸自己在那里住了这么长时间，感受了那种边疆生活的节奏。

低矮的黑戈壁山丘呈点状和线状分布，山体稀疏地分布有积雪，屹立在梅欣乌拉山西段外缘黑色戈壁的平缓隆起上，至于梅欣乌拉山，则是三趟湖和巴里坤地区的界山。三趟湖绿洲处于沙丘之间最为低洼的地段，洼地涌起的泉水使绿洲充满了生机。这片湿润之地的主要走向不像通常那样与山脉走向平行，而是向北顺着一条小河延伸，小河向前奔流了好几英里，直到无可避免地闯入吞噬水源的沙窝才断流。三趟湖中央的村庄处于这条河流的源头，但农场和小片的营房则散布于村庄的西部和北部，它们有些是依靠其他泉眼供养，所以被三趟湖绿洲这一名字涵盖的整个地区必然有超过30户人家。他们都有着共同的血缘，皆是镇番移民的子孙——而且被称作"小老鼠"，与出生于镇番县的真正意义上的"沙老鼠"或多或少存在区别——这些居民生活富足，并且非常吝啬，他们最喜欢利滚利的生意，但当合同变得对他们不利时，就拒不认账。巴里坤人的名声已经非常糟糕了，不仅少数来过此地的旅行者这样认为，而且这种观点也流传于当地汉人当中。我也无法避免这种成见，因为我曾被那个最先约定带我穿越蒙古的巴里坤人深深欺骗过；然而我要说明的是，在归化商队成员的口中，比起三趟湖人的小气和讨价还价，巴里坤人反倒显得更慷慨和光明磊落。

我在这些人当中待了大约两个星期，其间我清楚地意识到，他们在处理手头的技术性事务时是多么刻板和无知，因此我对他们的评价很低。我同这些军官侃侃而谈并不断地听他们念叨，他们则轮

302

流坐在所有村民屋主的炕上，而且他们还吸鸦片，同一个又一个商队头人就谷物的价格讨价还价，有时在我面前公然耳语边境政策。所有村民也是如此，他们一听我不收钱，就来向我乞讨药品；但是他们大多数人除了毒瘾之外再无任何异常（通常是皮肤生疮和肠道疾病，以及有肺结核和间接传染性病的可能），而我对他们的烟瘾无能为力。给一个浑身都沾有烟瘾的人注射毒品是不明智的做法。这里的男人和女人都是出了名的烟鬼，但是，正如摩西所说："在这样一个地方，整个冬天除了鸦片和女人，还有什么可供消遣的呢？看看那些女人！"——因为她们是一群骨瘦如柴、年纪轻轻就提早衰老的悍妇。

303

奇怪的是，这里的女人们25岁就变老了，主要是由于抽大烟，而男人们一般都孔武有力、体格健壮、积极好动，只要他们待在户外耕作、骑马、放牧和跑长途，就能保持健康。尤其是当他们吸食新鲜的鸦片时，只留下那些真正让"瘾君子"沉迷其中的烟丝或烟斗里的残渣。在这样一个村社里，危险的发端存在于儿童当中。村长虽已年过六旬，却是个胸膛健壮、身子骨硬朗的家伙，看上去还不到40岁，而他自己的商队也才停运了一两年。这个男人得子较晚，他和一个年轻妻子生的孩子才不到两岁。每天晚上，孩子还没有被棉褥卷起来入睡，就被抱到这位父亲躺着抽烟的炕上，然后父亲朝孩子的脸上喷出鸦片烟气，免得孩子整夜哭泣。有人告诉我，这通常是发生在长期吸鸦片的父母和容易焦躁、身体虚弱的孩子身上。这个可怜的下一代还没有断奶，就必须通过烟气缓解才能睡着了。我认识的几户人家的户主都是早期定居此地的拓荒者，他们年龄在60到80岁之间，精力充沛，大口抽烟，带着一股泰然自若的做派。这些人开垦了自己的土地，积累了自己的财富，并在发迹的过程中染上了恶习。但这些人的子孙生来就轻易染上毒瘾，他们大都是软弱和优柔寡断之人。

我隔壁是一对50多岁、老态龙钟的夫妻，他们正在上演自己的悲惨结局。据我所知，他们唯一的儿子死于肺结核还不到一年。由于没有后代，他们失去了延续香火的所有希望和想法，败光了自己仅有的一点财产，因为三趟湖的女人比男人少，所以男人没钱去再娶一房。他现在的妻子已经无法再生育了，她知道自己的灵魂承担着主要罪责，因此从不幸发生的那天起，她能做的只有哭泣和祈求死亡。我走进她那昏暗如狗窝般的屋子，想看看我能做些什么，然而她身无分文，仅剩一把衣衫褴褛的老骨头以及灰蒙蒙的发丝下消瘦的面容。她已经无法说话，只能发出将死之时含混不清的低吟，并躺在破衣烂衫下抽搐着，任凭大滴大滴的眼泪从脸上流下来。另一个难看的老太婆正在准备鸦片烟斗。很明显她已无药可救了，但他们告诉我说她喉咙痛，于是我就给她喂了些止咳药和阿司匹林。第二天她就死了。幸运的是，我是在一个军官的催促下，实际上是在他的命令之下才去探望，那个军官是村里的领头人，所以没有人指责我加速了她的死亡。

接下来的几天里，舒展身体、从梦中睡醒和埋葬尸体倒成了一种较为惬意的消遣活动，在此期间，我参加了邻居们举办的一系列筵席。被这种祭祀仪式深深吸引的不仅有摩西，还有一两个归化商队的参观者，他们说这和他们那边的仪式有很大的不同。作为遍布中国的原始法术的不同流派继承者，道士们在风光大葬时往往被安排在和尚和其他人之前。可惜的是，我对当地风俗习惯的特殊性不甚重视，更可惜的是我在三趟湖期间，由于怕被人怀疑，所以没有写日记，走的时候没有留下任何记录。最让我感兴趣的是，没有一

304

个主祭是应招而来的道士，村庄太小，村民十分吝啬，拿不出付给
神职人员的报酬，尽管他们有许多神龛，在下游还有一座道观，每
逢定期的节日，来自巴里坤城的巡游道士都会去参谒。村民们依靠
一支业余帮会举行葬礼，他们不仅装备有长袍、乐器和其他器具，
而且还戴着道士风格的假发。袍子虽然旧，且刺绣或织锦的质量都
不高，但它们是由最初的定居者从镇番带来的，我怀疑它们和其
他仪式用具都继承自一个已经消失的道家的原始流派，在经过转化
流变之后，这个派系摒弃了独特性，被更为有利可图的世俗行当同
化了。

在三趟湖经历的另一桩大事中，我没能带来奇迹。镇番娃娃在
绿洲边缘的草场看管着我的骆驼，他住宿在一位蒙古人的毡房里，
某日我在那里喝着掺有牛奶和食盐的茶汤，谈论着包括蒙古疆域四
至在内的一切令人感兴趣的话题。就在此时，毡房的蒙古主人露出
一个手肘指向毡房一边，那里有个人躺在一张羚羊皮下面，一动不
动。他说，那是他卧病在床的女儿，如果我下次来的时候带些药
来，他会感激不尽。他不像三趟湖的"小老鼠"那样刻意巴结人，
他没有暗示我的镇番娃娃一直在他的安排下住在他的毡房里，他只
是希望我能注意到他的窘境。

我发现这个女孩个子很高，本来可以长得很标致，但口渴和发
热正在使她变得消瘦。女孩的母亲说，她是在寻找完丢失的牛回家
后开始生病。找到牛后，她是冒着暴风雪回的家。她无法指挥牛群
迎风前行，又担心它们会在大风前跑得更远，于是她在没有帐篷、
篝火和食物的条件下和牛群一起待了长达一个白天加两个晚上。当
暴风雪过去后，她把牛带了回来，这是蒙古女孩应尽的义务。虽然
这在蒙古人生活中是家常便饭，可女孩却因此生病了。

三趟湖的"道士"（他们依靠业余帮会举行葬礼）

我认为那姑娘一定是得了肺炎，然而当我过了几天再来帮助她，并提议为她提供保暖和防护后（这不是之后才进行的，因为她已经为治疗自己的疾病做了能做之事，即收集燃料和看护火堆），她母亲却补充了一句话。她觉得自己的女儿正在康复。这是万幸

306　的。那女孩，虽然确实是女孩，但是目前已经是家中最大且最能干活的孩子，如果失去她一定也是件很不幸的事。他们一家都患有疾病——父亲、母亲、长子、这个女孩，还有一男一女两个顽皮的小孩子。"你家长子呢？"我问他们。"在那呢。"她回答的同时用下巴朝毡房外指了指。我走了出去，很快找来了镇番娃娃。"他们家长子，是的，"他说，"这就是这家过世的那个儿子。他的尸体被埋在距离毡房百步之遥的一个沙窝里。他们没有将他的尸身埋得距毡房很远，因此狼群才不敢前来。这些蒙古人你是了解的。他们认为所居之地有恶灵。他们家正在向一个前来扎营的行脚喇嘛布施钱财、食物，并且已经给了他一匹马。那喇嘛不是什么好人，据我所知，他从阿拉善的一个地方远道而来。这喇嘛本打算去青海湖，然而他由于听闻很多消息而调转方向。人们说那里有了麻烦，而且道路遭到了封锁。现在他为了祈祷解除这家蒙古人儿子身上的诅咒，要从这户善良的蒙古人手中拿走一切他能拿的，然后他会安排将尸体扔得更远，狼群会吃了尸体，随后他们才会说一切都好了。"

然而当时我正在想别的事情。我现在知道这种"肺炎"是什么疾病。斑疹伤寒已经在那座毡房里蔓延肆虐。一想到里面那张爬有虱子的毡毯，以及在毡毯上和我一起挤在火堆旁边的人，我就有点恶心。我在我的小册子里查找斑疹伤寒，书中记载的更多是护理规定而非治疗方法。我知道小册子中的所谓护理是这个蒙古女孩所能期待的最终关怀，但是在我的催促下，她至少得到了休息，过了一

周之后，她开始恢复正常。

　　女孩的父亲是个严肃、刚强的汉子，将近50岁，并有若干名字，既有蒙古语名字也有汉语名字。他属于这些时日没有被大量征召的较幸运的那一类人，是曾经加入汉族商队的那些蒙古人之一。起初这名蒙古人是一名驼夫，后来晋级成为汉族商队的头人，但在他喜欢的那条旧道被封锁后，他就离开了这个行当，然后在此地，也就是他所属的部落边界外侧住了下来。当时他用汉语中的归化方言向我表达着钦佩之情，他曾经游走于诸多心思缜密者之间，却凭借跑运输和本能保留了一口纯正的蒙古语，从他的谈吐当中能知晓很多东西。

　　我在三趟湖期间，他还堂而皇之地接待了两个受到判罚的蒙古人。这两个蒙古人从一个商队那里偷了半车布料，第二天，商队的骑手们四处搜寻，最终追上了他们。这两个小偷十分外行，立刻承认了自己的罪行，并指出了他们藏布的地方。但是那些不肯宽恕的汉人们还是把他们扭送到了三趟湖哨所的军官面前。因为这些布料价值在100新疆两以上，他们只好等着被判死刑（100新疆两约等于30两碎银，在冯玉祥将军统治的归化城，这一数目也同样应判处极刑）。

　　我的那位军官朋友组织了一个简易军事法庭。他在简短训话中指出，这些罪犯万幸身在中国的边界，并且没有被外蒙古爆发的混乱所威胁，他们应该感激而非从事偷鸡摸狗之事，军官还劝诫这些小偷去体悟他的仁慈，他没有将他们送到巴里坤的衙门，而是判罚在他们每人左手掌根打300杖，若是在巴里坤他们一定会被下令枪毙。杖刑是一种传统的中国军事刑罚，具体是用一根短棍行刑，这种棍子用于击打的末端是加粗的。虽然这种猛击的威力似乎不比锐

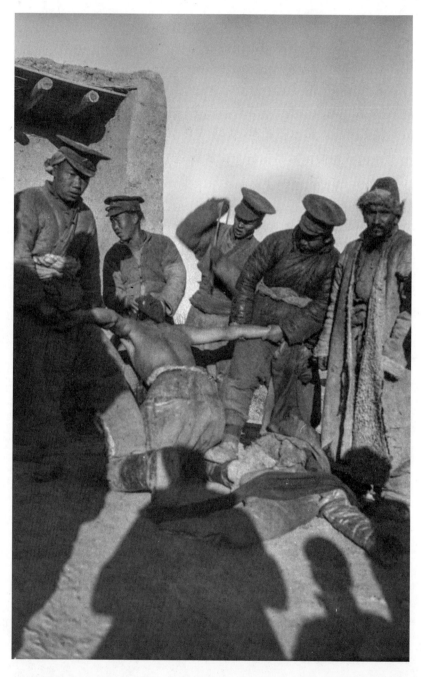

三趟湖的审判（"罪犯"无疑是积习难改的骗子，审判者下令动用鞭刑让他们如实招来）

器的敲打，但它仍能把一个人的手打得血肉模糊。在古城子的衙门，官员也经常下令对惯犯进行类似的杖罚，不过是对犯人的踝骨实施，这样的话骨头会被打碎，使人终身残疾。

两名犯人在守卫看管下过了一夜，第二天将被遣返到受命统领这一边缘地带的蒙古首领的毡房中，并让首领作出郑重担保，让这两个小偷改邪归正。然而，在他们被遣送之前，一个汉人来到军官面前告状。他的两匹马在几个星期前被盗，而现在又抓到两个蒙古小偷。即使他们没有盗走他的马，他们也很可能知道有谁牵涉其中。因此，该军官在第二天又再度充当调查员兼审判法官。这两个惊慌失措的小偷只能辩解说他们是新来的，他们可以证实自己是在两匹马的盗窃案发生后才从外蒙古来的，而且他们从来没有靠近汉人告状者的田产到一天路程之内。军官则坚定地驳斥说，他们已经被证明是商队盗贼，因此可能还是偷马贼，他们无疑是积习难改的骗子。他下令动用鞭刑让他们如实招来。

这种刑罚是用一根约七英寸长的马鞭抽打嫌犯赤裸的背部。两个小偷为了只挨原定鞭数的十分之六，每人给一个下级军官送了三块银元，还送了价值两到三银元的礼物。那些施刑者非常熟练地唱出数字，如果没有人知晓这个过程，就很难数清其中落下的数字。主刑官员一定是对此了然于心的，但这是惯例，他不会计较这些。在这样的抽打中，每一鞭似乎下手都不重，然而即便如此，我还是目睹两个人的后背肿得血肉难辨、鲜血淋漓，他们受刑时蜷缩着跪在地上，站在他们腿上的人押着他们的双臂。其间，那个跟我作对的副官大喊"打得不够狠"，然后夺过鞭子竭尽所能地抽着；他们在主刑官喊出可怕的"打！"的那一刻惨叫连连，站在旁边的翻译官则粗略地传达着他们嚎叫声中透露的信息，然后在每抽一百下的

308

间歇中，他们被命令如实交代案情并供出同伙。这两个小偷在地上号哭着，同时身形似乎一直处于畏缩状态，尽管如此，他们只承诺帮助寻找被偷的马匹。

309   第二天，我在蒙古朋友的毡房里看到了那两个犯人。他们的左手非常不灵便，后背状况也很不佳，可他们吃饭时却很开心。他们俩都穿着破旧的衬裤，这些裤子曾经像士兵穿的裤子那样填有棉花。他们之前被扭送来的时候，不仅穿着上乘的羊皮衬裤，而且最外面还穿着上乘的羊皮外裤。将两人送离的卫队现在正穿着一套类似这样的裤子。

这两个人看起来都很单纯和善。我十分确信他们两人对司法裁判和公正审判都不抱什么新奇的想法。他们是淳朴的亚洲人，唯一能想到的不是自己触犯了法律，而是触犯了权力。如果他们游荡回蒙古那边的边境，然后借助偶然的机会，助力打击那些冒犯当局的汉人，那他们确实会从扳回一局的想法中获得些许快感。但他们脑子里最明确的想法可能是：最好足够好运，然后主持公正——我指的是权力。

在三趟湖期间，我和那个级别更高的军官关系很好，我和他一起吃饭，他允许我在白天去任何我想去的地方，只要有人看守我就行。他是个很好的伙计，在承诺向巴里坤发送一份急件之后，他开始担心他在阻止我行动这方面做得太过火了。我几乎每天都去追捕羚羊，它们每天傍晚都聚集在绿洲边缘，躲避最恶劣的风暴和严寒。不管羊群多少次被射击打散，我每天早上都会看到它们在离村子不到十分钟路程的同一个地方成群吃草。它们一眼就能识别出一个持有猎枪的人，一看见我就会撤退。但在此之前，它们喜欢静静地在距离牧童200码之内的地方吃草，这一距离是蒙古牧童和汉族牧童呼喊声的覆盖范围。我花了些工夫标出绿洲周围所有的胡杨树灌木丛，上午 10 点左右，羊群行至空旷的戈壁，在这个温暖的时段躺在阳光下，自然而然地再度化作真正的不可接近的沙漠生灵，此刻需要做的便是走到最近的放骆驼的牧童跟前，询问羚羊在哪里。

310

我的骆驼客从巴里坤赶了回来，这是新疆当局没有忽视我的第一个迹象。他报告说，他与巴里坤人间的事务无法解决。这个人的商队在数周以前就到了巴里坤，不过已经在一个弟弟的带领下去了古城子，但他们家的老父亲不肯支付拖欠骆驼客和我的钱款，说我们的约定要到了古城子才能兑现，他的骆驼要在那儿出现，我们俩才能得到足够赔偿。

在巴里坤期间，他受到了地方长官的召见，当地县长告诉他，我的护照没问题，但在得到新疆当局的确认之前，他不能让军队释放我。最后，县长和巴里坤的驻防将军产生了争执，将军质疑他的权威，说是因为在边境执行的是军法，因此我是一个战争犯，然后又用我的战利品向县长提出质疑。他有充分的理由这样做，因为我要前来的消息，是由北京的外事局传达给新疆省长的，这则消息只是转送给了民政当局。而他却声称我是被一支巡逻队抓获的，我携有武器，这对于他而言就有必要再次去乌鲁木齐查阅直接批准的政令，在此之前，我是不能被放行进入新疆的。但是县长向三趟湖派了两名衙门的使者，给我带了一封礼节性的书信，另一封给了三趟湖的村长，命令他免费给我提供一切必要的补给并在我需要时提供相应的帮助。这名村长在我停留期间已经对我足够热情友好，但是，身为土生土长的三趟湖人，他一毛不拔。看到他的村庄已经被军队控制，他宁可听令于这些士兵也不会遵从那名县长，尽管他名义上要服从后者。

311 　　一两天后，将军又发来消息，声明允许我继续前进，但没有下达其他指令，因此我仍然很难获得补给。[①] 我急需为我的随行人员和骆驼提供食物，尽管我不是他们的主人，而且按照商队的严格规定他们与我无关，当务之急是获得一定量的补给让他们先行走完这段风雪之路。由于军事命令只不过是释放了我，没有将我恢复到一个体面的地位，因此我从县长那里得到的威望非常有限。我一开始时曾大胆宣称我没有准备现款，所以现在拿出钱用来购物会让我仅存的名誉扫地。贪婪的村民会把我身上的每一分钱都榨干，换来的供给则是杯水车薪。我唯一的办法就是强行申领我所需要的东西。

　　在这里，摩西和令人安心的"卫嘴子"给我带来了鼓舞。后者是三趟湖唯一一位不带有卑微镇番血统的人，是当地那座没有道士的道观的守门人。从这人的言谈可以看出，他无疑是天津卫人氏，很可能来自海边的一处村庄，村里的人被称为"海椰头"，意为海锤，之所以这么称呼，是因为他们的豪言壮语很有说服力，并且随着他们传遍全国各地。当遇见摩西时，他当众哭泣。在他们之间，仅仅是口音上的共性就能产生牢固的纽带，紧接着，当他发现我也带有相同的口音时，他毫无保留地发誓为我效劳。他不愿告诉我们他的真实姓名，但是能在流亡入"蛮族"的过程中发现"同乡"，这使他难掩激动，并敞开心扉地与我们交流，我们也很快就知道，他在天津一起骇人的谋杀案中被通缉，然后逃亡到西部，又因为其他罪行一直被新疆省禁止进入，并最终撤回到这片极边之地的绿洲，他在此地照看着空荡荡的庙宇，靠着向阳面的墙壁种了足够的

---

① 在乌鲁木齐代表我提出交涉的传教士、邮政局长和潘先生加速了我的释放进程，如果没有他们的干预，我可能永远也不会被允许进入该省。

甜瓜，以此维系他在"被遗忘的晚年"的生活开支。摩西忽然发现
自己保留了关乎这些有趣传闻的大量记忆，这些传闻都流传于健谈 312
的直隶省的村庄集市，那种集市是他长大的地方，令人兴奋。我们
边聊边温了一小壶烈酒，并邀请那个守门人小聚。席间，他讲述着
长城东端外令人称奇的英豪们的作战、通使和事迹，这些令我们和
那位说话缓慢的当地人颇为着迷，故事中的长城毗邻大海，以前那
里的一切被管理得井井有条，异族被压制在城墙的另一边，与此同
时城墙内侧的中原文明得以休养生息。我们散会时，那个流亡的守
门人经历如此跌宕，于是委托摩西传达一个秘密的消息，要在天津
某条街的某一商号内通过右耳传递，这样的话他剩余的亲戚可以知
道他近些年过得很安全。

　　摩西突然受到启发，向他透露说我是丁家立博士（Dr.
Tenney）① 的侄子。丁家立博士的名字在直隶很管用，因为他在义
和团运动期间为中国朋友做了不少事，后来他在北京当了美国驻华
使馆代办。尽管我实际上不是他侄子，但这无关紧要。这种从摩西
嘴里讲出来的话未经证实，本会被视为谎言，却被听者郑重其事地
信以为真，当时另一个直隶人确实知道一位叫丁查理（Ting Chia
li）的名人，因此我又和其他有势力的人联系到了一块。我先是变
成美国公使的侄子，然后是"美国王公"的侄子，并带有"美国皇
帝"的血统。

　　当这个年老的亡命之徒听说三趟湖的村民不愿坦诚大方地送别
我时，他气得浑身发抖，于是骑上一头驴，来到我的门口，和那些
村民们谈了整整一个上午，简直可以说是"海椰头"式的训话。村

---

① 丁家立（Tenney Charles Daniel），美国公理会传教士、外交官，1882 年来华，曾执掌天津
中西学堂及后来的北洋大学堂，推广西式教育。——译者注

民们受到了恫吓，县长派来的衙门使者们也在抽大烟时被惊吓到，那个同我作对的副官被吓得魂不附体，然后我的上级军官朋友斗胆下令将一切补给都送到我面前。而那位仍在气得发抖的无名老人则被扶上他的驴子。他鞠躬告别。他说，尽管他还是对我在直隶省的无可争议的荣誉将信将疑，但至少在我离开前，如果三趟湖那群恶棍再敢冒犯我，我一定要告知他，然后他就会从他那洒满阳光的无人小庙出发，来进一步收拾他们。

313

有句话说得很有道理："十个京油子不如一个卫嘴子，十个卫嘴子不如保定府的一个狗腿子。"① 摩西说："除了这三群能言善道的人外，务必承认还有海椰头人。"

---

① "狗腿子"是对保定衙门小吏的俚语称呼，保定以前是直隶省的省会。由于保定是直隶省一切民事和刑事诉讼的高等法院所在地，因此这些办事人员会在司法的外衣下掌控着邪恶权力（北京也在直隶，但不是省府，而是帝都）。
（原话又可作"京油子，卫嘴子，保定府的狗腿子"。——译者注）

第二十章　风雪考验

上文中的补给风波发生在我们抵达三趟湖的第 16 天，在放行令下达后的第四天，我们启程离开；队伍本该早一天出发的，然而一场暴风雪打断了我被扣留期间持续了很长时间的好天气。我们的路线在三趟湖并入以前的大西路，以至于我的骆驼客最后终于进入了他所熟悉的地域，然而走向古城子的最后行程并不轻松。实际上，大西路的尽头分作三条可选择的岔路：第一条是直接进入巴里坤地区，然后踏上山中道，穿过多山的乡野，再经过木垒河和大石头，就迫近古城子的大门了；第二条是沿着山脉外缘走很多站路，然后进入山中，与第一条道汇合；第三条则是在山外的沙漠中沿着山脉方向一直往前走。在深冬来临之前，前两条路比空旷的沙漠要好走，可一旦它们被雪阻碍，唯一安全的道路便只剩下平坦的沙漠，在平常的冬季，沙漠的积雪既化得较快又下得不深。这条路线估计需要走 11 或 12 天，但由于积雪异常严重，最终我们沿途不得不离山更远，据我估计，这段路的距离长达 230 英里。

最令我们前景堪忧的是没有同行的队伍可依靠。我在三趟湖期间，所有归化商队都离开了，最后一支商队还比我们早五天开拔。那支商队全是骆驼，他们是今年夏天在归化北面的山后集结，而且和我们一样，在冯玉祥军从西北方大量撤出之前便已经出发，数月之后，另一支商队被迫在归化集合，因为撤退的军队已经将城外山中的各类交通工具尽数征用。另外，今年冬季来得晚，据说今年的降雪量已经远超往年的已知水平，尽管这似乎难以置信，因为在这片戈壁沙窝里的小"湖"停留期间，天气还是阳光明媚，白天我甚至都没有穿羊皮大衣去打猎。然而，这个噩耗是属实的。就在我们出发之前，从古城子过来一支商队，这是最后一支试图通过山中道的商队，而山中道已经被大雪淹没了。这支商队要按约定尽快抵达归化，商队骆驼搭载的只有赶路者和他们的补给，商队的60头骆驼中，有20头在队伍走出群山前被"扔掉"，其间旅行者日复一日地在深深的积雪中挣扎前行，一直无法生火。他们就这样走了整整一个月。

我最担心的是我自己的骆驼。当我被迫停驻时，它们已经在贫瘠的草场上走了三个多月，变得精疲力竭，但它们依旧勤劳而顽强。它们中有两头一旦在行进中被绊住，便会倒下，再也无法站起来了；但是令我吃惊的是，这些骆驼在被驱赶的情况下能通过艰苦跋涉强行挺到某段日程的终点，然后它们只需要休息12或15个钟头，就可以继续赶路。确实，"骆驼东西，好东西"。正如驼夫所言："不论水甜、水咸、水苦还是无水；也不论牧草好、牧草差还是没有牧草——只要你每天牵骆驼，它们也照样能走得一样远。"骆驼就是这样，当它们快要用尽最后一丝力气的时候，你可以在这里照料它们一天，然后给它们放一天假，总之你必须要让它们不停地移动。如果你没有让它们努力坚持，它们就会松懈下来，这样的话只有来年夏季放牧才能让它们恢复状态。在温暖的草场待了15天之后，我的骆驼变得疲软虚弱，它们那疲惫多筋的肌肉也松弛得跟软组织一样了。当它们走出庇护之所时，便在没有减弱的戈壁风沙面前畏缩不前，即使是拖拽它们的鼻钉到鲜血直流，它们也不愿前行。因此可以看出，在我们必须征服的路段上，我们要与这些骆驼来一场辛酸的博弈。

　　最后是那个心善的蒙古人给我们送别，在我的骆驼客前去巴里坤期间，他一直在负责照料镇番娃娃和随行骆驼。他仔细讲述了这条路上所有的路段和主要路标后，送给了我们一个雪耙，它的长柄上有一根坚固的铁刃，可用来在雪地里掘出搭帐篷的空地，然后我们便在一个阳光惨淡的下午动身，先赶一段短暂的路程。之后我们在遍布黑砂砾和红柳的开阔戈壁上扎营，第二天，我们的营地被风围困，狂风一直刮到天黑，其间我们都蜷缩成一团。就在日落时分，我们迎来一个好兆头。当时我正踮着脚尖站在火堆旁，摩西正探着鼻子观察变天的迹象，突然咧嘴大笑着回来，以最佳状态用迎客唱名的口气说："老天爷给咱们送了一份饕餮大礼。"我走到他那头的火堆旁，看见在离帐篷100码的地方有两只半大的羚羊在红柳墩顶上吃草。于是，我从箱子中取出步枪，惬意地蹲在火堆旁开枪，射中了其中一只。我想这一定创造了纪录。另一头羚羊跑了大约20码，然后转身盯着看。由于我在火堆边看不到它，遂走出帐篷，但是寒风刺骨，就在我跪地将要瞄准时，我暴露在外的手已经冻麻木了，因此尽管第二只羊逃得很慢，我接下来的数枪还是没能命中目标。当我去把射杀的那只羚羊带回来时，我发现营帐已经快被夕阳耀眼的余晖照射得看不见了，我只能猜想，那只正在向着夕阳觅食的羚羊也无法看到帐篷。我用步子测出的射击距离有90码。

　　我们接下来的两站路，一直在沿着横亘于巴里坤地区和戈壁之间的最矮山地的山麓地带行进。其间我们没看到巴里坤湖，但偶尔可以眺望一下巴里坤山脉的壮丽景色，它高大壮观，覆盖着令人惊骇、上升至山体南部的白色积雪。道路地势在外缘山丘的某个地方急速下降，与一处发端于湖泊盆地的平缓通道相连，该通道也是一条来自巴里坤县的可供通行的马车道。我们在此处发现了一座古老

317

的瞭望墩台和一座孤零零的废弃客栈，此地驻扎着另一支巡逻队，他们防守着新疆和蒙古之间的所有通道。

自从离开三趟湖，我们就一直被强劲的迎头风阻挡，骆驼客和骆驼们在逆风中畏畏缩缩地劳作着，队伍当中只有骆驼客一个人知道未来将面临什么样的考验，负面消极的怨恨之情使得他陷入郁闷的沉思当中，直到他变得比以前更加疯狂。他对我怀恨在心，因为我的遭遇使大家一块被扣在三趟湖；他怨恨摩西，因为摩西总是专注于满足我的需求；他怨恨镇番娃娃，因为他觉得镇番娃娃在过去两周内没能照看好骆驼，导致它们失去了体力；他还怨恨那个消失许久的巴里坤人一家，怨恨的原因在于，他们的骆驼已经离开了巴里坤城，这就导致他既不能把我交付到他们那里照顾，又无法讨要他们欠他的钱。他把所有这些交织在一起的仇恨发泄在镇番娃娃身上，一天到晚地威胁说要把他抛弃，将他扔到戈壁滩上，要把他逐出队伍，让他挨饿受冻。在我们离开这片荒芜之地的清晨，他比以往任何时候都更加凶狠地诟詈镇番娃娃，当受到刺激的镇番娃娃用言语回击时，他又抄起雪耙，想把镇番娃娃的脑袋敲碎。我和摩西掐住了他的脖子，过了一会儿，他才平静下来，然后把货物装上车出发了。但是，在他知道自己的粗野之语已经表露出他是多么憎恨我们这些人之后，他变得比以前更加阴沉野蛮。那天晚上，当我们扎营的时候，他可怖而疯狂地敲打着帐篷的地钉，这种敲击的行为似乎能再度唤起他内心的一切怒火，同时他喃喃地说对付敌人的办法不止一种，他很清楚在黑夜里，趁着人们睡觉能用铁锤做什么，等等。摩西朝我扬了扬眉毛，但我们没有公然讨论，甚至没有在一起窃窃私语。幸运的是，当天夜里我们都睡得很轻。我们每前进一段路都会遇到更多困难，伴随着紧绷的心弦，以及在厚重大衣的束缚下，顶着无休止的冷风，迈着沉重步伐缓行引发的过度疲劳，我们的睡眠状态总是支离破碎的。途中我们不再骑着骆驼，因为大风会猛吹骑在骆驼上的人，而骆驼也可能命不久矣，同时，所有的骆驼都很虚弱，当务之急是将搭载的重物分开，尽可能让它们得以减负。

哈尔里克塔格、巴里坤山脉和博格达山大体分布在同一直线上，巴里坤山脉余脉和博格达山末端之间有一片间隙，其间遍布粗犷且呈崩塌状态的山丘，它们分布的走向一致，但并不是呈直线分布。那些名叫山中道的道路正是穿越了这些山丘，但是，由于我们不能选择这些山中道，再加上这些山丘的走势要比那些雄伟的主山脉更向北突出，所以我们不得不向北拐了一个长长的、缓慢的弯。在从巴里坤洼地道路出发的第一段行程中，我们经过了一组煤矿矿道，人们用公牛拖着货车将那里的煤炭运送至巴里坤县。大多数煤矿矿道都是简易的露天矿井，那里的煤在两三英尺深的地方暴露出来，煤层厚度很大。而其他的煤则埋得比较深，因此必须用拴有绳子的篮子采煤，人们将篮子绑在绳子的一端，再将绳子穿过一个木制的滑轮，另一端由公牛牵着，采煤时人们一直驱使公牛从矿井边缘向荒漠走，直至篮子被拉上地表，然后公牛返回，篮子重新送入井下。许多煤炭会被当场烧成焦炭。

第二站路途中，我射中了一只漂亮的羚羊，它离我们很近，像雄鹿般以跳跃姿态跑过我们面前。我们看到了许多羚羊，令人惊奇的是，它们不惧怕我们从很近的地方经过，因为我们没有狗，它们一点也不担心沿途行进的骆驼和人。可是一旦我偏离路线，不断接近羊群，它们就会很快地跑开。

我们还在这段路上看到了拜提博格达山脉，它位于我们的北部，一直延伸到中心地段的一片险峻山峰，后者是大阿尔泰山脉南部的一个支脉。我们一程又一程地赶路，雪也越积越厚，直到成为令商旅们畏惧的"清面白"。我们数次遇到从西边过来的商队，商队头人说，我们越往前走，积雪会越深，还说我们本应该预料到每隔几天就会有暴风雪的。当天白天的盛行风是从北方或西北方吹来的，但夜幕降临后通常会从南边山脉刮来中国人常说的"山风"。大风冲击着营帐、羊皮睡袋和我睡觉时所穿的毛衣，即使我们用红柳枝彻夜点火取暖也杯水车薪。后来有几天，我们离开了长有红柳的地带，只能用白天采集来的零散细长红柳枝生火。有时我们处在没有遮蔽的原野，那里狂风不断席卷着暴雪，掀起阵阵边缘锋利、冰冷刺骨的雪浪。但总的来说，积雪的深度从几英寸到一码不等，覆盖了可供骆驼食用的所有牧草。由于极端寒冷和难以放牧，我们摒弃了夜间赶路的常规。我们在早上拔营启程，在一天中温度最高的时候搭一个临时营地，把随行牲畜们放出来，用从雪地上看到的木柴来暖和它们蜷缩的腹部，同时我们则收集成捆的燃料。之后我们又在下午晚些时候和傍晚再赶一程短路。

从三趟湖出发的第八天，我们越过了一道地势较低、积雪遍布并坐落于轮廓模糊的丘陵地带的分水岭，来到一处中国的边防哨所，哨所是一个破落城堡，名叫"纸房"。[1] 修筑纸房堡意在扼守控制拜提博格达（哈萨克人的夏季活动区）和博格达—巴里坤山脉之间沙漠低地的最窄处，驻守城堡的守军长得像丁尼生所写的"目光柔和的忧郁食莲人"，[2] 他们的指挥官是一个年长的满族人。他在清朝统治时期，曾经是巴里坤县城的高级将领，但在民国统治下，能在这些破旧的堡墙中安置他残存的家当就足以令他庆幸了。他的胡

----

[1] 即今新疆巴里坤哈萨克自治县纸房村。——译者注
[2] 引自丁尼生《食莲人》（*The Lotos-eaters*）。——译者注

子一边是五根耷拉下来的毛，另一边则被冻成了一根冰柱。他在堡子附近开垦了几块荒地，养了数头形态可怜的牛，家中有位骨瘦如柴的妻子和一个羸弱的女儿。他抽着鸦片，允许我在堡墙的庇护下搭帐篷。他能提供的唯一燃料是被冻住的牛粪，我们将牛粪放在火上解冻时，牛粪变得湿漉漉的，散发出一股恼人的烟雾和少许可怜的热量。

320

由于大风的缘故，人们认为纸房是个糟糕的地方，在这里需要经受冰雪冷风的折磨与考验。因为我们之前在更深的积雪中吃过亏，所以我们开始清理出一小片裸露的废弃场地。先前商队纷纷在此地"栽了跟头"，正如人们所言，在每间隔三到五英里且没有燃料和遮蔽的情况下强行扎营，是无法直面疾风并照常赶完路程的。12 月 23 日的前夜，风停了，天上开始下雪。我的骆驼客说："这是古城子有名的白霜，从黄昏到清晨，它能盖住整个世界。"但我觉得它看起来很像雪。清晨时分，事实证明我是对的，而且雪还在下着。我们努力往前走，但不到四分之一英里就绝望地作罢了，我们偏离了路线，路被雪掩埋了。荒原之上再轻微的起伏也因地表铺满新下的柔软积雪而变成可怕的沟渠，骆驼踉跄着停了下来，憔悴的长脖子上耷拉着愁苦的脑袋。即使是它们茂密的鬃毛和厚重的冬季皮毛也不能掩盖它们的悲惨境地。全队怅然若失地扎营，而我和骆驼客则扎入柔软、不断飘落的大雪中寻找小径的轨迹。因为能见度只有几码远，而雪又湮没了所有喊叫声，所以我们不敢走远。当我俩都一无所获地回来时，那个骆驼客像个懦夫一样崩溃了。他想着放弃这条道，转头回巴里坤城，并说他找不到去古城子的路，而且自己的骆驼也活不了多久。他整夜都在呻吟呜咽，尽管在我看来似乎并没有什么迫在眉睫的危险。我们肯定离路不远，即使所有的骆驼都死了，我们也有足够的食物维持到后来的商队经过。麻烦在于，我们前面有许多归化商队，如果我们被迫等待救援，那就意味着我们会被带往相反的方向，返回三趟湖或巴里坤。

321　　第二天是平安夜，清晨时分，天朗气清。当我们找到了半英里外的小道时，就连骆驼客也振作起来了，这是一条宽阔的林荫道，笔直地穿过一丛干瘦的红柳。沿途红柳已经被不停经过的商队清除了，道路宽达20码。不久，我们经过了一头死骆驼和两头还活着的骆驼——这是我们见到的第一批被遗弃的骆驼，活的还没有被可怕的天气压垮——这段行程的末尾，我们进入了荒原中一处隐蔽的洼地，周围是低矮、圆形的小沙丘。这个地方叫做"梧桐窝子"，即梧桐树（胡杨树）的"窝"或庇护所。冬天羚羊聚集于此，以前是一处众所周知的野驴栖息地，但是这个地区的野驴几乎被哈萨克人猎杀殆尽了。对蒙古人和哈萨克人而言，猎捕野驴比任何其他的猎物都要麻烦，他们认为野驴肉是最美味的食物，而羚羊肉则不如羊肉好吃。梧桐窝子是哈萨克人的冬季宿营地，但我们没有看到他们的营帐。他们还把梧桐窝子作为自己在冬季栖息地和拜提博格达之间转场的一个停靠点。哈萨克人不在此处扎营期间，由于梧桐窝子的孤立性和隐蔽性，它又成为他们外出袭击商队时最喜欢的埋伏地之一。我们整晚都在巡视和戒备，但几乎没有遇到危险，因为即使最大胆的袭击者也会在恶劣的天气下待在自己的营地。我们这里有足够的燃料，能彻夜用胡杨树的木头生火，但它们的火焰不如暖人的红柳那样热，红柳点燃后会散热发光，烧完后只剩下一团浅灰色的灰。

梧桐窝子是一处露出地表的砂岩，略高于从古城子延伸过来的弧形沙地的最高点。在沙地和博格达山之间，有许多小径能通向这座商队之城，我们必须走最北端的且靠近沙地的路，尽可能远离山脚和厚厚的积雪。我们在圣诞节那天离开了梧桐窝子营地，在一片旷野上旅行，旷野的积雪被风吹得很薄。旷野名叫"四十里平滩"，又叫四十里平台。整个平滩上只生长着一种毒草，它是巴里坤地区的两种毒草之一（实际上是一类低矮的灌木，看起来很像红柳的枝条），毒草地的某处还有个牙苏敖包（Yasu Obo），[①] 也就是骨堆敖包。几年前，一支张家口商队第一次走这条路，在不知道这种毒草的情况下就把他们的骆驼赶到这里觅食，结果几乎损失了整批骆驼。此后骆驼的遗骸被堆成了一座敖包，人们将此作为一座路标和警告。

在梧桐窝子，我们选择在另一支商队清理出来的地表裸露的泥地上扎营，将帐篷搭在他们还在燃烧的炭火上。这支商队可能只比我们早一天开拔，我们知道他们一定是比我们早五天从三趟湖出发的那支商队。许多迹象说明了他们行进缓慢的原因，现在我们沿途几乎都能看到被他们或者他们前面的商队抛弃的骆驼。这些骆驼中有许多还活着，顺便说一下，它们身体的一侧被冰冻的雪覆盖着，很明显，早先行进至此的商队受到的阻碍更多来自暴风雪而不是积雪。即使一头骆驼已经麻木无力到站不起来，它那不可思议的生命力也能让它在暴风雪的持续肆虐下活上五六天。它们甚至不能从狼那里得到死亡解脱的残酷"怜悯"，原因在于，狼虽然可以扑倒一头站立的骆驼，然而一旦看到一头静静地躺在那里等待的活骆驼，狼也会被这幕反常场景搞得畏缩不前。饥饿的狼群会等上几天，直到骆驼在死亡的抽搐中翻身才会动手。但是我们看到的一些被抛弃

---

① 这是个典型的由汉人驼夫命名的半蒙古语地名，他们可能是用蒙古语给这座敖包起了个名字。

者，没有尽可能多地伸展开身体侧面，而是在死亡之时将腿蜷缩在身体下面，以一种痛苦的姿态扭回脖子，这说明直到死亡之时它们还试图保护自己的脑袋不受风吹，最后在躺倒期间被冻死。那些还活着的骆驼会转头注视着我们到来，然而它们的身体已经毫无力气了，然后转向前面，目光随着我们移动。我不能射杀它们，这太有风险了，因为据说如果开枪的话天气会变得对我们不利，这是由无端暴力致死的骆驼的怨魂引发的，上天会责罚我，并引发大恐慌。我还记得横跨黑戈壁的一连串死亡绝境，并认为这次会更加糟糕。

　　就在踏入梧桐窝子之前，我们看到在明媚的夕阳那头有一个似乎覆盖有积雪的淡蓝色小三角形轮廓——那是名副其实的馒头山，又叫馍馍山、面包山、古城子雪山或大博格达，它是博格达乌拉的主峰。它离古城子有150英里，离我们还有100英里。我们在另一个黄昏时分也看到过它，这次是将整个山脉都映入眼帘，但我们的视野在白天的大部分时间内都被一种诡异的、由在阳光下闪闪发光的结霜颗粒组成的干雾遮住了。据说我们右手边不远处有若干沙山，有时我们可以透过迷雾看到它们若隐若现，之后有一天，我们经过了两小拨马群，它们是从沙漠中的哈萨克人驻地走散的。12月26日，我们追上了第二支在我们前面的商队——它分作两队，这是一种不常见的组织方式，他们有300头骆驼，因为人员规模庞大，商队被分成两支扎营，并分别由两个商队头人指挥。这是天义赞（T'ien I Tsan）① 商号的两支商队中的一支，这家商号是目前从事商队贸易的所有商号中最富有的一家。人工堆砌的漫长雪堆标明了他们掘出自己的货物的位置。商号的人说，他们已经被两场暴风雪困

_____

① 此处为音译。——译者注

商队经过了一头被抛弃的骆驼（杀了它会导致它的怨魂纠缠其他骆驼，带来厄运）

在这片营地里长达两天之久，而且自从离开三趟湖以来，他们一路上经历了一场又一场风雪肆虐，直到我们到来时只躲过了其中的一两天暴风雪。原本还有三支商队和他们一起扎营，那三支商队已经在早上离开了，但他们还留在原地，部分原因是他们必须将大量货物挖出来，部分原因则是他们的一些骆驼躺在帐篷旁，肢体严重失去知觉，但也许可以恢复。这是一个不适合露营的地方，这里没有任何遮蔽，而且离燃料取材地太远，既不舒适也不安全，但我还是和其他人一样，没能抵挡住结伴而行的诱惑，然后我们占据了其他商队留下的干净空地和残存煤炭。

324　　　　第二天早晨，周围一片宁静，天气晴空万里，但地平线上弥漫着一层薄雾。北方约两英里处有一片肥美的牧场，它位于沙山边缘，所以我们将骆驼放出去吃草。大约中午时分，一阵轻风从山上吹向南方的旷野。不出一刻钟，风势就发展为"buran"，这是一种我所知道的最可怕的狂风。头顶上的天空依然带着一些稀薄而苍白的、万里无云的蓝色，但旷野上却一直在刮着风，不是一阵一阵那种大风，而是中间从不间断，风力推动着一道十到十五英尺高的干燥雪幕。镇番娃娃带着我的骆驼一起出来放牧了，随行的还有天义赞商号的牧群。商号的人知道，在这样的风下是无法把300头骆驼拉回来的，遂对镇番娃娃说，此时回帐篷必死无疑。众人只能蜷缩在骆驼的背风处，在雪地里挖掘，并等待暴风雪的结束，但是镇番娃娃固执地说他必须回去。他刚好给其中一头骆驼装载上红柳，之后便将手中的八头骆驼拴成一串径自带了回来，途中一半的时间里他都在手和膝盖并用着前行。他说自己几乎找不到帐篷了，当时既看不清方向也无法听到声音，但那正如他通过"熔炉般的营地"一样。起初随行的骆驼客离营出发，想找回骆驼，但回来时却呜咽着说一切都结束了，用他的话来说就是"要命，要命"——意为"死定了，死定了"。我也试了一下，但即使在风前行走，我也站不直，而且意识到自己并不知道骆驼的确切位置，即使找到它们也带不回来，想到这些，我便又回到了帐篷里。后来当镇番娃娃抵达营地，走到我们面前时，他的脸、喉咙和胸部已经覆盖了一层冰壳。

我们出来，在骆驼可能跪坐的地方挖了个坑，然后把货物堆起来挡风。不一会儿，它们就被雪覆盖了，这样反而有利于其保持温度。风以同样可怕的稳定状态持续呼啸了好几个小时，同时穿透帐篷的双层棉帆布，将粗糙的雪粒吹进帐内，伴随着严寒刺痛着我们，使我们变得麻木。我们虽然用雪将帐篷堆得很高，但帐篷也凹陷得很厉害，众人只有在炭火的保护下才能得到一点温暖。天黑后一段时间——我想大概才7点半——风停了，就像风口的大门被关上了一样。迎来了一阵可怕的、夹杂着铃声的寂静，然后又有几阵北风如逆潮般吹过，最后一切又变得宁静了。"它来的时候像火车一样，停下的时候也像火车一样，"随行的汉人说，"'嘟！'车来了，'砰！'车停了下来。"我们在炭火边徘徊，打着盹，因为我们不敢躺下。燃料快用完了，比起风停之后笼罩在我们周边的寒冷，刮风时带来的严寒根本算不了什么。

大约凌晨4点，我们听到了一阵微弱的喊声，一个年轻的哈萨克人从帐篷门口爬了进来，他累得说不出话来，而且还头晕。和镇番娃娃一样，他的喉咙和胸部也被冰壳包裹着——实际上，它和皮肤之间能形成一层薄薄的体温层，这样可以防止冻伤。这是我第一次听到一个人的呼吸在喉咙里嘎嘎作响，起初我很害怕。那个哈萨克人在温暖的炭火边待了十分钟，但又不过于靠近火炉，之后他开始恢复了些许。大风袭来之时，他正在围捕逃散的绵羊和山羊，他像一个游牧民那样站着，同羊群一道经受着暴风雪的考验，直到他看到了我们营地的火光。要不是他看见了我们，他早就死了，因为他已经走得很远了，体温也在不断下降。之前那个凶神恶煞般的骆驼客又像往常那样鼓起了勇气。他想以"哈萨克小偷"的名义把那人赶出去，而且不愿给他任何食物或茶，这激怒了我，我将我们保留的一半馍馍给了那个哈萨克人——我们留下的馍馍不足以让他饱腹，由于我们在很长时间里，一直在赶之前的几段行程，自己的食物也耗尽了，也没有更多的羚羊可供射杀。那个哈萨克人只好沮丧地把仅有的这一半馍馍泡在茶里吃。

黎明时分，这个耐力十足的小鬼虽然仍旧很疲倦，但比前天晚上稍微恢复了一点，他带着他的羊群朝着沙丘走去，而我们则收拾好行李，准备逃离这个不祥的地方。帐篷被冰冻得很硬以至于不能卷起来，只能搭在骆驼背上。骆驼累得站不起来，除非刨除它们身上和周边的积雪。其中一头骆驼只装了一半的货物，不得不由三个人架着站起来。那天早晨，狂风又刮起来。尽管我们依旧可以看到身后旷野上猛烈的降雪，然而我们已经到达了这片致命地带的边缘，而且是在慢慢地向下走。最终我们顺利摆脱风雪，得以脱身。我们之所以跑得快，是因为我们有四个人，并且只驾驭八头骆驼。而那两支庞大的车队集结缓慢，没能甩脱风雪，连续第三天"遇到了风雪天气"。

我们下到沙山一带，沙山弯弯曲曲地横亘在我们的道路上，那地方叫做沙门子，意为沙漠之门，同时我们也追上了之前听说的三支商队。其中两支规模很小，轻装前行。他们的东家属于那种在尔虞我诈的生意场上受挫的商人。这些商队的计划是把谷物和面粉走私到蒙古，用它们交换马匹，然后运到归化去卖，免得再冒险进入新疆。但是，由于巴里坤县衙的文官和武官之间分歧严重，他们在贿赂衙门下属时出了差池，因此在文武两个部门都被处以重罚，商队东家也面临着破产危机。其中一个东家是位年轻的直隶商人，他试图利用这次机会收回他在蒙古的商号债权，由于他独自一人在那些新疆人当中感到不自在，因此立即同我和摩西套近乎，以求慰藉。他们商队里还有一个长着麻子的"沙老鼠"，他是我发现的唯一一个热心肠的镇番人，他通过名字知道了镇番娃娃的家族并出于老交情在古城子给镇番娃娃提供了帮助。

随着我们日益临近古城子，那名暴躁骆驼客的脾气非但没有改善，反而每走一段路就加剧，并且再一次将毫无理智和负面的怨恨情绪发泄到镇番娃娃身上。至于我，则已经"休整"了好几个月，伺机等待报复，现在他终于因为疯狂的激动情绪而被我拿捏在手中。我们缺乏燃料，在雪窝里瑟瑟发抖了一个晚上，次日镇番娃娃就前往他那位新结交的朋友的营帐。他在那里待了一整个上午，而骆驼客则表现出愤怒的沉默，脸色越来越难看。当装货和出发的时间来临，这些工作已经被完成后，骆驼翻腾着蹄子站了起来，骆驼客则朝着镇番娃娃说了些污言秽语，他那眯起的眼睛和咆哮的嗓门说明他正在找碴。镇番娃娃没去回应他的挑衅，而是退缩回去——听从喝令到积雪中去自求多福，他绝望地准备坐下来赴死，就像他的同乡们精神崩溃时那样。看着眼前发生的这一切，我对他说，要跟着我们，等扎营时再出现，当时我是想妥当地处理此事。然后我叫摩西去跟另一个商队的直隶人交涉，叫他稍微忍耐一阵。他很安静地听从安排，然后我们俩跟着我们的骆驼出发了，暂时离开镇番娃娃，远远走在其他商队的前面。

我能看出那个骆驼客的小心思。他的所作所为，部分是为了消

327

在三趟湖附近，拉铁摩尔、可恶的骆驼客和一头羚羊
（那个长脸黑心的骆驼客已经一蹶不振了）

解他对整个世界和自己命运的盲目仇恨，但部分又是想逃避自己的责任与义务，也是为了在我们到达古城子时败坏我的名声。他虽然名义上雇用了镇番娃娃并许诺付给薪水，但实际上后者是在我的保护之下，一直靠我的食物过活。这在商队中是众所周知的，如果我抛弃了镇番娃娃，这将公然意味着我已经听凭那名骆驼客的摆布。还有骆驼的问题，毫无疑问，随行的骆驼是被镇番娃娃从暴风雪中解救出来的，是他把它们带到了能够遮蔽风雪的地方。如果镇番娃娃到古城子时还没有被解雇，他就可以向骆驼客提出强烈的诉求索要钱财。

当骆驼客大步走在前面时，摩西和我又进一步商议对策，骆驼客每走一步，肩膀的摆动就更神气一些。除非施以援手，否则镇番娃娃的处境将会很糟糕。他唯一的朋友也是个驼夫，而这个朋友不能把他带入自己的营帐。商队在这方面的规矩是非常明确的。商队头人没有义务去调查骆驼主人和随从之间争执的是非对错，如果一名随从被赶走了，其他商队头人也不会通过热情招待去支持和接纳他，只允许他在赶路的空当蹭饭。镇番娃娃可能会在一个村庄落脚，但是村民冷漠无情，因为有太多盗贼流氓。一个从沙漠里来的流浪汉显然是被某支商队赶出来的，他们会判定他肯定犯有什么证据确凿的大罪，拒绝帮助他。在我的骆驼客看来，这等同于故意下达了死刑判决。

摩西起初倾向于劝我妥协，并建议我让镇番娃娃接受他那凶多吉少的宿命，而我们在古城子处理我们自己的事情。他自己也因寒冷和贫困变得失魂落魄、进退维谷。但当我坚持一定要解决这个问题时，他恢复了镇静，我们很快就为面前的事务设想了不同局面。首先，不能以常规的方式同骆驼客直接对抗，一个老生常谈的理由便是：这件事很快就会在名义上被认为是外国人和中国人之间的纠纷，而我将无可奈何地处于理亏地位。其次，只要商队习俗可能适用于解决日常纠纷之外的争执，我们就必须遵循它的正当性。这让我们陷入了两难。不过骆驼客对我的冒犯一定是违背了商队习俗。没过多久，我们的计划就产生了，并且具有真正灵机一动的颠覆性逻辑。

摩西说："当我们扎营的时候，你要语气平和地同那个骆驼客讲话。你得让他帮忙把镇番娃娃带回来。但是，因为你没有在他赶走镇番娃娃的那一刻向他发起抗议，他会认为你害怕他，所以他一定会变本加厉羞辱你，好在日后有可炫耀的谈资。他会拒绝重新接纳镇番娃娃。然后你要说：'只需要让镇番娃娃吃我的食物并跟随我们的营地就行，虽然他与你无关，但我这样做至少能积一点德。'于是，如果你继续为镇番娃娃提供帮助或提出请求，那个骆驼客会激动得失控，并会威胁你并拒绝搭载你和你的行李，然后我们就借机罢工。"此言极是。我们都很清楚，整个商队法典和传统的核心奥义是：承运人必须要将货物和旅客送至目的地。我们一旦赖着不走，骆驼客可能会逾期，进而违反协议的某项条款，他在接受委托过程中的罪责以及不作为的诸多行为，都会导致他在对簿公堂时处于必输局面。可最后，他必须还得完好无损、有条不紊地交付货物，否则他将在这门行当内被剥夺所有的地位。

这个计划完全行不通。那天晚上，我们又超过了三支商队，抵达了西泉①的一处废弃客栈。这些商队都打算在此地驻足停靠，派遣人员的同时还跨过雪地挑了些骆驼，让他们到南边的一个村庄去购买补给，而我们恰恰都非常缺乏补给。我们的宿营地就在那家废

329

————

① 即今新疆木垒哈萨克自治县西泉。——译者注

弃客栈的院子里，用房子的椽子作燃料。我们之所以能扛过去，正是因为其他人愿意将他们的补给分给我们，即使他们没有提供其他支持。一切准备就绪后，我踟蹰地走近骆驼客。他坐在帐篷的门边，自顾自地泡着茶，用讥讽的目光看着我们，但一言不发。他听我讲完那些话后，冷酷地回应称他已经打定主意，我可以欣然接受，也可以勉强忍受，镇番娃娃会挨冻，也会挨饿——他可不想再听到什么恳求了。然后我仍然温和地建议，他可以不用支付镇番娃娃的工资，镇番娃娃只会为自己被带到古城子而心存感激。我想让镇番娃娃静静地待在帐篷里，毕竟那营帐是我的，而且他可以吃我的食物，只要骆驼客不搭理他就行。那家伙靠在椅背上，填装着烟斗。"那个镇番娃娃若来住你的帐篷，就由他抬你的帐篷。我的骆驼可不能驮它。他若用你的食物和炊具，就让他背着这些东西，不要用我的骆驼。"骆驼客说着这些，嘴里的每个字都带着胜利的得意之情。"你的意思是说，"我仍然不赞成地问，"那你是不愿驮运我的这些行李咯？""当然不会。"骆驼客回答。

　　然后我态度突变。"如果你不驮运我的东西，"我说，"那就滚出我的帐篷，快点滚。我和你的契约关系已经结束了。"听了这话，他开始缓和语气，但是我说："太晚了！滚！"摩西紧接着也说："滚！"然后我们揪着他的脖子和裤腿，把他扔进了厚厚的雪堆里。他摔倒的时候，我在争执中卡住他的脖子并死死拧住，但也一直注意不在他身上留下伤痕，因为我们必须不惜一切代价维系正义。骆驼客四仰八叉地躺在地上后，摩西紧接着从他身上下来，当他站起来时，我警告他远离我的帐篷，因为我威胁说要将他视若盗贼，同时摩西也赶忙把这些重要信息传达进了尽可能多的营帐。这种正式驱逐恰好被镇番娃娃的到来触发，一直跟在队伍后面的他，适时地看到我们在数十天后满足了自己的报复心理。

330 　　那是一种畅快的感觉。我已完成了报复，而且用的是一种中国人之间打交道的方式，没有人能反过来指责我的举止像一个可怕的外国人。所有商队的人都知道，我所经历的艰难困苦比任何中国旅行者都要多。我的这位"好伙伴"同时还犯了他这一行最致命的罪过：他拒绝按照约定运送我和我的货物。他是主动毁约的。这个消息传遍了整个营地，亚洲人特有的尖刻笑声也随之响起。每个人都很乐于看到这名骆驼客垂头丧气的狼狈相。随后他们当中比较冷静的人开始考虑这单生意将如何维系到古城子，他们开始重新就此展开商议。毕竟，在遍布风雪的沙漠中放言拒载自己的乘客可不是什么小威胁。这个人注定要无可挽回地名声扫地了。一些调停人来到我面前调解。难道我就不能从容一点？

　　我坚持我的观点。在场每个人都看得出来，除非是以公正处理的名义，否则我不会去故意争执，因此所有人都可以为了正义在我和那个骆驼客之间作出判断。我必须要为我的名誉和尊严正名。我不想平息这场争吵，也不想再同那个骆驼客说话。如果他要打官司，那他就甭想通过调停人在这解决争端，而是要去古城子，跟我到地方法官那里对簿公堂。然后一个由商队头人组成的委员会提出了其他观点。可以说，这些中国人就像自己同类那样，不喜欢将事务推向极端，而是更乐意在行会调解下解决问题，最重要的是，他们不希望过于激烈地抵制某个同行。但我仍然不为所动。我声称要把自己的营地交付给摩西和镇番娃娃打理，然后自行去古城子找其他的骆驼。那名直隶商人在这一点上极力支持我，正如我所知晓的那样，他不会像其他人一样因为商队贸易正在进行而感到尴尬。最后，我得到了我想要的一切，那个没有搭载货物的商队头人向我正式提议，"为了所有商队的名誉"，免费送我去古城子。

当然，长脸黑心的"可恶的骆驼客"已经永远失势了，而且与
此同时，我在古城子的所有事务也都简单地解决了。原来那个跟我
签有合同的巴里坤人还分别拖欠我和骆驼客 100 银元和 120 两白
银。一方面，当我向巴里坤人索要那 100 银元时，他的兄弟必须马
上还钱，否则就得到地方法官那里讨要说法，如此一来，法官将会
知道这名家族代表把合同交给了一个臭名昭著、自诩为土匪递信人
的盗贼。另一方面，这个骆驼客当然无法得到这 120 两银子，如果
他不去衙门告状，他将一无所获。但是，如果一个地方法官知道他
已经公开毁约，并且他还是众所周知的土匪同伙，那他即使不被判
处死刑，也会锒铛入狱，至少他所有的骆驼都会被没收。他不是曾
夸海口说，土匪们至少给他送过两头骆驼吗？

事情的结果就是这样。我的事务进展得很顺利。我不知道骆
驼客末了是如何收场的，但是他被拒绝付款，身无分文地困在古城
子，还有八头无法按底价出售的精疲力竭的骆驼。其间他曾来向我
求过一回情，但是吃了闭门羹。那天我恰好和我的好朋友周少东家
一起出门赴宴，摩西也去了。

我们又在那间荒废的客栈旁待了一整天。然后，我们还补充了
给养，开始向古城子进发。现在虽然只剩下三四天日程了，但路程
依旧漫长，人和骆驼都被迫做着最后的努力。我觉得又累又冷，就
将日记停了笔，后来我只记得我们在夜以继日地赶路，连我自己也
不确定走了多长路了。我现在只有一个念头：抵达古城子，完成商
队事务的结算，然后赶快去 150 英里之外的乌鲁木齐，我将在那里
得到我妻子的第一封电报，如果不能完成这些事务，我既无法在这
片远离西伯利亚边界的地方商议我们的重逢计划，也无法规划我们

在新疆的下一步旅程。

332　　　我也有必要将摩西安排到栖身之所，让他至少得以休息一阵。他拖着沉重的步子走着——严寒使得他无心骑骆驼，他步伐缓慢，意志坚定，除了开玩笑，从不怨天尤人，像个老好人一样，但是长时间暴露在外也对他产生了影响。他的眼睛凹陷了，胖乎乎的脸颊有时苍白而面无血色，他在睡梦中呻吟并喃喃自语着。令我感到不适的是他若有所失的状态，他曾经服侍的是一位 40 岁的胖子，那位胖子在近 20 年的时间里只在步行一英里范围内活动，或者是坐着人力车来回赶集。①

　　至于我呢，我最后是累得两腿疲惫不堪，因紧张疲倦而头晕眼花；然而，在从三趟湖到古城子这二十多天的最后几段路上，那种艰苦而漫长的努力和缓慢到达目的地所带来的自豪感，却令我难以忘怀，每每想起便欣喜万分。每行进一公里，积雪就更深一层，除非有狭窄的、不到一足之宽的轨迹可循，否则根本无法赶路。沿途停满商旅，路面被冻得很结实，以至于那些天生不会滑行走路的骆驼几乎难以在上面蹒跚前行，只能不断跌倒，然后在松软的积雪中翻滚。我们跌跌撞撞地向前走着，大汗淋漓，只要我们静站片刻就会被冻住。我记得我们进入了一连串沿着博格达山脚分布的洼地，这片冬季牧场名叫二混子，意为混血儿，当地山区分布着一类混血族群，他们是汉族父亲和蒙古族母亲的后裔，我也在梅欣乌拉山见过一些类似的人群。芨芨草的尖刺从积雪中冒了出来。我们已经走出风暴区，但一股寂寥、强劲且刺骨的寒气包围了我们。我们在二混子的尽头抵达了一家小客栈，与通往山中道的夏季马车路汇合。

---

① 应指作者的父亲老戴维·拉铁摩尔。——译者注

古城子的房顶（这座修有城墙的城市已经覆盖了一层白雪）

古城子的商会（此地为亚洲腹地之门户）

古城子的陕西商会（春秋塔）

最后一天，我和直隶商人一起骑马走在前面，他穿得像蒙古人，这是汉人在蒙古人当中做生意的习惯。我们骑着骆驼下行，骆驼一次又一次地脚底打滑，把我们颠了下来，最后我们不得不牵着它们，自己跌跌撞撞地行进和滑倒。后来薄雾消散——不久之后就临近黄昏，今天是 1927 年 1 月 2 日，此时距离我从归化出发已经有 130 多天，坐落在山谷地带的古城子映入眼帘，此时这座修有城墙的城市已经蒙上了一层白雪：它是商队眼里的边远小城、通往亚洲腹地的门户所在。蒙古地区已经被我们抛诸身后了。一小时后，我们带着骆驼来到城门之下，我几乎第一时间就听到了那个周家商队驼夫的吆喝声，他的绰号甚为有趣，以至于无法书于笔端，我曾经在所有人都认为他被鬼魂缠身的时候替他治过腹痛。

　　"这实际上意味着，"我胜利抵达后略带伤感地认为，"我现在基本上不再是一个旅行者了。那正是我曾经的身份。"

333

附　录

每日行程：从归化到古城子

（方向和距离为粗略估计，路程单位为英里）

日期	累积天数	累积站数	驻地	当日路程	累积路程	方向	路　线　概　况
1926年 8月20日	1	1	坝口	7	7	北	离开归化，穿过开阔农田区抵达大青山谷口的客栈。
8月21日	2	2	可镇附近	23	30	北	沿山谷河床上行，翻越蛾蝶坝（隘口），再沿一段长缓坡上行进入蒙古高原开阔起伏的草原。
8月22日	3	3	召河	25	55	西北	途经而没有进入可可力更【蒙古语名为可可力更，汉语中的"可"即"可可"，"力更"即"镇"，根据语境，意为青衣镇，英文名为青衣镇，其正式中文名为武川县，意为五泉之城（此处作者误将"川"和"泉"读音搞混——译者注）。它是蒙古高原上这片汉人定居地带的中心，和归化之间通有电话线】。从这里沿着任意一条连接村镇的诸多车道，都能通往西北；沿途偶见村庄和耕地。多数为肥美的牧场。当日足管召河，意为黄色河流。小河流向内陆，此时已经离开了黄河流域和太平洋水系。召庙有一位在世的活佛；当地还有保商团的土堡、库伦和古城子三个方向。岔点，分别通往乌里雅苏台、库伦和古城子三个方向。
8月23日	4	4	岔岔村	25	80	西北	继续在起伏不断的草原行进，经过乌淖尔，一片小咸水湖。驻泊于岔岔村（改编自蒙古语的汉语地名）。在此村可购买廉价的粮食补给，但是有点少。

（续表）

日　期	累积天数	累积站数	驻　地	当日路程	累积路程	方向	路　线　概　况
8月24日	5	5	百灵庙	40	120	西北	沿途依旧是原野，牧草丰盈。越过长有杂草的壕沟边墙，边墙长度无法估量，显然是地表防御工事遗迹。队伍驻扎在百灵庙。小河流向东北，周遭是小山丘。我们已经抵达商队归化出发所有从归化出发的商队路线的真正意义上的起点。
8月25日	6						原地休整。
8月26日	7						原地休整。
8月27日	8	6	苏吉	25	145	西	进行于牧草肥美的草原。驻泊于苏吉（蒙古语名，意为羊某个部位的肩头），苏吉是一处井子兼扎营地。
8月28日	9						原地休整。
8月29日	10	7	额力增格根	12	157	西	穿过地形起伏不断、水草丰美的牧场。北部有群山，蒙古语名为宝音博格达，汉语名为黑山。停驻额力增格根，此地地势低洼，是有着一片小水塘，一条小溪从耕地从南边延伸而来，明年就要占据此处。
8月30日	11	8	缺载	13	170	西	经过肥美牧场，又途经两片小湖泊北部，湖泊名称分别为巴音乌苏尔和伊克草尔。队伍停驻在小丘陵区边缘。
8月31日	12	9	羊场子沟的驼税稽查站	7	177	西偏南	进入小丘陵区（这里还有一条向北绕行的路）。停驻在中国的路驼税稽查站，这一带名叫羊场子沟，也叫羊场山谷（羊场山谷也可能是此地多条山谷的统称）。
9月1日	13	10	羊场子沟	14	191	西南	穿过一些低矮的圆山丘。停驻在河谷。羊场子沟是这片区域的通用名称。特指此河谷。原因在于，明年此地要被汉人定居者占据。
9月2日	14	11	乌拉山北	26	217	西	走出河谷（相当于普尔热瓦尔斯基所说的昆仑河以及荣赫鹏所称的木垒河），在山间行走五六英里；之后进入漫长的开阔地。从头出发的道路往在此与小西路汇合。北边是遍布风化岩石的圆山丘，南部是乌拉山（意为卫拉特蒙古山），卫拉特蒙古是乌兰察布盟的一个分支。

（续表）

日期	累积天数	累积站数	驻地	当日路程	累积路程	方向	路线概况
9月3日	15	12	盖瑟盖盖呼图	22	239	西	沿着北部山区的山脚行进，然后为绕开蒙古召庙进入山区。停驻在低矮荒山中。此营地叫做开蒙古图，其中一个名字为"盖瑟盖呼图"（呼图可能是呼图格，蒙古语中意为水井）。
9月4日	16						原地休整。
9月5日	17	13	哈萨呼图盐池	26	265	西	早晨起路，穿越不毛之地后来到哈萨呼图届衍沙图届附近的盐池荒地中行进。驻扎在哈萨呼图盐池旁（16英里）。附近有一些卫戍特蒙古人。
9月6日	18						原地休整。
9月7日	19						原地休整。
9月8日	20						原地休整。
9月9日	21	14	毛古井	20	285	西	进入丘陵区，有零星优质牧场。向西北走10英里到达一处敖包后；向西走7.5英里进入低地；又向南走2.5英里后，离开小西路前往毛古井（可能是蒙古语地名的转写）。此地是绕路的起点。宿营地处于低矮荒山之间，是一片有水池和牧场的低洼地。
9月10日	22	15	老虎山	10	295	西	穿过丘陵区的小缺口，进入崎岖不平的松软沙地。直至此地，马车还能行进；过了此处之后，有轮子的交通工具都很难在此路上前行。全队经过一个名叫乌兰干平山区的界标，后者是乌拉山的外缘或延伸。队伍又干的散包，停驻在老虎山前。该山可能与呼和朱鹏所说的呼牟山相接，并与西北或西南方位的狼山相接。当天先向西北行进5英里，后向西南行进5英里。
9月11日	23	16	查干额勒根	20	315	西南西	翻越老虎山；向西北行进6英里抵达一片高地；再向西2.5英里抵达一片高地；下行半小时，然后向西南行进11.5英里，穿越多沙，圆丘散的平原后抵达查干额勒根（据称意为白泉）。在干涸的河床上可以挖出水来。

（续表）

日 期	累积天数	累积站数	驻 地	当日路程	累积路程	方向	路 线 概 况
9月12日	24	17	毛毼井	16	331	南南西	在同一地带穿行。南方约35英里处有耕地。一些汉人在驻扎和蒙古包里卖谷子。商队驻扎在毛毼井（汉人对蒙古语地名叫它的讹称）根。据称意为黑山根，向南可以看见青色的群山，那是狼山的主山脉。南边有一个寺庙。
9月13日	25	18	黑山头	19	350	西南	上行进入黑山头，它一定是普尔热瓦尔斯基所说的喀喇纳林山脚下的小山岗。事实证明，喀喇纳林其实就是狼山。这些偏远的小地方有着更为优质的草场。其间流淌着数条小河。山中有骆驼，蒙古人较少。
9月14日	26	19	缺载	13	363	西南	穿越黑山头。道路被一些冲沟切断，冲沟虽小，但不便于路驼通行。商队驻扎在这个我记不起名字的地方扎于无名之地。
9月15日	27	20	善丹庙	12	375	西南	走出黑山头，驻扎在一群商人的营地，营地位于较浅的干旱河谷，河谷遍布多砂砾的黏土浅滩，营地临近名为善丹庙的蒙古召庙（蒙古语中"善丹"意为小溪），此处岔出一条路向北延伸，跨过小西路抵达库伦。然而贫瘠，却是贸易路线的重要枢纽。善丹，在乌拉特、察布和内蒙古的西界；它也有标注：毛古井它并非热瓦尔斯基在此处所走与善丹庙分道扬镳）和善丹庙之间的地带此前还无人探查。
9月16日	28	21	乌兰淖尔	13	388	西南	经过善丹庙附近。进入大大沙丘。驻扎在一个叫乌兰淖尔（意为红色的湖）的盐池，盐池位于沙丘当中的一片黏土地之中。
9月17日	29	22	哈沙图	16	404	南偏西	走出沙丘地带，沙丘巨大的尾部向北部和西北延伸。后面的路段依次是柔软的沙地，针茅草和荆棘。沿途有少量蒙古人。队伍挨着一座草原上的土山，扎在哈沙图（意为凹陷地或缺口）。
9月18日	30	23	哈萨布齐	12	416	南偏西	进入更大的沙地；沙子没及胸踝。此地有些蒙古包，部分属于汉人商旅。此时已经走出沙丘。最近的农田在东南方位。驻泊在四周都是土丘的哈萨布齐。此地有些更多的沙山在东南边，向西南走的这几程路能够最有效地穿越沙地区域。从哈萨布齐附近的制高点可以看到一些青色的山峦。挨着青色山峦。

（续表）

日期	累积天数	累积站数	驻地	当日路程	累积路程	方向	路 线 概 况
9月19日	31	24	缺载	13	429	西北	慢慢下行至大洼地。停驻在一汪部分被沙丘包围的盐池旁。大沙丘在南边。营地长有不少老榆树。
9月20日	32	25	雅噶斯台	16	445	西北西	从洼地上行至遍布沙化土壤、荒芜和贫瘠牧场的旷野，经过图克木庙，停驻在大沙丘南边的巴音图乎。停驻在大沙丘南边的水池。北边是广阔的旷野和土山。远处有水质含盐。此营地或者水池叫雅噶斯台（大概是发这个音），这个名字可能来自蒙古语词汇，混融了汉语发音"雅岗"，意为"雅柳"（蒙古语里原应读作尼格苏苏一译者注）。
9月21日	33	26	希尼乌素井	15	460	西偏北	沿着沙丘边缘走，然后甩脱沙丘，穿过红柳林，这是红柳首次出现。然后进入荒凉且土质较硬的平原。尽管此处黄寒且空无一物，但汉人商旅还是在此有两块营地。我们停驻于希尼乌素井。
9月22日	34	27	孪生井	20	480	西~	走出平原，进入然后又走出曾经是古老湖床的洼地乌素。到处都缺乏牧草。停驻于孪生井，驻地还叫迪日乌素（恶水之意？）和哈日呼图（也叫哈日都格，意为双井）。此地是双商营地。
9月23日	35	28	缺载	17	497	西	依旧行走在荒原，但遇见一些商人。北面靠近低矮的荒丘、南边远处有青色山峦，据说是甘肃边界；可能是科洛洛夫所指的雅布赖山脉的起点。
9月24日	36	29	缺载	20	517	西北西	早晨向西走了4英里，抵达商旅附近的营地。傍晚向西北穿越低矮的红色荒丘。经过一些生长在干涸之地的榆树；走出丘陵后，驻扎在平坦宰圆的荒原上。
9月25日	37	30	缺载	17	534	西北西	穿过多沙且分布有不少圆丘的荒野，来到一处井子。
9月26日	38	31	缺载	17	551	西	经过无人荒野，层次分明的黏土坐落在浅薄松软的沙地上；队伍转向北部绕过南边的丘陵，然后上行至更高的、介乎南北山丘之间的平滩，驻扎在沙地当中，沙地表面覆盖有一层薄薄的黑色碎石，可能是板岩或者火山岩。

（续表）

日期	累积天数	累积站数	驻地	当日路程	累积路程	方向	路线概况
9月27日	39	32	萨拉胡日乌素	24	575	西北西	经过哈拉雅岗地区，哈拉雅岗意为黑柳林。死红柳十分干枯。沙地黑黄相间，黑色的岩石碎屑都像板岩散布在平坦地铺在平坦地面上。黑色的岩石突出地表，前方是光秃秃的荒丘，南边是更大的山丘；南边是雅路通在镇番。商旅所在的这两个地方显然是无人居住的荒野。井子里水质发苦。前方丘陵抬升至三座山峰，山体名叫苏雅玄呈里罕。意为重牙山。队伍沿着狭窄干燥的深沟穿越这些干旱的山丘；驻扎在萨拉胡日乌素。苇荡）。沙地中有一片小湿地，水质发黄且黏稠，还有来自红柳根中的苦味。丘陵外围的巴门的一道斜坡将营地同开阔的沙漠隔开；南边和西边的山丘可能是科兹洛夫所指的巴门古苦林沙漠中的山脊，山丘的边缘被黄沙埋压。
9月28日	40	33	缺载	18	593	西	手脚并用地爬出地进入沙漠；沙化土壤之上有一排低矮的土崖，小沙丘凸起于地面，一与山丘相接。商队路线从山丘处改变方向。队伍驻扎在沙漠中；据说远处有井子，但是水质较差。
9月29日	41	34	拐子湖边缘	16	609	西北西	在质地坚硬、平坦、遍布沙化碎石的地表行走10英里，然后花了两小时穿越大沙山，沿途红柳分布。之后又经过一些多沙的小圆丘，并经过了一个分散包，敖包标志此地有两个接近的井子；随后我们抵达了另一个就地扎营。此处是为商旅之人所熟知的拐子湖边的拐子湖旅行的起点，科兹洛夫将拐子湖称为拐。从图克木庙到这一驻扎点之间的地区之前尚未被探索过。
9月30日	42	35	敖包泉	23	632	西	在沙地走了五六英里，然后经过散包。用时半小时，在11英里处穿越一些小沙丘。远处的地带尽数被沙子埋压。第14英里处有座名叫梧桐井的井子（梧桐其实是胡杨或者野白杨）。之后每隔一英里左右便能看到井子。队伍驻扎了敖包泉。附近有大水塘和宽广的芦苇荡，芦苇荡可能遮住了其他水池。
10月1日	43	36	拐子湖	14	646	西	经过半湿地地带，驻泊在半湿地地带。这里的大沙丘在南部。
10月2日	44	37	拐子湖	15	661	西	同样行进在半湿地带。距离南边的沙丘更近。沿途分布有小池塘、小河流以及诸多芦苇。水量显然逐渐减少。

（续表）

日期	累积天数	累积站数	驻地	当日路程	累积路程	方向	路　线　概　况
10月3日	45	38	拐子湖	8	669	西	所经之地更加干旱。驻扎在土质松软并长有芦苇的小平原。沙丘从左手边和左前方簇拥过来，然后又一大撮尾转向西北，水源充沛，但尝起来有苏打味。这是拐子湖的最后一个营地。
10月4日	46	39	大敖包	17	686	西	一度进入60米高的沙山；上面长有充满生机的红柳。在两英里处有水井一口；两个半小时后沙丘之上再无红柳。又过了一小时，红柳再度出现。队伍驻扎在用粗红柳枝搭成的大敖包旁边，敖包里有神龛。
10月5日	47	40	缺载	18	704	西	再次来到光秃秃的沙山。可以说沙丘高达100英尺。南北两边为肉眼可见之处还有更高的沙山。甚至是最高的沙山之间时时也变容分布有无遮蔽的黏土地。沙山走势逐渐降低，红柳数量增加。队伍走进由沙山褶变而来的小圆丘。驻地无水井。
10月6日	48	41	博儿泉附近	14	718	西北西	沿途大部分都是浅滩沙地；生长有红柳及其他沙生植物。之后平原上出现了一些小沙丘。队伍驻扎在一排标记有干涸河道的胡杨旁边，附近还有一些井子，名叫博儿泉——博儿泉是个混杂地名。
10月7日	49	42	黑水城南部	15	733	西北西	行进在宽广的平原，土质并不松软，沿途不少砍掉的古芦苇荡。四面都是陡峭的土山。队伍经过一个井子。之后驻扎在一小群土山里；驻扎地有一些陡峭和低矮的柳杨的古沙城。没有水井。这个营地距离额济纳河特南边不远。从上个营地到这个营地之间有一条向西南延伸至甘肃边界抵达甘州的路线。该线路数标注于下科经络夫的探险当中。沿着此路线向相反的方向行进即可通向外蒙古；这条路线很少被使用，但人尽皆知。
10月8日	50	43	额济纳河东支流西岸	16	749	西北西	穿过一片台地，台地被宽广日边缘陡峭的数条冲沟撕裂。这些冲沟可能都是额济纳河的古河床。冲沟里生有一些胡杨、红柳。低矮的柳木和其他沙生植物。台地非常平坦，泥土中点缀着平滑的黑色碎石片。我们从此处下行至额济纳河的东支流，跨过河流然后扎营。
10月9日	51						原地休整。

（续表）

日期	累积天数	累积站数	驻地	当日路程	累积路程	方向	路　线　概　况
10月10日	52	44	额济纳河西支流	20	769	西	下行至台地；此台地未被冲沟割裂；时不时会有一些沙地、芦苇丛、红柳和带刺野枣。驻扎在额济纳河西支流沿岸。
10月11日	53	45	缺载	20	789	西	渡过额济纳河西支流以及一些干涸的洪道。缓缓下行至平坦的沙地——泥土之上覆盖着的黑色碎石片，小红柳的数量稀少的沙漠植物以最小的规格分布其中。团队驻扎在开阔平原中；背着平坦的地平线；营地无水井。
10月12日	54	46	白土井	20	809	西偏北	继续越过旷野；前方西北方位有数个山头映入眼帘。队伍停驻在一处儿无机的绿洲；一些沙丘中零散分布着胡杨。周遭还有一些芦苇荛，它们必须要额外来场重新降水才能重新长出来。营地名字叫白土井。
10月13日	55	47	芦草井	5	814	西偏北	同昨天一样行走干草原。驻扎在浅河床上，河流已经消失不见。营地有低矮的小红柳丛，死去的芦苇（被割掉的）和红柳枝搭建的神庙。营地名字叫芦草井。
10月14日	56	48	黑戈壁	32	846	西偏北	逐渐上行至喀喇戈壁或黑戈壁。自更柔软的土地行至2英里处。覆盖有碎石的沙化地表变坚硬，第四个种乱。商队下行至沟壑，爬出沟壑后又进入丘陵，方向变化极快。10小时后开始生出群山。大约在十二小时后扎营（这段走得很辛苦），营地在有红柳散包标记的椭圆形平原上。丘陵弯弯曲曲绕着路。无水草。这里有一条叫连二草的干枯灌木。
10月15日	57	49	缺载	30	876	西偏南	在七八英里处抵达一道东北—西南走向的山梁；沿着山体缓缓上行，进出干诸多冲沟。在第22至23英里处翻越分水岭缓缓下行，方向更偏向西北。这里同样缺乏植被和水源。诸队伍进入地形破碎的区域，并扎营于此。
10月16日	58	50	石板井	31	907	西	沿着北部低矮丘陵的山脚行进了十二三英里。然后前方的群山在右南边抱拢。翻越低矮的分水岭缓缓下行，最后队伍进入一封闭小洼地扎营于石板井，周遭都是更加陡峭的山体。营地水源充足，味道微咸，依旧缺乏牧草。

（续表）

日期	累积天数	累积站数	驻地	当日路程	累积路程	方向	路线概况
10月17日	59	51	缺载	16	923	西	转向南边行进，走出洼地；在5英里处穿过一干涸河床；然后向西，"红柳"。之后队伍向西南越过一片陡然上升的黑色丘陵，然后向西行进并扎营在丘陵侧翼。营地灌木稍微多了些；河床有一井子，分布有稀疏灌木"红柳"。之后队伍向西南越过一片陡然上升的黑色丘陵，然后向西行进并扎营在丘陵侧翼。营地灌木稍微多了些；无水源。
10月18日	60	52	野马井附近	12	935	西	沿着丘陵行进了两小时，之后转向西北，进入谷地，走出峡谷；骆驼在其艰难地行进了十分钟，名叫野马井。随后队伍沿着遍布山麓岩石的斜坡缓缓行了下来。扎营于宽广山谷之中。这意味着营地已经从山麓岩石的中心地带走了下来。营地无水。营地灌木稍微增多了些。
10月19日	61	53	缺载	13	948	西北	走了5英里穿过山谷，一些灌木，之后进入黑色丘陵，山体略带红色，山谷长有一些灌木，沿着山谷上行两小时，可抵达一片高地，我们在一片貌似沼泽的宽阔洼地劳作；水池洼地，是通过特殊的夏季降水获得水源；另外南面队伍常驻扎干此，因为这是所谓的"连三草"的第一段。
10月20日	62	54	缺载	16	964	西北西	比起沙漠，黑戈壁中心地带的环境要更恶劣。队伍逐渐上行了8英里，然后经过一些土丘，按着缓缓于西南方位有山脉映入眼帘。据说是马鬃山的发端——相当于西科洛夫斯基探险队队员拉蒂蒂金所说的马于山。草地稍微增多；并长有一些野生洋葱，意味着此处必经历过夏季降水。
10月21日	63	55	缺载	25	989	西北西	非常缓缓地上行了七八英里，大约向西北走了15英里，方向又缓缓向西偏移，大约在21英里处，抵达和硕井（意味着有一条通往外方向又缓缓向西偏移），生长着一些红柳灌木，土壤表层盖有白色盐霜；汲取了干涸井的小溢水。当地有片干涸的小溢地，继续行进三四英里，抵达至更好的骆驼牧场，此地即"连三草"的终点。
10月22日	64	56	茶湖	16	1005	西北西	在低矮的灌木丛中穿行了10或11英里，沿途有一些干枯的草地，然后抵达一小群零碎的丘陵，它们位于西北方和西北方位的大片丘陵的终端。此地有一片从西南延伸至东北的低洼湿地，湿地中有不少泉眼，该地名叫公坡泉。经过坡墨堡，往北向西公坡地，意为王公坡地之泉。黑喇嘛城堡便坐落于此。继而向西边向以

（续表）

日期	累积天数	累积站数	驻地	当日路程	累积路程	方向	路　线　概　况
10月22日	64	56	条湖	16	1005	西北西	反西北方向转弯，与一连串绿洲草地相接，绿洲草木树，但适合栖息。来自云北泽的路线继续延伸入主路；连二草也再度汇入主路。经过城堡废墟的过程中，队伍驻扎在条湖，此地土质多碱粉末，地表有许多盐溉水。还有一条小路向南延伸，穿过马鬃山后抵达肃州，科兹洛夫探险队的拉蒂金此从北到到南行走的路线穿过了这片区域此地的某些地带，前还未被探查过。
10月23日	65						原地休整。
10月24日	66	57	缺载	8	1013	西北	穿越荒凉的绿洲地带。在4英里处有一个井子，但没有好草场。在8英里处的小山岗扎营。
10月25日	67	58	缺载	12	1025	西北	进入一连串半圆形的低矮山梁，它们位于马鬃山山脚，比马鬃山更低。沿着南部的马鬃山主山脉，遭遇一些蒙古人。大约7英里处有一对井子。商队驻扎在山区开阔地；附近无水源。
10月26日	68						原地休整。
10月27日	69	59	盐池井	11	1036	西北	队伍上行至平缓的山谷，谷中遍布灌木绿树；轻松跨越分水岭，慢慢下行至更加荒凉的地带。远方驻有蒙古人。队伍挨着盐池井扎营。水质较浊。
10月28日	70	60	缺载	20	1056	西	进出于马鬃山；七小时后抵达明水才见到井子。队伍上行，向另一边的山谷行进，驻扎在群山当中，西边更高大的山峦映入眼帘。营地附近有一组标记路线的小散包。其中一条来自外蒙古，一条来自甘肃和哈密；一条通往哈尔里克塔格山末段南麓，进而抵达沁城和甘州。此前，最后营地便是商队主路。从第56站（黑喇嘛城堡）到明水之间的区域从未被探索过。
10月29日	71	61	缺载	20	1076	西北	从西部的群山转向北行。在平坦的地面行进六小时，然后抵达两座赫然竖立的两座山峰，山峰之间有鞍部，故名兔耳山。这里有眼水质微咸的井子。现在已经翻越了马鬃山。队伍继续行进两小时后翻越了马鬃山。

（续表）

日　期	累积天数	累积站数	驻　地	当日路程	累积路程	方向	路　线　概　况
10月30日	72	62	硝泉	22	1098	西北	经过一段长下坡，末端有一片湿地，名叫硝泉（意为硝石泉）。西边是一道宽广的沟槽；远处隆起荒丘若干；翻过它们能看着到哈尔里克塔格山壮美的中央山峦。
10月31日	73	63		13	1111	西北	沿着硝泉和哈尔里克塔格底部山峦之间的裂隙穿越地形破碎的荒野。这段里程沿途有许多毒草。无牧场，无水源。
11月1日	74	64	二棵梧桐	11	1122	北北西	继续向哈尔里克塔格山行进，进入低缓的外缘丘陵。在通往小山谷的入口处，经过数棵裸胡杨，从胡杨林出发抵达一处井子。现在，哈尔里克塔格山已经被山麓前的小山岗遮挡。地叫二棵梧桐。
11月2日	75	65	大石头	15	1137	北北西	穿越山麓前的小山谷；经过狭窄的山谷；三小时后抵达一个叫小石头的宿营地；行进方向变得不稳定。之后山势变得开阔，第五小时再度开阔。第六个小时，队伍驻扎于大石头。
11月3日	76	66	缺载	21	1158	北	抵达小山岗山顶；在小高地上看到了哈尔里克塔格山，沿着砂岩峡谷下行，方向不稳定；抵达丁剌玫瑰泉（意为野玫瑰泉）山口，走出丘陵，然后在旷野扎营。之前从流水到这露营地的路线从未被探索过。
11月4日	77	67	缺载	8	1166	西	短暂穿过遍端布泥土、碎石和红柳树的旷野，旷野被若干涸的小河道割裂。
11月5日	78	68	白杨河	28	1194	西偏南	穿过略带倾斜的旷野；右前方有一些小山丘；道路在小山丘附近转向，偏北的略路线可绕过群山抵达卡城子。队伍采取偏南线，直接向哈尔里克塔格山进发；10小时后抵达一处荒丘之间的井子。之后行至一条流向西北部的湍涌河流，名叫白杨河，扎营河边。
11月6日	79	69	缺载	14	1208	西偏南	向下游（北方）行进，直至抵达白杨河与山中诸多河流的交汇点，然后向上游行进，经过一小片民居，抵达秃葫芦乡（可能是"土尔库拉"或"土尔拉"的汉语化称）。在卡拉墓斯附的地图上，该村庄被标注为阿土北克。在第三个小时，队伍经过一处于上游，地势较高的村庄，该村被卡拉墓斯标注为乌尔嘎。之后队伍沿大河从河谷向西行进，轻松下行至哈尔里克塔格山和梅欣乌拉山之间的大河谷扎营。营地附近河谷沿线遍布稀疏牧草。

（续表）

日　期	累积天数	累积站数	驻　地	当日路程	累积路程	方向	路　线　概　况
11月7日	80						原地休整。
11月8日	81		土尔库勒湖	21			继续沿着大河谷上行。左手边有一组用于放牧的小屋；这是卡拉瑟斯所称的"托木墩"。之后队伍又经过墓地。河谷地势下降，其间有土尔库勒咸水湖。之后队伍经过湖泊西端和梅欣乌拉山之间大连地（上端），河谷在此分叉；北支入梅欣乌拉山，南支进入巴里坤的低洼地区。队泊泊东端有一道路向北通可与外侧的路线汇合。队伍在湖泊的上端扎营。
11月9日	82		达子沟				开始上行通过山口；此地在卡拉瑟斯的地图中也有提及。海拔大约7000英尺。轻松爬升，直至山口，之后道路变成了狭窄低谷。队伍被大雪遁回。驻扎地在土尔库勒湖到山口之间，距离土尔库勒湖约10英里。
11月10日	83		土尔库勒湖				折回土尔库勒湖。
11月11日	84						原地休整。
11月12日	85						开始返回秃葫芦乡。
11月13日	86		秃葫芦乡				抵达秃葫芦乡。
11月14日	87						原地休整。
11月15日	88						原地休整。
11月16日	89	70	缺载	21	1229	西北	向西沿着陡峭上坡路走出秃葫芦河谷，进入梅欣乌拉山的山麓正东；然后向北部或西北方行进。驻扎地西北方有一些干枯的牧草，无水源。
11月17日	90	71	梅欣乌拉山	12	1241	西北	上行至梅欣乌拉山的一处主山嘴，山嘴明东，队伍扎在山脊，迷失方向（正确走向的道路很好走）。
11月18日	91	72	缺载	21	1262	西北	沿山嘴北坡下行；走出宽阔坦荡的山谷，抵达山麓边缘的旷野；驻扎在大沙漠。

（续表）

日　期	累积天数	累积站数	驻　地	当日路程	累积路程	方向	路　线　概　况
11月19日	92	73	沙枣儿泉	25	1287	西北西	继续穿越沙漠，绕过梅欣乌拉山麓的外部丘陵；停驻在沙枣儿泉（又叫野枣之泉）。
11月20日	93	74	牛圈子湖	13	1300	西	穿过绿洲地带，抵达牛圈子湖（意为牛圈绿洲）。
11月21日	94						原地休整。
11月22日	95						原地休整。
11月23日	96	75	乌兰布拉克	12	1312	西北	经过东庄（意为东边的村庄），抵达乌兰布拉克（意为红色之泉）。
11月24日	97						原地休整。
11月25日	98	76	蔡汗泉井	10	1322	西北	经过无人居住，名叫蔡汗泉井（一个汉蒙语参半的地名，意为白泉井）的小绿洲，驻扎在泉眼旁边。
11月26日	99	77	石板墩	12	1334	西	前往半沙化的营地石板墩（意为石板望楼；石板墩是古代烽燧。
11月27日	100	78	三锅	15	1349	西	经过四锅（一处古代烽楼）前往三锅（一处古代烽楼）。
11月28日	101	79	三锅湖绿洲	8	1357	西	在三锅湖绿洲行进一小段。
11月29日	102						原地休整。
11月30日	103						原地休整。
12月1日	104						被官府扣押。
12月2日	105						
12月3日	106						
12月4日	107						
12月5日	108						

（续表）

日期	累积天数	累积站数	驻地	当日路程	累积路程	方向	路线概况
12月6日	109						
12月7日	110						
12月8日	111						
12月9日	112						
12月10日	113						收到放行令。
12月11日	114						补充补给以及检修器材。
12月12日	115						
12月13日	116						
12月14日	117	80		13	1370	西偏南	穿越平坦沙漠；稍微爬升后驻扎小沙漠。
12月15日	118						原地休整。
12月16日	119	81	缺载	18	1388	西偏南	经过一片名叫天生圈（上天所生之围场）的营地，紧绕着巴里坤洼地的北缘行进。沿途有红柳，无水积雪。
12月17日	120	82	东泉	11	1399	西	穿过低矮的黑色丘陵；牧场贫瘠，有一些羊群。向南望可以看到巴里坤山脉。经过巴里坤洼地的西北缺口，驻扎在一所孤零零的客栈旁边。驻地名叫东泉。附近还有个叫白色望楼（意为白色望楼）的烽燧。
12月18日	121	83	缺载	13	1412	西	行进方向偏北。经过南部小山脉。行经煤矿（露天开采）。驻扎在小山丘的背风处。
12月19日	122	84	段家地	14	1425	西偏北	行经地表灰河，长有红柳的戈壁。北边是向西延伸的拜提博格达。三个小时后，可见有条向南进入丘陵的道路与山中道路汇合。队伍在驻扎在名叫段家地（可能是段家的地盘）的营地。

（续表）

日　期	累积天数	累积站数	驻地	当日路程	累积路程	方向	路　线　概　况
12月20日	123	85	缺载	15	1440	西北	下行至稍微湿润一些的洼地；之后可见南边的丘陵向北凸出；路线向北掉头以绕开雪地。驻扎在高地底部的积雪中。
12月21日	124	86	纸房	15	1455	西	攀爬小山坡，然后缓慢下行至一处名叫纸房的边境岗哨。驻扎在堡子雪地中。
12月22日	125	87	缺载	14	1469	西	继续穿越积雪更重的地区。南边的丘陵绕向西南。队伍驻扎在雪地之中。
12月23日	126	88	缺载	1	1470	西	降雪，无风。行进一英里后被迫扎营。
12月24日	127	89	梧桐窝子	14	1484	西	继续缓缓下行。南部的丘陵渐行渐近。北边出现了一道山梁，它是拜博格达的山停驻在低矮的圆丘之中，营地名叫梧桐窝子。
12月25日	128	90	四十里平滩	12	1496	西南	路线转向西南，向古城子进发。天气晴朗，博格达山顶峰清晰可见。沿途还有一条路线穿过拜提博提达通往乌里雅苏台的路较多，通往古城子的即平滩，平滩的即当积雪变深时，就走不了了。队伍穿过一处名叫四十里平滩的即平滩，平滩以毒草闻名。队伍当天露天驻扎于开阔地带。
12月26日	129	91	缺载	12	1508	西南	经过起伏不定的荒野，右手边有沙丘。红柳增多。队伍在开阔地带驻扎。
12月27日	130						遭遇暴风雪。
12月28日	131	92	沙门子	10	1518	西南	逐渐下行至一处表沙化的小山丘，名叫沙门子（意为沙漠之门）。
12月29日	132	93	缺载	16	1534	西南	从沙门子继续出发，绕过了四个种头。在第四个的地标。驻扎在雪地中。
12月30日	133	94	西泉	8	1542	西南	穿越雪原，抵达一处井子和孤零零的客栈，此地名叫西泉。南某某地有村镇。
12月31日	134						原地休整。此后再没记录日程，后续只是大略信息。
1927年1月1日	135	95	二混子	20	1562	大致西南	临近博格达山脉，沿着直线行进，瞳见一连串回坑；抵达汉蒙混血人群（即正文中的二混子——译者注）的冬季牧场。

（续表）

日 期	累积天数	累积站数	驻 地	当日路程	累积路程	方向	路 线 概 况
1月2日	136	96	缺载	20	1583	大致西南	沿途状况相似，队伍抵达一小村庄，马车道在此汇合。
1月3日	137	97	古城子	5	1587	大致西南	进入古城子。

* 在上表中，为尽可能准确地估算归化与古城子之间的距离，从秃葫芦乡到达子沟的折返路程没有作为站数被计入其中。因此 97 天里被计入站数的平均日程在 17 英里以下。

索　引

（索引页码为原著页码，即本书边码）

译后记

本书系知名学者拉铁摩尔所著游记，记录了他 1926—1927 年从内蒙古呼和浩特出发，经武川县、额济纳旗、马鬃山等地进入新疆境内，最终抵达今奇台县的经历。旅途的大部分时间，拉铁摩尔风餐露宿，遭遇了官兵阻挠、土匪威胁、沙尘洗礼、风雪突袭等重重难关，即使如此，他仍笔耕不辍，记录沿途见闻，并提出自己的学术见解，增强了本书的学术性、趣味性和可读性，为后人研究中国的亚洲内陆边疆提供了更多有价值的文献材料。

和本书的写作历程一样，中译本的成书也可谓机缘巧合，柳暗花明。我生长于西北，从中学时代开始，就对近代中外探险家在中国西北的游历和发现颇感兴趣，阅读了不少学者的游记著作。进入研究生阶段，我从中央民族大学图书馆借阅的第一本论著便是拉铁摩尔的《中国的亚洲内陆边疆》，阅毕此书，获益匪浅，赞叹不已，从此对边疆史地兴趣更甚。2019 年 3 月，教授我中国边疆史地课的袁剑老师联系到我，询问我是否有意翻译此书。我大体翻阅完英文原著后，发现书中不少内容涉及自己家乡的风土人情，当即表示愿意。然而翻译进程可谓一波三折，由于当时我尚在读研阶段，翻译至第十五章后，因学业任务繁重，笔耕中止，转而准备毕业论文的开题和写作，前前后后拖延一年有余，终于在 2021 年 5 月论文答辩结束之时，继续推进书中其余内容的翻译工作，时至当年 8 月，完成全书译稿。

翻译此书期间，我为了解书中所述内蒙古之地名及风土人情，特地循作者踪迹去呼和浩特市实地走访。此外我还参考近代其他学者的游记、论著乃至历史地图，再结合自己掌握的边疆史地知识以及各地方言，反复推敲订正，用最贴近书中原意和便于读者理解的字词翻译书中话语，不仅要忠实原著，还要传务求通。

需要指出的是，由于拉铁摩尔旅行涉及地域广泛，蒙、甘、新三地风俗迥异，方言中的表达习惯也不尽相同，这对本书的翻译产生了两个影响。

一是同名异译。书中不少词汇在汉语中有多种表达方式，在和编辑肖峰老师进行商讨之后，我对原著部分词汇采取了较为灵活的翻译方式，例如"stage"一词在旅蒙客商眼中有"日程"之含义，用作计量单位时可以表述为"站"或"段"，但在三塘湖当地方言中，相同的词汇又可表述为"趟"；再比如"camel puller"一词，可译作驼夫、骆驼客、牵驼人，在方言中又作"拉骆驼的"，为将拉铁摩尔笔下"可恶的"驼夫和其他驼队的驼夫进行区别，故专门以"骆驼客"指代拉铁摩尔自己雇用的驼夫，其他牵驼人员则用"驼夫"或"拉骆驼的"指代。

二是音译地名。我在翻译书中地名时，虽然参考了不少资料，但因才疏学浅，语言知识有限，只好对部分地名（主要是蒙古语地名）进行音译，另外还有不少地名有待进一步考证具体位置，例如第十五章出现的"云北泽"和"大北泽"，是当时旅蒙客商行经的枢纽，可惜难以在今天的地图上找到对应地名，故暂时采取音译且不加标注今地名。此类地名在书中不止一处，我对此感到殊为遗憾，希望知晓具体所指的读者在阅读至此类地名后提出建议，若其余字句的翻译或表述存在偏颇之处，也欢迎各位读者批评指正。

　　本译著在结构上基本遵循原著体例，全书共二十章，除初版序言主要由袁剑老师负责翻译，其余内容的翻译工作均由我独自完成。我在甘肃，尤其是民勤县（即书中的镇番县）的生活经历为我翻译此书提供了极大便利，书中内容反过来又丰富了我对西北地区历史文化的认知，同时拉铁摩尔对"镇番娃娃"等底层人民的刻画描写也可谓入木三分，或是令人动容，或是令人捧腹，他们的故事连同拉铁摩尔的旅途经历一样引人入胜、扣人心弦，使得本书具有了不少人文情怀。然而孟子有云："尽信《书》，则不如无《书》。"受时局因素和叙述者身份影响，书中不少记载也存在局限性，例如拉铁摩尔在书中将蒙古人生存状况的恶化归咎于汉族对蒙古族居住地的进占和商业掠夺，这或多或少带有狭隘的民族主义倾向，真正导致这一切的是明清时期蒙汉双方的统治者以及后来的北洋军阀，而非被统治的底层民众；再比如作者在介绍黑喇嘛丹宾坚赞时，认为正是他的存在维系了马鬃山一带的贸易，观点颇有新意，但是与官方记载迥异，道听途说的色彩较多，在阅读时应当注意甄别。

　　在本书的翻译过程中，很多人为我提供了帮助。袁剑老师帮我审校译稿的第一至第十五章，肖峰老师审校全书之余，对书中部分字词的翻译提出了宝贵的修改意见，在此表示诚挚感谢。值得一提的是我的导师黄义军教授，她的研究方向主要是宋史，可仍然对我翻译此书表示了宽容和理解，令我颇为感激。另外还有不少亲友直接或间接为本书翻译工作提供了支持，如今书稿付梓，感慨良多，借此机会谨向他们致以崇高敬意！

王　敬

2021 年 10 月 28 日书于阴山之下绥远北垣

守 望 思 想　　逐 光 启 航

LUMINAIRE
光启

从塞北到西域：重走沙漠古道

［美］欧文·拉铁摩尔 著

王　敬 译

责任编辑　肖　峰
营销编辑　池　淼　赵宇迪
装帧设计　别境 Lab

出版：上海光启书局有限公司
地址：上海市闵行区号景路 159 弄 C 座 2 楼 201 室　201101
发行：上海人民出版社发行中心
印刷：山东临沂新华印刷物流集团有限责任公司
制版：南京理工出版信息技术有限公司

开本：635mm × 965mm　1/16
印张：29　字数：335,000　插页：2
2024 年 6 月第 1 版　　2025 年 1 月第 2 次印刷
定价：108.00 元
ISBN：978-7-5452-1951-7 / I·13

图书在版编目(CIP)数据

从塞北到西域：重走沙漠古道 / (美)欧文·拉铁
摩尔著；王敬译 . —上海：光启书局，2022.8（2025.1 重印）
书名原文：The Desert Road to Turkestan
ISBN 978-7-5452-1951-7

Ⅰ . ① 从… Ⅱ . ① 欧… ② 王… Ⅲ . ① 游记－美国－
现代 Ⅳ . ① I712.65

中国国家版本馆 CIP 数据核字（2024）第 017968 号